青衣

畢飛宇 著

序言

畢飛宇

我從上個世紀八〇年代就開始小說創作了，一直走在現代主義這條道路上。我是從詩歌那邊拐過來的，——迷戀詩歌的人都有一個怪癖，過分地相信並沉迷於語言。我早期的小說大概就是這樣，正如汪曾祺先生所說的，我在「寫語言」。

幸好我還有一點自省的能力，寫了一段日子，我也「小有名氣」了，大約在一九九五年吧，我突然發現了一個問題，我不太會寫人物。這個突如其來的發現讓我很汗顏，——一個寫小說的怎麼可以不會寫人物呢？

不會寫人物也許是技術上的問題，或者說，美學趣味上的問題，但是，在我看來，真正的原因是我還缺乏胸懷。我過於相信語言，過於相信歷史、感受和思辨，我過於相信「我」了。我從來就沒有相信過「別人」，我從來就沒有相信過生活，我並沒有和生活真正建構起有效的關係。這個發現讓我慚愧，卻也讓我看到了未來，還有上升的空間。我的心一下子靜了下來。

寫作是實踐，你得「動」。一九九五年，我開始改弦更張。我第一次把我的筆觸深入到生活的基本面上去了，我的瞳孔緊緊盯住了「一些人」。這就是〈家裡亂了〉。我終於知道了，我原來是一個熱中和人對視的傢伙，既然你也願意和我對視，那麼好吧，我們坐下來，慢慢地看。相看兩不厭，唯有你和俺。

某種程度上說，一九九五年是我的一個分野，我很自豪我十分自覺地完成了這個轉換。但是，不要高興得太早。〈家裡亂了〉差一點毀了我，朋友們的批評幾乎就是動刀子，——他們沒有見到我「橫溢」的「才華」，他們沒有看見我在天上「飛」，相反，我在地上「走」，「走」是如此地平庸，你怎麼能這麼幹呢？可我並不難過，因為我愛上了一種特別的姿態，它叫靜水深流。

我至今認為〈家裡亂了〉是我「最難看的」作品之一。可怕麼？不。只要你控制好你的虛榮心，你必然知道一個常識：你剛剛改弦更張，你不可能在改弦更張的第一時間就有所斬獲。我常說，寫小說的人產生新想法是要緊的，但是，如何在作品當中完成你的新想法、實現你的新想法，這裡頭頭千山萬水。是山你就得爬，是水你就得涉，寫作就是這麼回事，生活其實也就是這麼回事。

後來的日子裡我連著發表了〈林紅的假日〉、〈哥倆好〉、〈睜大眼睛睡覺〉。這些作品真的不能算好，可是，我敢說，我一點一點地看見「人」了。——這些人生活在上世紀九〇年代的中國大地上，他們的欲望剛剛甦醒過來，鼻尖上全是汗，他們的體氣是熾熱的，搖搖晃晃。中國的大地上到處都是這種熾熱和搖晃的體氣，雲蒸霞蔚。

無論如何，我要說到一九九九年的元旦了，還沒到元旦，我就得到了〈青衣〉的寫作動機，它讓我摩拳擦掌。那個叫「筱燕秋」的女人來到了我的書房，伴隨著鑼鼓，她徐步走來，一步一芙蓉。我愛她，怕她，我對她的害怕多於對她的愛。所有的事情就在我們倆的目光之間發生了，有時候，我把目光躲開了，有時候，她把臉側過去了。我發誓，這不是調情，相反，它嚴肅而又冷峻。只有我自己知道，我和筱燕秋的那場驚心動魄的對視意味著什麼，一九九九年，是世紀末，同時也是改革開放之後中國人翹首以盼的時刻，希望、失望、承諾、兌現、不甘、瘋狂，林林總總，這一切都要在一九九九年得以體現，說到底，在中國「人」的身上得以體現。這個「人」就是筱燕秋。謝天謝地，我終於可以寫「人」了。在筱燕秋的面前，我體會到了一個小說家應有的尊嚴，我告訴我自己，小說還是應當這麼寫。最起碼，我的小說得是「這麼」寫。理由很簡單，這樣的寫作可以幫助我建立起我和生活的關係。這句話有點空，我想把我的意思說得更加明白一點——

我和生活的關係就是瞳孔和瞳孔的關係，我緊緊地盯著你，你緊緊地盯著我。前提是，你的目光是聚焦的，我還給聚焦的目光起了一個名字：現實情懷。

附帶說一句，這個集子是九歌出版社的總編輯陳素芳大姐幫我編輯的，它恰好可以揭示我在改變創作方向之後的寫作路徑，在此，我向素芳大姐表示感謝。當然，如果沒有蔡澤松這個強有力的推手，《玉米》、《平原》、《推拿》和《青衣》在台灣的出版都是不可能的。謝謝澤松。

二〇一〇年七月二十三日

關於青衣，我想所有的中國人都知道，它是京戲裡的一個行當。但是，一個漢語很好的西方朋友問，「青衣」可不可以翻譯成「黑色的衣裳」？

青衣是多麼迷人的女性，她怎麼就變成了一件黑色的衣裳？可是你不能說這樣的誤解毫無意義，它是有價值的，它讓我清晰地看到了經驗的阻隔。在骨子裡，人都是被阻隔的，都是自我的局限。

——畢飛宇

目錄

家裡亂了

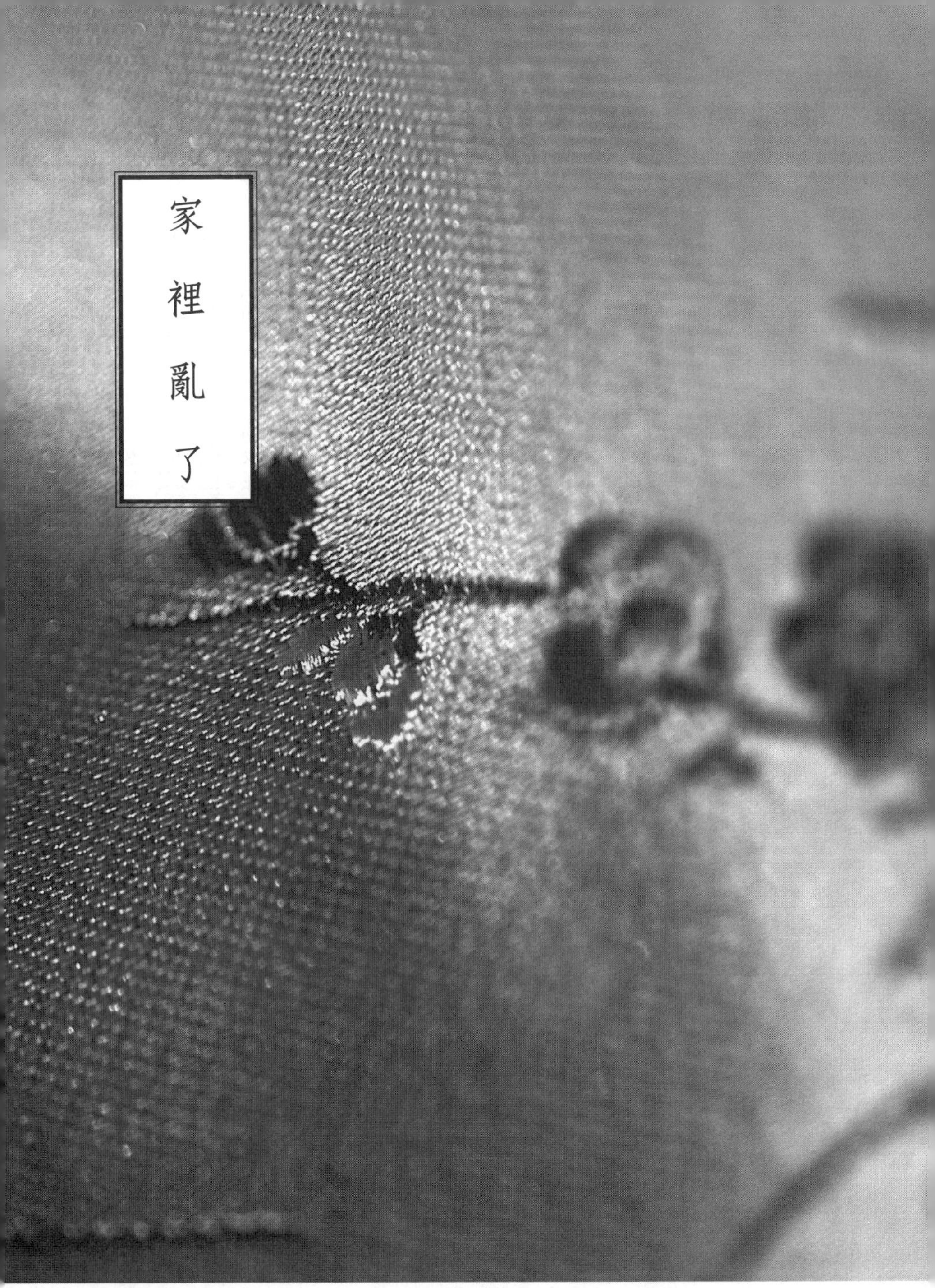

星期五天生就是出事的日子，樂果就是在這天晚上讓攝像機堵在沙發上的。星期四全市進行過大搜查，大廳的相公阿森有內線，搜查的時候佛羅倫薩夜總會清清白白，用大廳經理的話說，「所有的客人都在建設精神文明」。但星期五就遭到回馬槍了。

星期五的生意很好。阿森說，生意都「啤」了。「啤」就是啤酒，往外吐泡的意思。大廳裡擠滿了人。城市人民都湊到大週末放肆來了。大廳的燈光既絢爛又昏暗，人們的眼睛像那盞旋轉彩燈，花花綠綠地四處撩撥，四處探詢。樂果唱完三首規定曲子，看見媽咪阿青正從八號桌回吧台。阿青故意繞到麥克風面前。阿青在任何混亂和嘈雜的氛圍中都能保持她的從容步態，那樣子真的叫鶴立雞群。阿青從樂果的眼皮底下走過去，右手很隨意地摸了摸右耳環。樂果看在眼裡，卻見而不視。後來樂果就被阿青帶到那個東北人那裡去了。東北人坐在三樓最頂頭的一間包間裡頭喝了點酒，嘴裡的口氣有點渾，別的都還不錯。樂果陪他唱了一首「來生緣」。樂果一般都要先唱這首歌的，在歌聲之中慢慢進入。好歹也是緣分。東北人把樂果摟過去，說了幾句很疼人的話。他們貼在一起相互撫摩了。皮肉都被燈光照得紅紅的。樂果一直不能適應包間裡的紅燈，像在暗房裡沖洗照片似的。一不留神眼睛就會看到重影。東北人的手指慢慢潦草了，他的手像螃蟹那樣側著身子四處爬動。樂果的感覺也剛剛有了起色，嘴裡卻說：「別。」東北人悄聲耳語說：「咋整的？」一隻手就往樂果下腹部那「旮旯」伸去，樂果挪出一隻手，摁住東北人的手背，東北人停住了，不高興地說：「幹哈呀？」樂果一聽到這話就想笑。東北人不明白樂果笑什麼，不住地問：「咋整的，幹哈呀？」

過廊裡響起了腳步聲。很急促，聽上去驚天動地。樂果止住笑，抬起頭，不遠處傳來了一個女人的尖叫，是身體被暴露之後才會出現的尖叫。包間的門就在這時給踹開了，好幾把雪亮的手電一起堵在了門口。門口的人說：「不許動。」口氣和手電一樣嚴厲。樂果在驚恐之中並沒有完全落魄，她猛一甩頭髮，順勢低下腦袋，隨後她的腦子一下子全空掉了。樂果在事後一直慶幸有這樣濃密的長頭髮。幾天前她打算到夢麗娜美髮廊鉸掉的，要不然一過了六月實在太累贅。還是阿青止住了她，阿青說：「發瘋，你還做不做啦？」阿青小樂果五歲，但阿青十九歲那年就吃「小姐」這碗飯了，要不然老闆也不會讓她當大廳的媽咪的。樂果的好頭髮現在眞的派用場了。她透過長髮看見東北人癱在了沙發上，正用右手擋住手電，樣子像電影裡被俘的國軍上尉。看見東北人的熊樣樂果反倒鎭靜了，只是弄不懂這些警察是從哪裡衝進來的，就像電影裡所說的那樣，共軍從天上掉下來了。

走上來一位女警察。她拉住樂果的手腕往外拖。樂果挪了兩步，感覺到燈光越發刺眼，近乎炫目了。樂果聽見有人在過廊裡喊：「閃開，閃開，擋住鏡頭了。」樂果聽出了事態更爲嚴峻的一面，迅速捂上臉，聳起了雙肩。鏡頭離樂果不遠，樂果裸露的右肩感受到照明燈的灼熱，像東北人的雙唇。樂果邁開步子，想躲過去，卻被拽住了。女警察一手拖住樂果的肘部，另一隻手替她拉上了後腰皮裙子上的銅拉鎖。「吱」的一聲，像綿軟的呻吟。但樂果聽出了災難種種。這個致命的細節成了第二天電視新聞裡的爆炸性畫面。

五棵松幼兒園的幼兒教師樂果在三十一歲那年做上了「小姐」。「小姐」是她們那個行業的女人慣用的自稱。樂果當上「小姐」有很大的偶然性，但每一步又都是順其自然的，像水往低處流，看不出生硬和強拉硬扯的跡象。三十出頭的女人，家也穩當了，孩子也脫手了，那是開春後的土地，有了開裂和板結的危險與可能性。只要有幾場雨，就滋潤了，肥沃了，憑空地紅紅綠綠，弄出遍地的植物與花朵來。樂果的丈夫是她的同行，第九中學的語文老師，是個不會掙錢不會花錢的貨。樂果畢業於幼兒師範，會跳，會唱，有了這樣的基礎，他們的婚姻也就脫不掉鮮花與牛糞的隱喻性質。樂果和丈夫吵嘴每次都以這樣的自我控訴作爲收場：「我眞是瞎了眼了！」女人的自我控訴總是炸彈，炸開的是自己，殺傷的卻是敵人。但女人總是詭異的，她們的眞實面目總是隱匿得極爲深邃，她們渴望一種東西，卻能找到另一種東西作爲吵架的突破口，現成的東西就是錢。貧窮夫妻百事哀，古人都這麼說了千百年了。在任何條件下爲錢爭吵總是說得過去的。樂果對丈夫說：「嫁漢嫁漢，穿衣吃飯；娶妻娶妻，吃飯穿衣，你讓我吃了什麼？穿了什麼？我也算嫁了男人了！」丈夫苟泉笑笑說：「你也沒有空了肚皮光著屁股，這不就是小康嗎？很不錯了。」樂果說：「好意思！也不睜開眼看看人家！」苟泉便說：「看什麼？人家有什麼好看的。」樂果忍受不了丈夫說話時那副漫不經心的樣子，這樣的時刻樂果往往只會回敬兩句話，其一是「我瞎了眼了」，其二是「鄉巴佬」。這是苟泉的致命傷，是沙家圩子苟家村村民苟泉的先天疤痕，一戳就要跳的。吵到這個份上，苟泉就會摔著門出去，以不說話這種模式與小市民進行鬥爭。當然，農民最終是要向小市民投降的。農村包圍了城市，農民也只能靠攏市民。

後來還是樂果自己出去了。樂果想玩，但玩得痛快就得花錢：樂果想掙錢，然而掙到錢的工作做起來又太累人。「二美難並」。這句古話說得實在不錯。由於有了這樣的心理依據，樂果開始關注起每天晚報上的招聘廣告。一個月之後機會眞的就來了，新建築三十九層世紀大廈的頂樓開了一家旋宮歌舞廳，廣告上頭歌舞廳的名字起得就好：「廣島新潮」。「廣島」是什麼地方？爆炸過原子彈呢，那是怎樣的火爆，蘑菇雲又耀眼又炫目，想起來就心跳。「廣島新潮」以每首歌五十元人民幣招聘鐘點歌手，這是多麼好的買賣，不影響白天工作，又唱、又跳、又玩，唱了跳了玩了還拿錢，這不是小康還能是什麼？樂果攥著當天的晚報就報名去了。當然，樂果的努力失敗了，她輸給了兩個年輕的毛丫頭。然而樂果看到了希望。那兩個小丫頭都是她的校友，幼兒師範剛剛畢業呢。那些藝術學院聲樂系和師範大學聲樂系的都輸了。她們往那兒一站就挺胸收腹，嘴巴張得像獅吼，聲音又太亮太響——「廣島新潮」要歌唱家做什麼？這就是希望一。同時失敗的還有樂果的同班蕭小小，小小說，她都在外頭唱了兩三年了。樂果一聽就心酸，嫁給了農民，自己也快成農民了，落伍了這麼多年還以爲趕上了新潮。小小說，考上考不上無所謂，掙不到五十的，多趕兩家三十的，還多出十元呢。這年頭歌舞廳天上地下到處都是，水底下還有呢——總不能天天晚上在家裡頭憋死。樂果這麼一心酸世界竟開闊了，生活也紛繁了，這就是希望二。需要補充的還有一點，「廣島新潮」剛一開張便給「整頓」了，「名字太不嚴肅，不利於紀念全世界反法西斯暨抗日戰爭勝利五十週年」。整頓得好，這樣一來樂果的失敗就等於沒有失敗，就等於而今邁步從頭越。這就有了希望三。有了這三層希望，樂果還擔心什麼？樂果做了頭髮，修了指甲，紋了眉，施了胭脂，抹了粉，向生活討還生活了。樂果來到佛羅倫薩夜總會，拿起麥克風，只問了一句：「花兒爲什麼這樣紅？」問得大廳鴉雀無聲。於是又問一遍：「爲什麼這樣紅？」大廳裡即刻就是滿堂彩。樂果心花怒放了，這他媽的才是生活呢！樂果愈唱愈柔，腰身也軟了，目光裡頭煙雨迷濛，全是「純潔的友誼和愛情」。「友誼和愛情」之後即刻便是經濟效益，三十元。外加一聽冰鎮雪碧。眞叫人開心，眞叫人喜出望外。幼兒教師樂果的歌聲當天晚上就和市場經濟接軌了。

蒼天不負有心人。

沒有比夜總會更適合樂果的地方了。什麼叫如魚得水？樂果進了夜總會才稱得上如魚得水。樂果每一個晚上都能玩得很開心。樂果一上臺就成了男人的中心，好多眼睛盯住她淌口水，不過話說回來，男人的吃相雖不好女人的心裡總是開心的。偶爾被人摸一把，偶爾有人就了她的耳朵說幾句肉麻的話，樂果便冷若冰霜。女人到了三十歲還要故作冷若冰霜，不是幸福是什麼？碰上順眼的男人樂果也要應付幾下的，當然，樂果應付的時候內心的感受是女王式的，喜歡誰才能輪到誰，喜歡誰才能賞給誰。不過樂果從來都不出格，最多像初戀的前幾天，有了感覺就停住。這樣最好。初戀就得是初戀的樣子，要不然每天跑到這裡來做什麼。這就決定了樂果每天晚上都有進帳，同時保證了每個晚上都有「純潔的友誼和愛情」。情歸情，帳歸帳，當日事，當日畢。要不然就回到婚姻而沒有初戀了。這樣的日子眞是一天一個新太陽。就是回家稍晚一點也好交代，也好應付盤問，這可是「工作」。

第一個月樂果掙回了一千二百五十五元，這是一次豐收，蘊涵了解放的感覺和時代的感覺。樂果帶領苟泉和女兒苟茜茜吃了肯德基，打了一輛紅色夏利牌出租車。樂果讓司機把出租車一直開到九中家屬樓的水泥乒乓臺附近，帶回來一條金利來領帶、特利雅女式羊皮鞋、兩袋旺旺禮袋、三枝臺灣產圓頭牙刷和一袋碧浪牌超濃縮洗衣粉。當晚他們用新牙刷刷過牙，哄女兒睡了，高高興興做了一次愛。苟泉老師的臉上一直笑咪咪的，找到了城市的感覺。城市不是別的，就是沿著國家貨幣往大處走的好感受。樂果的身子是城市的。他苟泉的身子也是城市的。他們套成一團，整個城市都翻來覆去。樂果終於能掙錢了，這可是肥馬的「夜草」。苟泉不鼓勵妻子，也不干涉妻子，以局外人的姿態微笑著關注妻子，睜一隻眼，閉一隻眼。

掙錢了，阿青說得沒錯，這年頭「一出家門就是錢」。

故事沒有平面，故事的唯一可能就是它的縱深難度，這是故事的屬性。樂果的故事剛剛翻過去第一頁，總經理馬扁就出現了。馬扁一身藏青色西服，大背頭上抹了摩絲，雙手插在西服的褲兜裡，在佛羅倫薩歌舞廳的門口翩然而現。馬總面帶微笑，正趕上樂果老師的一曲歌完。他們認識。馬總的女兒是樂果班上的一朵小紅花，又能歌又善舞，還能撥幾下小琵琶。馬總偶爾親自來接他的女兒回家，開著一輛銀灰色的桑塔納。五棵松幼兒園的老師都知道馬恬靜的父親是一位大款。但馬總一半像生意人，另一半卻像書生，有一種富有、得體，卻又寧靜、儒雅的調子。馬總是個好父親，他凝視女兒的目光總是那樣慈愛。那輛銀灰色的桑塔納就在馬總的身後，做這個美好畫面的物質背景。車子的玻璃不透明，從外面看不見裡頭。不過樂果猜想從裡頭是可以觀察外頭的，樂果自己也弄不明白怎麼會注意這麼一個細節，這裡頭可是有讓女人心跳的東西的。馬總對樂果老師一直彬彬有禮，女兒不在場時叫樂果「老師」，女兒在場就改口了，稱樂果「阿姨」。這個稱呼讓樂果感動，有一種親近的，甚至是血緣乃至肉體的親暱感。這又滋生出某種古怪和幽暗的幸福了。五棵松幼兒園的老師一直拿馬總作爲好男人的標準的，她們誇別的男人總是拿馬總做比尺，「就像馬恬靜她爸」。因爲馬恬靜在自己班上，所以別人一誇馬總，樂果的臉上就會掛上接近於滿足的微笑，她的眼睛就會像車上的玻璃，從裡看得見外，從外看不見裡，愈想愈撩撥人。

馬總站立在九號臺的橙色壁燈旁邊，兩手交叉，閒放在腹部。他的手無論擱放在哪兒都給人以恰如其分的印象。樂果從歌臺上下來，電吉他手的手勢還保留著最後一個音符的靜態。樂果和馬總就坐在九號臺，點了飲料，很輕鬆地說笑。有了夜總會這麼長的生活基礎，樂果也就顯得格外老到，一舉一動又像少女，又像女人，內行男人一眼就能看見，進退都有餘地。

第二天馬總又來了，所有的細節和過程都和昨天一樣。他和樂果又在一起喝了飲料。不同的只有一點，他們沒有分手，而是一同鑽進了馬總的桑塔納。車子裡有股工業氣味，但撞上第一個紅燈後樂果就聞不到這股氣味了。紅燈閃爍後馬總踩下剎車，右手伸過來，相當自然地握住樂果的左手。他的手叉開來很大，指頭一起彎進了樂果的指縫隙，合縫合榫的，蘊涵著相當迷人的感受。車子重新啓動了，馬總擁樂果入懷，樂果一點都不覺得意外，樂果躺在了馬總的腿上，閉上眼，心臟的節奏一下子回到了十八歲。樂果閉眼之前看過一眼玻璃，都搖上去了。樂果握住馬總的手，順勢捂在乳峰上面，另一隻手伸上去反勾馬總的腮。路燈一盞又一盞從樂果的上眼瞼上劃過，色調有點偏暗。馬路上剛灑過水，車輪子聽上去就像從路面上撕過去一樣。樂果的身體就像在路面上流淌著。樂果睜開眼，眼皮底下即馬路的半空是一排霓虹燈和高碩建築群的倒影，宛如藻類懸掛於水面。樂果在這座城市生活了三十年，這個審視視角使她突然覺得這個城市有點陌生了。陌生感是幸福感的一個華美側面，像生活在別處。一個擁擠的、喧鬧的、陌生的、安全的別處。樂果的心潮開始湧動，馬總的掌心感覺出來了，他低下頭，和樂果對視。樂果的眼睛再一次望到窗外去。窗外全是行人。樂果能看見所有的人，就是沒有一個人能看見他們。

汽車出了城，往黑暗處開得很深了。他們就是在汽車上做愛的。都記不起來從哪一個動作開始的。好像預備了好幾年了。他們做得很慢，彼此適應和體諒對方的習慣。又禮讓又有些侵略。馬總拉開坐墊下的拴手，坐墊的靠背竟讓下去了。倒得很平。樂果躺下身子，一切都是水到渠成的。樂果輕聲說：「我還沒有吃藥呢。」馬總耳語說：「回去補。」樂果的嘴巴張得便更大了，呢喃說：「還沒有吃藥呢。」樂果的整個做愛過程都伴隨著這句無用的細語，既像訴說，又像吟誦。他們開始了。馬總說：「大聲叫，沒人聽見的。」汽車的避震彈簧在收縮，而車身在蕩漾，像一條小船置於浪尖。樂果的身子都放平了，腳趾都用上了，兩隻腳在方向盤上飛舞。她的腳後跟太迷狂了，捅到車喇叭上去了，一聲尖叫把兩人都嚇了一跳。馬總愣了一下，樂果十分憐愛地捧住馬總的頭，流著眼淚呢喃說：「對不起，對不起。」

樂果一直無法肯定事情發生的地點，彷彿在地表之外。那個地點與夢的地點一樣不可追認。汽車回城之後樂果站立在歸家的巷口，夜早就安靜了，路燈的邊沿帶上了暈黃的光圈。回家的路如此破舊、如此現實，反而像夢了。剛才的歡愛就像發生在千年之前。樂果往家裡走，堅信自己在做夢，到家之後她的夢會突然驚醒的。

丈夫和女兒早就睡了。樂果推開門。女人一有外遇就會用批判眼光對待生活的。家裡很寒磣，廚房裡又亂又醜，洋溢出一陣又一陣燠糟氣。樂果走進衛生間，門上門，很小心地擦換。樂果坐在便蓋上從仿鱷皮包裡抽出那只白色信封，是馬總在她下車前塞給她的。馬總像電影裡的愛情聖手一樣關照說，回到家再拆。樂果坐在便蓋上把玩這只信封，猜測裡面的情語情話。樂果怕弄出聲響，捏在手心裡一點一點往外撕，卻露出一疊百元大鈔的墨綠色背脊，點下，八張。樂果一時沒有明白過來。又點，八張。樂果的明白過程伴隨了失落和憤怒的猙獰心態。樂果把信封團在手裡，丟在馬賽克瓷磚上。丈夫在床上翻了個身。樂果迅速撿起紙團，抽出紙幣，壓在粉紅色衛生紙的下面，重新團掉信封扔進了便池。樂果打開水槽，信封旋轉著身子沖下去了。樂果掀開衛生紙，發現面對八百元現金時她的憤怒其實是有點誇張的，並不致命，並不銳利，是可以承受和應允的，甚至還是很快樂的。樂果把錢分成兩處，分別塞進上衣和褲子的口袋，抬起頭，意外地和自己在鏡子裡對視了。鏡子的表面布滿水氣，這層水氣使樂果的面部抽象了，籠罩了斑駁未知的狀態。樂果抹一把鏡面，半個臉清晰了，流露出做愛後的凋敝神態。那種神態被撩亂的鏡面放大了，樂果的臉上憑空添上了許多風塵意味。

星期六的早晨，丈夫苟泉才知道樂果通宵未歸。苟泉從左邊的空枕頭上看到了這個嚴重現實。苟泉的睡眠歷來很好，一上床鼻孔裡就會拉風箱。這樣好的睡眠與他的鄉下人身分是吻合的。樂果對丈夫的睡相曾做過總結，就一個字：豬。

苟泉沒有立即起床。他從樂果的枕頭上撿起一根長髮，放在食指上纏繞。樂果沒有回來。接下來的整整一天樂果都沒有回來。整整一天苟泉沉湎於諸多細節的設定與排除之中。這一回一定要好好盤問的，一定要把所有醜話全攤開來好好審訊一番的。哪能這樣在外頭工作？通宵不歸還能有什麼工作？苟泉心裡頭躥火，臉面上卻是加倍沉著了。女兒已經不小了，這樣的醜事讓女兒知道了天也會塌下來的。苟泉在一天當中沒有顯露半點慌亂，他不和女兒提起她的媽媽。但是女兒又太聰明了，孩子的聰明弄不好就是家庭的大不幸。這位一年級的少先隊中隊長顯得很知趣，也不提媽媽的事。她的少年老成與察言觀色讓苟泉又心酸又害怕，甚至都不敢看女兒的眼睛了。她的不動聲色既像一無所知又像無所不知。女兒向來膽小，她的心思太多不用嘴巴說，只用眼睛向人表達。這麼僵持了一天，女兒終於拿眼睛瞟她的爸爸了。她餓了，向父親要晚飯。苟泉取出一根火腿腸，給女兒打開了電視。電視機上出現了一位身穿絳紅色西服的男播音員，他正在播送本城新聞。苟泉看了兩眼，轉身到廚房下麵條去了。女兒看出了爸爸的心事。他的臉色像用橡皮擦過一樣不清爽。女兒正在客廳裡啃火腿腸，苟泉則在自來水的龍頭上敲雞蛋。事態就在這個時候出現答案的，苟泉的生活就在這個時候風起雲湧的。電視畫面上正在「打擊賣淫嫖娼」，一個女人披了頭髮行走在電視畫面的正中央。鏡頭老是跟著她。她的皮裙子十分丟人現眼，後腰上留了一條衩。一隻警官的手又給她拉上了。女兒顯然認出這個長髮掩面的女人了，她用火腿腸指住電視畫面，回過頭怯生生地喊道：「爸爸——」

樂果回家時的表情稱得上凜然。不堪一擊，卻又有一種古怪的凜然。樂果推開門，瞄一眼電視機。電視機開著，趙忠祥正在語重心長，而倪萍卻在熱淚盈眶。苟泉和茜茜都沒有動。樂果穿過客廳徑直往臥房去。苟泉和茜茜目送著這個短暫過程。幸虧苟泉的心智並沒有亂，苟泉說：「你媽的病好些了吧？」樂果回一眼女兒，很勉強地說：「好些了。」樂果說完話便上了床去，再也沒有任何動靜。苟泉和茜茜在電視機前又坐了幾分鐘。茜茜看看爸爸，十分小心地站起身，十分小心地上床去了。女兒的謹慎模樣讓他心碎，讓他體會到無力回天與無所適從。

苟泉望著自己的腳背，一言不發，彷彿被一層茸茸的羽毛裹緊了，很輕，但是怎麼撣都撣不走，怎麼吹都吹不散，就那麼無序，就那麼紛亂。電視機開著，趙忠祥又在語重心長，而倪萍又一次熱淚盈眶。

家裡亂了。托爾斯泰說，奧布朗斯基的家裡亂了。苟泉的家裡也亂了。苟泉關上電視，巡視家裡的陳設和器皿。它們都是現世靜物，等待生活，或等待塵封。家裡很安靜，近乎闃寂，這是亂的徵候，亂的預備，亂的極致。家裡亂了。苟泉記起了托爾斯泰。偉大的托爾斯泰眞是太仁慈了，他憂鬱的目光正凝視每一個家。家裡亂了。上帝創造了人，創造了家。創造完了上帝就把它們遺忘了。記起它們的是托爾斯泰。奧布朗斯基的家裡全亂了。

樂果從星期六的晚上一直睡到星期日的下午。樂果起床的時候窗口只剩下一點夕陽了。有點勉強。這給樂果的起床增添了一股慵懶、風騷和破罐子破摔的無聊氣息。她的頭髮散亂在頸後，全身都散發出被窩的混雜氣味。家裡極靜，女兒走進了媽媽的臥房。樂果向茜茜招招手，女兒走到她的身邊。樂果無力地捋了捋女兒的頭髮，十分無聊地拿過眉筆和口紅，給女兒上妝玩。女兒一直望著她。一雙清澈的目光一直注視著母親的一舉一動。孩子的目光一旦曉通事理了，不是令人生畏便是叫人心醉。樂果說：「茜茜還沒有叫媽媽呢。」茜茜便叫媽媽，聲音卻像背功課，樂果給茜茜抹上口紅，斜著身子左右端詳了一回，無力地笑一笑，小聲說：「我們家茜茜就是個美人胎。」

苟泉已經跟過來了。苟泉聽見這句話從門框的背後伸出了腦袋。苟泉一見到女兒的花俏樣子就跳進臥室了。苟泉走到女兒面前，指著衛生間厲聲說：「洗掉！」女兒汪著眼淚，眼珠子在淚花的背後交替打量她的爸爸和媽媽。淚珠子一飄一飄的，要掉，又不敢掉。樂果強打起精神說：「你這麼凶幹什麼？」苟泉沒有聽，保持著雕塑的姿態，重複說：「洗掉。」

茜茜噙著淚花走出臥房。她的清冽淚花一直閃動著怯懦和委屈的光芒。苟泉反手關上門，決定審訊。苟泉在昨天夜裡已經審訊過一百遍了，失眠成了他的法庭，他悲憤激昂地自說自話，自問自答。他躺在沙發上，悄然無聲，內心獨白卻語無倫次。第二天一早苟泉的嗓子便啞掉了。他的嗓子讓通宵的無聲宣洩居然弄啞掉了。苟泉直到凌晨才冷靜下來，將所有的問題歸結爲二十五條。他一定要讓樂果站在他的對面，逐條逐條加以回答的。

苟泉關上門。樂果的樣子鬆散無力，呈現出睡壞了的格局，但眉梢的毛尖上卻透出一股寒氣。氣氛驟然嚴峻了。苟泉決定審訊。他記起了二十五條。但是話一脫口他又衝動了。他的沙啞嗓門使他的衝動顯得力不從心，聽上去有一種哀傷和絕望的聲響效果。——「是不是你？」苟泉說。樂果知道他看到電視了，平靜地說：「是我。」苟泉大聲吼道：「睡過沒有？」苟泉一發力氣嗓子裡反而失語了，只有氣息流動的聲音，像身體在漏氣，很滑稽，卻又揪心。樂果撫弄著褥單，話回得卻分外莊重：「睡過。」

審訊到此結束。

苟泉的最後一絲僥倖就是在這個短暫的審訊中徹底葬送的。一時想不出話來了。他的大腦和他的嗓子一樣，啞了。但苟泉要說話。他張大了嘴巴，脖子上全是粗血管，只剩下一隻拳頭在樂果的眼前伶牙俐齒。苟泉羞怒已極、傷心已極，卻不敢弄出大動靜。一有大動靜整幢大樓都會轟響的。苟泉一把拽住樂果的肩頭，掄起巴掌就往下抽。樂果用手支住，四兩撥千斤，冷冷地說：「別打臉。星期一我還有課。」苟泉舉著手，自語說：「你還有課？」他說話的表情半張臉在哭，另半張臉卻在笑。苟泉的古怪表情讓樂果害怕，她掉過頭。就在這個時候樂果聽到了一記脆亮的耳光。樂果知道他抽到自己的臉上去了。「就他媽你有課？」苟泉說，「我他媽也是人民教師呢！」

星期一上午苟泉老師有「他媽的」兩節課。第三節和第四節。苟泉一早就到辦公室去了。第一節課後的十分鐘很關鍵，是苟泉老師的焦點時刻。苟泉注視著每一個人，警惕耳語，警惕弦外之音，警惕諱莫如深的古怪表情。但所有的事都很正常，這種正常反到有點故意，有點人爲了。苟泉從一進辦公室就開始微笑了，苟泉不想讓自己的臉色弄得太難看。不過沒有由頭的微笑實在太累人，苟泉在鏡子裡頭見過自己，顴骨那一把都像巴結什麼人了。苟泉鬆下面部的肌肉，看見辦公室裡還少了三個人，立即想到了衛生間。苟泉走到衛生間裡去，有兩個同事果然在蹲坑。他們叼著菸，並沒有交談的跡象。苟泉走出衛生間的時候恰好第二節課的鈴聲又響了，回到辦公室，空的。一切都太正常了。苟泉在僥倖的同時又有一種說不出的悵然若失。

但苟泉走上課堂之後越發不踏實了。人在人情在。人不在了，辦公室裡的局面有時就難以預料。苟泉的授課有點信馬由韁，扯來扯去居然扯出和尚和尼姑來了。苟泉做了板書。苟老師做板書時兩眼望著窗外。窗外的雙杠那邊有兩個同事正在小聲說笑。苟泉走神了。苟泉就是在寫完「尼」字之後開始走神的。他的粉筆摁在「尼」字的收筆筆畫上，隨手又塗了一筆。這一塗「尼姑」就成了「屁姑」了。同學們便笑。同學們一笑苟泉立即就有所警覺，側過頭問課代表：「笑什麼？」課代表說：「沒什麼。」苟泉很嚴肅地告誡大家：「沒什麼還笑什麼？」同學們只好止住，綳在臉上。但綳不住，又笑。苟泉回過頭，一回頭臉色就青掉了。臉一青左腮上的巴掌印也露了出來。這個筆誤成了校園內的當日花絮，一下課他的臉就蔫了。老處女賈老師描述說：讓屁熏「糊」了。但苟泉在課堂上沒有「糊」。他走到課代表的桌前，摔下書，命令課代表「站起來」。「明明有事，你爲什麼裝得沒事？」這一問課堂上肅穆了。同學們不笑了，不是綳住的，一起進入了哲學沉思。「——啊?!」苟老師這樣大聲追問。這一問苟老師自己也傷心了。他擦掉板書，痛心地說：「我還能相信誰？」

十年前的那個夏季是多雨的、燠熱的、神經質的。那是一九八五年的夏季。大街上布滿了奶油雪糕、三色冰淇淋和冰鎮酸梅湯。它們構成了一九八五年的城市形象。六月二十八日這天苟泉行走在大街上，午後烈日當頭，馬路上反射出銳利刺眼的白色光芒。人們在大街上走動，帶著午睡和夢寐的狀態，地上的影子像麵糰，又綿軟又黏稠。但苟泉精神飽滿，整條大街上只有他的身影青蛙那樣一蹦一跳的。他去報到。分發派遣單上他的報到日期是八月十五，但苟泉等不得。畢業了，他終於留在省城成爲都市裡的正式市民了。他渴望城市。土地是他的故鄉，他的根系，但城市是土地的夢、土地的靈性、土地的終極與土地的至上。苟泉的口袋裡就揣著這樣的夢，只要報過到，他和城市就合二而一了，再也不是過客，再也不是暫住人口了。苟泉手持分發派遣單，在勝利電影院的門口喝了兩杯冰鎮酸梅湯，心情分外開闊了。苟泉望著大街，大街上很意外地送來一陣涼風。苟泉卻看見這陣風了，它是城市的呼吸，嬌喘微微，芳氣襲人，不像鄉下，披頭散髮，嗓門粗大，整個一潑婦。

風後就是雨。夏季的豪雨沒有前奏，它說來就來。大街上紛亂了，城市的繽紛色彩在激雨中越發鮮麗炫目了。苟泉站立在電影院的水磨石臺階上，被避雨的人群擠到一塊玻璃窗的後面。玻璃上流淌著雨水，大街恍惚了，斑斕了，升騰了，騎車的人流取出預備好的雨披，各種顏色的雨披絢麗燦爛地溶解在這塊玻璃裡頭。苟泉安閒地審視自己的城市、自己的生活空間，像看一部電影，而自己就在電影裡頭。這樣的好感覺不是每個人都能有的。一個女人擠在苟泉的身邊，她的身上彌漫出夏日女性的複雜體氣。苟泉側過身，女人的白色上衣被雨水淋透了，貼在身上。雙乳脫穎而出，呈兩峰對峙之態。苟泉望著她的乳房，沒頭沒腦一陣瞎高興。多麼好的氣味，多麼好的乳房！苟泉一定要在本城與這樣上等的城市乳房結婚的，而不是鄉村奶子。

報到只用了幾分鐘。但這幾分鐘是一條河，河那邊是鄉村，而河這邊才是城市。苟泉只用幾分鐘就把河那邊的世界一筆勾銷了。一個嶄新的城市生命呱呱墜地了。

同來的還有一位校友，化學系畢業的賈小姐。學校的校長正好在。他像叔叔那樣與賈小姐握過手，再用行政語言對苟泉表示了歡迎。校長問起苟泉的名字，說「不好」。說苟泉的名字有「苟全性命的意思，太消極了」。苟泉正趕上好心情，遞過去一支菸，解釋了「泉水的泉」。苟泉說：「為人師表，就該像泉水那樣，潤物細無聲，有積極因素的。」校長很開懷地大笑，卻拍著賈小姐的肩膀，點著指頭說「小鬼」。

從一九八五年九月一日始，苟泉正式實施自己的婚姻工程。他給這項工程很祕密地取了個代號：鵲巢行動。行動是全方位、多層面展開的，自己努力輔之以黨、政、工、團。行動的綱領是建立城市家庭，目標則是找一個與苟泉結婚的城市姑娘。對苟泉而言姑娘現在只是一個概念，有概念就會有概念的外延和內涵。外延和內涵是一對反比關係，用工會主席的話說，這個反比關係就是「要求愈高，姑娘愈少；要求愈低，姑娘遍地」。工會主席丟下話來：「小苟，你要什麼樣的？」苟泉不好明說，心裡頭卻是有步驟的，這個姑娘必須滿足這樣的內涵：一、本城的。二、有本科學歷的。三、漂亮的（注：尤其是乳房豐滿的）。四、有女性味道的。五、身高一米六十左右的。六、身重在五十公斤上下的。七、有正規職業的。八、長頭髮的。但這八條不是並列的、等值的，它的排列順序隱藏了它們的重要程度。鵲巢行動必須遵循這樣的方針：三從一大。即從嚴、從難、從實情出發；大面積搜尋。如果困難較大，可採取倒記時方式降格以求。但第一條不能動，第一條是玉，第二至第八條是瓦。可爲玉碎，卻不可爲瓦全。城市姑娘這一條，絕對不能變。

鵲巢行動歷時一年半。共涉及三十七位姑娘和四位離異少婦。行動沒有取得任何成果。姑娘們都是水下的魚，你一動它就沒有了，一點痕跡都沒給苟泉留下來。唯一留下來的是化學組的賈老師。但賈老師是外地的鄉下人，再怎麼打扮也是一顆精裝的土豆，苟泉一口就把工會主席擋回去了。其實賈老師對苟老師並沒有意思，這完全是工會主席添出來的亂。但看不上是一回事，沒有被看上是另一回事。賈老師對苟老師的怨恨卻結下來了。鄉下人剛進城，保不定什麼時候誰就會傷了誰的心。苟泉對此一無所知。苟泉正傷心地目睹著「姑娘」這個概念的內涵一點一點浮淺起來，而外延卻一天一天擴大開去，與城市一樣開闊，與城市一樣龐大了。苟泉進入城市的企圖在「城市姑娘」面前遭到阻截了。鵲巢行動宣告失敗。

樂果的出現使鵲巢行動突然間死灰復燃。轉機說來就來，隨樂果的身影亭亭玉立在夏日黃昏的晚風之中。樂果的出現類似於春雷一聲震天響，類似於天上掉下個林妹妹。樂果是本城的、幼兒師範學校畢業的、長相說得過去的（乳房比較豐滿）、女人味多少有一些的、身高一米五九的、體重四十七公斤的、有正規工作的、長頭髮的姑娘。鵲巢行動峰迴路轉。

樂果剛剛從她的情愛戰爭中敗下陣來。這場戰爭使樂果面無血色。樂果是這場戰爭中的情愛寡婦，從頭到腳洋溢出蒼白和失神的寡婦氣息。樂果後悔自己還是不該去墮胎的，只要孩子生下來，既是人證，又是物證，他不離婚也得離。樂果就是在最要緊的關頭軟了那麼一下，到醫院去了。樂果在床上躺了五十個小時，所有的往事像傾瀉在地面的水銀，碎碎亮亮散成許多小珠子，沒有一顆撿得回來。

三個月後介紹人把樂果和苟泉領到一起了。樂果不想動，但礙於介紹人的情面，只好去。樂果赴約的那個黃昏已近一九八六年的暑假了，所有的日子都安安閒閒的。她披著長頭髮，一身黑長裙，腰裡束了一道白皮帶，像剛剛寡居的都市少婦，又幽靜又幽怨。苟泉把樂果的樣子看在眼裡，沒頭沒腦地傷心了。這樣好的城市姑娘從他的身邊溜走了多少呵！介紹人一走苟泉便站起身來了。苟泉平白無故地激動了，說：「我送你回去吧，我哪裡有一點配得上你？浪費時間做什麼？」苟泉給樂果的第一印象沒有任何獨特之處，但這句大實話卻是例外。樂果正需要撫慰，她從苟泉的話裡聽出了溫馨的東西和動人的地方。樂果回去也是無聊，就說：「都認識了，不成也是緣分，坐坐嘛。」這麼說著話兩個人相對一笑，竟輕鬆了，從尷尬境地裡跳出來了，像多年不見面的老同學了。

那輛銀灰色桑塔納帶領樂果做了失重綿軟的飛行之後，馬扁老闆一直沒有在佛羅倫薩夜總會露面。樂果在幼稚園的紅木馬旁邊特意把馬恬靜抱到大腿上來的，嗲著嗓子問道：「爸爸是不是出差去啦？」馬恬靜閃著一雙烏黑的大眼珠，說：「沒有，爸爸天天在家裡的。」樂果聽了這話心情就壞掉了，像電子琴上的左爬音，一個聲部一個聲部地往下降。樂果在馬恬靜的小臉上親了一口，愣在木馬的旁邊走神了。樂果開始追憶那個晚上的所有細節，是不是什麼地方做錯了，讓他不高興了，但是樂果記得那天晚上所有的環節都好好的，沒有什麼失誤，這就更叫人傷心了。他說不來就不來了，就像那哈密瓜斷了瓜秧。

「他沒來？」阿青問。這時候歌臺上的音樂又響了，到處都亂哄哄的。樂果故作不解地反問：「誰呀？」阿青坐到樂果的對面，蹺起腿，臉上是知天曉地的樣子。阿青把上身靠過來，故作神祕地說：「你說誰呀？」樂果的胸口噗通了一下，笑容便僵在臉上了，她機械地說：「誰呀？」阿青用蹺著的腳背輕輕踢了踢樂果的小腿肚，說：「呆子，我又不是沒和他睡過。」樂果一聽這話竟神經質地站起身來，握住拳頭說：「我沒有。」樂果站得太孟浪，酒都潑到阿青的腳上去了。阿青望著腳，不解地說：「女人一當上教師怎麼都神經兮兮的。」樂果堅持說：「我沒有。」阿青笑著說：「你沒有什麼？呆子。」

迪斯科響起來，燈滅了，整座大廳只留下一盞激光閃燈。人們的身影在燈光的瞬間閃爍中呈現出靜態，像得了精神病的雕塑。色彩沒有了，空間也沒有了，世界只剩下一張黑白平面，翻過來又翻過去。樂果在這陣喧鬧的音樂聲中一直注視著阿青，有些怕，吃不準這個小婊子要拿她怎麼樣。但樂果終究沒有把柄捏在她的手心裡，她實在也不能拿她怎麼樣的。大不了明天不在這裡唱。這麼一想，樂果踏實多了。阿青點上菸回過頭來了，沒有表情。但下一個閃光的節拍裡她顯然在微笑了。樂果在黑暗中立即也補上一個微笑，很自信，很坦然，燈一亮樂果就把這張臉回敬過去了。

迪斯科中止了，世界復原了。大廳裡的人亂紛紛地回到坐位上去。過來一個小伙子，氣喘吁吁的，用手指了指菸架，巴掌在空中翻了兩翻。阿青懶懶地回過頭，對樂果說：「遞包三五。」阿青懶得說話，巴掌軟綿綿地也翻了兩翻，小伙子掏出十五塊，接過菸走了。

這麼乾坐了一會兒，阿青突然說：「在想剛才那包菸吧？」樂果有些雲裡霧裡，笑著說：「想那個做什麼？人家給錢了，清帳了。」阿青聽了樂果的話臉上便有了笑，斜著眼睛瞟樂果。阿青說：「你不糊塗。」樂果聽了這話反倒糊塗了。阿青又笑。樂果從阿青的表情裡頭突然明白「清帳了」與「你不糊塗」之間的邏輯關係，心底下湧上來一陣傷痛。阿青說：「聰明人做事不想事，傻瓜想事不做事——別和自己過不去。」樂果聽了這話腦子裡亮了一下，有些頓悟。樂果重新打量起阿青，阿青一臉無所謂的樣子，眼睛和鼻子哪一樣也沒有少掉。阿青這女人不壞，樂果對自己說，真的不壞。樂果在吧檯底下悄悄踢了阿青的小腿肚一腳，阿青端了酒，卻偷偷回了樂果兩腳。兩個女人相互踢完了，對視了一眼，緊抿住雙唇，彎下腰去，用了很大的氣力才繃住臉上的笑。

下午放學之後苟泉一直待在辦公室裡頭，「屁姑」事件在上午就流傳開來了，這會兒正沿著放學大軍向城市的各個方向蔓延。黃昏時分天又陰了，布滿了梅雨季節的那種顏色。苟泉坐在辦公室裡追憶他的光棍生涯，沒有家多好。沒有家就不必回家了。家是什麼？家是每天的最後一道死命令：你必須回到那裡去，你必須以這種先驗的、被動的模式從事你的生命。人其實是沒有生命的，生命只不過是家的輔助物，家的性腺、家的唾液、家的末枝與細節。苟泉的兩隻眼睛充滿了梅雨季節的濡溼延伸，整個心思都轉潮了，像開春的鹹肉沁出了水珠。苟泉的生命在城市裡頭走油了，他聞到了自己的氣味。苟泉眞的是一塊鹹肉，被城市醃壞了，被家醃壞了，發出燠糟腥臭的氣味。

工友老吳撐著一把花傘又開始檢查教室和辦公室了。這是校長給他的任務，每天放學後都要在校園裡巡視一遍。

苟泉不想讓老吳撞見，只好往家裡撤。走出辦公室的時候天上已經下雨了。不是雨絲，一根一根的，一絲不苟的，而是霧團，一捆一捆的。你只能從植物葉片、頭髮、電線上的水珠看到雨。苟泉到家的時候家裡沒人，陽臺上郭老師家斷了一根鐵絲，鐵絲上掛著水珠子，一顆一顆往下掉，像給苟泉家打吊針。苟泉嘆了一口氣，走到廚房裡去。煤爐熄掉了，燒透的蜂窩煤一副死皮賴臉的樣子。苟泉把它們夾出來，從米桶的背後掏出碎木片，木片發霉了，長了一層黃黃的粉塵。指頭捻了捻，很面。苟泉把煤爐挪到屋外，想一想，卻端到陽臺上去了。苟泉用紙片引上火，木片燃著了，冒出濃濃的黃煙，大腸那樣一節一節往外翻。樓上有人咳嗽，但沒有人說話。黃煙帶了一股濃烈的霉味，浸漬在雨霧裡，散不開，飄了一轉又回來了。樓上關門了，很猛，轟的一聲，還有玻璃的顫音。苟泉在陽臺上嗆得難受，撤到房間裡去。苟泉站在樂果的梳妝鏡面前，望著那些好看的瓶瓶罐罐，走神了。苟泉愣了半天，重新回到陽臺，竟忘掉把蜂窩煤壓進去了。木片被火燒光了，只留下猩紅色火燼。苟泉一腳踢翻煤爐，無端地大口喘氣，竟累了，胸口裡頭捲起了濃煙，痰一樣黏在肺葉和氣管上，散不去。苟泉仰倒在床上，長長吸了一口氣，吸不到那個位置上去。苟泉放棄了這種努力，閉上眼，難受，卻找不到具體的、對應的理由。苟泉睜開眼，眼眶裡飄起淚花了。苟泉的目光轉了兩下，淚花流出去了，意外地從牆的拐角處發現了兩張蛛網。苟泉想不起來臥房裡怎麼會有這種東西的。這麼想著心思又嗅到了一股糊味，又臭又嗆，像是塑膠燒上火了。苟泉想了想，衝到陽臺上去，樂果的一只長統雨鞋都起明火了。苟泉衝上去很慌亂地跺。火滅了，鞋尖露出一個大窟窿，沿口的化學原料還在冒氣泡。氣味越發嗆人了，籠罩了整座樓，整個黃昏。苟泉垂著雙手站在原處，無奈而又鬱悶。苟泉扶起煤爐，失神地佇立在雨季的黃昏。

「戰爭」在晚上終於爆發了。挑起事端的不是苟泉，卻是樂果。九點鐘不到，苟泉便上床了，也就是客廳裡的三人沙發。苟泉歪在靠背上，翻當天的晚報。苟泉聽到動靜的時候樂果已經站在他的面前了。樂果一手提著長統雨鞋，一手指住苟泉的鼻尖。樂果的傾力克制使她的指尖無助地顫抖了。樂果把雨鞋丟在玻璃茶几上，側著頭厲聲問：「什麼意思？」苟泉的肌體沒有進入臨戰狀態，眼睛還沒有來得及聚光，反問說：「什麼什麼意思？」苟泉的神情一下子就把樂果激怒了。樂果揪住苟泉的領口，大聲說：「你媽才是破鞋！作踐老婆算什麼男人，狗屁男人！」樂果一動手荀泉的性子即刻往天靈蓋上衝，但樂果開口之後那股憤怒的氣力卻又洩掉了。他明白「什麼意思」是什麼意思了。一種要命的恍然大悟使他萬念俱灰。這種剎那的、暴發性的頓悟遍布了荀泉的生命肌體。荀泉側過頭。他不想看樂果的臉，那張脫色的、衝動的、洋溢著猥瑣激情和世俗活力的城市面龐。荀泉咬住牙，想抽這張臉。但荀泉不敢。他不想讓戰爭開始，戰爭一旦開始女人會呈現出可怕的戰爭耐力、才華、創造性，女人會建立最強大的統一戰線，會憑空激發起同情心、愛、權利、義務等偉大話題，會讓男人自己跳起來確認自己不是東西。荀泉忍住自己，不說，不動。沒有防守是不能成其爲戰爭的，取締反抗，即消滅戰爭。荀泉閉上眼，把自己關在肉體裡頭。樂果說：「豬。死豬。」樂果說：「離。別再作踐了。離。」荀泉的心思越發細碎了，往卑微處走，往陰暗處走。只有英雄才能有大心思的。荀泉閉上眼很清晰地想像自己的樣子，在肚子裡對自己大聲說：「豬。死豬。」

樂果收兵了。夜重新安靜下來，它們在窗戶玻璃的正面和反面，彼此吸附，彼此撫恤。雨下大了，玻璃上有雨的腳印，半個夜溼了，半個夜乾著。荀泉聽著雨，突然想起女兒了。荀泉趿上拖鞋，拉開客廳裡的帷幔，女兒的床就在帷幔的背後。女兒把蚊帳放下來了，掖得很緊。荀泉拉開帳門，女兒的眼睛是閉著的，既像酣眠，又像傾聽。荀泉不能確定女兒是否眞的睡著，輕聲喊她的名字，沒有應。荀泉又推了一把，還是不應。荀泉知道女兒在裝睡。假裝睡著的人你永遠都是叫不醒的。荀泉凝視自己的女兒，痛楚在無聲地翻湧。不幸的家庭都會有一個聰明的孩子，聰明的孩子使不幸越發令人傷心。該離了，別再作踐了，別再折磨了，是該離了。

今夜苟泉無眠。苟泉抽了一屋子的菸，一遍又一遍檢討他的婚姻，他的城市人生涯。城市在哪兒？城市與他至今保留了一種候補的、預備的、設定的關係，而不是相隔的、互有的、給定的。城市是一種命運，由諸種毀滅與危險相綴而成，而毀滅與危險都不會讓你正面承擔，不給你悲劇感、歷史感，不涉及吶喊與批判、悲憫與拯救，甜蜜的無聊和機智的滑稽浸淫了你，你蜷曲在馬賽克圍牆的中間，放一個響屁，傾聽屁的回音。屁的回音是城市給予城市人的特別饋贈，華美而又無私。

苟泉戀愛了。戀愛後的天是晴朗的天，戀愛後的苟泉好喜歡。苟泉要在城市生根、開花、結果，這個宏偉的構想離不開城市姑娘的。而現在，城市姑娘在城市這個汪洋的水面上浮出波面了。苟泉目睹了這個現實，身體內部通明了，貯滿了親切的、溼潤的光輝。苟泉的唇部整天懸掛著接吻的姿態，合不攏嘴。苟泉凝視著樂果的腹部，他的城市之夢有著落了，不再只在天上飛。樂果的腹部是這個城市農民的二畝三分地，他種蕎麥就得長蕎麥，他種苞谷就得長苞谷。

但樂果對她的戀愛說不上喜歡，也說不上不喜歡。她進入角色的整個進程顯得很懶。說話的樣子、走路的步調、眼珠子的移動都懶懶的，接吻也懶洋洋的。吻兩下，撫摩兩下，開個頭，爾後就把自己全部丟給苟泉了。隨他忙，隨他弄。她閉著眼睛，偶爾哼哝幾聲。愛情是什麼，她算是親口嘗過了，不再想第二次。但婚是要結的，男人是要有的。這個男人就不能太雲山霧罩，不能有半斤沒四兩的，不要太瀟灑了，要本分，結實，是承擔生活和支撐生活的樣子。荀泉說不上好，可也說不上壞。生活無非就是兩種，一種挑得出好來，一種說不出壞來。這兩種其實都不錯，都說得過去。樂果不想和他太黏，也不想一口就把他斷掉，想起來就見一面，想不起來了就算。用樂果自己的話說，叫「談著」。

荀泉在最欣喜的日子都沒有失去冷靜，這種冷靜是父母大人給的，土地一樣可靠。他盤算著最關鍵的一招，盡快把樂果睡了。用鄉下人的說法，先把生米煮成了熟飯。城市和鄉村骨子裡是通的，種上棉花是鄉野，砌成商場則成了城市，可地還是那一塊。種也好，砌也好，荀泉只想有個交代。但樂果那一道關口把得嚴，不辦。荀泉屢次受挫，可信心卻愈加堅定。樂果的拒絕就是希望。第一次她跑了，三天不再露面；第二次沒跑，說「不」，第三次說的卻是「別」。荀泉讀過中文系，「不」和「別」共同的東西少，相異的成分多，荀泉聽得出來。荀泉看到了生活，正一天比一天好起來。荀泉決定行動，機不可失，時不再來。

把生米煮成熟飯的最佳地點不在城市，而在鄉村。農村是一個廣闊的天地，在那裡是大有作爲的。荀泉的困難是把樂果弄到鄉下去。正放了暑假，在城裡也是無聊。荀泉開始生動活潑地描述他的鄉村了。荀泉自己也懷疑，在城市裡一說起那些窮鄉僻壤，怎麼那樣詩情畫意的，像童話，像風景，像黑白明信片。也不像在說謊。荀泉在這次勸說中明白了藝術的誕生。所謂藝術，就是男女交歡之前的華美藉口和精神準備。結了婚，藝術家就是商務會計。生活一旦出了問題，會計又會成哲學家的。

鄉村的夏夜眞的很好，夜的黑色是安靜的，透徹的。荀家村的全村老少都知道了，荀泉娶了一位城市姑娘當老婆了。許多少年跟在樂果的身後，齊聲尖叫，喊樂果的名字。樂果上茅坑小解他們也不放過。他們用吟唱的節奏大聲喊道：「樂──果，樂──果。」樂果的姓名等同於一種農藥的名稱，很家常的。那種農藥通常以白色骷髏作爲標誌，上面用兩根骨頭打上了「×」。六十年代苟泉的六姨就是喝這種農藥自盡的，她的性醜聞被自己的腹部出賣了，屍體仰在大草垛旁邊，肚子腆得老高。「樂果」在六十年代時常作爲鄉村愛情的收場，使鄉村愛情變成一只又一只骷髏，再用骨頭打上「×」。許多女孩的漂亮魂魄就是從那些骷髏裡飛走的，變成了蝴蝶，在夏天的靜夜裡無聲地展翅。苟泉轟走那些少年，不許他們呼叫樂果的名字。

夜色眞的來了，像苟泉企盼的那樣。它們從某種渴望中悄然滋生出來了，從天上往下淌，很柔情的樣子，很性感的樣子，只留下螢火蟲和天上的星星。夜的氣味極迷人，是陽光和青草的混合氣味。苟泉帶領樂果往打穀場去，滿天的星斗分外姣好，每一顆都比城裡的乾淨，像藤蔓斷口處的汁液。苟泉吻住樂果，情不自禁地按部就班，情不自禁地照既定方針辦。苟泉一邊吻一邊細語，句句話都和舌頭一樣撩撥人。樂果第一次到鄉下，每一個感官都在做夢，樂果的春心勃發了，生出許多擋不住的感覺。樂果的吻便不懶散，苟泉順勢把樂果推倒在稻草上，樂果睜開眼，滿天的星星晶晶瑩瑩地亮。樂果怕星星看見自己，慌忙把眼睛閉上了。苟泉的農民念頭在詩一般的背景上開始實施了。他把她剝乾淨。樂果沒有說「不」，也沒有說「別」，只說了一句「幹什麼」。苟泉用行動回答了她。回答完畢生米也就變成熟飯了。樂果坐起來的時候身子也冷靜了，腦子也冷靜了。樂果對自己說：「這個傻小子到底還是把我睡了。」樂果看了看天。天還在天上，星星也全在星星那裡，其實它們和剛才的孟浪心情沒有半點關係。樂果想起來了，從現在開始，她眞的返回情場了。睡都睡了，還能不戀愛嗎？

樂果第一次招待客人是阿青一手操持的，整個過程樂果都在自由落體。那種墜落的感覺令人迷醉，夾雜了致命的恥感與快感，夾雜了洶湧澎湃與徹底損壞。久別勝新婚，而勝於久別的就要算這種不可收拾的墜落了。更何況這不僅僅是性，還是生意或貿易。樂果靜坐在吧檯後面相信了這樣的話：家花不如野花香。女人做了野花就是不一樣，身體的每一個配件都成了花瓣，野風一撫摸就會綻放，能不香嗎？不過樂果的貿易畢竟是有條件的，第一當然是價錢，第二就是人了，用樂果的話說，「要招人喜歡」，要有「一見鍾情」的來電印象，否則價格再漂亮也是不答應的。阿青歪著嘴笑，說：「隨你。」阿青和那些男人坐在臺下閒聊了，換了一個又一個。樂果看不上。阿青事後說，「你當招女婿了？」樂果要是看中了，會用右手去撫摸右耳的耳環。後來樂果到底把右手伸到右耳上去了，在那個瞬間樂果的身體結成了一塊冰，又像一只冰塊化作了一攤水，說不好，所有的感覺都有些錯位。樂果後來就被阿青帶到隱密的地方去，把事情做了。做事情的時候反倒沒有什麼感覺了，和馬扁一樣，甚至和苟泉一樣。客人走後樂果又獨坐了一會兒，一直記得有什麼後續工作還沒有完成，想了一會兒，記起來了，是哭泣。於是樂果捂上臉，便哭。哭的時候難受和快樂的印象都有，卻又有點說不上來。直到哭完了也沒有找到哭泣的理由。也許覺得有些對不起丈夫，也就是那個叫苟泉的男人，那就是爲苟泉了。回家的路上樂果突然記起來了，今天是星期五。她和苟泉在星期五的晚上都有一場房事的。也不是規矩，每個星期都這麼弄，成習慣、成道統、成任務了。樂果相信天下的夫婦都是這樣的，用週五晚上的房事給一週的生活做個概括，來個總結。樂果打開門，知道苟泉坐在床上批改作文本。樂果走進衛生間，很自然地去取腳盆。盆子握在手上才記起來，回家之前剛洗過澡的。但樂果十分固執地打上水，妥妥帖帖又洗了一回。樂果在洗自己的時候便睏盹下去了，對即將開始的床之事產生了厭倦。樂果知道自己是不該厭倦的，尤其是今天，否則這樣用心地洗自己做什麼？樂果洗漱完畢，推開門，脫口竟說：「睡吧，這麼晚了。」苟泉沒有抬頭，放下筆，趿著拖鞋刷牙去了。樂果聽到刷牙的聲音之後湧上了一股說不出的難受，把頭埋到被子的下面去。苟泉站到臥房門口，說：「茜茜？茜茜？」沒有人回答。苟泉撅著屁股跑到樂果身邊，拉被子的角落。樂果開始沒動，後來主動用胳膊撐開被子，說：「快點。」苟泉鑽進去，很憐愛地小聲說：「累了吧？」樂果笑笑說：「你呢？」樂果把苟泉摟進懷裡，只想全心全意對他好，一下子也想不出什麼辦法來。樂果吻住苟泉的下巴，胳膊伸到床頭櫃，把燈關掉了。苟泉說：「怎麼關上了？」黑暗中苟泉動了兩下，鼻息開始粗起來。樂果一個小時前剛有過，但她怕苟泉不開心，還是十分誇張地呻吟著。樂果的身子遠遠沒有進入狀態，卻裝得十分快活，拚命地用力氣，只過了分把鐘樂果就忘掉身上的男人是誰了，想開燈，手腕卻讓苟泉握死了。樂果輕聲說：「開……開……」苟泉完全誤解了，愈戰愈勇。樂果握緊拳頭，回到一個小時以前了。她被一位相公領著，從佛羅倫薩夜總會下來，走過一條小巷，鑽進那間陳舊的小平房裡去。那間不起眼的小平房門口設了一座餛飩攤，一有什麼動靜那個老頭會把一只瓷質調羹扔到院子裡來的。他們進屋了。男人不錯，是她選中的第一個客人。那個男人說著一口普通話。但說了些什麼，記不清了。後來那個男人上了她的身子。

苟泉在動。在不停地動。樂果睜開眼，她要看清這個男人的臉。她要呼喚，呼喚某一個男人的名字，阿青再三關照過她的，要深情地呼喚男人的名字喊出傷心和眼淚來，一喊男人就會大把地拍鈔票的。高潮快來臨了，她不敢再耽擱。要開燈。但有人握緊了她的兩隻手腕。她就要喊了，沒法再等了，但不知道喊誰的名字。樂果在黑暗中一口咬住男人的肩部。她聽到了一聲尖叫，身上的男人瘋狂地痙攣，像地震，而後痛楚地靜止並僵持。樂果等過這陣靜止，扯過燈線，打開燈。身上的男人是丈夫，是苟泉。樂果大口喘氣，雙眼迷濛了。她的淚水沁上來，無邊的傷心和無邊的憐愛沁上來。「你怎麼了？」苟泉說。苟泉的表情處於疼痛與高潮的交界處。樂果卻笑了，她用疲憊而又滿足的聲音無限柔情地說：「弄死我了，你這條狼，你這條虎。」苟泉撐著身子，也笑了，同樣疲憊而又滿足。他的傷口出血了，樂果關上燈，緊抱住苟泉，吮他的傷口。樂果濃黑之中輕撫苟泉的背脊，細聲呢喃說：「臭男人，狗屁男人。」苟泉很溫順地俯臥在樂果的雙乳上，感受樂果的軟語，感受樂果的柔情似水。苟泉的呼吸平息了，慢慢打起了呼嚕。樂果知道他睡著了，每一次房事過後都這樣，在她的身上睡一小覺。樂果側過腦袋，淚水一下淌出來，流進了耳窩。樂果在心中對自己說：「你今晚給別人做了一回女人，在丈夫身子底下卻當了一次婊子，你這個婊子是當到家了。」

整個戀愛過程苟泉都沒能抬起頭來。生米的確煮成熟飯了，但這碗飯最後能盛在誰的碗裡，依舊是未知。男人和女人戀愛可能都是這樣的，像接吻，男人把頭埋下去，而女人卻腦袋昂昂的，胸脯挺挺的。女人是男人頭上的烏雲，城市是鄉村上空的烏雲，苟泉都攤上了。苟泉只好把頭低下去。這是命。是命就得認。

但戀愛畢竟是戀愛，快活總是它的質地。看看電影，在電影院裡做點小動作；共享一隻冷狗；匆匆忙忙做一回愛，總能生出許多好心情，總能和平庸的日常生活有所區分，甚至有所對抗。接吻是戀愛的主旋律，是接吻支撐了戀愛，維繫著戀愛。樂果的吻雖然懶，但是有特色，像啄木鳥，噘著嘴唇東啄西啄，小小的，碎碎的，情趣盎然的。苟泉在吻上頭辦法不多，但也有強項。要吻就得抱，一抱苟泉的優勢就顯出來了。苟泉的擁抱結實、盡力，死心眼，有往死裡整的意思。樂果喜歡。樂果喜歡被擁時那種痛感的、被動的、窒息的方式，只有近乎傷害、近乎折磨的擁抱才是擁抱。苟泉就有這一手。

然而苟泉怕往樂果的家裡去。一到樂果的家裡苟泉就想起自己是鄉下人了。在大街上苟泉就沒有。一上街苟泉會拿自己當大街的主人。大街就是這點好，誰當主人都是可行的，無謂的，這是城市的迷人處，豁達處。苟泉對大街越發迷戀了。大街是一條華麗的謊言，你重複的次數愈多，它就愈具體、愈眞實、愈可感。偶爾遇上學生，苟泉一手摟住樂果的肩部，一邊頷首答應學生的招呼，堅信自己是城裡人了，離城市的核心只有一只皮鞋那樣長了。

但要命的是樂果的脾氣。她說發就發，沒有閃電、沒有雷鳴。走得好好的，她的臉說拉下來就會拉下來。苟泉跟在後面，找不出原因。買的梅子酸，她生氣，「酸死了」；不酸她更生氣，「哪像梅子？」除了上床和接吻，她都有氣的理由，不高興的理由。這很讓苟泉傷神。苟泉和她吵過一次，樂果回的話很毒，把他一直堵到了鄉下。樂果說：「別跟著我。」別跟著我，這句話讓苟泉的心情壞了好幾天。壞完了只能再跟上去。

苟泉低著頭，虛心地、福祉地、謹愼地、快樂地、巴結地、警惕地、鞠躬盡瘁地戀愛了。

但總體上荀泉是滿意的。幸福和快樂的源泉就在他「願意」。畢竟戀愛了，融入新都市了。

戀愛進行了三個月。戀愛建立了以樂果爲主導、荀泉爲基礎、沒有民主、只有集中，既有樂果的統一意志，又有樂果的心情舒暢這樣一種生動活潑的生活局面。局面建立了，荀泉結婚了。

結婚了。生活對荀泉微笑了。荀泉以勝利者的姿態承迎這種微笑。荀泉想到了幸福、美滿、溫馨和甜蜜這些好詞彙。這些詞不再空洞了，它們洋溢出類似於花生米的世俗芳香。荀泉的每一個日子都是一顆花生米，荀泉是花生米的這一瓣，而樂果是那一瓣。生活不是活著，不是日子。生活是活著的至善，是日子的至美。荀泉心花怒放。

但生活並沒有微笑，只是露出了牙齒。戀愛結束了，生活還原成生活了，還原成活著，還原成日子。這裡頭沒有大思想，沒有上下五千年。生活成了綿延不斷的、存在的、不可逃脫的、瑣碎的細節和習慣。這些細節與習慣你不可忽略，它們等同於生命與生活。它們甚至就是生命和生活的本質或內核。在餐桌上如何咀嚼？菜湯裡放多少鹽？鞋子碼在哪兒？工資的財政支出應以什麼爲重點？牙膏是從尾部擠還是從腹部擠？毛巾怎麼掛？被子是左疊還是右疊？倒茶時茶杯底下可以有水嗎？洗襯衫的領口可不可以用刷子？洗滌劑洗過的碗是清兩遍還是三遍？吃完生大蒜能接吻嗎？米飯裡該不該摻胡蘿蔔？打肥皂爲什麼總要咯吱咯吱的？爲什麼把日光燈總是說成「電棍」？下午洗了澡晚上爲什麼不洗腳？吃飯時爲什麼鼻尖上要出汗？說夢話爲什麼不說普通話？都結婚了怎麼還夢遺，夢見誰了？

結婚前苟泉的生活是沒有固定款式的，現在苟泉把款式娶進家門了。鄉下丈夫只有一種活法，那就是妻子的活法。這些活法沒有什麼必然的理由，之所以是這樣，是因為丈母娘是這樣。丈母娘怎樣帶大女兒，女兒便怎樣教育丈夫。它與種性、血脈和狐臭一樣，是延續的，隱匿的，頑固的，捨我其誰的，永遠正確的。只用了兩年時間苟泉就自我發明了這樣一種句式：「以前我……自從我結婚後就……」苟泉說這話時是自豪的，自我的重構是卓有成效的。「以前我……自從我結婚後就……」早就被昇華為一種生命模式，一種語法規則，一種邏輯關係，它既不是遞進的，也不是轉折的，而是生態的。這時的苟泉早已是苟茜茜的父親了，他的自我重塑不僅嚴以律己，而且推己及人，用樂果的思想成功地造就了女兒。

阿青十九歲那年去的南方，去的時候只帶了自己的身體。阿青回來的時候身體還是不錯的，也沒有壞到哪裡去。姐妹們私下裡都羨慕她做得好，但也不好問。這樣的事歷來都是好做不好說的。阿青從南方回來就準備洗手了，戒了一陣子，然而不行，身子不答應，又做了。但阿青在佛羅倫薩夜總會從來不胡來，夜總會有那麼多英俊的相公，無聊的時候隨便苟且一兩個，也是常有的事。但阿青是大廳裡的媽咪，在夜總會內部從來不鬆這個口。賣酒的不貪杯，這就好了。

阿青對樂果不錯。和阿青靠近的幾個小姐都看得出來。這裡頭有阿青的心思。阿青一直想找一個教師把自己嫁過去。這樣的買賣不會錯。男人當上教師人就妥當了，壞也壞不到哪裡去。阿青讀高二的時候就明白了這個大道理。那時候三四個任課男教師對她都有意思，膽子最大的也不過插了插她的頭髮。哪像她後來遇上的工農商學兵，一個個生生猛猛的，面無懼色，理直氣壯，上了就幹，幹了就走，走了還來。男人當上教師肯定會很妥當的，又死要面子，絕不會弄出白進紅出那樣的大動作。就算知道了，他還要爲人師表，決不會丢下「師娘」不管的。對於洗了手的小姐來說，守住銀行的存款單，再嫁給一個教書匠，這樣的日子肯定不會有什麼大紕漏。

樂果當上小姐的第二天臉上的模樣很不好。下眼袋青青的，是睡壞了的樣子。好像還哭過了。阿青看在眼裡，有點不滿意。當過教師的女人就這點不好，太實在，做什麼事都有負責到底的精神。稍不盡心總會有所歉疚的。樂果第二天晚上遲到了幾分鐘，她唱了一首很怪的歌，「月亮的臉悄悄在改變」。這首歌是寫女人的，心變了，不好向男人說出口，只好用月亮的圓缺來暗示無常。唱起來很傷心，有點無力回天卻又不忍傷害的意思。「你看，你看，月亮的臉悄悄地在、改、變——月亮的臉悄悄地在、改、變——」樂果唱得極動情，有一種止不住的抒發。但樂果三十出頭了，顯然不適合再唱這樣的曲子，不應當再有那種柔嫩心情。阿青坐在暗處，注視著她。知識份子確實還是有點酸，一有風吹草動就拿「墮落」這樣的恐怖話題嚇唬自己。阿青可不喜歡。皮肉生意是天下最公正的貿易，你睡了，我拿了，帳目很清楚，犯不著爲這樣的事撩撥心情。那種事，不做也省不下什麼來的。

樂果一下來阿青就把她叫到後臺去了。阿青說：「怎麼啦，你？」後臺的單間裡用的是日光燈，樂果的臉一到日光燈的下面便有了一層青光。樂果坐下來，說累。樂果不肯看阿青的臉，倒上一杯水，用指頭把玩杯子的沿口。樂果咬住嘴唇，好半天才說：「你告訴我，我是不是一個壞女人？」阿青聽了這話便笑，沒有聲音，只有表情。阿青耷拉著眼皮有點不高興地說：「壞女人？樂果你輕輕鬆鬆的一句話，把我們姐妹可全罵了。」樂果解釋說：「我不是那個意思。」阿青拍拍樂果的肩，說：「別想得太多，你只是不習慣，習慣了你就順了。」樂果說：「我還是不該做這種事的。」阿青笑起來，說：「算了吧。餓死事小，失節事大，這樣的女人有，少；豆腐一樣摸兩下就咧開身子的，這樣的女人也有，也少，剩下來的女人說到底就是你和我。沒上這條船的，找不到藉口罷了，上了這條船的，想立牌坊罷了，全是自己的事。別怨別人，那可是文人沒事找事。」樂果說：「我怎麼是你？我才不是你，我還有女兒和男人呢。」阿青便不吱聲了，一手插腰，一手搭在樂果的肩上。樂果嘆一口氣，若有所思地說：「我還是覺得對不起他。」阿青把話聽在耳朵裡，翹著眉梢說：「要不你讓他和我睡一回，也扯平了。」樂果不高興了，掛下上眼皮，樂果說：「阿青你說什麼？阿青你胡說什麼？」阿青說：「我一點也沒有胡說，你看看你，這麼一點事情都解不開，還當老師呢，怎麼開導下一代？」

五棵松幼兒園的老校長不是一個老太太，而是一個老頭子。樂果被電視攝像機堵在沙發上的第二天老校長就在電視裡頭看見了。但老校長沒有認出樂果。樂果的每一套服裝老校長都熟識，老校長就是沒見過樂果的胳膊與大腿，猛一見到反而認不出樂果來了。在這一點上現象比內容有時來得更爲本質。老校長沒往心裡去。電視上的事情就這樣，和自己再靠近也是比鄰若天涯。

第二天一早老校長接到了牌坊區警局打來的電話，說話的口氣又戴帽徽又佩領章，很森嚴，老校長放下電話居然記不起樂果長什麼樣了。老校長的一張老臉漲得通紅，血就是往上衝。這個死愛面子的老文人羞愧難當，彷彿在浴室被學生看到了陰部，有了無處藏身的尷尬與淒惶。老校長爲人師表了四十年，再有百來天他就正式退下來了，他將帶著他的清白、孤傲和四十年的好名聲離開教育。老校長守著幼兒園，有一句最愛說的話，叫雞窩裡飛出金鳳凰。五棵松幼兒園是一只小雞窩，老校長親手教過的「小鳳凰」裡頭有一隻都當上副市長了。今年的九月十號，教師節，副市長張援朝將會到五棵松幼兒園來的，親手給他披紅戴綠，親口叫他「老師」。小朋友們將會用腰鼓和彩綢總結他的教師生涯。他將喜氣洋洋地、心滿意足地回家，四十年，功德圓滿。

但電話來了。雞窩裡飛出了一隻雞。

這不是一隻普通的雞，這是一隻關係到他一世清名的雞。老校長拉開抽屜。這只抽屜裡全是名片。這些名片他是從來不用的，閒時看看，心裡歡喜，有桃李滿天下的好感受。老校長穩住自己，挑出了四五張。老校長把四五張名片捏在手裡，像打撲克時進入了殘局，不能決定出哪一張。老校長思索再三，把名片重新塞回去。老校長拿起電話，直接打通了副市長張援朝的手機。老頭子厚著臉皮說了一通廢話，手機那頭都不耐煩了，說老師有事請儘管開口。這句話傷了老師的自尊，求學生總是不體面。但老校長必須把這攤雞屎擦掉，愈快愈好，愈乾淨愈好。老校長終於發話了，讓牌坊警局放人，現在就放，「快樂的樂，結果的果」。老校長說完話電話那頭就沒聲音了。幾秒鐘後聽見張援朝正在對別人說話，張副市長吩咐說，牌坊區警局，快樂的樂，結果的果。

星期一一大早老校長第一個到校。關注樂果是他今天的首要的任務。家賊難防，家醜難擋。難哪。

樂果進校門的時候騎的還是那輛紅色自行車。老校長站在二樓的辦公室，一眼就看到樂果的長頭髮了。她的頭髮眞應當上電視做洗髮水廣告的。樂果並無異態，照舊是端莊和文雅的樣子。這就好。樂果停好自行車。梧桐樹上掉下一片舊葉子，落在她的左肩上。樂果撣開了，這個舉動被老校長看出了疲憊和悃然，看出了身體的裂痕和負重狀態。老校長嘆了一口氣。這口氣像一片落葉，掉在風裡，掉在心思裡頭。老校長決定在第一節課的課間到會計室裡去，隔壁就是樂果。女教師的嘴雜，又尖，萬一她那邊有什麼事，一定要一巴掌拍滅。這件事不論用多大心思，都不能有一點明火的，稍有走漏弄出人命來也說不定。這件事不能有半點馬虎，不能讓自己的一生在這事上頭虎頭蛇尾了。

女人對做皮肉生意的往往半是鄙夷半是暗慕。這種矛盾心態造就了一種批判力度。擁有這股力量的女人既鎭定又迷狂，像林克老師上衣的顏色，是紫色的。

林克老師和樂果老師一同畢業於幼兒師範學校，一同分發到五棵松幼兒園當幼兒老師。同學的時候她們彼此叫名字，畢業後彼此改稱老師。她們同年、同學、同事。相同的多了，就有了比較。愈比較雙方也就愈客氣了。

樂果在電視上一出現林克便認出來了。在認出樂果的那個瞬間林克的心情像用慢鏡頭拍攝的花朵畫面，一瓣擠著一瓣往外綻放。林克自己也料不到能有這樣的好心情。心花怒放，是怒放呢！林克到這個時候才清晰起來，她恨樂果其實已經十幾年了。說不出恨什麼，但解恨是眞的。

星期一上午林克早到了十分鐘。學校還是空的。只有校長在二樓辦公室往外推窗戶。林克在車棚底下對校長點點頭，校長也朝她回敬了點頭。林克笑得很從容。校長笑得更從容。

樂果的出現很準時。因爲準時更具備了某種幽靈性質。樂果知道有人在看自己，舉手投足越發源於生活而高於生活。樂果推車進門的時候林克正在調試節拍器。樂果的身影在她的眼裡眞實到近乎恍惚了。林克盯著樂果的胯部，研究她的步行動態。電視上的那個女人絕對是這個小婊子。怎麼會錯！她裝得可眞像，褲襠裡頭都天衣無縫了。節拍器在動，正好2／2拍節奏科學負責地擺動。沒有一個節拍有可能出現奇蹟。樂果正走過來。林克的腦子記不起昨天的話了。那些話她準備在下課之後當著大夥說的。但現在不行了。說不好會說出官司來的。

第一節課間樂果哪裡也沒有去，她在一只小紅鼓的旁邊做手工，剪一隻唐老鴨。林克走進辦公室，辦公室有三四個老師，各自忙自己的事。林克放下節拍器到樂果的面前去洗手，林克打上肥皂，對樂果說：「我也要剪一隻雞的。」樂果說：「不是雞，是唐老鴨。」林克聽在耳裡，拉長了聲音「哦」了一聲，背過身去了。樂果聽出話裡的話，停下剪刀，感覺到臉上的顏色變了。傅老師正和孔老師、小沈老師說一件什麼事，但傅老師突然想起什麼了，抬起頭，大聲說：「前天晚上看電視了吧？」林克冷冷地說：「現在的電視有什麼意思。」傅老師反駁的嗓門越發大了，說：「你沒看，那天晚上公安員去抓雞，笑死人了。」高老師倒了一杯開水，不以爲然地說：「這還不是常有的事。」傅老師站到辦公室的中間來，一邊比劃一邊描述裙子和拉鎖的事。高老師噴出一口水，說：「眞的？」林克說：「別信她，電視上怎麼會放這種東西？」傅老師丟開孔老師和小沈老師，重新敘述了一遍，重新比劃了一遍。林克不看她，只是用毛巾擦手。小沈老師證明說：「是這樣的，我也看見的。」林克說：「逗你玩玩的，我什麼不知道，那個女的我還認識呢。」林克的話超出了這句話應有的效果，辦公室很突然地闃靜下來，所有的眼睛竟一起盯住林克了。樂果的餘光看見林克的尖頭皮鞋在身邊走動，林克說：「是個日本姑娘，叫松下褲帶子。」話一脫口，屋子裡就大笑，樂果愣了一下，也跟上去笑。這時候老校長背著手慢踱過來，笑著說：「這麼開心，是不是林克老師又在說我笑話？」這一問大夥又笑。林克說：「我怎麼敢，校長你問問樂果老師，我什麼時候說過人家的壞話了。」傅老師忙著接上來，說：「不怪林老師，是我惹的事。」樂果臉上的肉早就笑累了，僵在臉上看上去不是皮笑肉不笑，而是肉笑皮不笑。老校長瞥了她一眼，走上去一步，用身子把樂果擋住了。傅老師拉住老校長的胳膊，興致正濃，又重頭講起。校長低著頭，很開心的樣子，耐心聽。傅老師把「松下褲帶子」的故事也講了一遍，老校長點點頭，笑著說：「電視我也看到的，又嚴打了。沒有一兩年那些女人是出不來了。」「上課，上課了上課了。」老校長丟下話，適時而退。林克望著他的背影，心裡頭有了七八分數，罵一聲「老狐狸」。傅老師說興未盡，回頭說：「你們怎麼啦？怎麼校長一來都啞巴了？屁也放不出一個。」林克斜一眼樂果，沒好氣地說：「這裡的屁股靜悄悄。」

冷戰在繼續。荀泉和樂果在迴避。故意迴避的東西往往是生活的中心。這個中心現在就擺在荀泉和樂果的面前：到底是離還是不離？

婚姻從來就不是戀愛的結果，只是後續。它和戀愛是完全異質的東西。戀愛只是當事人雙方的事，但婚姻不一樣，婚姻和當事人在骨子裡反而遠了，它只是當事人的容器，是當事人奉獻給他人的視覺形態。婚姻保證了當事人在法律上爲別人而活，要解除它，對別人就得有所交代。離婚無足輕重，離婚的原因才是別人的生活風景。

荀泉和樂果對離婚的原因都無法啓齒。只有冷戰。也叫分居。

但吃飯是個大問題，有孩子，就必須有人盡義務。好在有那麼多年的婚姻基礎，默契還是有的。一、三、五樂果承擔了，荀泉則撿起二、四、六、日。誰承擔家務誰就是當天的主人，可以對女兒說「快點吃」或「做作業去」這樣的話，另一位則要沉默，免得一唱一和，太親近，弄得沒臉沒皮的。做主人往往是熟悉的，但樂果和荀泉對做客人的日子都不適應。尤其是吃飯。自己拿著碗到人家的鍋裡去裝飯，很尷尬，有點像行乞。晚上則要省事得多，電視機不開了，荀泉看書，樂果打毛線。看什麼書樂果不知道，毛線是誰的荀泉也不管。荀泉就知道樂果在打毛線，而樂果只曉得荀泉在看書。

但第一個星期六上午荀泉就出事了。一清早買完菜，回家的時候樂果和茜茜都在睡，荀泉又上沙發睡了一個回頭覺。荀泉一睡著居然夢到樂果了。在夢中樂果嬌豔異常，剛從飛機上下來。樂果成了電影演員，在東京都得了大獎了。荀泉和樂果一同坐在電影院裡，看樂果主演的電影。樂果演了一個風塵女子，被人從妓院裡拎出去了，頭髮又亂又長，把整個臉都遮住了。

茍泉和樂果坐在電影院的最後一排，手拉手。茍泉很幸福，樂果既在懷裡又在銀幕上。樂果在懷裡動，而樂果和張國榮正在銀幕上演對手戲，在床上，動來動去的卻是張國榮。茍泉說：「你怎麼演這種戲？」樂果說：「做做樣子嘛，又不是眞的，那只是電影。」這麼說著話電影又沒有了，電影院是空的，又昏暗又寂靜一排又一排扇形坐椅自上而下卻空無一人。茍泉握了握樂果的手，意思是我們也幹，樂果扭了扭身子，意思說不。樂果說：「剛才是電影，做做樣子的，那不是眞的。」茍泉很大度地說：「我知道。當然不是眞的。」這麼說著話，胸中的烏雲一下全消散了，兩個人在空蕩蕩的影院裡說幹就幹，坐著，樂果的表情與剛才的電影無異，又柔媚又亢奮。樂果討好地重複說：「那只是電影，不是眞的，只是電影，只是電影。」茍泉心境愈來愈開闊，也就愈戰愈勇了，輕聲說：「我是眞的，我們才是眞的。」就在這一刹那茍泉卻醒來了，睜開眼，看見的是家。這個發現讓茍泉沮喪不已。沮喪的快感遍布全身，糟糕透了。這時候樂果已經起床了，她在梳頭。一邊梳一邊看茍泉。但茍泉一睜眼她又把頭側過去了。茍泉不知道樂果有沒有發現他身上發生的事。茍泉長嘆了一口氣，羞愧、悵然而又傷心。樂果在那裡梳頭。她的頭髮比她的肉身更像婊子。烏雲又回來了，籠罩了茍泉的夢醒時分。茍泉閉上眼，後悔夢中的所有舉動。

丈母娘就在這天上午到茍泉家裡來了。她老人家整天在四仙桌上搓麻將，都成仙了，難得到凡世來走上一趟的。丈母娘提了一只布口袋，把手是兩只環形玉石。丈母娘一進門就喊茜茜，幾句話一退場門就營造了一種溫暖氛圍。丈母娘的親切模樣使茍泉起了疑心，往常她老人家說話可不是這樣的，句頂句，做完了結論還要補一句，「我說的」。她不僅做結論，同時還要很負責任地注明結論的出處與威權性，是「她」老人家「說的」。苟泉第一次和樂果吵嘴就是被「我說的」制伏的。苟泉登門去要人，丈母娘堵在門口，發下話來：「你先還我女兒，我會還你老婆，——我說的。」爲了還丈母娘一個女兒，苟泉經歷了婚姻歲月裡的第一個糟糕時刻。這段日子後來過去了，不是日子過去了，是時間把這段日子給過掉了。但苟泉留下了後遺症，一種病，一種恐懼的病。苟泉至今沒有找到這種病的名字，然而苟泉知道，自己病了。病就隱藏在身體的內部，和腸胃與血液一樣具有無限的物質性。

丈母娘登門的意圖很快就流露出來了。她把茜茜抱在腿上，用一種詫異的腔調說：「茜茜怎麼瘦下去了？」苟泉沒有接話，也沒有接話的意思。樂果拿著拖把，說：「不還是老樣子。」丈母娘說：「再怎麼說，也不能苦了孩子。」苟泉的兩隻耳朵一起聽出了話裡的話，什麼叫「再怎麼說」？她早就知道這個家裡發生的事了。發生了這麼大的事，居然是「再怎麼說」！苟泉明白她的來意了，老人家親自來火力偵察呢。苟泉的壞脾氣一起往上衝，卻不敢發作。苟泉拿起菸，裝出若無其事的樣子，悄悄逃出了家門。苟泉一出家門就迅速溜走了。撤，給你一座空城，讓你們母女倆偵察去，唱戲去。

但苟泉走得還是太衝動了，忘了帶鑰匙。這個細小的疏忽直接導致了當天晚上的一場惡戰。苟泉回到家，對門劉老師家的電視機正在播送「體育新聞」。家裡的燈亮著，苟泉掏鑰匙，沒有。上下都掏了，沒有。苟泉只好敲門。苟泉自己都聽出來了，敲門的聲音又自卑又曖昧，偷情似的。只好開口，喊茜茜的名字。屋裡頭還是不應。苟泉只好又敲，準備豁出去喊「樂果」了，屋子裡的燈卻滅掉了。這個細節徹底激怒了苟泉，屁都放到他的鼻孔眼裡來了！

苟泉飛起腳，轟的一聲，門開了。對門劉老師家的門也打開了。

樂果衝出來。地上散的全是木頭的碎片。樂果大聲說：「幹麼？」聲音在靜夜裡像一顆流星，絢爛而又急促。

「幹麼？」苟泉拖著聲音說。

「你幹麼？」

「你幹麼？」苟泉說。

「走！你再走！」

隨後萬籟俱寂。

這場戰爭迅猛，劇烈。戰爭的效果很顯著，整個校園都聽到了。在隨後的一分鐘裡，校園裡每一扇窗子的後面都伸出了一顆腦袋。苟泉鎮定下來，盯住木門框。破裂的木門框使家的款式變得又醜陋又陌生。苟泉站在客廳裡，彷彿生活在別處。夜裡的安靜被校園過濾過了，越發剔透純粹了，都不像夜了。

「不能喝，充什麼英雄！」樂果在事態平息了之後突然補了這一句。聲音和剛才一樣大，一樣響，一樣亮。

苟泉坐進沙發，有些糊塗，我什麼時候喝酒了？什麼時候充英雄了？苟泉想了想，乾脆拿目光四處找酒了。家裡沒有。只有廚房裡有一瓶料酒。苟泉走進廚房，取過料酒往肚子裡灌。味道不對，但終究是酒的味道。苟泉在夜深人靜的時候兀自喝酒，把傷心也喝出來了。自從樂果事發，好歹也是樂果看他的臉色的，這一吵居然把日子又吵回先前去了。苟泉渴望平庸，渴望瑣碎，渴望成爲一名最日常的小市民。但平庸的日子就是不答應讓他平庸。

形勢愈來愈壞，愈來愈複雜了。大院裡那麼多的表情和眼神放在那兒。茜茜也帶回壞消息了。茜茜說，拿報紙的老奶奶上午問她了，問爸爸「睡在哪兒」。這話問得太陰損，太毒辣。苟泉問女兒說，「你怎麼說了？」茜茜哼嘰說：「我說不知道。」苟泉說：「她是問昨天還是問這幾天？」茜茜想了想，說記不起來了。苟泉說：「你怎麼不問她？」茜茜眨巴了幾下眼睛，仰起臉的時候都成淚眼了。女兒的眼眶裡有一種明白一切的委屈。苟泉看了心煩，一轉眼就看到了樂果的冰冷目光。這個女人把美好的平庸歲月給毀掉了，她打翻了一只墨水瓶，把自己的家浸透了不算，正一點一點往外漬，染上的人愈來愈多了。

必須中止這種浸漬。再這樣下去，離婚都來不及。苟泉當機立斷，下午就買了兩把羽毛球拍，一只羽毛球。苟泉、樂果、苟茜茜的羽毛球表演賽當天下午便在宿舍樓的過道上展開了。

樂果這一回很知趣。沒有反抗。苟泉的計畫得到了樂果的暗中相助。羽毛球在空中飛來飛去，很輕盈的樣子，很歡樂的樣子。茜茜像一隻被解放的狗，撿球並且歡跳。苟泉和樂果都很累，他們用了很大的力氣，表演輕鬆，表演和睦，表演其樂融融。他們的臉上帶了微笑，餘光注視的卻是樓上的陽臺。已經有四個人看到他們打羽毛球了。苟泉注意到了。已經有四個人目睹了苟泉家的平安無事與幸福美滿了。苟泉出了一些汗，心情憑空地亮堂了許多。總務處的方主任站到陽臺上來了，苟泉一時高興，大聲招呼說：「方主任，下來玩兩下吧。」方主任瞇著眼睛，高聲回了一句話。方主任的那句話也是極平常的，卻讓苟泉和樂果聽上去多心。方主任說：「看你們兩個打，也蠻好玩的。」樂果一聽就委頓下去了，不玩了。夫婦兩個回到家，一到家微笑就死在臉上了。這場該死的羽毛球無聊而又做作，令人疲憊，令人作嘔。茜茜拿著一只球拍從外面追回來，一到家就發現不對勁了，茜茜抬起頭，看一眼爸爸的臉，又看一眼媽媽的臉，只看了兩眼茜茜的小臉便一點一點黯淡下去了。

樂果完全沒有料到剛一結婚就懷上了身子。苟泉答應她的，兩年裡只耕種，不收穫。但樂果就是懷上了。樂果在排卵的日子裡都要親眼看見苟泉用保險套才肯放行的，再也想不到會有疏忽。樂果懷孕之後不止一次地說：「怎麼會的呢？」苟泉則不吭一聲，滿臉事不關己的樣子。樂果看到苟泉的樣子心裡全明白了。這位受過高等教育的農民在床上又勤勞又狡詐，他肯定在事態的要緊關頭多了一個心眼，樂果讓他鑽上了空子。

要命的還不是懷孕。要命的是一個最基礎和最簡單的東西：錢。懷孕了。但樂果沒有存款，而苟泉也沒有。但過日子是一個十分具體、十分貿易化的事情，大米、夾克衫、牙膏、味精及至於電燈送來的光明和水管送來的自來水都要以錢作爲前提的。樂果捂住自己的肚子，決定讓苟泉去賺錢。最簡捷的辦法是讓苟泉去當家庭教師。別的他不行，但教書他會。

然而苟泉不。在當不當家庭教師這個問題上苟泉表現了驚人的倔犟。他「丟不起這個臉」，「放不下這個架子」。樂果冷笑說：「你有什麼臉?你有什麼架子?」苟泉不答她的話。他買回了宣紙與筆墨，又開始練起柳公權了。樂果一懷上孩子他的所有計畫都全部實現了，就把三成熟的柳字再撿起來，儒雅儒雅，文化文化。至於孩子，鄉下人說得很具體了，「愁養不愁長」。只要有了，你不用愁，他會長的。他眞的長瘋了你拿秤砣都壓不住。

但婚後的第一場戰爭最終還是打響了。

樂果的肚子一天比一天大，家裡的開支自然就一天比一天大。樂果說：「你去不去？」荀泉耷拉著眼皮說：「不去。孩子長大了，沒錢我賣血。」樂果說：「你賣什麼血？你那是豬血、驢血、雞鴨血，你還能賣什麼血？」荀泉賠上笑，說：「我是過河的卒子過江的龍，好歹是城裡人了，給學生知道我在外面做家庭教師，還有什麼臉面。」樂果說：「當家教怎麼啦？褲子掉下來不怕丟人，放個屁倒想拿手捂住了。」荀泉心裡頭不高興，腆了臉，想來個笑料，說：「總不能讓我去賣淫吧？」樂果一聽這話臉色馬上變掉了，荀泉自己聽了也彆扭，這句話放在肚子裡還有點意思，一出口味道就變。「你倒是賣得出去！」樂果過了一刻憤然說，「你倒是賣得出去！」荀泉說：「別動這麼大氣，什麼事都好說，掙錢我真的掙不來，我們窮什麼？比起我小的時候不知好到哪裡去了。」樂果隨即沉下臉來，大聲說：「你那時是什麼？豬。」荀泉咬住下唇，堵了好半天，鬆開來的時候牙印窩子都是白的。荀泉堆上笑說：「你不是嫁給豬了？」樂果說：「我是母豬還懷了你的小豬，——滿意了吧？」荀泉極委屈地說：「別吵了，日子真是不錯了，不能不知足。」樂果顯然被這話又激怒了，樂果說：「不錯什麼，知足什麼？家裡有什麼東西？哪一樣能和人家家裡的比？」樂果冷笑一聲說：「倒是你老爹扛來了一點稀罕物，三十斤糯米，五斤紅豆，還有兩瓶小磨麻油。」這話傷了荀泉的心。自己沒用也就罷了，總不能讓爹娘老子也賠進來。荀泉沒有再接話，點上菸一個人出去看電影去了。荀泉很晚才回來，鍋裡沒有晚飯，只好用兩包快餐麵將就了往嘴裡塞。上了床荀泉卻睡不著，一腔鳥氣無處消遣。荀泉哭喪著臉又起床，點上蠟燭，泡上筆，研好墨，攤開宣紙來寫幾個字。寫了幾行又覺無聊，隨意塗下「他媽的」這三個字解恨，又寫了一遍，不覺就寫了十幾行，兩三張紙了。茍泉寫得酣暢手裡頭更覺淋漓，愈寫愈恣意，用篆、隸、楷、行、草各寫了幾樣。自己又端詳了一回，眞是不錯，心裡頭熨帖多了，天藍藍海藍藍的樣子。舊文化在夜深人靜之際還眞的安慰他這個城市人了。

「罵誰呢？」樂果在身後突然說。

茍泉嚇了一跳。回過頭來，樂果穿著睡袍早就站在門框底下了。她的身影在燭光下面有一種姣好的鎭定與溫柔的凌厲。

「沒罵誰。幹麼說得那麼俗。」茍泉很沉痛地說，「這是書法。是藝術。」

有關掙錢的爭吵沒有完結，相反，正往縱深發展。丈母娘又來送雞湯了。茍泉怎麼吵也不該把丈母娘捲進來的。當著丈母娘的面茍泉一定是被樂果弄得狗急了，說出了一句跳牆的話。茍泉自語說：「操你媽。」茍泉記得自己是自語的，怎麼說得那樣響。居然讓別人聽見了。話一出口茍泉就知道嘴裡頭噴出大糞了。丈母娘推開砂鍋，離開了坐位，問：「你說什麼呢茍泉？」茍泉站在一邊，一雙眼無比緊張地交替著打量面前的母女倆。茍泉解釋說：「沒有。」丈母娘說：「你過來操，茍泉，當著你老婆的面，到你媽這邊來。」茍泉聽了丈母娘話，又惶恐又噁心，實在是噁心透了，小市民透了。茍泉耐著性子，說：「媽，你怎麼這麼說，我只是隨口的一句罵，你怎麼能把話說得這麼難聽。」「我難聽？」丈母娘一聽這話嗓子裡就躥出了藍色火苗，「小子，你說說清楚，誰敢操我？膽子比地圖還大！——你有什麼？票子、路子、老子、房子，你有哪一樣？我說的。就你這個死樣還想和我女兒過日子？還想當父親？還想來操我？你城裡的話還沒有說周全呢！沒經廚師手，一身醬瓣氣，你四兩力氣二兩膽，逼你造反你也不敢反。操我！我在華清池浴室裡待了二十年，什麼樣的×我沒見過？苟泉，二十四小時內你到我門上去認錯。我說的。走。」

苟泉的眼睛給丈母娘罵綠了。整整一天他的眼裡都是驚恐的綠光。做了城裡人，怎麼反過來像太監了，一點規格也沒有，一點體面也沒有。苟泉無限喪氣，又不甘心。把大學時代的舊書翻出來，找罵人的話。找了五十條，十分清晰地抄在一張紙上。丈母娘那裡他是要去的。他要做好兩手準備，萬一求和不成，和丈母娘也只有翻臉。但丈母娘一罵人苟泉的腦子就空，不能打無準備之仗，苟泉得有備而來。苟泉不會罵，還不能掏出講稿來朗誦嗎？苟泉也不是好欺侮的，苟泉也是受過四年制的本科教育的。

謝罪的儀式近乎沒有，或者說，近乎家宴。苟泉提了禮物上門了。這就好。丈母娘這就高興。丈母娘知道苟泉會來，「我說的」事情，他不敢不照辦。丈母娘又煨了一隻雞，守候苟泉。苟泉沒有多說什麼話，卻被留下來吃飯了。苟泉的心口撫不平，不過臉上還是要笑的，一屋子都是他一個人的微笑。他不說話，不住地點頭，不住地笑，不住地吃，咀嚼和下咽成了苟泉的自我報復，愈吃愈傷心，愈傷心愈吃，都有點化悲痛爲食慾了。苟泉撐不下去了，說了幾句大路話，走人。老丈人望著苟泉的去影，自語說：「我一直沒發現，他怎麼這麼能吃。」丈母娘很寬容地說：「嘴是進城了，胃口還在鄉下呢。就這樣。」丈母娘抹掉苟泉留下的一摞雞骨頭，嘆息說：「果果這丫頭眞是自找的。」

日子出梅了。出梅之後的日子一天一個大太陽。太陽漂漂亮亮的，從東向西，每天都要墜落到相同的地方去。但苟泉家的日子看不出去向，見不到好，也見不到壞。分居的日子就這麼被樂果和苟泉適應了，其實這樣也蠻好。各人過各人的，生命本來不就是這樣的嗎？樂果的事似乎也過去了，除了他們自己，好像也沒有任何人關心過，提起過。說不定從來就沒有人從電視畫面上認出樂果來。丟臉面的事從來就這樣，只要沒人知道，丟了可以再撿回來，重新貼到臉上去的。

又是星期五。這個日子似乎迴避不掉，過不了幾天又要回到這一天上來的。苟泉早早就把大門插上了，從臥室裡抱出被褥，丟在沙發上。晚上抱出來，早上送回去，成了苟泉生活的起式和收式。這個儀式是不可少的，萬一白天有客人來，成套的枕頭和被子總得在床上顯示顯示恩愛的樣子。過去可以馬虎，分居後卻要頂眞，這是新情勢給新生活提出來的新問題。

樂果一個人待在臥室裡頭翻雜誌。雜誌上說的全是少男少女的事，看起來不疼不癢的。實在是無聊。天氣眞的轉暖了，臥室裡有了一隻蚊子，蚊子的吟唱很媚，聽上去充滿了舊情意，彷彿有很多的傷懷故事，令人想起杜十娘，想起崔鶯鶯，想起孟姜女。樂果依在床上，拿了幾根頭髮放在嘴裡，咬著玩。咬了幾下樂果的頭髮竟有些癢了。這種癢的感覺立即擴散了，在身體的內部傳送，沿著血管十分具體、十分可感地爬到手指尖上去，一戳一戳的，一陣一陣的。樂果發現十隻指尖的內部都隱藏了一隻蚊子，蚊子的翅膀無比細膩地上下顫動，過一陣子就要飛回來一次。樂果就在這陣煩亂之中毫無緣由地記起了佛羅倫薩夜總會，這次追記帶有隨意和自由落體的性質，無蹤無跡，不可遏止。樂果嚇了一跳，怎麼又記起那個鬼地方來了。樂果站起身子想找點事做做，找不出。不幸的家庭往往沒有太多的家務事。但頭髮窠裡癢得厲害，身上也癢，又搔不著。樂果決定洗個澡。洗掉一些附屬物身上總是要好受一些的。

樂果的洗澡從時間上來說顯然偏晚了，日子也不對，星期五。這樣一來苟泉有理由認定樂果不是在搞衛生，她的洗澡顯然就有了額外的意義。衛生間裡水的聲音很亂，蹦蹦跳跳的，很水性。苟泉聽見這樣的嘩啦聲，身體剎那之間發生了某些變故，突如其來，預備的過程都沒有。苟泉耐著性子勸自己靜下來睡覺，但腦子聽勸，身子卻不聽，公然在苟泉的身上我行我素了。茜茜正在寫作業，很用心的樣子。苟泉小聲說：「茜茜，睡覺了，不早了。」茜茜說：「還有很多作業呢。」苟泉很慈愛地說：「明天做，乖，聽爸爸的話。」苟泉聽見自己的話，聽出來自己在騙女兒，有著相當卑下和危險的企圖。茜茜很聽話地上床了。她服從命令的動作看起來相當乖巧。苟泉看著女兒睡下了，衛生間裡顯然聽到他的話了，水聲卻突然消失了。苟泉聽了片刻弄不清生活到底在哪裡出了大毛病。不敢想，一想就彆扭。自語說：「操，我操。」

樂果洗完澡握著一枝綠色梳子從衛生間出來。她一出來目光就和苟泉對上了。苟泉怎麼也不該用那種目光等待樂果的，都像熱戀中的少年了，只知道放電。樂果這麼多年來第一次看見丈夫的這種目光，有了久別勝新婚的劇烈激蕩，心裡頭咯噔一下。手也鬆了，梳子墜下去斷掉了兩只梳齒。樂果很慌亂地去撿，她的一對好奶子卻又露出來了，雙雙懸掛在苟泉的面前，風鈴一樣無聲晃動。又浪蕩又聖潔的樣子。樂果直起腰，感覺到臉紅，害羞的感覺讓她無所適從，都像小處女了。都十幾年不臉紅了，都十幾年不這樣驚慌失措了。樂果咬住下唇，在荀泉的眼裡越發媚態萬方了。樂果低下頭，長髮一下子傾瀉下來，遮掉了半張臉。荀泉望著妻子的半塊額頭，一隻眼睛，半隻鼻子，半隻張開的嘴巴和半個下巴，無語神傷。荀泉側過腦袋，胸口一上一下的。這個細節被樂果看在眼裡，春心無序地蕩漾，兩只奶子隨荀泉的胸脯誇張地起伏。樂果對這次遭遇激情沒有一點準備，懵懂了。眼裡噙滿了淚。她的失態與錯亂十分意外地增添了她的姣好風情。樂果轉過身，回到臥室。她的轉身給荀泉留下了一屋子的香皂和洗髮香波的混雜氣味。這是荀泉熱愛的氣味，聞上去又傷心又亢奮。但荀泉把自己穩住了，他絕對不會讓這個小婊子再把自己弄亂掉的。荀泉罵了一聲，關掉燈。荀泉聽見樂果在臥室也關上了燈。荀泉又得意又失望地說：「我操。」

荀泉最終沒有守住自己的關鍵之夜，像病了一樣，病得不輕了。他赤著雙腳，偷情一樣往自己的臥室去了。這既是一次沮喪的投降，又是一次驚心動魄的外遇。荀泉慌得厲害，推開門。門半閉著，沒有鎖。這讓他又開心又絕望，又欣喜又憤怒。他走到床邊，伸手不見五指。他完全依靠對家庭的空間經驗摸到了床邊。床上沒有動靜，但樂果早就在那裡猛烈喘息了。荀泉爬上去，做賊一樣偷自己的老婆。他們身體接觸的剎那雙方都愣了片刻，靜止了幾秒鐘。隨後就胳膊腿全絞在一起，也分不清誰是誰的了。感覺都好，是新婚的五十倍。荀泉做完了第一回合從枕頭上抽下枕巾，擦乾淨，躺在一邊長長吁了一口大氣。

兩個人都不動，各自躺在一邊調理氣息。就這麼過了十幾分鐘。後來樂果給荀泉蓋上一只被角，悄悄伸過胳膊，把苟泉摟住了，一舉一動都分外溫存，還有認錯的意思。樂果輕聲啜泣了。一滴淚掉在苟泉的肩部，十分抒情地向下蜿蜒。又過了十來分鐘，苟泉歇過來，一歇過來就開始準備第二回合。樂果無論如何也不該在這個時候開燈的。但樂果也恍惚了，想證實一下體邊的男人究竟是誰。樂果打開燈，燈光像功夫大師的飛鏢，又凶又猛，她只好瞇上眼睛，用一條眼縫打量苟泉。苟泉正瞇著眼睛斜視樂果。竟對視了。這樣的對視又怪異又醜陋，還貼得這麼近。他們避開了，說不出的彆扭與厭惡。苟泉搶過開關，很粗野地關上燈。他不想看身邊的這張臉，他不想看身邊的這條身子。兩個人重新坐在濃黑裡頭，樂果這一回相當主動，她的手又撫摸苟泉了。她的手像潑在苟泉的身上，呈現出衝擊與流淌的感人動態。苟泉幾下一弄又渾回去了，只剩下了慾望。第二回合開始了。這一個回合苟泉越發瘋狂，他的仇恨和報復夾雜了性努力一起過來了。樂果被苟泉的報復弄得幸福萬分，喜極而泣，輕聲呼喚苟泉的名字，又巴結又討好。樂果盡全力奉承苟泉，苟泉感覺出來了。他痛恨和厭惡這種婊子的行徑。想單方中止，卻不能夠。心裡頭愈憤怒動作卻愈類似於恩愛，樂果也就愈舒服愈癲狂了。苟泉心裡罵道：「媽的。」苟泉喘著氣氣急敗壞地罵道：「媽的。」

日子愈熱時間過得愈是飛快，轉眼又到了暑假了。放假的第二天樂果的家裡便出了大事情。樂果起床的時候發現家裡空掉了，苟泉和茜茜居然不知了去向。樂果慌忙檢查衣櫃和女兒的書櫥，猜他們是回鄉下去了。樂果坐在女兒的床上，難過了一陣子，卻擋不住開脫和解放的好感受。出事以來這個家哪裡還有一點像家，完全是老鼠洞，三個人一天到晚都探頭探腦的。

樂果徹底舒了一口長氣，先把電視機打開來，四下張羅了幾眼，準備來一次徹底的大收拾。樂果把沙發重新推到牆邊，沙發的扶手上洋溢出一股男人的頭油氣味。沙發底下積了一層塵垢，和沙發的底座一樣，長方形的。塵垢上有幾只菸頭、過濾嘴，還有幾塊茶杯的瓷片。樂果想了想，記不清什麼時候摔碎過茶杯的。挪好沙發樂果便開始拖地，拖了兩下就看見地面有幾處硬傷，是被瓷器砸出來的細密小坑，樂果取下苟泉的毛巾，當抹布，能抹的地方差不多都抹了一遍。然後就是洗，先洗了所有的餐具和茶具，然後是灶具。洗完了又洗鞋，把門後所有的鞋全找出來刷過一遍。樂果想了想，再把床單泡到浴缸裡去。泡上床單之後樂果順眼看了一眼電視機，都中午十二點了。樂果怎麼也不相信會是中午十二點了。都做了三四個小時了，一點也不餓，一點也不累。樂果扠著腰四處看了看，家的樣子又出來了，一拾掇就拾掇出來了。樂果很滿意地關上門，到學校大門口吃了一碗肉絲麵，一吃完又回到家裡去洗。但一碗麵下肚樂果很快懶下去了，有些犯睏，就躺到女兒的床上去。換個床睡睡覺有時也是很有意思的。樂果的這個午覺睡得相當長，做了很多夢，有十來個，沒有一個能記得起來。但最後一個夢樂果還有些體會，肯定被一個男人吻了，樂果醒來的時候還有怦然心動和悵然若失的印象。又甜蜜又緊張的。樂果一直睡到下午。起床後又洗。床單洗了，最後連門窗也擦了。全家都洗過了樂果最後洗自己。燒了六瓶開水，把每一根頭髮和每一隻指尖都料理了一遍。樂果重點清洗了身體的要害部位，擦了又擦。爾後樂果把自己的身體弄乾，找出一條新裙子，套上去，一屁股坐到沙發上去，嘆了一口氣。這時候天也晚了，窗子外頭是綿延不息的黃昏。樂果望著窗外，找事情做，卻再也找不到可以洗的東西了。這時候樂果才真的傷心起來，虛空起來，失去了歸附與依託了。樂果拿起鏡子，很憐愛地看了自己一眼，還可以再化化妝的。樂果把所有家當從床頭的小櫃子裡翻出來，她已經很久不給自己上妝了。樂果重新振作起精神，捏住粉餅往臉上敷粉底霜，樂果描上眉毛，把眼影也塗勻了，再用刷子刮幾下眼睫毛，隨後很用心地勾起了唇線，往大處勾，最後抹上了口紅，用的是玫瑰紅。抿兩下，對鏡子左盼盼右盼盼，還是不錯的，五官還是蠻端正的。怎麼說也不老。怎麼說也是一個有幾分姿色的成熟女人。樂果平舉了鏡子，凝視自己，研究自己，憐愛自己。右手的食指貼在下巴上，往下滑動，很迷濛很愛惜地往下滑動。線路在脖子上也慢慢蛇行起來了。樂果聽到兩片嘴唇之間響起了一聲細碎的破裂聲，兩片口紅分開來了。樂果呼出一口氣，有些燥熱，呼吸愈來愈深，而目光卻愈來愈散動了，像陽光下的冰，有了鬆懈和分解的液化欲望。樂果丟開鏡子，走到門邊去。開門，樂果對自己說：

「哪裡都不許去，只准到大街上看看。就看看。」

哥倆好

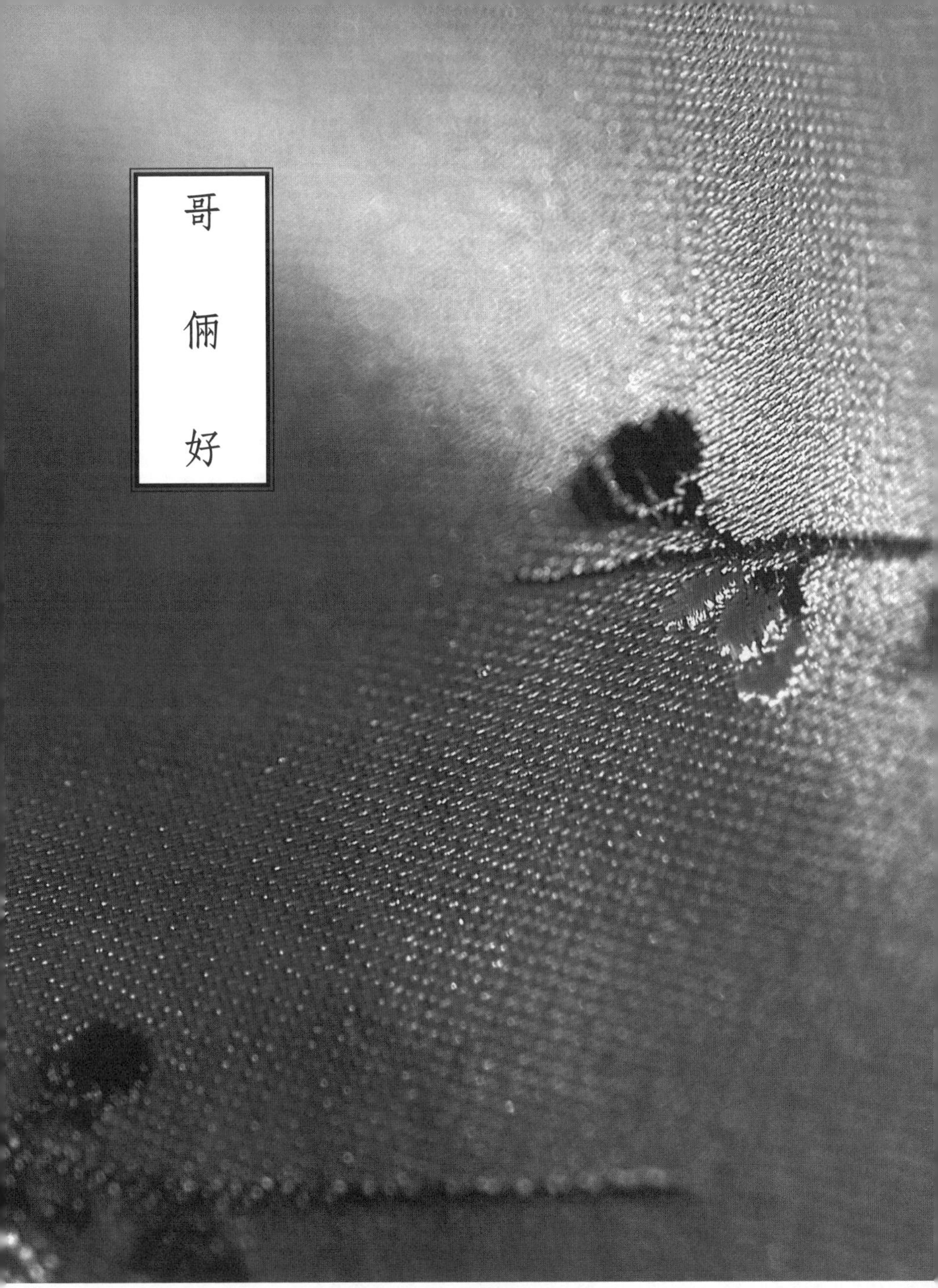

1

灑水車自西向東駛去。車上配備了電子合成樂，走一路響一路。沒有和聲，是一個又一個單音。深夜三點了，馬路一邊的高壓氖燈分外絢爛，路燈的等距、對稱，勾劃出空街的漫長與開闊。幾隻飛蛾縈繞在橘黃色燈罩的邊沿，牠們迷迷糊糊的，有了夜的癔態。大街空曠而又單調，偶爾有一輛小汽車，開得飛快，呼地一下就過去了。深夜三點是都市的一個呵欠，這樣的時刻路燈們既有靈犀卻互不往來，它們不動聲色，靜靜悄悄拉出了都市之夜的斑斕縱深和繽紛透視。灑水車駛過去，路面淋溼了，鏡子一樣透明。倒影使都市之夜越發豁達大度了，建築群一半在地上，一半在地下。霓虹燈的染色在倒影的最深處，完全液化了，一波一波地蕩漾，一波一波地輪回。又一輛小汽車飛奔過去，車子的尾燈流光溢彩。小汽車往遠處去，在潮溼的路面上既像上天，又像入地。

圖北又夢見燕子了。燕子在圖北的夢中一直沒有色彩，類似於褪了顏色的陳舊照片。燕子在夢中從來不說話，緊閉了雙唇，一雙眼也不肯聚焦，卻是一副凝視的樣子。這樣的凝視十分接近於含情脈脈。圖北走上去，吻燕子的唇。接下來的事就發生在水裡了。圖北的夢一涉及到河水往往變得不可收拾。每一次都這樣。夢裡的水相當抽象，徹底失去了物質性，只剩下波動與浮力，只給圖北留下失重和飛翔的致命感受。後來他們纏繞在一起，頎長的闊葉水藻那樣，有秩序地搖曳，越發潤滑舒張了。燕子閉緊的雙唇到了這個時候總會不對稱地錯離開來，憑空生出一些溫度與色彩，還有柔軟。圖北的夢便醒了，但他的身體還在夢中。圖北每次醒來都想中止身體的奔騰態勢，但是不行。這樣的時刻圖北身不由己。圖北羞於這樣的夢。圖北不允許自己的身體在燕子面前有這種可恥的祕密。圖北不許自己再夢見燕子了。可是夢比當事人更頑固。夢就會無中生有。像當事人照鏡子，你看到的永遠是你的對立面。圖北爲此而傷懷不已。

圖北下了床，十分懊喪地爲自己擦換。他點上菸。大哥圖南正在隔壁打呼嚕。他的呼嚕聽上去又滿足又疲憊，和夜的顏色一樣充滿彈性。圖北推開窗。窗子在七樓，正是俯視大街的最佳角度。那輛灑水車駛過來了，自西向東，像一隻發情期的病孔雀。這隻孔雀一路開屏，一路飛奔，既像愛的追歡，又像欲的放逐。圖北聽到了灑水車上的音樂，是威爾第的「女人多變心」。深夜三點。女人多變心。圖北撒播完他的精液，很虛空地憑窗佇立。窗口吹進來一陣風，圖北叼起菸，深深吸了一大口，再用嘆息把那口煙送出去。煙在窗口盤旋了一圈，散掉了，又被一陣夜風倒灌回來。圖北吸了一半，把菸彈出去。菸頭在空中劃了一道暗紅色弧線，自殺那樣十分憂鬱地跳到樓下去了。

一九九四年秋季殷圖北離開了他的故鄉斷橋鎮。這一年夏天殷圖北高中畢業。按照正常順序，他應當在高中畢業之後到大學裡讀大學的。他一心想讀金融，利用大學混個城市戶口，然後選擇一家氣派的貿易大廳，套上著名的黃馬甲。誰也沒有想到殷圖北會落榜。殷家的人說什麼也不會落榜的。塡寫志願的那天圖北的老父親趕到學校，憑空虎下來一張老臉。斷橋鎮中學的校長給殷老先生端過來一張舊藤椅，請「老先生」坐。校長說：「有什麼事你給學生吩咐一聲就行了，怎麼還親自過來了？」老父親虎下臉之後臉上的褶皺纖毫畢現，一撇一捺都不怒而威。老父親七十多了，五十開外才生下圖北。這位退休教師的嘴裡沒有一顆牙，就剩下一根舌頭。這樣的嘴巴適合於語重心長或苦口婆心。但關鍵的話卻能說得比牙齒更爲堅硬。老父親當著校長的面，大聲說：「殷圖北只能報師範，不許報花里胡哨破玩意。我說的。」他把親生兒子叫得有名有姓，氣氛當即就莊重了，校長的表情一下子處在了事態的要緊關口。校長輕聲說：「知道了。」校長當著殷老先生的面重複了他的話，殷圖北的班主任很嚴肅地點了點頭，又重複了校長的話，說：「知道了。」

斷橋鎮的殷家是全縣著名的教書世家。這段光輝的歷史可以上溯到道光二十三年。那一年殷家出了一位貢生。道光二十三年（公元一八四四年）至公元一九九四年，一點五個世紀即一百五十年中，殷家一共出了四十六個（含兒媳和女婿）教書先生（也稱作教書匠或人民教師）。從老貢生在斷橋鎮開設第一所私人學堂算起，圖北的老父親已經是殷家的第七代孫子。圖北的大哥殷圖南於一九七九年考入師範大學，正式成爲殷家第八代教書匠。畢業後圖南回到了斷橋鎮。殷圖南結婚的那天老父親送了長子圖南一份家業：爲人師表，祖宗八代。八個大字，口氣裡頭全是功德完滿。但圖南在一九八九年的冬天突然出事了，先離婚，後辭職，一個人重新回到南方的省城去了。圖南的舉動事先沒有一點動靜，沒有一點破綻。老父親得到這個消息口吐了白沫，從醫院回來之後一雙老眼越發渾濁了。殷老先生就此失去了舊時的樣子，像一個年邁的農夫，酷似羅立中當年那張著名油畫，耳朵上夾了一支圓珠筆，手執大海碗，終日呆坐在青石巷的石門檻上。老父親動不動就說兩句話：「……背負青天而莫之夭閼者，而後乃今將圖南。」這是《莊子》裡的句子，有他長子的名字。而今圖南眞的圖到南方去了。這是命中注定。老父親那渾濁的目光終於移到圖北的身上來了。圖北成了他的八世單傳。父親的目光讓圖北害怕，圖北看到了自己的命。他的命就是父親的凝視——渾濁昏花，閃耀著白亮的淚光。圖北決定反抗。圖北只怕大哥，從來就不懼父親。圖北當著校長的面對父親大聲說，「我不！你怎麼不替我想想！」老父親猛拍藤椅的把手，想站起來。沒有成功。但藤椅的吱呀聲表明了老人的決心。老父親的舉止給人以竭盡全力和義無反顧的印象。「殷圖北！」老父親大聲說：「殷家第八代！」老父親的喝斥辭不達意。但斷橋鎮的每個人都聽得明白，在場的所有教師無不爲之痛心，爲之動容。校長走上去，輕聲說：「老先生，由不得他，有我們呢。」圖北的班主任瞟了圖北一眼，重複說：「由不得他。有我們呢。」

殷圖北不認教書匠這個命。他用怠工這種古老而樸素的方式開始了消極抗爭。這是一段孤寂的日子，傷心的日子，唯一的安慰就是燕子與他的悄然對視。燕子是青石街上最好看的姑娘，她的面容和表情都可以稱得上風景。燕子和圖北一直同學到高中二年級，高三這一年燕子突然輟學了，從她的母親手裡接過了那雜貨鋪。燕子整天坐在她的鋪子裡，很嫻靜，似嬌花照水，有一種無法挑破和不可識別的憂傷籠罩。燕子和每一個人都保持一種適當的距離，像生活在鏡子裡頭，伸手可觸卻又不可企及。圖北第一次向燕子表白是在一個停電的晚上，這樣的夜晚總是適合於表達初戀情懷的。圖北帶上錢，去買蠟燭。燕子正站在兩炷白蠟燭的中央，白燭光使她的面部輪廓表現出渴望和拒絕的矛盾效果。圖北走上去，遞過一張一百元新鈔，他在朱德頭像左邊的空白處抄了兩句詩：

走不出青石巷
你的回眸，就是我的凝望

燕子顯然注意到百元新鈔上的兩行字了。她側過腦袋，很仔細地辨讀。她的雙手和整個身體就是在某個神奇的瞬間被一種東西擊中的。燭光在牆上冰了這個驚慌舉動。燕子後退一步，把錢塞進口袋，兩只小火苗十分動人地向裡側了一回身子，隨後又反彈回來了，一副故作鎮靜的樣子。燕子隨手拿出兩枝蠟燭，放在玻璃櫃檯上。圖北抓起來就走。圖北到家的時候電恰好來了，整條青石巷重新恢復了燈火輝煌。圖北握住蠟燭，幸福地自語說：「她怎麼知道我要蠟燭？」圖北拉掉電燈，點上蠟燭，無限美好的感覺彌漫著燭光的最後辰光。在後來的城市歲月裡，圖北發現了一個最基本的事實：愛情只限於燭光時代，電燈亮起來，愛情其實就沒有了。燭光是愛情的最後一絲柔嫩光芒。停電時期的燭光是愛情臨終的迴光返照。

當年七月，圖北從高中敗下陣來了。考完的當天圖北的父親宣布了這個結果。老父親抿上嘴，不說話。他的缺牙使他的抿嘴顯示出無力回天的傷心。誇張了，變形了。這種誇張讓看的人揪心。父親把手背在腰後，他以爲圖北很痛苦，反而安慰起兒子來了。他的安慰和他教書育人一樣，一開口就引經據典，無一字無來處。父親說：「挾泰山以超北海，非不爲也，乃不能也。罷了。」他說「罷了」的時候舌頭動得很古怪，使人聯想起京戲裡青衣的水袖，傷神絕望地甩出去，「罷——了——」

當晚老父親便喝多了，說了很多的話，有文言，有俚語，雅雅俗俗說了一屋子。圖北陪著老父親喝，最終聽出意思來了。他的「罷了」不是衝著圖北來的，是他的殷家血脈與殷家香火。「罷了」的潛臺詞是一句拽動祖宗八輩的哀傷話：殷家休矣！老父親最後用兩句民諺總結了兩個不肖之子：「養兒如虎，不如養兒如父。」——是說圖南。說圖北的那句味道就越發差了：「養兒如羊，不如養兒如狼。」老父親說完這兩句便不再開口了，抿緊了雙唇。他老人家的唇部造型使圖北聯想起他的教書匠家族，既堅實穩固，不弱不禁風。老父親閉著眼向後倒下去，當天晚上就不省人事了。

老父親被送進了醫院。初步診斷是中暑。但又不像。轉了兩家醫院過後父親的病愈來愈複雜了。他老人家的身體像一座病礦，愈往深挖病也就愈多。先是鋇餐，再是胃鏡，後又是切片，結果出來了，嚇了殷家的人一大跳，是晚期胃癌，都兩三年了，一直沒有發現罷了。老父親的身體被護士推上了手術床，剛一打開就被主刀醫生縫上了。老父親從醫院回來的那天只說了一句話：「少一茬就祖宗八代了，讓後人笑罵都沒能湊齊。」老父親在後來的二十多天裡拒絕任何治療，整天躺在那張破藤椅上。舊藤椅的吱呀聲比他的呻吟聽上去還要痛。他側著腦袋，傻看著青石街上來來往往的孩子。老父親未能盈月竟鬱鬱而終了。他日日夜夜只重複一句話：「少一茬就祖宗八代了，讓後人笑罵都沒能湊齊。」這是他回家時說過的那句話。這句話成了他的臨終遺言。他把遺言重複了上百遍。

圖南一辦完喪事就回到省城去了。一個星期後他又突然返回。圖南一進門就給父親上香、磕頭。磕頭完了，叫過圖北。說：「磕頭。」圖北就磕。直起身子的時候大哥圖南掏出了一只牛皮紙信封，是一張大學錄取通知單，大哥沒有表情，說，「特等自費，八萬。」圖北沒回過神來，像做夢，有些將信將疑。圖北接過來，只看了一眼便仰起臉來：「怎麼還是師範？」大哥望著他，往前走了一小步。大哥說：「你再說一遍。」圖北閉上嘴。大哥一說「再說一遍」圖北就必須閉嘴。圖北沒有教書匠的命，卻撞上了教書匠的運。這還是命，圖北的命過去深藏在父親的凝視裡，現在埋進了大哥的沉默。圖北的目光從大哥的臉上移開去，心裡一下子飛遠了。眼裡吹了一陣風，這陣風很陰冷，它來自一百五十年前，來自道光二十三年。

圖南發財用了五年時間。五年時間可以換算成一千八百二十五天。大哥圖南說，他不是暴發戶。大哥圖南說，這年頭暴發戶發財是用小時計算的，大哥圖南伸出一隻指頭再三強調，他不是暴發戶。他的語調裡沒有半點斷橋鎮的鄉間口音，他早就能夠正確區分與合理使用「z，c，s」與「zh，ch，sh」了。

大哥圖南就是被稱作大款的那種男人，衣著考究，腦門油亮，牙齒爽潔有力，兩隻耳垂又紅又厚，充盈了高蛋白與高脂肪。圖南每時每刻都像剛從酒席上下來的樣子，健康、滿足，一招式都有酒有肉。圖南四十出頭，但看不出具體歲數。既像中年的上限，也像中年的下限，成功的男人大多如斯。圖南的年齡區限很闊綽，這給他的性事業提供了彈性跨度。和半老徐娘他能夠春風放膽，與妙齡女郎也可以夜雨瞞人。眞是生冷不忌，兩頭不誤。各種款式的女人從他的寓所裡進去又出來，她們進門的時候步子邁得像時裝模特，一左一右地搖擺。但出門時就不一樣了，變得柔和、嬌媚，又慵懶又倦怠的樣子，都接近於淑女了。女人的步態變化蘊涵了生活的無限神韻，這種變化給了圖北想像力。想像力就是無師自通的那種張力，什麼也擋不住。至於細節，圖南枕下的避孕套為圖北做了全部補敘。圖北在某一個下午偷出來一個，開始研究當今男女的狎親方式了。圖北決定做點什麼。圖北一定要做點什麼，但圖北不情願步大哥的後塵，他要從頭開始。只有從頭開始他才能成為另一個大哥，另一個完整的殷圖南。圖北走上街，嘴裡咬著口香糖。他逛了很久，終在一家藥店門口站住。圖北忍住心跳，目光正視前方，用餘光四處尋找。他看到了六個字：計畫生育專櫃。六個字很講究，圓頭體，用橙色即時貼剪貼在玻璃櫃檯的外側，圖北走上去完全沒有料到他的內心隱密關涉到我們的基本國策。事態一下子就肅穆了、圖北把錢摁放在櫃檯上，拿出周潤發的做派，用一隻指頭推過去，迅速往下指了兩指。營業員一手拿錢，一手取貨。整個過程只有幾秒鐘，類似於地下工作者的颶風行動。他把「東西」夾進《中國通史》。《中國通史》一下子就更厚重了。

十月一號圖北就把女同學帶進家門了。這是個好日子，好日子就該派上好用場。圖北不喜歡這個音樂系的女孩子，圖北只是聞到了她一身的騷味道。他們一起看了鐳射電影，一起吃了肯德基。然後打了一輛桑塔納出租車。在車上女同學就坐不穩了，反著胳膊把圖北的腦袋勾下來。她的嘴裡全是椒鹽和羅宋湯的混雜氣味。他們上了七樓。走過客廳，往左拐。往左拐才是圖北的臥室，圖北在拐彎處靜了幾秒鐘，在這個幾秒鐘內圖北感到他既是圖南又是圖北。但圖北感到了他與大哥的區別，這種感受至關重要，蘊涵了一個男人相對於另一個男人的本質區別。圖北拉著女同學的手，一路吻一路退。床沿擋住他們了。沒有退路了。沒有退路對每一個男人都意義重大。他們吻完了，開始為對方脫。開始很慢，只脫到一半就不行了。手腳一起張狂馬虎，忘記了用心。

大哥圖南就在這個節骨眼上回來了。上帝安排的。出於一個男人對另一個男人的出格敏銳，圖南推開了圖北的臥室。圖南的眼睛通了電，兩隻手插在胸前。圖南慢騰騰地抽出右手，朝圖北的臉抽過去。正手一個，反手一個。圖南從地板上撿起花裙子，扔到女同學的身上，厲聲說：「出去。給我出去。」女同學處變不驚，完全有能力應付各種突發事件。女同學捂住自己，雙手捂的全是關鍵部位。她鎮靜地說：「你出去，你給我出去。」圖南的眼裡停電了，反顯得無措。他點著頭，退著身子出去。女同學蹺起腿，套上裙子，表情很不滿意。提拉鎖的時候不停地自語：「眞是。」她很不高興，不停地說：「眞是。」她走了。進門的時候還有點半推半就，走得卻這樣生猛，稱得上驚天動地，哪有一點柔和，嬌懶？哪有半點淑女的樣子？圖北傻立在原處，都忘了穿衣服，腦門像浴室門上的玻璃，都沁出水珠來了。

圖南很晚才回來。圖南踹開門，渾身都是醉。圖南在醉酒之後露出了他的眞實年紀，露出了強硬男人的全部負面。在深夜的酩酊之中，圖南內心的基礎部分弱不禁風，全是些傷心細節。圖南從密碼箱裡取出一張黑白相片，鑲了金貴的小木邊框。是他的父親。圖南在大醉之中記得箱子的密碼，隱痛鑄就了他的隱密。圖南問：「是誰？」圖北說：「爹。」圖南把父親掛牆上，一把摁倒圖北，讓他跪。圖南失聲說：「你怎麼能學我？啊？你怎麼能學我？啊？」圖南癱坐在地板上，一隻手掌住圖北的胳膊。號哭的樣子醜陋而又眞實，讓圖北無法擺脫恐懼。「我他媽爲了什麼？」圖南拖著哭腔說：「我他媽爲了誰？——你給老子數，數到八萬，一！二！三！大聲點！你數，你把八萬全數出聲來！」

圖北大約是在數到五千之後入眠的。數字很清晰，又很機械。它成了兄弟二人的催眠曲。圖南不久就打起呼嚕了。酒氣飄得一屋子。兄弟二人橫臥在客廳裡，等同於某一個凶案現場。他們的身體被某種銳器解構了，棄置於夜間，彼此交叉，彼此撫恤，流露出親近企圖。但各自的夢分解了親近的內在可能，使身體與身體無法呼應。圖南打著呼嚕，而圖北也打起了呼嚕。

圖南再也不帶女人回家了。但他的歸家變得愈來愈晚，愈來愈成爲圖南生活的補充成分了。父親被掛在牆上，以亡靈的心態微笑，以抽象的方式注視著圖南與圖北。這是亡父的方式。也是睜一隻眼閉一隻眼的方式。這是一個亡靈對現世的干預所能達到的最高程度。這句話可以這樣解析：他用那隻閉著的眼睛打量圖南，而對圖北，父親他全神貫注，在冥冥之中炯炯有神。

圖南點了根菸，這是他每天起床後的第一件事，圖南不急於洗臉、刷牙，叼著菸往書房裡去。圖南的書房很體面，書的彩色背脊構成了一幅雜色平面。順牆角拐了彎，環繞在書房四周。圖南喜歡買書，不看。但買書成了他的習慣、毛病。買什麼書他不在乎，但書的背脊要漂亮。衣服是女人，要有一張好面；而書是男人，首先得有一塊好背。這樣一來書就免不了雜，盡是各類學科的經典，壓了膜、燙了金，碼得規規整整，一副人類文明的持重派頭。圖南的書房壓縮了上下五千年。他的經濟基礎輕而易舉地支撐了人類的上層建築。

刷牙洗臉之前圖南有一道功課，翻一翻《成語字典》。這是圖南每天的必修課。成語是中國人的文史哲與經政商，它濃縮了萬卷書與萬里路，有成語在肚子裡墊底，什麼樣的人，什麼樣的事就全能對付。成語是中國人的魔圈，它既是中國人心智的起始，又是中國人心智的終結。成語不是漢語的「語言」，它是漢語的精神、實質、根本、源頭和指向。中國人的心智只不過是成語內蘊的組合與融匯，這是圖南在整個教師生涯中凝煉出來的精神晶體，中國人不論怎麼活，永遠活不出那幾道成語。苦海無邊，回頭是岸。三十六計，走為上策。他山之石，可以攻玉。寧為雞頭，勿為牛尾。樹挪死，人挪活。掛羊頭，賣狗肉。不發財，毋寧死。

圖南的另一門功課是在地圖面前站一站。這個世界有兩種人愛看地圖，一種是絕對的精神遊走者，一種是凶猛的利益追逐者。地圖既是一種精神風貌，也是一種利益分布或利益戰略。圖南看地圖屬於後者。這是一張中華人民共和國行政圖，比例：一比六百萬，一九九二年六月第七版第三十九次印刷，是圖南新買的一張。這裡頭潛藏了圖南的全部生活。圖南就靠一張地圖和一部大哥大做生意。圖南的大哥大後五位數是18888，聽上去像一個口吃的傢伙說「要發」。圖南靠地圖產生戰略，爾後用電波把這種戰略送到前線。他的生意不嚇人，只是建築物上的硬塑料配件，諸如開關、插頭、埋在牆內的線管。這些東西最小的只有幾毛錢，真的不嚇人，可是圖南做的是大生意。這個地圖上一巴掌拍下去全是城市。城市是什麼？一個工地，一個永遠無法封頂的水泥製品。城市沿著水泥的背脊一天一天往上長，那些硬塑料配件只能順著水泥一天天水漲船高，這個沒辦法。圖南就是被那些建築物生拉硬拽著發財的，這個沒辦法。圖南瞧不起投機生意，一錘子買賣他可是不做的。他不喜歡一「把」一「把」地掙錢，他喜歡讓錢像溪水，無聲無息地、從不間斷地往他的身邊「流」。「流」永遠比「把」來得更持久，因而也就更巨大。圖南的皮包公司最先做過鋼材、鍍鋅板、日本尿素、電子產品。圖南想把生意做得又巨大又體面，這是初入商場的年輕人最常有的大心思。是一位日本朋友教會他這一招，他開始了巨大空間裡頭的小塊頭生意。這就需要他不停地奔跑，把小生意做成板塊，做成帝國。然後不停地重複，生意還是小生意，而利潤就成了大利潤了。

但是這樣的生意起初是極艱難的。有將近四年的時間圖南是在車輪子上熬過來的。那四年他站沒有站相，坐沒有坐相。除了會客，他都是半躺著的，眼睛是半瞇著的，大腦是半睡眠的。餘下來的就是陪客戶吃、喝，感情吃出來了，事情就好辦了。在一張桌子上一起醉過三次，醒來就是親兄弟。親兄弟不就是因爲叼了一個奶頭喝奶嗎？還是在吃喝上頭，一回事。圖北的跑動兵分兩路，先往鄉鎮企業的小工廠跑，找到賣雞的，後往大城市的建築隊跑，再找買雞的。賣雞和買雞的當然不碰面。他們在圖南的身上一會合，這就叫市場，就叫生意，就叫貿易，就叫錢。就這麼回事。四年裡頭圖南積累了兩紙箱名片。一箱是買雞片，一箱是賣雞片。圖南所有的買賣全在這兩箱名片裡頭。但是圖南不貪。這是圖南生意得以恆常的根本。這就叫「有肉大夥都喝點湯」，「有花露水每人的頭上都灑一點」，有了這個原則，買雞的高興，賣雞的也高興，他們高興了圖南必然跟著高興。就這麼回事。圖南開始看到錢往他的身邊流淌了。他聽到了液體的流動聲。那是錢的聲音。

圖南有錢了。圖南先把現金變成股票，這是成爲城市人的標誌。正像養一頭豬、十幾隻雞才能成爲農民，城市人的手上是必須有股票下幾只蛋的。圖南安穩下來了。他想起了父親。這個貧窮和倔犟的老頭對生存有一種匪夷所思的「理想」。這種「理想」吸附在他的種姓裡頭，血脈裡頭。這就要求他的後繼生命統統變成既定生命。一招一式只能按「既定方針辦」。圖南成了最先的叛逆者。叛逆者的內心都有一種剝離本體的撕痛——它深入骨髓卻又淺若切膚。有一種十指連心的感覺。但是圖南的叛逆也是一種生命，這個生命是被這個世道孕育出來的。它十月懷胎，分娩也就不可回避了，即使撕破母體它也在所不惜。這個團體只能是圖南的老父親。作爲長子，圖南體恤到父老的苦痛，但圖南身不由己。要不然就是他自己胎死腹中。每一個生命都不會自擇死亡。這是沒有辦法的事。圖南只能靠錢來補償。這是兒女對祖上的通常做法。但圖南沒有敢太造次。他在有錢之後只給父親寄了一千元人民幣，這是一次試探，只要父親收下了，一切就全好辦了。只要父親肯收下，圖南的痛感會隨著一張張匯款單得到平復。然而一千元匯款單在十天之後就退回來了。上書：查無此人。圖南遭到了當頭一棒。這一棒裡頭有剔除的意味，甚至還有死亡的意味。圖南塞上這一千元走進了酒館，喝得不省人事。醒來之後他的醉眼便開始盯上了弟弟圖北。他要制定一個計劃，靠這個計劃去借屍還魂。弟弟圖北的命運從這一刻起就已擬就了。

現在，圖南站在地圖的面前，吸菸與凝視，類似於戰爭年代的領袖們。他只要站在地圖的面前，打打電話，看看傳眞，簽簽合同，然後，等錢上門。

圖北起床有點頭暈。臉上掛滿了夢遺之後的那種匱乏。他沖了兩杯牛奶，加了點鹽，給圖南送過去一杯。兄弟倆早就和解了。他們在圖南大醉之後和好如初，和解的那天晚上圖南帶回來一瓶洋酒。圖南坐到圖北的對面去，掏出香菸，抽出一根，卻放到圖北的面前，過濾嘴對準圖北懸空在茶几的邊沿。圖南叼上菸，打上火，把火苗先送給圖北。圖北望著大哥，有些始料不及，近乎惶恐和恍惚了。「抽。」大哥說。圖北拿起菸，很笨地伸出腦袋。這是圖北與圖南最靠近的一次，只有一根菸那麼長，菸的長度等同於男人間的最佳距離。圖南說：「我們喝點酒。」兄弟倆坐在沙發上抽菸，喝酒，不時瞥一眼他們的父親。「我們兄弟倆姓殷，」大哥在沉默過後冒出了這麼一句話，聽上去文不對題。「殷家的事你知根知底，這麼多年了，清一色，雙七對，不容易。就差一張紅後開花。兄弟，就釣你這張牌了。你姪女兒都跟了你嫂子的姓了，還能指望什麼？我有錢。除了犯法，你什麼毛病都能有，就是褲襠裡的事你給我看好了。女人好不好？好！可你才十九，這個歲數睡動頭你就收不住身子了。就算你腿根子夾得緊，可女人夾不住，這是一回事。我有錢，但你不能像大哥，大哥廢了。你好好讀書，四年後回斷橋鎮去，替大哥我把那口香火續上。別想著錢。有我，有錢。國有大臣，家有長子，你替大哥我把祖宗八代湊齊了，大哥我不敢對不起你。你聽清楚了？」

「聽清楚了。」

「要喝酒，喝；要抽菸，抽；要花錢，花；也別過了頭。我有錢。你將來得替我去爲人師表，總得有點樣子，不能像我。你好好讀書，我生意上，你就當看不見。別管，可我得管住你，誰讓我大你二十五歲。我抽了你兩耳光，別往心裡去。記在那兒。等你畢業，大哥我還你。」

「我不要你還。」

「我不欠你的。殷家有七代列祖列宗，他們的眼睛全在地下睜著盯著你。殷圖北，你得替我把它們閉上，這件事可不能馬虎了。託你了。錢的事你別操心，就算我買你這一輩子。」

圖北聽了大哥話，淚水直往外湧。圖北側過頭，大哥的手卻搭到他的肩膀上來了，用力拍了兩下。圖北說：「大哥。」圖北一開口便憋不住，要哭，圖南眨了兩下眼皮，說：「喝！」

那個叫尤歡的女人仰浮在水面。游泳池的水綠得有些怪，像得了某種疾病。尤歡的身體被水面弄得變形了，失去了骨骼的常態比例，像得了另一種疾病。她的比基尼是粉色的。除了比基尼，餘下來的部分全是她的好皮膚，尤歡戴了一副墨鏡，她的紅唇一開一闔，宛如藍天下飛翔的彩蝴蝶。

圖北沒有去上課。這些日子燕子的面貌如同她的名字，在圖北的緬懷中飛來飛去。圖北和燕子擁有同一條巷口與同一條河流，他們的初戀是一次憂傷的愛，水一樣找不到色質、找不出形態。圖北進城之前約過燕子，爲了遮人耳目，他們在黃昏後一起來到了水裡，他們的目光貼在水面上，交織在一起，目光裡有一種水面一樣不可挑破。卻又如水面一樣清澈透明的傷心效果。第二天一早圖北就進城了。然而城市從來就不是燕子飛行的背景。圖北進城了，燕子她只能無影無蹤，圖北只能依靠液體的擁抱去感受過去。圖北決定找一條河，找來找去卻找到了一塊游泳池。

但是，水與水不一樣。即時性是水的唯一品性。圖北來到游泳池，看到的卻是另一個女人。一個叫尤歡的女人。燕子掠過水面，飛遠了，只給水面留下了尤歡。她戴了墨鏡，漂浮在水面，四肢在水中自由開岔，留下了諸多空隙。這樣的空隙蘊藏了生活的輔助性空間。圖北倚在欄杆上，注目尤歡。游泳池裡沒有閒人，除了尤歡。尤歡側過腦袋，半張著嘴，在墨鏡的背後打量圖北。圖北就這麼和尤歡對視。對視了兩秒鐘，圖北決定離開。但尤歡卻把墨鏡推到額頭上去了，這樣一來對視變得具體了，成了目光與目光的交接，圖北的胸口一點一點叮咚起來，圖北打消了走的念頭，移開了目光只望著水。水很柔和，並沒有長牙齒，一副不咬人的樣子。其實這樣的時候到水下玩玩也是不錯的。圖北吹起了口哨，氣有點短，吹了兩句又不吹了。圖北脫掉衣服下水去，游了兩個回合的自由泳。這是圖北最擅長的泳姿。圖北再回過頭的時候卻發現尤歡又把墨鏡拉下了，表達是一副無人的樣子，正在端詳自己的胳膊。圖北紮下去一個猛子，浮出水面時卻發現自己和尤歡只隔了兩三米，都能看見尤歡的唇形了。水裡的事眞是太無常了，遠遠近近都那麼不可恆定。尤歡咧開嘴，嚴格地說是咧開了口紅，露出了一口好牙齒。圖北望著尤歡咧開的嘴，胸口又是一陣跳。圖北往外吹一些水泡，很意外地記起了家鄉的一句古諺：蒼蠅不叮無縫的蛋。圖北看到那道縫隙了，就在口紅與口紅之間。這句古諺給圖北帶來了一股很陌生的勇氣，做一隻蒼蠅也還是很好玩的。圖北決定做蒼蠅，在透明的水下飛。只要是蒼蠅就一定能夠擊中那道鮮活的縫隙。圖北想起來了，眼前的景象其實就是他夜裡的夢。但這個夢很具體，圖像和色彩都很飽滿。圖北再一次潛入水中，池水又滑又涼，滑過他的指縫與眼角膜。圖北潛到了尤歡的身下，抬起頭，頭上是藍的天，天上有一朵彩色的雲。圖北的胸口在水下跳得厲害，聽上去色膽包天。尤歡放下了兩條腿，站在池底白色的瓷磚上。她的腿分得很開，適合於魚類穿梭往來。圖北決定不做蒼蠅了，做一條魚，以海鰻的曲折姿態縈繞在水的浮力之間。

但圖北不是魚，不是海鰻。圖北也不是蒼蠅。尤歡的雙腿毫不費力就把他抓住了。圖北掙扎了幾下，那口氣用盡了。圖北衝出水面，心臟狂跳不已，圖北他自己都做不了主。水平面剛剛到他的胸口，他的心跳在水面上擊起了陣陣漣漪。尤歡捕捉到了這個細節，她用一口氣把這陣漣漪又吹散了。她的食指摁在圖北的胸口，慢慢滑向圖北的心臟，爾後停止。尤歡咧了嘴，臉上是那種豐收的表情。尤歡悄聲說：「賊心，賊膽，賊身板，你一樣不缺。」圖北慌不擇言，脫口說：「不是，我是來找人的。」尤歡只是笑，摘下眼鏡，聽出了他的外地口音。尤歡丟過去一個眼風，斜著眼說：「撒謊。」尤歡的指尖摁一摁圖北的胸口，故意拉下臉來，說：「重撒，撒一個我愛聽的謊。」

整個晚上圖南盤坐在地板上打電子遊戲機，右側的樹脂椅上摞了一疊新書，下午才從書店裡抱回來的。圖南的購書現在有了針對性，全是圖北的專業書。圖南的挑書眼光又專業又考究，一本一本往家裡拖。他不看，但圖北必須看：「一頁都不許滑過去。」

電子遊戲是日本的武士闖關，充滿了凶殺與暗算機巧。獎勵的東西是一個新鮮活潑的俏麗女人，你衝過一關，她就脫一回衣裳。圖南的最好成績是脫到比基尼。但最後一道關口圖南就是過不去。那個鮮活漂亮的女人滿面淒惻，她掛下眼簾，流下兩行苦淚。隨後屏幕上跳出一行紅字：努力加油。

圖北在看書。樣子很專注。「賊心，賊膽，賊身板，你一樣不缺。」一個晚上圖北就想著這句話。這句話讓圖北充滿活力。「睡動頭你就收不住身子了。」大哥的話有道理，沒睡動頭圖北就有點明白「收不住身了」。眞是好滋味。睡。睡動頭。收不住。收不住身子。眞的琅琅上口。賊心。賊膽。賊身板。圖北的下身腫脹開來，生出一種力度，蠻橫，固執，不聽勸。遊戲機裡的女人酷似尤歡，圖北從鏡子的折射裡看得見。女人在哭泣。她的哭泣讓圖北傷心。圖南在客廳裡點上菸，嘆一口氣，扔下操縱鈕，大口喝悶酒。圖北坐在書桌前，知道大哥要回頭的，把《中國通史》往前推一把。鏡子轉過來，圖北看見了自己，一臉的苦大仇深。但圖南沒有回頭，他坐在那裡，沉思的樣子。電子屏幕呈現出遊戲的起始狀態，圖南猛吸了幾口菸，重新拿起操縱鈕，雄心勃勃的樣子。比基尼讓所有的優秀男人雄心勃勃。他要扯爛他。圖南擺開決戰的架勢後側過臉，關照圖北，說：「睡吧，不要看得太晚了。」圖北回過頭，表情裡頭全是十年寒窗。圖北翻翻手上的書，很用功地說：「就兩頁了。」圖南把菸頭摁在水晶菸缸裡，不耐煩地說：「叫你睡，你就睡。」

圖北躺在床上，睡眠的姿態等同於尤歡的戲水模樣。圖北回憶起來了，尤歡在游泳池裡一共對他笑過三次。這個次數正是秋香擊敗唐伯虎的次數。三笑，多麼好的故事，多麼好的一部野史。中國史就這麼怪，一寫進正史人就不像人了，一個個峨冠博帶，長了一張階級臉；可在野史裡就不一樣了，是人是鬼都活靈活現，洋溢出口腔與腋下的生物氣味。從這個意義上說，唐伯虎比唐寅來得更爲可愛，更爲眞實。有詩爲證：「我也不登天子船，我也不上長安眠，姑蘇城外一茅屋，萬樹桃花月滿天。」這可是唐伯虎認識秋香的當晚寫下的，比唐詩宋詞更叫人神怡，更叫人心馳。唐寅他寫不出來。唐伯虎和唐寅可不是一個人，他們是一個人的正面與背面，是同一個心智的圖南與圖北。

圖北睡著了。游泳池裡的水沿著他的夢開始流動，變得汪洋恣肆，搖蕩起碧綠與光影。尤歡的身體飄浮在半空，在液體水面涼絲絲地顛簸、滑動。水像圖北的夢一樣四處流淌，往低處流，湧向圖北的欲壑。尤歡的身體後來就變了一隻蝦，通體晶瑩，發出半透明的瑩光，一排齒順著蝦的腹部有節奏地蠕動，蝦的背弓起來，「叭」地一下打開，再弓起來，再「叭」地一下打開。圖北的夢中斷了。圖北又一次體驗到那種身不由己。他睜開眼，看到了自己。自己的身體飽和了，液化成了一種半透明的晶瑩液體。液體噴湧而出，排洩了圖北。

圖北悄然下床，大哥依然盤坐在客廳。屏幕上剛好跳出一排紅字：努力加油。

2

圖北買了一副墨鏡，一個人躺在游泳池的水面。天空晴朗，萬里無雲。但墨鏡改變了天空的質地，像中藥的湯劑，滋生出一股藥味。高空有一架飛機，差不多在天的邊沿了，又小又亮，近乎不動。距離使飛機寓動於靜，距離修正了宇宙的性質，使浩瀚、遼闊成爲一種麻木，成爲感覺形象的懶散狀態。飛機的尾部拖了一條乳白色的尾巴，有半個天那麼長。尾大不掉終於使晴空呈現出疲態，很疲軟地掛向四周，天的莊嚴早就虛空了，它抗不過飛機的一個屁。

但生活沒有意外。欲望擬了生存秩序，每個人都成了這個秩序的某個環節、某個節奏。尤歡她來了。她的腳步與游泳池中圖北的視線剛好平齊。尤歡，她來了。尤歡穿著衣服反而不像她，不如她半裸了身子來得本色。尤歡躍入水中，她的入水動作使圖北想起一個詞：如魚得水。

尤歡的四肢在水下蛙泳。圖北沒有心慌，這是一個好兆頭。賊膽大了，賊心就會肅靜。尤歡在圖北的身邊露出腦袋，她的睫毛上挑了幾顆水珠，他們什麼也不說，一起游了一段。他們相側而游，像在床上了。尤歡把這個發現用目光告訴圖北，圖北的手腳忽然亂了，嗆了一口水。但圖北隨即就平靜了，男性的平靜往往預示了事態發展的走向。圖北掩飾性地轉過身。水像床板那樣「咯吱」響了一聲。他們什麼也不說，全因爲在水裡。水底下什麼樣的心思沒有？但誰又聽見水說過什麼了？仁者樂山，智者樂水。水不說，大家都不說。滿世界的水就在圖北與尤歡之間，洶湧過去，又洶湧過來。

尤歡的住所很漂亮，既像家，又不像家。她從臥室出來時頭上戴了一只洗髮帽，身上穿的是那件乳色眞絲長裙，又墜又透，像皮膚那樣掩飾不住身子。尤歡給圖北倒上酒，她前傾了上身，兩只好奶子掛下來，又形象又具體，中間凹進去一條倒「U」形乳溝。尤歡坐在沙發的把手上，緊挨了圖北，她的乳峰在某一個致命瞬間剮到圖北的肩部了，像夏夜裡的風，叉開了指頭。圖北的嘴乾得厲害，他大口喝酒。法國葡萄酒在圖北的體內重新還原成葡萄，光潤、飽滿，洋溢出開裂的危險性。尤歡隨意摘下洗髮套，她的頭髮突發性地散開來，彌漫出一股異常氣味。圖北十分孟浪地靠過去，把堅挺的鼻梁往尤歡的乳溝裡塞。尤歡讓開了，卻很得體，顯得輕鬆雅致。尤歡說：「不可以的。」尤歡坐到圖北的對面去，取出絳紅色口紅，一點一點往外擰。口紅伸出來，緩慢而又固執，散發出的暗示性。圖北忍住自己，但圖北忍耐是有限度的。圖北站起身，腦子裡頭對自己說：「別。」但他的所有器官全票否滿了自己。他撲上去，用兩只膝蓋壓住尤歡的腕彎，圖北握住了尤歡雙乳，像一個笨拙的擠奶工。圖北的雙臂滑過她的皮膚，他的眼裡流出淚，找不到合適的表達方式。他扯爛了乳色衣裙，紡織品的破裂聲使他充滿了險惡快意。尤歡的長裙裡沒有內衣，沒有比基尼。這一點出乎圖北的意料，電子遊戲居然提前提示出結果了。圖北一時恍惚，卻不知道下面的事怎麼弄。尤歡在這個時候卻掙扎得厲害了。幾次掙扎圖北居然上手了，無師自通了。圖北體內的葡萄一起開裂了，飛迸出汁。圖北鬆開手。他的手握在她的十隻指縫之間。尤歡的手指一點一點張開來，她的飽滿指尖慢慢恢復了血色。尤歡的雙眼藏在亂髮後頭，無力地眨巴。地毯上布滿腳後跟的蹬踢痕跡，保留了現場感與動作性。尤歡側過腦袋，面部的頭髮一綹一綹往邊下墜。尤歡望著地毯上的紡織碎片，輕聲說：「你叫什麼？」圖北說：「殷圖北。」

「殷圖北。」尤歡說，「在哪兒讀書？」

「師大。」

尤歡便不言語了。過了一刻兒尤歡無力地說：「殷圖北，你強姦了我。」圖北望著她，她的表情沒有任何內容。圖北的腦子裡轟地一下，即刻就墜了深淵了。

《現代漢語詞典》第八百二十二頁這樣解釋：「強姦：男子使用暴力與女子性交。」整整一個晚上圖北守著字典，看這個條目。滿眼視而不見。圖南依舊在客廳裡打遊戲機，他堅持要讓那個美女脫掉比基尼，她自己脫。圖南可不會強姦任何人，他的性行爲文質彬彬，是生意。

甚至可以表述得更氣派、更科學：是貿易。

圖北就是在這天突然懼怕警笛的。飛馳而來的警車讓他心驚，讓他回頭。他以一種酷似平靜的神態遠眺警車。街的兩側全是人，圖北驚奇地發現許多男人正一起經歷著同一種內心歷程。這是一個大發現。恐懼使生活有了豐富複雜的人情世態。生活的眞實狀態隱匿在人們的隱密處，誰也不會問，誰也不會說。心照不宣是一種成人生存。它在教育之外。

圖北在這些日子裡格外用功了，成天低著頭，一連好幾個小時看同一行字。圖南對圖北的狀況很滿意，他用「懸樑刺股」總結了圖北的近期生活。成語是先哲們發明的，散發出智性光芒，這樣的光芒如今照亮了有錢人的好心情。圖南心情不錯，他拍拍圖北的肩，笑著說：「今天放鬆放鬆，大哥帶你到資本主義花錢去。」圖北滿腦子都是心思，有些無精打采。圖北隨口說：「我不想去。」圖南不喜歡圖北說不，他像父親一樣盯住圖北，目光說嚴厲就嚴厲。圖北害怕這種目光，側過頭，牆上是父親的遺像。圖南盯住圖北。圖北望著父親。父親則目視圖南。圖南聽得出圖北側目而視的畫外，對圖北說：「轉過頭來，看著我。」圖北回過頭，大哥和父親眞的很像，可以說酷似，只是更生動、更嚴厲、更有一股父性氣質。圖北心裡煩，壯著膽子說：「我是大人了，我自己會玩。」圖南沒開口。他瞇著眼睛，下巴向左側挪過去，好像沒聽明白，說：「你說什麼？——剛才你說什麼？」圖北耷拉下眼皮，衝頭衝腦地說：「你不要管我。」圖南一把揪住圖北的領口，提到自己的面前，「我不管你？我不管你我管誰？我不管你誰管你？」圖北沒有預料到這個猛烈的舉動，他踮著腳尖，感受到圖南的鼻息與口氣。圖北的鼻息也重了，但他不敢把過重的鼻息噴到大哥的臉上，很小心地控制住呼吸。圖南的手機就在這個節骨眼上響起來了，響了好幾遍，像尤歡被強姦時的呻吟，又焦躁又有節奏。圖南鬆開手，提了手機，大聲「喂」了一聲。電話的那頭是個女的，圖北聽出來了。圖南打電話總是先「喂」一聲，是男人他就財大氣粗，是女的他的聲音就賤，柔和得沒分寸。圖南走進臥室，歪在床頭，小聲說了幾句就把天線摁到機身裡去了。圖南走回客廳，有點畫蛇添足地說：「有筆生意，我晚點回來。」圖南握著門後的鍍鎳把手卻又回過了頭來，先看了看父親的遺像，又看了看圖北，目光裡有些猶豫，有些亂，但關門的那一聲很猛，砰的一聲，是當家人才會弄出來的聲音。

圖南徹夜未歸。這是圖北預料之中的事。深夜零時的報時聲證實了圖北的預料。這是一個紊亂的夜。它寧靜，卻不肅穆。圖北如一隻困獸街走在屋子裡，寧靜成了他的內心獨白，不聲不響卻語無倫次。圖北望著他的父親的遺像，殷家的血脈現在湧動在他的身上，這是一種憂傷、無奈的湧動，一種迫不得已和身不由己的湧動。

圖北點上菸，往水晶酒杯裡倒了半杯酒。憑空想到了尤歡。圖南說得不錯，女人是個怪東西，睡動頭你就收不住身了。深夜零點了，那種致命的感受再一次充盈了圖北的身體。圖北光著腳在客廳裡走動。身子愈來愈熱，地板卻愈來愈涼。他感到身體的某個部位開始有了變化，變得腫脹與生硬，怎麼忍都不肯低頭。圖北立在電視機前，他摁掉菸頭，一口灌下那杯酒，打開了電機機，他要找到電子遊戲機裡的那個美人，那個尤歡，他要在今天晚上用他的全部智慧與耐心把她扒光。

圖北只用了兩個小時就讓尤歡脫到比基尼了。在遊戲機前，他的手指比大哥圖南更爲敏捷。尤歡在屏幕裡對圖北做出了媚態，胯部像車輪一樣鮮活地轉動。圖北全神貫注，生活的莊重程度在這個節骨眼上只是遊戲的可能性。在子夜零時，有什麼比美人的脫衣獎勵更關鍵、更令人歡欣鼓舞？圖北手執鍵鈕，那個武士，那個假想的殷圖北正從屏幕的左側跳將出來。形勢是嚴峻的。圖北只有一枝衝鋒槍，數字顯示他還有五條性命，二千七百四十發子彈。而敵人還有六十七人。他們個個都是神槍手，個個視死如歸，個個擅打冷槍。圖北決定幹掉他們。靠自己的五條性命、一枝衝鋒槍、兩千七百四十發子彈，把尤歡從萬惡的比基尼中解放出來。

敵人過來了。他們花里胡哨，翻著跟頭。屏幕上不停地死人。戰爭的殘酷性集中體現在生命的脆弱性上。圖北又死掉兩回了，兩次都是他忘記了打回馬槍。電子程序很厲害，它們比人類自身更了解人類的弱點與致命處。但電子有電子的世界觀與方法論，它使生命成爲自身的複製品和批量產物，你可以不停地死，也可以不停地生。「生命對於人來說只有一次。」在電子時代成了一句古典屁話。整個夜間圖北端著那枝衝鋒槍，屢戰屢敗，屢敗屢戰，爲尤歡的裸體事業浴血奮戰。圖北忘記了遊戲，欲望使人率眞，使人加倍地專注與投入。這是一個漫長的過程，它困厄、熱烈，有一種肆虐式的悲壯。在凌晨五點四十分，圖北殺掉了最後一個敵人，這時候天已微明，晨曦從百葉窗裡滲透出來。圖北迎來了曙光，迎來了尤歡的裸體。尤歡在「歡樂頌」中扔掉了她的比基尼，她的身體姣好流麗，像一條魚，通身沒有任何紡織品。她的美好部位做出一些美好動作，慢鏡頭，突出了她的動物性。動物性渲染了圖北，他的身體被欲望之輪輾扁了，鋪開來，類似於一張好宣紙，墨跡沿著他的乾爽纖維四處爬動。圖北的心旌開始搖蕩，他扒掉自己的衣服，動物性從他的性器上延伸出來，拉長了當代都市人的現有體積。動物性是城市人的最後勝境，是肉的烏托邦，血的桃花源，動物性成了城市時代人性的花朵與詩篇，它散發出精液的醇厚氣息。圖北尖叫兩聲，像一隻發情期的小公狗。

上午六時大哥依然沒有歸家。圖北望著他的父親，困乏了。太陽光已不再是抽象的光亮，而是光線，它們鮮豔、滋潤、可感，帶有濃厚的物質性。太陽升起了，圖北要睡了。圖北夾了一本講義，帶上錢，叫了一輛夏利出租車，到秦淮賓館去了。圖北爲自己開了一間客房。他走過醬色花崗岩大廳，踏進電梯，手執秦淮賓館的琥珀色門牌，由電梯帶領他上升。電梯啓動時圖北產生了一種好感受，是那種充實卻又飄忽。體現出生存意味的大幸福。幸福就是兄弟倆誰也不知道誰在哪裡做夢。夢只有一種。但在哪裡做夢比夢見了什麼更能體現出城市況味。異床同夢體現了城市生活的縱深與寬度，正如同床異夢輻射出鄉村生活的深度與密度。圖北在上午七時躺在賓館的席夢思上，睡著了。太陽升起來，胖胖的，裸了身子。

圖南整個下午都待在證券交易大廳裡。牆上的電子終端上顯示出綠色數碼，一排又一排自下而上。他的那筆款子陷在股票裡有些日子了。圖南一手夾著菸，另一隻手在褲兜裡把玩幾只硬幣。他的褲兜裡總是有幾只硬幣，把玩硬幣成了他極隱密的手部習慣。這是他的生活形態，在某些時刻甚至是他的思維方式。硬幣汗津津的，邊沿有均勻的齒痕。他不喜歡紙幣。對圖南來說錢這個東西只有兩種形式：大宗的只是統計數字，而小宗的則是硬幣。這種觀點的形式得益於斯大林。斯大林說，死掉一個人我們會悲痛，而死掉成千上萬的人我們只有一個數據。錢就是一具美麗的屍體，我們對它的感情理當建立在最基礎的可計單位上。圖南把兩塊硬幣放在指尖上搓動，它們發出粗糙的聲音，圖南的指頭聽得見。

他的錢有一半已經死掉了。誰殺掉了它們他不知道。圖南看不見凶手，同時也看不見屍體。硬幣在他的手裡，油了。它們在口袋裡又圓又黑，像槍口。他的錢總有一天會復活的，槍口總有一天會說話的。那些話簡潔、直率、轟然有聲，子彈一樣直來直去。

大廳裡擠滿了人。汗在人們的毛孔裡發酵，發出人體的酸臭。有人在罵娘。憂心忡忡成了股民的統一表情。他們的手在四處揮舞，只有圖南的指尖保持了思維能力；只有圖南的指尖體驗到硬幣的分量與硬度。圖南默默不語。整個下午他望著電子終端，眼睛裡一片茫然。他看到了另一隻手，在電子終端裡頭。所有的愛民都是一塊硬幣，被那隻手抓住了，捏在指尖的中間，顛過來，再覆過去，汗津津的。

黃昏時分圖南走上了大街。交通正值高峰，人們的心情比腳步更爲迫切。每個人的臉上凝聚了一日原因與一日結果，這樣的表情背後體現了這樣一種哲學精神：有一天，過一天；過一天，是一天。圖南叼著菸，夾在人群裡，偶爾看一眼出租車裡的漂亮姑娘。漂亮姑娘成了都市裡黃昏時分的風景。她們在黃昏裡傾巢出動，隨出租車流向四面八方。

華燈初上。這是城市的經典時刻。光與色彩誇張了城市的物質性，誇張了建築與人群的形而下意味。圖南丟了菸頭，儘管使自己不想事。圖南保持住不想事的心態，順著人流往前走。圖南恐懼城市的黃昏。華燈初上後他的心情稍不留神就會光怪陸離，就會不可遏止地繽紛多姿、呈現出霓虹燈的動態與紛亂。圖南不想事。這是外鄉人在大都市裡練就的一種生理功能。當這種功能發揮作用時，他的臉上就會平靜，眼睛裡頭全是目中無人，呈現出絕對隔膜、絕對孤寂。圖南走在人群中，既像鶴立雞群，又像雞立鶴群，身邊的人不再是人，盡是些他類。

圖南提起腕彎看一眼手錶。他看的是日子，而不是時分。圖南掏出手機，若有所思地拉出天線，邊晃悠邊往家裡打電話。圖北在那頭拿起耳朵，大聲說：「他不在。」圖南說：「我知道他不在，他在街上呢。」圖北那邊靜了片刻，氣短下去了，說：「什麼事？」圖南停下腳步，人流從他的兩側分流過去。他再一次提起腕彎看錶，說：「我們一起去洗個桑拿吧。」圖北那邊又靜了片刻，這個時間正好是編一個謊言所需的長度。圖北說：「我下午剛在學校洗過了。」圖南說：「好吧。」圖南關照說：「七點半你在長樂飯店的大廳等我。」

長樂飯店的頂部是一座旋宮，在都市的最高處，以分針的速度緩緩旋轉，圖北跟在圖南的身後，經過一段電梯爬行之後，圖北站在了這個都市的最高處。都市的萬家燈火灑落在圖北的腳下。都市的萬家燈火正在圖北的錯覺中沿著時間的相反方向勻速運行。走上來一位女招待。女招待認識圖南。她微笑著把圖南和圖北領到第十八號檯。女招待說：「這是您訂的座。」圖北坐到圖南的對面去，依然在打量窗外。圖北覺得自己參與時間了，正在和時間一起工作，和時間一起推動都市的進程。遠處的大街上全是汽車，它們的尾燈使它們的身體排成了幾行亮麗的小瓢蟲。

圖南小聲說：「不要東張西望的，哪像我的弟弟。」圖北把目光收回來，開始注視面前的蠟燭燈。燭燈很洋氣，帶著誇張了的洛可可風格。旋宮裡的光線有點怪，又明亮，又有些昏暗。圖北用手支住下巴，又把腦袋轉到窗外去了。落地的弧形玻璃牆在晚上成了鏡子，反射出旋宮裡的堂皇局面。鏡子裡的旋宮有點不真實，樂手的小號、薩克斯管和吧檯上的雕像都浮在半空，但銅和石膏的質地卻越發純粹，越發本質了。鏡像的下面是都市，燈火輝煌，氣象闊大，都市之夜就在腳下，像現實裡的天堂。薩克斯管吹得正傷心，一個中國女孩在唱。她的美式英語有過重的捲舌，帶了很濃的蛙音。圖北聽不太懂，好像是她的「心肝」被自己的朋友拐跑了，傷心也是很自然的。圖南點完酒，那裡的歌聲也停了，那個傷心的中國女孩卻唱起了另一首英語歌，是最著名的生日歌。吧檯上走下來一個穿旗袍的好看姑娘，她捧了一只大蛋糕，插滿了蠟燭。紛繁的燭光隨她的步態光彩熠熠。穿旗袍的姑娘徑直走到圖南面前，挪開洛可可燭燈，卻把蛋糕放下了。圖北望著大哥，有些不解，大哥叉著雙手握成一隻拳頭，凝視著燭光。那些燭光靜然不動，鮮嫩嫵媚，照映在大哥的臉上。大哥的短暫靜穆給了圖北十分深刻的印象，有一些難過甚至痛心的地方。大哥突然吸了一口氣，猛烈地吹下去只吹滅了一半。蠟燭過密，火苗反彈回來又復燃了幾根，很不甘、很無奈，卻又過於倔犟的樣子。大哥又吹，他的氣愈來愈短，但燭光總是有幾處闌珊。大哥只能用手，一顆又一顆捏掉。指尖似乎灼著了，卻疼在嘴角。大哥捏掉最後一枝火苗，古怪地笑起來，說：「不討上帝的便宜。」大哥舉起杯子，對圖北說：「給我說幾句吉祥話。」圖北猜想是大哥的生日了。卻不知道今天是幾號。圖北舉起杯，只望著那些彩色小蠟燭，那麼多，那麼擠，使圖北想起一個詞：「一把」年紀，這麼多的蠟燭使「一把」年紀變得具體，可視，因而就格外真實、格外冷峻，甚至格外殘酷。

圖北說：「生日好。」

圖南放下杯子，臉上有些不高興。「生日好」過於粗枝大葉，缺少一種紛繁和藏密的兄弟情誼。圖南移開話題說：「你近來有些魂不守舍，有什麼事瞞了我？」圖北立即記起了「強姦」這個詞，側過臉，指頭卻在杯子上很不安穩地爬動。圖南注意到這個危險細節。人的指頭往往比表情更能說明內心隱祕。「沒有。」圖北故作不解地說，「我有什麼事瞞你？」

「你肯定有事瞞了我。」

圖北從口袋裡取出打火機，打上，關掉，再打上，再關掉。圖北說：「沒有。」

圖南盯住圖北，圖北掛下眼皮，不接他的目光。圖南不想在今晚鬧得不愉快，想把話題移開去，一時卻找不到合適的話可以對他的弟弟說。圖南突然就上來一股傷心，這世上他就這麼一個弟弟了，就這麼一個親人了，卻找不到可以說的話。圖南端起杯子，往圖北的杯子碰了一下，說：「喝。」

酒一下肚圖南的心情越發壞下去了。生意讓他難過。生日讓他難過。酒讓他難過。親兄弟也讓他難過。圖南調整好自己的表情，調整到成功和財大氣粗的雍容做派。圖南端詳著圖北。圖北長得很像他。眞的很像。這個事實一直就存放在他們的臉上，可是今天才讓圖南發現了。這種發現有一種感人至深的地方。血脈和親情一旦被記起會產生一種異乎尋常的傷痛情懷。圖南突然發現他一直很愛這個弟弟，這種愛基於對殷家家族的血緣忠誠。圖南握住杯子，說：「這個世上就咱兄弟倆了。」圖北不搭腔，只管喝。他從來就不是圖南的弟弟，而是兒子。大哥圖南像父親一樣凝視他，突然問：「你跟誰姓？」

「父親。」圖北說。

「父親他不在了。」圖南說，「你跟我姓。你姓殷。你千萬不能在城裡頭胡來，得有點殷家八代的樣子。」

「你也姓殷。」圖北不高興地說。

圖南被圖北的話堵住了。他掉過頭，旋轉大廳正對著遠方的電視塔，塔尖有一盞紅色閃燈，有節奏地明滅，像孤寂的上帝在夜幕上抽菸。圖南把目光收回來，玻璃上有他的模糊前影，與自己似是而非。圖南語說：「我早就不姓殷了。」

「那我就跟大哥姓。」

圖南盯住圖北，胸口的醬色領帶隨胸脯有了起伏。圖南盡力克制自己，他用掏香菸掩飾自己的凶猛心情。圖南點上菸，猛吸了一大口。一位小姐走下來，弓著身子對圖南耳語說：「對不起先生，這兒不能抽菸。」圖南拿目光找菸缸，沒找到。圖南把香菸狠狠丟進酒杯，紅色葡萄酒順著香菸迅速爬上來了。圖南說：「殷家怎麼出了我們這一對狗雜種！」

兩輛出租車幾乎在同時停在家門口。圖北先下了車。圖南隨後也下了車。圖北回到自己的臥室，關上片。圖南卻提了一瓶白酒出來，推開了圖北的門。圖南說：「生日酒不能喝一半，你陪我把下一半補上。」

兄弟倆走進客廳，放下酒杯，兩個人都平靜了。沒有飯菜。只要酒。兄弟倆找不出喝的理由和喝的話題，卻又不甘心，只有划拳。他們伸出手，這頓爲喝而喝的酒席立即帶上了鬥氣與洩恨的性質。兩個人起先還挺穩當的，愈喝心情愈複雜，酒性也狂野，嗓門就接著往上高。他們大喊五魁首與三桃園，四季財與八匹馬。兩隻左手的十隻指頭在桌面的上空變幻，既把握自己，又猜度對方。指頭像黃昏的老鼠那樣進進出出。七巧——板哦，不出——門啊，哥倆——好哇，六六——順啦。圖南注意到了，圖北最愛出的指頭是大拇指。圖南當即推出了自己的大拇指頭，大喝一聲：「哥倆——好哇。」這一次輸的是圖北。圖北在連輸了三局之後發現了大哥的固執。圖北當即求變，出了兩根指頭，高叫三桃園。圖南卻不肯變化，他死守住自己的一根大拇指，近乎迷狂地只叫「哥倆好」。他一直認爲圖北會和他一樣，只會出拇指。但圖南屢出屢敗。「哥倆好」就此輸給了「三桃園」。圖南喊「哥倆好」都喊出慣性來了，完全不顧了輸贏，死抱住「哥倆好」不放。圖南就在這次死心眼上輸掉了十來局。愈輸愈刻板，不鬆口了。他喝多了，胖子上粗血管畢現，眼眶裡頭意外地有了淚花花，像酒，洋溢出熱烈和孤寂的度數。圖北停下來。圖北望著大哥的大拇指，搶過了酒瓶，失聲說：「大哥。」圖北把剩下來的酒一股腦兒下去，頹坐在椅子上。

屋子裡靜下來了，只有酒杯與酒瓶的清冽反光。兄弟倆喘著大氣，而父親的遺像被掛在牆上，束之高閣。他們靜坐了十來分鐘，毫無理由地以微笑面對微笑。

「燕子。」圖北說。

圖南說：「什麼？」

「燕子。」圖北抬高了嗓門說。

「誰？」圖南厲聲說。

圖北傷心透了。他拖著哭腔，酒精在肚子深處替他大聲叫道：「燕子！」

3

尤歡摁響了汽車喇叭，連續摁了四五下。出於本能圖北回過頭來，一輛紅色出租車正停在校對門的那棵梧桐下面。玻璃搖下來半尺多高，露出大半顆漂亮的腦袋，墨鏡與口紅都很顯眼。那是尤歡的墨鏡與尤歡的口紅。圖北的心裡咯噔一下，慢慢往下沉。圖北有些失措，腋下夾著書站立在原處。對面的墨鏡很嚴厲，口紅卻咧開了，像是在笑。喇叭又響了一次，急促而又響亮。圖北四處張望了兩眼，低下頭走過去。圖北坐上車立即搖上了玻璃，尤歡取下墨鏡，從反光鏡裡注視圖北。她的臉在反光鏡裡變形了。圖北注意到尤歡的顴骨高出了一塊，整個臉帶了一道外弧線，類似於狐狸或其他某種貓科走獸。

尤歡坐在客廳裡，身上失去了那種蕩婦氣。舉手投足都像一個淑女。圖北坐在她的對面，顯得非常局促。尤歡說：「這些日子你到哪裡去了？」圖北咬住下唇，弄出一臉追憶的樣子，卻想不起來。尤歡說：「呆樣子。」尤歡拿起酒瓶倒了兩杯酒，圖北不敢動。圖北記得上次的事情就是酒那裡變得糟糕的。圖北的心裡極不踏實，又不敢隨意忤她的意願。圖北說：「你到底是誰？」尤歡挑著眉毛反問了一句：「你都睡了還不知道是誰？」她把「睡」字說得臭臭娜娜，類似於植物叢中的睡美人，生氣盎然又意味深長。圖北紅了臉，卻聽出了話裡的話，「睡」和「強姦」可是完完全全的兩檔子事，因此，腦子裡的舊畫面開始紛亂，心裡的緊張卻鬆動了，憑空生出一股自信。是那種進入生活、參與城市的生存活力。圖北抬起頭來看尤歡，她的唇部露出了牙齒的局部，呈現出歡迎的樣子。圖北說：「你帶我來做什麼？」尤歡只是笑，說：「我不要你做什麼，你想做什麼你就做什麼。」圖北聽了這話身體有些僵硬，手腳找不到手腳的合適位置。尤歡說：「你看看你，怎麼像個鄉下人？」尤歡側著身子擠到圖北的身邊，叉開指頭插進圖北的頭髮，就著圖北的耳邊說：「再那樣。」圖北沒有聽明白，問：「哪樣？」尤歡低著聲音說：「上次那樣。」

圖北從尤歡身上醒來已是晚上七點。這可算是圖北第一次和女人做愛。尤歡是個好導師。尤歡怎麼說，圖北就怎麼做。生活是「做」出來的，愛也是「做」出來的，圖北一覺醒來之後就明白了這個大道理。做，多好的活法。

天早就黑了，屋子裡有一隻秋後的蚊子，叫得抒情而又寧靜。尤歡的眼睛在黑暗中閃爍，無聲無息。圖北好幾次想起來，都被尤歡的下巴止住了。尤歡探起身子，取過索尼牌電視遙控器，背過手去打開了身後的電視機。屏幕上的色彩映照過來，在尤歡的身體上切換顏色。圖北仰起頭，地球正藍幽幽地在屏幕上旋轉而出。都《新聞聯播》了，都七點了。圖北扯開毛巾被慌忙下了床，光腳踩在一大堆粉色衛生紙上。圖北拽著牛仔褲的一只褲管，嘟噥說：「壞了，晚了。」尤歡轉過身，用右手支住下巴，問：「什麼事？慌成這樣？」圖北套上褲子，說：

「我哥，他肯定等我了。」尤歡懶懶地說：「你哥？又不是你爺爺。」尤歡側著身子，她的腰部在凸起的胯部前方凹下去一大塊。圖北跑到床上去，把頭埋進那塊凹穴。尤歡拍拍圖北的頭，說：「別撩我，光了屁股搗蜂窩，惹得起，撐不起。」圖北說：「眞的晚了。」這麼說著床頭櫃上的電話鈴突然響了。圖北驚愕地抬起頭，雙眼直直地望著尤歡。尤歡笑著說：「你怎麼老是一驚一乍的，和女人睡覺你都怕，多大的出息——把耳機遞給我。」圖北搖搖頭，愣在那裡聽電鈴響了一遍又一遍。尤歡也不接，就那麼笑著注視圖北。圖北伸過手去，輕輕地把耳機塞到尤歡的手上去。尤歡接過耳機，臉上說開花就開花，大聲說：「誰呀？我在煎雞蛋呢。」尤歡聽了一會，開心地說：「九點鐘，怎麼那麼晚才來？」尤歡側著臉聽電話，卻聽見圖北的喘息聲愈來愈粗了。尤歡用腳背彈彈圖北，圖北張大了嘴，腦子裡一片空。圖北就看見尤歡的嘴唇在動，聽不見了，尤歡掛上電話，捋好頭髮，披上一件上衣。尤歡拍拍圖北的腮，說：「再多怕幾次，你就長大了。」圖北望著電話，問：「是誰？」尤歡說：「你只管自己快活，管別人是誰做什麼？」尤歡吻了吻圖北的下巴，說：「你哥在等你呢。」圖北從驚愕中還過神來，很不高興地說：「是誰？」尤歡說：「一個男人。」

整個晚上圖北的心情很糟糕，一到家他就看見大哥的臉繃住了，甩臉色給他看。圖南沒有說一句話。他坐在客廳裡，一手夾著菸，一手拿了電視遙控。他抽菸換頻道，就是不說話。圖北在回家的路上已經編好了一套謊話，和中國的史書一樣邏輯嚴密、因果相聯，幾乎沒有一點破綻。但圖南沒有盤問他。圖南只是在圖北的身邊站了片刻，圖北注意到大哥的鼻翼吸了兩下，似乎從他的身上嗅到了什麼氣味，圖北等他發問。但大哥就是不問，卻轉過身去了。大哥一言不發，就只會抽菸，換頻道。圖北回到臥室後腦子裡全是自己的謊言，可以應付任何質疑和稽考。但謊言一旦面對沉默就成了負擔，像放不出來的屁一樣讓人窘迫難受。謊言與歷史眞的一樣，解釋性愈強，安慰自己的能力就愈差。

第二天傍晚大哥很意外地顯示出和善。大哥的雙手插在褲兜，來到了圖北的房間。圖南說：「圖北，大哥送你一樣東西。」大哥取出一只BP機，黑色機身上印了一行漂亮的金色字母：MOTOROLA。圖北說：「給我？」大哥說：「給你。」圖南退出去。圖北撫弄著黑色尋呼機腦子裡卻想起了尤歡。圖北摁住那些功能健，新鮮而又快活。圖北正在把玩，尋呼機很意外地卻響了，眞是破空而來。屏幕上亮出一排墨綠色電話號碼。圖北滿腹狐疑推開了大哥的房間，突然想起來了，機上的號碼卻是大哥的電話。大哥坐在電話機旁，正對著圖北微笑。大哥的微笑很古怪。圖北把目光移到呼機上去，掂出了呼機的分量，從現在起，整整一座城市都是他圖北的監獄。不論圖北身處何處，大哥都可以對他進行有效監控了，因此他無處可逃。尋呼機是什麼？是電子時代的科技大牢。圖南走上來，幫圖北把尋呼機別在褲帶上，說：「喜歡嗎？」圖北嘟噥說：「喜歡。」

拳擊的回聲使體育館的恢弘越發恢弘。那只柱形拳擊袋吊在巨大空間的一個角落裡頭，發出結實的悶響。圖北光了背脊，他的目光裡有一個極其模糊的假想敵人。他要擊倒他。但假想敵和他的拳頭一樣頑固，在空洞、開闊的回聲裡頭，以一種肆虐、狂放、聲勢浩大的姿態回擊圖北。圖北猛擊了一組組合拳，發不出力氣了，趴在拳擊袋上，拳擊袋卻讓開了。圖北依偎在拳擊袋旁邊，大口喘息。圖北躺在一塊體操墊上，張開兩隻胳膊，累散了。拼木地板上洋溢著窗前的反光。空間安靜下來。空間在空氣裡不動聲色。

飛進來一隻麻雀。牠從半開的門縫隙裡飛進來了。麻雀飛翔在大廳裡。牠的叫聲表明了牠的歡悅心情。圖北躺在體操墊子上，以獸類的粗重心態打量麻雀的自由之身。麻雀在大廳的頂部飛了兩圈，感受到這個空間的局限了。牠決定飛出去。牠對著玻璃窗這個虛擬的通道俯衝了過去。但牠當即就被玻璃外面的空間反彈回來了，掉在了地板上。麻雀不死心，衝向另一面玻璃，另一個虛擬通道。牠再一次被玻璃反彈回來。門的縫隙在不遠處，這個唯一入口恰恰被牠自己遺忘了。但麻雀沒有放棄，圖北望著牠，注視牠的努力，注視牠的失敗。體育館裡回蕩著牠的身體與玻璃的撞擊聲。那是肉與工業品的混合聲響口，有一種命中注定的悲傷。麻雀受傷了，疲憊了，牠的飛行慌亂而又惶恐。牠失去了與玻璃撞擊的勇氣，蹲在地板上四處打量。圖北一動不動。圖北懷著一種刻毒和快慰的心情大吼一聲。麻雀應聲而起，撞擊玻璃，又應聲落地。那一聲吼叫在大廳裡縈繞，如病態的快感不絕如縷。麻雀不動了。圖北從墊子上爬起身，衝過去，麻雀展開雙翼做出最後一次努力，牠的雙眼出血了，所有的窗戶都變得一片鮮紅。窗戶外面鮮紅的天空正沿著麻雀血紅色的目光綿延無盡。牠的腿側在一邊，抽筋一樣顫動。圖北從地板上把牠拾起來。捂在拳頭手套裡，從大門的縫隙裡扔出去。門外就是自由的天空，但麻雀拒絕了。牠像石頭一樣出手，又像石頭一樣落地。鮮紅的天空慢慢變黑了，黑成一只放大的瞳孔。

秋天的到來是以一場雨或一陣風作爲標誌的。起風了，城市的馬路上飄動起無邊的落葉。落葉隨風而起，刮在路面上，發出紛亂的聲音，發出秋天的聲音。秋天不僅是一個季節，它同樣是城市人的行走動態，城市人的面部表情。颳風的日子裡城市的水泥質地變得分外醒目，所有的建築成了水泥的不同造型。天空被水泥封死了，像墳墓的穹形頂部。水泥的表情使每一個路人都似行屍。

圖北從學校大門出來時縮著脖子，西服的兩塊墊肩聳出來了，看上去像美國橄欖球的比賽服。圖北在校園裡的服裝歷來很考究。這是他唯一能顯示自己卓爾不群的最高陣地。「自費」與「走讀」成了他的一大心病。是他自卑與故作自信的心理源頭。圖北在學校裡幾乎不與人交往，整天陰著一張臉，冷漠傲岸的樣子。天冷了，秋風從衣服的各個開口往裡頭鑽。校門的左前方有一家下等酒店，一塊舊木板上用紅漆刷了四個楷字：桃李酒家。酒家的生意歷來很好，時常擠滿了窮學生。圖北猶豫了片刻，想喝酒，走到桃李酒家的招牌下面，卻看見班裡的五六個同學正圍在一張圓桌上點菜。圖北怕碰上他們，這幫傲慢的傢伙一個個神氣活現。圖北低了頭往回走。酒家裡頭，卻傳出了叫喊聲，有人喊他的名字。圖北回過頭，是班上的體育委員。圖北點了頭微笑。體育委員大聲說：「過來嘛，熱鬧熱鬧。」圖北說：「不了，改日罷。」體育委員卻走上來，很豪爽地說：「幹麼呀？全班都知道你是大款，和我們老百姓一起樂樂嘛，過來嘛，要不大夥又說你瞧不起人。」圖北愣在那裡，這樣的話聽在耳朵裡過於出乎意料。圖北好半天才明白過來。圖北走上去，決定順水推舟，步子突然也走得自信結實了。圖北放下書，笑著反問說：「我是那樣的人嗎？」班裡最漂亮的女同學給他讓出坐位，圖北說：「你也別挪了，就坐我身邊。」同學們便一陣笑。圖北掏出三五香菸，抽出一根，點上，夾菸的指頭搗搗菸盒，關照說：「自己拿。」圖北說這話時感覺自己不是自己，而是大哥圖南。這樣的感覺又噁心又美妙。圖北瞄了他的同學一眼，用一種走過碼頭的平靜語調客客氣氣地說：「今天我請了。」圖北回過頭，對老闆娘說：「加兩個菜。」

有錢的感覺的確不一樣。某種意義上說，錢就是自由與尊嚴，至少對圖北來說是這樣。圖南之所以被圖北稱著大哥，並不完全因爲圖南年長，還因爲他有錢。他的生意延及西安、重慶、哈爾濱，他的生意甚至把指甲都伸到洮南、武岡、田林、南召了。這些地方圖北借助於放大鏡才從地圖上找出來。圖北在斷橋鎮還不知道錢是什麼，錢在鄉村像生活的附庸、生活的輔助物質。可進了城錢就不一樣，它一下子就上升到主宰地位，它決定了生活的性質、朝向與層面。對男人來說，錢是另一個意義上的女人，它是男性欲望的直接動因，它能讓你在夢醒時分起生理反應，產生一種類似於色膽包天的攫取欲望，這樣的迫切情懷取決這兩種壓力：無論是作爲一個自費生相對於大學生活，還是作爲一個小情人相對於「老女人」尤歡，圖北都感到了錢的可貴與可愛。圖北花的錢已經不少了，但是愈花錢愈覺得窮，這就是錢的猙獰處和可恨處。玩瀟灑與玩女人都是人體內部的上層建築，它們都需要一個支撐的基礎：錢。圖北走路的時候一直在思考一個問題，怎樣才能弄到錢。他的目光在路面上尋覓，說不定就能白撿到一個錢包的，打開來，裡面是鈔票的墨綠色脊背，那是多麼美好的人生經歷呵！但是路上沒有錢包。有錢包也早就讓人撿跑了。圖北亟需錢。只要有了錢，他又可以無限自信地在學校裡玩一把「派頭」，或者把尤歡約出來，到某個昏暗的小酒吧裡坐一坐，像眞正的男人那樣，在尤歡面前談笑自若，弄出財大氣粗和目中無人的樣子來。沒有錢的男人在女人面前只有一個命運；兒女情長，英雄氣短。好男人應當是兒女情短，英雄氣長的。

圖北決定從大哥那裡弄到錢。不是討，不是等候大哥的出手，而是借雞下蛋。大哥的生意那麼多，隨便放幾筆生意就可以保證圖北的開銷了。只要大哥鬆口，圖北一個月至少可以過上一天的好日子，也就是通常所說的「花天酒地」。花天酒地，多好的詞，它給人一種富麗和頹廢之感，那才是城市之根本，生存之根本，塵世之根本。那裡頭有一種埋進錢堆和女人做愛的瘋狂與恣意，所有的錢都壓得皺巴巴的，沾滿了內分泌物，洋溢出汗漬與精液的氣味。爲了花天酒地，圖北必須掙錢。

圖北選擇了一個吃麵條的機會和大哥商量起掙錢的事。大哥圖南一到餐桌上就會犯有錢人的毛病，像九代貴族似的。但吃麵條時就不一樣了。中國人只有在吃麵條的時候才能眞正袒露出祖宗八代的眞實面目。圖南吃得很響，很流暢，湯湯水水都分外淋漓。額頭上全是汗，鼻涕出來了，吸一吸又收回去。圖北見大哥吃得痛快，小聲說：「大哥，我幫你跑點生意吧，也好見見世面。」圖南沒有抬頭，正拚命地用舌頭剔除門牙上的菜葉，圖南說：「沒錢啦？」圖北說：「不是錢的事，我只是想了解了解。」圖南說：「了解什麼？」圖北說：「社會。」圖南哈了一口氣，說：「還了解什麼？我可以告訴你，現在是社會主義初級階段。」圖北說：「我也好幫幫你。」圖南把碗裡的麵湯全喝下去，雙手撐住餐桌的邊沿，歪著嘴說：「圖北，你一翹尾巴我就知道你拉什麼屎，你死了這條心——不許和大哥再說這件事。我不喜歡你說這件事。明白了？」圖北眨巴兩下眼皮，沒敢說一個字。

城市生活如同泔水缸一樣蕪雜，時刻產生記憶，時刻出現遺忘。但燕子的姣好面龐卻變得十分固執，愈來愈清晰，纖毫畢現了。這種清晰有一種浮力，從液體的下面義無反顧地漂浮上來。浮力一定拴住了圖北內心中的某個部位，它一上升圖北就感受到某種扯痛，有點硬拉生拽。這些都是夜裡的事，夢裡的事。一到白天圖北就不一樣了，尤歡在白天往往更占上風。尤歡床上的種種風情讓圖北難忘，白日夢纏繞了圖北。圖北的想像力在白天裡總是沿著尤歡的身體恣意波動，他的身體變得燥熱，一種近乎亢奮的疲憊籠罩了圖北，使他鬱悶而又焦慮。渴望尤歡與痛恨尤歡交織在圖北的胸中，它們紛亂如麻。圖北命令自己，不許再見那個女人了。他以大哥的威嚴命令自己：不。不了。

圖北用拳擊和玩角子機打發了兩天時光，但時間不停下來圖北的焦慮就難以中止。圖北騎上自行車，在巷子裡四處游蕩。圖北一點不敢相信，自己怎麼又騎到尤歡的住處來了。圖北停下車，一隻腳支在地面，眺望尤歡的窗簾。那幅窗簾從大街上看過去是單色的，但站在屋內打量就不一樣了，布滿了熱帶植物的葉片，像尤歡的身體一樣舒張開闊。圖北愣在坐墊上，一陣難受無端地浸漬上來。圖北低下頭，想穩住自己，卻被這傷心咬緊了。圖北掏出香菸，躬著背脊用雙手掬起火苗。圖北吸了一大口，吐出濃煙，伴隨了一聲長嘆。

圖北抬起頭，尤歡卻站在了他的對面，笑盈盈地看他，等待他的目光。尤歡的出現有點恍如夢寐。圖北丟掉菸，看見尤歡的手伸了過來，把玩車龍頭上的鈴鐺。尤歡說：「怎麼啦？」

圖北望著馬路對面的窗簾只是眨巴眼睛。尤歡順著圖北的目光遠眺過去，猛摁了一陣車鈴，自語說：「昨天走的。」這話聽上去上文不接文。尤歡一個人往馬路的對面去了。圖北等尤歡的身影消失了，鎖上車，立即跟了過去。

圖北一進門就把尤歡抱緊了，吻住了尤歡的雙唇，動作又準、又穩、又狠。所有的痛恨在這個吻裡頭都消解了。吻的觸覺充滿了溫情，充滿了生活的悲傷與欣喜。圖北流出了眼淚，他捂住尤歡的腮，痛心地說：「他是誰？」尤歡眨巴了兩下眼睛，故作不解地問：「誰是誰？」尤歡用指頭捏住圖北的耳垂，一邊捻一邊說：「這房子的主人。」尤歡馬上岔開話題，說：「猜猜看，我原來是幹什麼的？」圖北聽出了話裡的話，「原來」這兩個字也就分外地意味深長了。圖北不開口，腦子裡重複尤歡的那句話：原來。對新興的都市人來說，「原來」早就成爲現在的歸宿與墓穴了。「原來」對今天的人們來說不再是歷史，它是精神的棲息和內心的最後向度。圖北想不起尤歡「原來」的樣子，愣頭愣腦地說：「我要你。」

尤歡給了他。整個下午他們在一起行雲流水，一邊溫故，一邊知新，窮盡了柳舞花翻。但圖北的ＢＰ機就是在某一個要害時刻響起來的。圖北像被電擊了那樣仰起頭，止住動作，腦子裡一片空白。尤歡的身子卻正到了好處，焦躁了，有點不依不饒。尤歡說：「不要，不要。」尤歡有些辭不達意，意思可是十分明了的。圖北經過短暫的休整腦子清醒了些。清醒給圖北帶來了仇恨。該死的圖南，該死的尤歡，見你們的大頭鬼！圖北重新開始了，他的憤怒使尤歡歡騰不已，每一個動作都伴隨了傷心的新感受。圖北痛心地說：「讓我去死，我夠了，夠了！」尤歡的雙腕被圖北抓緊了，她張開指頭，用身體的節奏重複說：「一起死，一起死。」銳利的快感灼痛了圖北的悲傷處，就知道喊：「夠了，夠了。」

圖北用完最後一絲力氣，鬆手了。尤歡不讓他下來，抱緊了他的背。他們平定好呼吸，圖北的眼淚掉在尤歡的腮邊。尤歡醒來後發現了這顆被壓扁的淚珠，很滿足地擦乾淨，小聲說：「眞的很好，很久沒有這樣了。」圖北強迫自己不去牽掛該死的BP機，但怎麼努力都不能抹殺BP機的頑固印象。圖北若有所思地說：「我第一次這樣。」尤歡的指尖在圖北的後背細細撫弄，很溫柔地說：「你活出滋味來了，我的小男人。」圖北撐起身子，說：「我是說第一次不回大哥的話。」尤歡不高興地說：「你怎麼還想著電話？」圖北說：「我總該撒個什麼謊。」尤歡說：「撒謊做什麼？謊愈撒愈被動，還是別撒的好。」圖北說：「我總不能說正在和你睡覺，下不來。」尤歡說：「你就不能說尋呼機關上了？——眞話就那麼難說？」

圖南的重感冒預示了他的身體開始入秋。每年都這樣。每年秋季圖南都要有一段糟糕的日子，沒有任何大毛病，卻又像病入膏肓，比平時要老上十歲。圖南在生病的日子裡會變得溫和，流露出殷家家族的遠古家訓。疾病使這個孤寂的男人愈感孤寂。他怕喝酒，怕抽菸，怕碰女人，整天守住一杯白開水，雲山霧罩地亂想心事，撩弄自己的壞心情。這樣的心態由來已久了，每一次都會歸結到最後一個話題：等有了錢之後再怎樣怎樣。這個話題帶有濃郁的烏托邦式的田園韻味，籠罩了生存的終極光芒。但這個話題又是一個黑洞，深不見底，似苦海無邊。問題往往集中在一點，有多少錢才算有了錢。他不能說服自己。錢是宿命，讓你有命無運，讓你有運無命。錢是拴在尾巴上的一塊骨頭，你追得愈猛它跑得愈快，它近在咫尺，無窮無近地滿足你的視覺與嗅覺，最後你只能停下來，站在原地大口喘息。

圖北很晚才回來。他每一次晚歸身上都有同一種品牌的香水氣味。很淡。似有若無。如殷家的使命一樣似有若無。要命的是圖北對這股氣味總是渾然不覺的。這股下流的氣味讓圖南傷透了心。圖南望著圖北走向臥室，感覺自己只是圖北一條三角內衣，只是一個象徵，拴不住圖北的任何東西。

但圖南反而不敢問。他害怕知道圖北生活的細枝末節。沉默對每一個人來說都是個禁忌。禁忌一旦喪失，欲望將愈加呼呼生風。圖南跟過去，神情很嚴肅，卻不敢開口。他一開口圖北必然是謊話連篇。他怕看見自己的弟弟鎮定自若的謊話模樣。

「你怎麼把呼機關上了？」圖南厲聲問。他說得痛心，他自己也奇怪怎麼說出了這樣的話。

「沒有哇。」圖北說。圖北不看他的大哥。他的臉上很茫然，下眼瞼在燈光下面發出青色光芒，浮乏而又疲憊。圖北掏出呼機來，故意端詳了兩眼，自語說：「怎麼會關上的？」圖南望著他，湧上來一陣憤怒與辛酸，好久沒有說出話來。

「電飯煲裡有飯——餓了吧？」

「還可以。」

「最近功課緊不緊？」

「還可以。」

「吃不吃力？」

「還可以。」

「哥在和你說話。」

「我是在和你說話。」

圖南不吱聲了，接下來就是一陣咳嗽。這陣乾咳持續了很久，圖南差不多像蝦子一樣弓起身子了。圖南安靜下來，坐在圖北的身邊，等圖北開口。他在生病的日子希望聽到圖北說出一些關切的話，或者給他倒杯水。圖南靜然望著圖北，圖北的兩只瞳孔在燈光下面只會愣神，裝上時針都能做鬧鐘了。這樣的目光實在讓圖南傷神。「去給我拿根菸。」圖南說。圖北不動。兩隻手往口袋裡掏。左手掏出菸，右手掏出打火機，擦在圖南面前。圖南拿出香菸，放在手裡把玩。屋子裡很靜，只有馬路上汽車駛過的聲音。馬路上剛灑過水，汽車駛過時輪子不是從路面上滾過的，而是像撕開的，聽上去帶了一股勉強和疼痛的印象。這個家現在就是一個輪子上的世界，圖南是前輪，圖北是後輪。圖南看見這只後輪正以一種瘋狂的時速逼近自己。圖南已經看到這一天了。這一天不遠了。圖南仔細端詳圖北，他瘦了，臉上露出了青春男子的骨骼輪廓。這個輪廓酷似當年的圖南。圖南伸出手，在圖北的肩上拍了兩下。在這個瞬間裡圖南真的覺得是他的父親了。圖南說：「你們這一代，廢了。指望不上了。」圖南的話裡流露出父性的蒼涼。圖南丟掉香菸，關照說：「睡吧。」圖南走到門口，卻又回過頭來，自語說：「該找個女人結婚了。」

4

圖北從體育館出來，脖子上掛著拳擊手套。圖北深吸了兩口氣，抬起頭看天。天很藍，一口氣就吸到肺裡去，從頭到腳秋高氣爽。天上沒有雲，沒有風，沒有飛鳥。天上只有藍色，那種抽象、純粹、熨帖，接近於虛無的深藍色。天空的虛幻性使藍色變得寂寥，彷彿宇宙正經歷著它的本體時刻，那種渴望慰藉的空洞時刻。圖北望著天，只要有一片雲或一隻鳥，天空的憂傷頃刻間將會難以自禁。

圖北立住腳，想起了燕子。好的天空總能讓圖北記起燕子。天一晴朗燕子就會斜了身子飛翔過來，沒有一塊雲能擋得住。燕子的面容又一次清晰了，她的面容一清晰就會露出某種易損的跡象。像水中的倒影，一片落葉或一聲嘆息就會使她波動搖晃。這讓圖北難受。總是這樣。

體育委員他們幾個正吃著橘子往大門外走，男男女女一副散漫無聊的樣子。體育委員叫住圖北，喊了一聲「殷大款」。圖北堆上笑，招呼說：「又到哪裡喝酒去呢？」體育委員回過頭，對大夥說：「聽見沒有，殷大款請我們喝酒呢。」身後的男女便一同雀躍，圖北沒有心思請他們吃飯，但證明自己有錢的機會圖北也不肯輕易放過。期中考試也快到了，這麼些日子幾乎沒有讀書，現在請了，到時也好有個照應。圖北微笑著說：「這麼說，我們就去瀟灑一把？」身後又是一陣歡呼。圖北一面說話一面默默地數人頭，六個，只能請自助餐，三百塊怎麼也撐下來了，又省錢又氣派。圖北攔下一輛出租車，把女同學叫進來，又攔了一輛，丟給體育委員。圖北上車之後看了看車子右側的反光鏡，自己的表情有點像人民幣上的毛澤東，是當家做主的樣子。圖北挺挺上身，身子和新鈔一樣挺刮。感覺不錯。

圖北的雙手插進褲兜，器宇軒昂地邁進大廳。圖北第一次進這家星級飯店，卻弄出熟門熟路的樣子，像是到家了。圖北知道他的同學在看他，一舉一動越發帶上了表演性與示範性。他的同學在他的面前反倒顯得自卑起來了。這很好。這幫烏東西考起試來是大爺，碰上花錢就當孫子了。

火鍋上桌之後他們的心情一起泛起水泡了。酒下了肚去，話就開始多。酒全是話，喝進去多少當然就會說出來多少。體育委員能喝，圖北陪著他，其他人只是做做樣子，精力都花在吃上。體育委員說：「圖北，我弄不懂你讀師範做什麼？你他媽哪裡不能去？」圖北叼著菸，歪著嘴說：「女廁所我就不能去。」大夥都笑，女招待立在一邊，也抿了嘴笑。圖北說：「大夥吃，反正是自助餐，拿出艱苦奮鬥的精神，往死裡吃。」大夥又笑，體育委員又站起身來搬了三只盤子回來，滿滿的全是羊肉。這一回女招待沒有抿嘴，有點不高興了，用慢鏡頭眨巴了一回眼睛。體育委員坐定後對圖北說：「前天晚上班裡的男生開了個會，金瓜配銀瓜，烏龜配王八，把女生全分了——女生不夠，你又不住校，就不考慮你了。」圖北眨巴了兩下眼皮，說：「還有三個任課女教師呢。」體育委員說：「那怎麼可以？」圖北說：「有什麼不可以？」圖北拿眼睛瞄了瞄三個女同學，嚴肅地說：「誰願意分給我，請舉手。」三個女同學也故意弄出很嚴肅的樣子，一同舉起手來。圖北：「我什麼都好，就是打呼嚕。」紮馬尾巴的女同學說：「我知道。到了上午的第三節課，全班都聽得見。」大夥又哄笑一回，一起乾掉一杯。

這一杯剛下肚圖北就覺得不對了。白酒太凶猛，直往上泛。圖北招手叫過一位女招待，讓她帶自己到衛生間去。圖北關上衛生間的門，耳朵裡頭說安靜就安靜了。這陣安靜顯得過分了，有些始料不及。黑色大理石牆面和巨大的牆鏡反射出寧和靜的光。圖北站在門後和鏡子裡的自己對視，圖北望著自己，在寧靜中圖北突然發現自己很醜，今天的一舉一動都很醜，讓自己作嘔。這個發現讓圖北難過，一陣突如其來的傷痛在寂靜之中湧向了他的咽喉。嘔吐和哭泣的願望一起上來了。「你在這裡做什麼？」圖北對鏡子說，「你這個賤貨！」圖北沒有理會衛生間裡的服務生，仰起頭來大口喘息。圖北掏出尋呼機，關上了。他不想讓大哥在這個時候撞進這種生活，圖北猶豫了片刻，又打開，把蜂鳴換成了振動。這時候圖北打了個嗝，他跪到便池上，一陣狂嘔，黏黏碎碎花花綠綠的渣滓一起噴湧而出。圖北爬起來，圖北總覺得燕子正站在他的身後，注視著他的醜態種種。服務生扶他到水池邊，打開水龍頭，水是溫和的，像燕子的手指頭，像撫摩，有一種令人心碎的流動溫存。服務生遞過來白毛巾，圖北接過來，一把捂在臉上。圖北就是在毛巾捂到臉上之後湧出熱淚的。他緊閉了眼睛，淚水從眼縫裡滲透出來。服務生找了他一把，圖北放下了毛巾，他的臉在鏡子裡越發難看，越發頹喪了。服務生說：「沒事吧？」圖北調整好自己，從口袋裡掏出一張紙幣，拍在洗手檯上，說：「沒事了。」

出了衛生間圖北重新走進大廳，一聽到吵鬧圖北又風度翩翩了，一臉含英咀華。馬尾巴正從服務檯過來，有些慌張地往錢包裡塞電話磁卡。圖北看一眼那臺磁卡電話，弄不懂她打電話慌亂什麼。圖北走向坐位尋呼機在褲兜裡頭忽然顫動起來了，像軟動物的掙扎，圖北低下頭，看見小便的部位不住地跳動。一位女招待看見了，不明白怎麼回事，綳住笑，掉過了頭去。圖北掏出來，摁下選讀鍵，屏幕顯示出一行漢字：你的呼嚕是我的夢囈。圖北看不明白，抬起頭，馬尾巴入座前正給他送來溫柔一瞥。圖北剎那間就心花怒放了。圖北把呼機上的字洗掉，重新入座。吩咐女招待拿酒。圖北的兩隻胳膊反撐在靠背上，開始說話了，一口四川腔。「同學們，上課。」圖北一開口大夥就知道他在模仿教當代史的那個四川小老頭。大家給他鼓掌。圖北晃著腦袋說：「我們來砍（看）一砍（看），這個神火（生活），到底搖（要）得搖（要）不得。」大夥借著酒興，齊聲唱和：「搖（要）——得。」餐廳的食客們注意到這裡的風景了。一起轉過頭來看圖北，圖北端著啤酒杯，兩隻醉眼盯住馬尾巴，打著手勢說：「神火（生活），這個，是啥子？是次（吃）飯不搖（要）鉛（錢）？」

「絲（是）——。」

「是把濾（女）娃娃們都分囉，一人一果（個）？」

「絲（是）——。」

同學們齊聲回答一次餐廳裡就大笑一次。所有的食客都停下筷子，很開心地觀摹眼前的喜劇小品。

「神火（生活），酒（就）絲（是）火鍋燒開了，再加央（羊）肉。」圖北彎下腰，伸出一隻指頭：「這絲（是）那果（哪個）的話？」

「那（哪）——果（個）——」

「餓鬼（俄國人），」圖北慢騰騰地說，「車爾尼雪夫，那個斯基。」

大廳裡響起熱烈的掌聲。整個大廳被圖北的即興表演弄成了一臺綜藝，像一盆火鍋。

圖北完全沒有料到圖南已經站在他的身後了。圖南注視著他的弟弟已經好大一會兒了。他的弟弟醜態百出。圖南一動不動，面色鐵青。而圖北一無所知，好興致正如火如荼。圖南走上來，腮幫上的肉鼓出來了，每一顆牙齒都在克制。圖南伸出手，捏住圖北的耳垂，拽過來。圖南雙目如電。圖南說：「給我回去。」

圖北認出圖南時臉上的表情是失態的。大廳安靜了，小丑的表演結束了。笑聲戛然而止。人們一起注意到事態在這個瞬間裡頭發生了突發性變化。圖北側著腦袋，拿眼睛瞄他的同學。同學們看著他，表情錯愕。圖北一定得下這個臺，圖北的目光從馬尾巴的臉上移開後恢復常態了。他壯起膽子，命令他的大哥：「放開。」

「回去。」

「你放開！」

「你回去！」

「你放不放？」

「你回不回？」

圖北的拳頭就是在對話走到絕路時揮出去的。拳頭擊中了大哥的下顎。圖南轟然倒地，仰在了地毯上。圖北怎麼也不敢相信，這個威嚴的大哥居然是這樣的不堪一擊。大哥的臉出血了。大哥撐起身，沒有反擊。圖北自己卻後怕了，癱坐在椅子上。圖南的眼裡噙滿淚光，像冬日冰面的陽光反射，冰涼而又炫目。圖南的目光從圖北同學的臉上一一走過，他們的臉上一個個酒飽肉足，桌上還摞了一大堆，吃不掉，又豐盛又狼藉。圖南的目光最終歸結到圖北的臉上，居然歪著嘴笑了。圖南說：「長江後浪推前浪，一代更比一代浪。」

夜深了，城市反而更像城市了。那輛灑水車從某個彎口拐了過來，像一隻發情期的病孔雀，一路開屏，一路吟唱。這輛車上的電子合成樂不是「女人多變心」，而是「婚禮進行曲」，圖北的酒似乎醒了，他跟在灑水車的身後，加快了步伐，像追趕一個盛大的婚禮。後面開過來一輛出租車，圖北上車，讓司機尾隨在灑水車的身後，「婚禮進行曲」，多好的曲子，每一顆水珠都變得喜氣洋洋，在高壓氖燈底下飛舞飄揚，熠熠生光，像婚禮上的彩紙屑。圖北讓司機再靠上去一些，司機有些猶豫，但聞到了酒氣，就提了車速，靠上去了。灑水車的司機似乎注意到身後的出租車了，摁了喇叭，想讓過去。但出租車不領情，也摁了一下喇叭，把車速降了下來。

這次跟蹤持續了半個多小時。出租車的中年男司機有效地控制了車身與水網的距離，像一隻醜小鴨，一直追隨在灑水車的身後。灑水車停下來了，靠在路邊加水。圖北丟下錢下車，站在垃圾箱旁邊和灑水車的司機默默地對視。灑水車的司機有些緊張，加水的整個過程回過頭看了好幾眼。灑水車的司機加好水，上車後惡狠狠地關上車門。關門前回頭罵了一句：「神經病！」圖北也回過頭去，對自己的影子同樣罵了一句：「神經病！」

灑水車走遠了。圖北一下子便無聊了。圖北在路邊意外找到了一只女人的高跟鞋跟，一路走一路踢。路邊有一塊工地，那幢高樓已經有樣子了，腳手架吸附在它的毛坯牆上，使高樓十分接近於遭到綁架的裸體新娘。地面積了很多碎磚，圖北把鞋跟踢到碎磚堆裡頭，一隻狗受了驚嚇，抬起頭，舔了舔骯髒的嘴角，一邊一下，很對稱。這隻狗引起了圖北的好奇，他忘記了灑水車，開始與狗對視，雙方都含情脈脈了。圖北決定蹲下來，這一蹲狗居然嚇跑了。狗越過馬路，牠的身影在路燈底下孤獨而又自在。夜很深了，燈火又寂靜又輝煌。這隻獨行的狗增強了城市之夜的豐富性，牠成了城市之夜的補白，成了城市之夜的恍惚形態。

一位身穿皮裙子、黑襪子的女孩就在這時出現了。她是從工地裡頭出來的。皮裙子和黑襪子之間有一塊留空，露出一塊大腿的皮膚。圖北蹲在原處，這塊留空剛好與圖北的目光齊平。女孩的出現有風的性質，說來就來，不留痕跡。圖北站起身，女孩背著皮包雙手抱在胸前正打量他。她有些疲憊，身體的重心壓在左腿上。女孩望著他，一雙騷烘烘的眼睛沒頭沒腦地抒情了。圖北說：「我沒帶錢，你走吧。」皮裙子把身體的重心移向右腿，重心移動的過程裊娜而又嬌媚。皮裙子笑道：「說錢做什麼？只要感覺好，還說錢做什麼？」圖北仰起頭，望著天說：「沒感覺了，你還是走吧。」皮裙子馬上說：「還不是嘛，不就是找感覺嘛，找找就能有的。」圖北很疲憊地說：「都找了大半夜了，好不容易平靜下來，我不要感覺。」皮裙子說：「感覺和感覺還不一樣呢，找找嘛。」圖北攤開雙手，說：「眞的沒錢，要不先欠你？」皮裙子有點不開心，挪開腳步了，說：「買賣不成情義在，總歸是緣分，要眞的沒錢，我先欠你。」

圖北獨自的時候開始注意自己的身影了。影子是一條忠實的狗，它臥在地表，證明主人的存在。遠處傳來火車的汽笛聲，夜早就靜透了，大街上沒有一個人，甚至幾乎沒有一輛車。圖北游蕩在街心，掏出襠裡的傢伙，對準影子的頭部就尿了過去。圖北一路尿一路退，嘴裡吹起口哨，是優美聖潔的「婚禮進行曲」。圖北在路燈底下拿自己當灑水車了。圖北終於在深夜的大馬路上當了一回灑水車了。這是圖北對這座城市做出的唯一貢獻。

BP機對圖北的封鎖終於失敗了。圖南承認了這個現實，這是錢買來的麻煩，解決的辦法也只能是錢。唯一的辦法只有美國佬常用的辦法：經濟制裁。這次談話進行在凌晨。凌晨五點二十分。圖北結束了一夜的游蕩，回來了。圖南守候在沙發上，他的臉腫得厲害，不對稱。門上響起了開門聲，是一把鑰匙相對於一把鎖的聲音。圖北開門後愣在門口，不敢進來。他的目光從圖南的腳尖往上移，移到上衣上的第二個鈕扣就不動了。圖北走進來，畏怯地站立在圖南面前，等大哥發落。圖南說：「事情過去了，我不怪你。」圖南抽了一夜的菸，喉管上黏了層痰，聽上去蒼老而又支離。圖南說：「是我的錯，錢的錢，是我花大價錢請來的一筆孽債，不怨你。」圖南站起身，說，「從今天起我只管你的生活費，別的一個子兒都沒有。你好自爲之。」圖南丟下這句話和一缸的菸頭，回臥室去了。他的鼾聲響起來。這樣的鼾聲在凌晨時分具有壓迫性。圖北站在客廳裡，望著父親的遺像。父親很威嚴。大哥的鼾聲像父親的另一種語言，是他們家庭的延續代碼，只有圖北聽不懂，只有圖北在城市的凌晨佇立在家族之外。圖北退出房間。站在樓梯的圓形窗口，遙視遠方。東方亮了，城市的路燈還沒有熄滅。路燈在東方的熹微晨光中闌珊而又凋零。圓形窗口的玻璃上積了一層灰，這層灰塵使早晨和每一縷晨光都像舊的，布滿污垢和疲態。大都市的每一個早晨都帶著夜遊者的倦容，都有一種恍如隔世的陰森與委靡情懷。圖北望著路燈所釃雜的早晨，想起了故鄉，想起了燕子。

圖北回到斷橋鎮已是第二天的黃昏。深秋的黃昏稱得上殘陽如血。圖北在旅途上昏睡了十多個小時，他的夢長了輪子，毫無意義地轉動，毫無內容地週而復始。圖北醒來的時候以爲是早晨，他依靠故鄉與太陽的位置關係確認了太陽正黃昏。圖北走在石板路上，他的影子拉得很長，在青石板面上移動，這等於說，青石板一步一步拒絕他的影子，他的影子永遠不能成爲石板的另一種質地。幾個月不見，斷橋鎮似乎繁榮多了，作爲縣城的斷橋鎮已經撤縣建市了。所有舊招牌上的「鎮」字已經被鏟除掉了。「市」這個漢字以醒目和缺乏耐心的潦草形象替代了「鎮」。「市」成了一個巨大的工地，到處是打夯機的汽錘聲，到處是繁榮前的衰敗景象。煙塵鬥亂，灰塵使夕陽有了密度，有了質感，空氣中泛出了殷殷橘紅。人們的臉上做好了城市人的預備表情，像城市餐桌和病床前的花，呈現出開放與欣欣向榮的好神態。

圖北走在老街上，雙手插在褲兜裡頭。一路走動一路與人招呼。每一個招呼都是驚喜的，短促的，匆忙的。圖北走到老家的電線桿旁邊，老家的房子早就面目全非了，門樓被鋁合金包裝一新，成了餐館了。紅燈籠掛在兩側，落地玻璃門上貼了鮮紅的「麻、辣、燙」，是魏碑，一筆一畫都粗頭硬腦。圖北走進去，迎上來一位小姐，小姐用四川話請圖北坐。圖北說：「怎麼成餐館了？」小姐微笑著避實就虛，只問先生：「吃什麼？」圖北說：「怎麼成餐館了？」小姐說：「我怎麼知道，老闆把房子買下來的時候就成了餐館了。」圖北坐在椅子上，望著臺布上的大海蝦圖案，突然想起了父親常做的紅燒獅子頭，悲傷說上來就上來了。這悲傷來得生猛，圖北的胸口像一張宣紙被那陣難受泡蔫了，變得綿軟而又無力。圖北摸出香菸，小姐用打火機立即把火掬上來了。圖北的目光在牆面上游走，家的感覺有如爬牆虎一樣貼牆而生，又茂密又紛亂。他舊時臥室的位置上方掛了一只賀匾，用隸書寫了一個很客氣的成語：賓至如歸。圖北自己掏出打火機，笑著問小姐：「匾裡頭寫的是什麼意思？」小姐很茫然。圖北說：「我講你聽，是說客人回到了自己的家，就像到家一樣——唷西，你的明白？」

圖北叼著菸從老屋裡出來，一出門眼淚就在眼眶裡打漂了。遠處又傳來打夯機的汽錘聲，像棺村蓋棺的聲音，熱烈、囂張、興高采烈。喪心病狂。圖北的目光順著石板巷裡望過去，他的故鄉正一步一步被送進棺材，眞的是賓至如歸。圖北倚在水泥電線桿上，夏天的那張白紙廣告還在，但弧形表面早就破損了，只剩下宋體的「淋病、梅毒」那幾個字。圖北忍住淚水，對門的玻璃面照出圖北的整個面部，他的忍受模樣看上去很像微笑。圖北叼上菸猛吸了一大口，呼出去，用那口濃煙模糊了自己的自我打量。

天黑之後燕子才從外面回來，事實上圖北一直在耐心等待這個時候。燕子的出現使圖北的胸口塡滿了溫柔衝動。燕子坐在一輛摩托車的後座，她像一隻小鳥依在那個高大的男人身上，這個男人使圖北的滿腔衝動立即粉碎了，腐爛了，變得綺麗哀豔。那是一輛太陽牌踏板式摩托車，開車的男人圖北認得的，是石板巷菜場著名的小刀手。他用那把鋒利的小扶刀行走在生豬的骨頭關節，恢恢乎使豬變成了肉，語文老師常用他作爲例子，講解莊子的「庖丁解牛」。小刀手的摩托車玩得很溜，放下燕子之後他的摩托車在狹窄的石板巷掉過身子，呼地一下就開走了，只給小巷留下兩只紅尾燈和一溜藍。圖北叫住燕子。燕子提著一只包。走上來兩步，突然認出了圖北。她沒有大喜過望，也沒有悲喜交加。燕子熱情又大方，一口氣說出了許多問候的話。她的熱情大方讓圖北難受。圖北渴望一種羞怩的、失措的、欲說又止的對話狀態。但燕子落落大方，燕子嗓門脆亮，一看就知道是「女人」了，再也不是燭光之夜的那個「姑娘」了。燕子的身上回蕩著豬下水和汽油的混雜氣味，這股氣味讓圖北絕望。燕子說：「你大哥也真是，那麼好的房子怎麼就賣了？早知道還不如賣給我們家呢，少說也能多掙一萬——你今晚住哪兒？要不住我家吧？」圖北沒有吱聲。燕子站在他的面前。這個讓他返回故里的女孩現在就站在他的面前。她的世俗熱情讓他心冷。圖北抬起頭用普通話說：「不了。」燕子餘興未盡，高高興興地說：「——改市了，你知道的吧？我們這兒現在也是城市了。」圖北的腳尖在石板上來回摩擦，石板太滑，都留不住腳了。圖北說：「挺好的。」燕子一隻腳踩在路面，一隻腳跨在她家的青石階上，客客氣氣地說：「進屋坐坐嘛。」燕子這麼說著話便往包裡掏東西，是一張名片。圖北接過來，就了燈光看過去，卻不是燕子的。名片的上方用圓頭字排了長長的一行字：中外合資斷橋市生豬貿易有限公司。下面是高建國總經理。再下面是地址郵編電話尋呼機和手機號。圖北記起來了，小刀手，正規的說法即高建國。燕子用下巴指著名片，關照說：「地址和電話全一樣的。」圖北毫無表情地附和說：「知道了。」圖北捏住名片，正反看了又看，抬頭對燕子重新笑了一回，燕子也跟著補了一個笑。這一笑把剛才的話題打斷了，兩個人一起忙著再找話題，但該說的似乎都說過了，寒暄過了，客氣過了，交過名片了，現代交際能做的好像也就這麼幾樣。圖北的哭泣願望也就是在這個沉默中再一次翻湧上來的。他望著燕子，想說幾句知冷知暖的話，卻不能開口，圖北知道一開口說話就會哭出來的。燕子說：「坐坐吧。」圖北噓了一口，說：「不坐了。」燕子說：「那麼再見啦？」圖北客氣地點頭說：「再見了。」燕子回頭看了一眼，那輛摩托車早就走遠了。燕子的這個舉動讓圖北覺得自己是個賊，偷走了高建國總經理的一副肚肺或一捆蹄筋什麼的。圖北自己也弄不懂怎麼會往燕子的胸脯看的。她的兩隻奶還和過去一樣好。燕子注意到圖北的目光了，胸前頓時有了起伏。這個起伏讓圖北心碎。燕子站到家門的石門檻上去，送回來一瞥。圖北轉過頭，再回過頭來的時候燕子已經沒有了，只有滿街的青石反光和紛亂的煙塵。

斷橋鎮的夜總算安靜下來了。圖北趴在石拱橋的石欄杆上，對著水面失神。秋後的水面平展如鏡，沒有一處破損，沒有一處褶皺，秋夜的星空使小河深不可測。星空藏匿在水的底部，那是虛妄的明亮、虛妄的博大與虛妄的浩瀚。它承受不住最輕微的撞擊，一縷最輕柔的風都能消解它的脆弱寧靜與假性深邃。圖北走下拱橋，從一塊廢墟堆裡找到一塊大石頭。圖北搬起來，站在橋拱的正中央，懷著一股仇恨把石頭砸向了故鄉的液體平面，轟的一聲，星星四處逃散。夜裡的河水像一盆墨汁，濺起臭烘烘的黑色浪花。圖北望著水面的敗亂景象，撣撣手，淚流滿面，然而面帶微笑。

整整一個上午圖北在課堂上睡足了四節課，圖北睡得很好。老師在講述世界史，老師的敘述語調比世界本身更沉重，成了圖北的枕頭。圖北趴在桌面上，流了很多口水。但口水不是水，它有張力，彈性飽滿，愉快而又舒張。第四節下課了。圖北在老師中止講授之後反而醒來了，沒有老師的敘述語調，就等於沒有睡覺的枕頭。醒來之後教室裡空無一人。圖北抬起頭，階梯教室呈扇形拾級而下，有很好的視覺效果，像古羅馬的角鬥場。圖北端坐在最後一排，也是最高的一排。圖北一覺過後神清氣爽，彷彿在角鬥場的最高席上觀賞了一場精采角鬥。

但圖北的胳膊有些痠痛，是趴著睡覺壓的。圖北想起來了，他不是在觀看別人角鬥，而是他自己參與角鬥給別人看。那個對手不是別人，是錢。回城的路上他滿腦子想的都是錢。他必須掙錢。他已經是「大款」了，維持他的大款身分不能靠別的，只能靠錢。他的胳膊有些痠痛，在夢中他和錢肯定又進行過一場廝殺，錢沒有投降。只要錢願意，圖北是可以向錢投降的，但怎麼樣投降錢才肯接受，也是一大問題。圖北從教室裡出來，沿著冬青樹的小夾道往校門外走。圖北不想到食堂裡吃飯，那種豬狗食圖北實在是嚥不下去的。圖北出了校門，準備買漢堡包和酸牛奶。那座蘑形的白色電話亭正好空在一邊，圖北走上去，拿起話筒就摁下了一排號碼，尤歡的電話號碼已經被圖北的指頭記熟了，不要動腦子也能摁出來的。尤歡在電話的那頭也是剛剛醒來。她用懶散饜足的腔調抱怨圖北，說你哪裡去了，怎麼不來。圖北回答說，是不是想他了。尤歡說，想。她把「想」字拖得很長，還拐了彎，說得要胸有胸，要腰有腰的。圖北悄聲說：哪裡想？尤歡笑出聲來，說你小東西學壞了，也會調情了。圖北的眼珠子向四周溜了幾趟，像美國電影裡的風流公子一樣說了聲我就來。

圖北說來就來，尤歡開門的樣子還帶了睡意，頭髮和身子都睡散了，像一隻弓了身子伸懶腰的母貓，又騷又媚的樣子。圖北跨上去就要吻，尤歡讓開了，就著圖北的耳朵說，還沒刷牙呢，呆子。圖北不肯鬆手。尤歡讓步了，抿著雙唇在他的脖子上親了一小口。尤歡的吻很溫暖，帶了一股被窩的氣息。圖北把她腰摟了一把，收得更緊了。尤歡的兩隻奶馬手被圖北的前胸壓扁了，軟塌塌地往後退讓，貼在圖北的胸口，圖北至今不能確認是否愛這個女人，但這個女人的身子他撒不開手。圖北摟住她，再一次記起燕子了。圖北把頭埋到她的亂髮裡去，心裡頭全是燕子的紛飛，又溫馨又酸楚，又幸福又難受。圖北吻住她的後頸，用力吮吸，匆匆打發掉剛才的念頭，尤歡瞇著眼，喘著氣說：「別弄了，別這麼弄。」圖北抬起頭，尤歡後頸的吻痕上沁出了許多小血芽。尤歡說：「難受死了。」尤歡用小拇指亂髮摶向耳後，帶著一種誇張和撒嬌的神情說：「我餓了。」圖北聽尤歡這麼一說也覺得餓，但另一種餓來得數爲迅猛。圖北說：「我也餓。」尤歡從圖北的眼神裡頭看出了話裡的話，不聲不響地只顧笑。好半天才罵道：「餵不飽的狗。」兩人重新抱起來，大口大口啃。一個是大碗酒，一個是大塊肉，啃來啃去全啃瘋掉了。

到底是中午，這場戰爭，有點草草過場的意思。圖北臥在一邊，用力喘氣，卻又走神了。又想到了錢。這是一個折磨人的話題，比燕子來得更爲要命。圖北一邊盤算掙錢的事，一邊吊著眼睛看床頭牆面上的那塊陽光。那塊陽光有很古怪的幾何形狀，都不像陽光了。圖北伸出手，張開五指，幾何形狀中間印上了一隻手的陰影。圖北抓了一把，空的。圖北的巴掌只是抓住了自己的拳頭。圖北嘆了一口氣，腆著臉說：「幫我做一件事好不好？」尤歡古怪地說：「我能幫你做什麼？」圖北脫口說：「我知道你認識的人多，幫我介紹一份工作——我要掙錢。」尤歡不解地問：「你要掙錢做什麼？你還在讀書呢。」圖北擺了一下腦袋，說：「我要掙錢。」尤歡便不吱聲，眼睛藏在頭髮後頭打量圖北，像兩粒遠方的孤星。「你想做什麼工作？」尤歡問。「我什麼工作也不想做，只是想掙錢。」尤歡撐起上身，兩隻奶子掛在那兒，一副沉思的樣子。尤歡說：「你會做什麼？」圖北想了想，笑道：「什麼也不會。」尤歡說：「你總該告訴我你有什麼吧？」圖北笑笑說：「我只有膽子和無所謂。」尤歡點點頭，好像接通了上帝的電話，就會點頭。尤歡用一隻指頭摁在圖北的胸口，來來回回地滑動。圖北半開玩笑地說：「我都想把自己賣了。」圖北說完這話嘆了一口氣，說：「只可惜我的身子是泥做的，不是水做的。」尤歡聽了這話愣在那裡，眼裡的光芒有了水分，既像淚，又像一種冰冷的溫度。圖北以爲剛才的話碰著她的疼處了，扶住尤歡的胳膊，說：「我不是那個意思。」尤歡說：「我知道你不是那個意思。」尤歡有些傷感地搖了搖頭，說：「我不是爲我難過，是爲你。才幾個月，你怎麼比我還不知羞恥。」圖北歪著嘴笑，有些尷尬。圖北說：「不知者不爲過。」尤歡低下頭，開始穿衣服，但尤歡只穿了一半，卻又停住了。尤歡側過臉，長時間地凝望圖北。尤歡用手撫在圖北的臉上，拍了拍，悵然地說：「殷圖北，你長大了，是男人了。」尤歡只穿了一件襯衣，拉開抽屜找信封，裝進去幾張老人頭，塞到圖北的衣服口袋裡去，圖北有些惶恐地說：「你幹什麼？」尤歡說：「光了身子就該說光了身子的話，別人包了我，我包你，你遲早會走到那一步，——好在我還沒有髒病。」尤歡走到衛生間，用右手的無名指摁掉眼窩裡的淚珠，左邊一顆，右邊一顆。尤歡打開水龍頭，站進去，對著熱騰騰的洗澡水仰起了臉去。尤歡對自己說，我資助了一個大學生，這可是希望工程。我也算爲教育事業做了貢獻了。

圖北不再回家了。

圖南一個人坐在客廳裡看電視，手裡捏著遙控器。他手執遙控器看電視已經成了一個習慣了，看幾眼，換一個頻道，再看幾眼，又換掉一個頻道。那些電視畫面像一張又一張不能和牌的麻將牌，來一張圖南就打出去一張。圖北不回來了。圖南打開了所有的燈。這是圖北離家之後圖南養成的新習慣。這些獨處的日子圖南突然怕見自己的影子了，影子使圖南產生了自我面對的壞感受。但燈全部打開來便好多了。燈光能產生身影，然而燈光多了自然也就消解了身影，這才算相信了這樣一個事實：不是圖北需要圖南，恰恰是他圖南需要圖北。但圖北不回來了。這個小狗日的，他的心腸就是硬得過大哥。圖南放下遙控，想找點事情做做。他拿起一塊抹布四處擦了擦，愈擦愈看見髒。其實這個世上沒有什麼眞正的髒。髒只是人們對乾淨的一種努力。圖南順手把維納斯女神像拿在手上，她的高貴和聖潔的乳房上積了一層灰。圖南用抹布抹了一把，卻更髒了，斑斑點點的，從局部看上去彷彿一個有色女人患上了白癜風。圖南嘆了一口氣，提了維納斯的腦袋到廚房裡去。圖南把維納斯放到自來水的龍頭下面，擰開來沖。這時候電話卻響了，圖南走到臥房去，是很久之前的一個女人。女人在電話的那頭讓圖南猜：她是誰？圖南知道她無聊，只是想找個人煲電話粥，乾脆順水推舟，陪她玩起了電話遊戲。圖南說：「這可不能亂猜，猜錯了可要討人嫌的。」電話那頭的女人知道圖南聽出來了，把話題岔開去了，說：「你很忙吧，衛生間裡是不是還有人在洗澡？嘩啦嘩啦的嘛。」圖南笑起來，說：「你還是這個毛病，對衛生間裡的聲音情有獨鍾，是不是再過來聽兩回？」女人回話說：「是誰在洗澡嘛，能不能告訴我？」圖南說：「是維納斯，是眞正的維納斯。」女人說：「原來是個缺胳膊少腿的貨。」圖南說：「你客氣一點嘛，幹麼吃外國朋友的醋。」女人便不說話了。她在掛斷電話之前狠狠地說：「我吃什麼醋？我只是吃錯了藥。」圖南把耳機提在手上，遲遲不掛上，有些不甘，又有些無奈。這個年頭人們是吃錯藥了。圖南放下電話之後無聊又重新襲上來。便點了根菸，吐了一個大煙圈，隨後吐出一串小煙圈，讓它們從大煙圈裡游過去。圖南注視著這個好玩的遊戲，等電話鈴響。但電話鈴終於沒有響，而一支菸也差不多吐光了。圖南重走進客廳，那個穿老式棉襖的光頭男人正在電視屏幕上說話，他說他的身體「全託了藍天六必治的福」，嗨，牙好，身體就好，身體ber棒，吃飯ber香。他伸出雙手，讓圖南「瞅準了」，是「藍天六必治」。圖南，瞅準了。不過自來水的龍頭還開著。所以圖南只好先進廚房去，把水龍頭關上。維納斯的身體乾淨了，一副剛剛從海水中誕生的新鮮樣子。但維納斯動了一下，圖南有些驚恐，卻發現維納斯的裙裾掉下來了。不是裙裾掉下來一塊，而是石膏掉下來，接下來維納斯的鼻子、乳房、耳朵一起腐爛了，像得了最厲害的痲瘋病，一大塊一大塊地往下坍塌。圖南喊了一聲「維納斯」，伸出雙手就去捂。這一捂維納斯就沒有了，只留下一堆爛石膏。這個過程只是一個眨眼，眞是稍縱即逝。圖南望著水池裡的石膏泥，有些恍惚。一時弄不清發生了什麼事。但是孤寂感卻眞的更具體了，更實在了。圖南對自己說，明天一定要把圖北找回來了，這個小狗日的，明天一定要把他拎回來。

圖南找到圖北的時候圖北正在體育館裡打沙袋。圖北背對著大門，嗓子裡發出很吃力、很仇恨的聲音。沙袋吊在體育館的一個小角落裡，遠看過去沙袋與圖北有一種相依爲命的孤寂效果。圖南推開門。圖北回過頭來。圖南的背後全是陽光，圖北看不清來人的面龐，只看見門框底下站了一個黑糊糊的剪影，像一塊黑紙貼在陽光的白亮平面上。但圖北認出了圖南。只有他的大哥才有那樣的軒昂前影。圖北認出大哥之後就不看他的大哥了，卻聽見拼木地板上響起了腳步聲，向他靠近。大哥的腳步聲和拼木地板的圖案有相似之處，四方形的，鋪滿了整個廳。圖南的風衣掛在左臂上，立在圖北的身後，等他說話。但圖北不說話。圖南掏出菸，點上。體育館誇張了朗聲打火機的開關聲。當的一下，又啪的一下。

「你好幾天沒有回家了吧？」圖南終於開口說。

圖南的口氣依舊很硬。但圖北聽出來了，他沒有說「回去」。說話的字數與口氣的強度歷來只成反比。圖北聽出來了，圖北冷冷地說：

「那已經不是我的家了。」

「我的家在哪裡，你的家在哪裡。」

「家已經賣掉了。」

「那只是房子，買了一個，當然要賣掉一個。」

「賣掉了更好。我巴不得殷家早一點全賣掉呢。」

「我不會做另一個你的。」

「那就好，跟我回去，我不會讓你做另一個我。」

「你聽岔了。我想做你，就像你現在這種樣子。我只不過不想做殷家的另一個長房長孫

——誰會那麼傻。」

「有大哥我，由不得你。」

「你死掉那條心罷。我們已經是兩代人了。」

「殷圖北！」

「你放開。你已經打不過我了。你下不了手，我下得了。」

「你一個月要多少錢？」

「錢是腐蝕不了我撈錢的決心的。」

「你怎麼活？」

「靠身體活。」

圖南鬆開手。他的眼裡已經沒有淚水了。圖南目送他的弟弟往大門口去。他的弟弟站在門框下面，背後是燦爛的陽光。圖北的青春輪廓像一張黑紙剪貼在陽光的白亮平面上。「這一代人眞他媽的走得快，」圖南笑笑，對自己說，「他們只用了幾個月就把老子的一生走完了。」

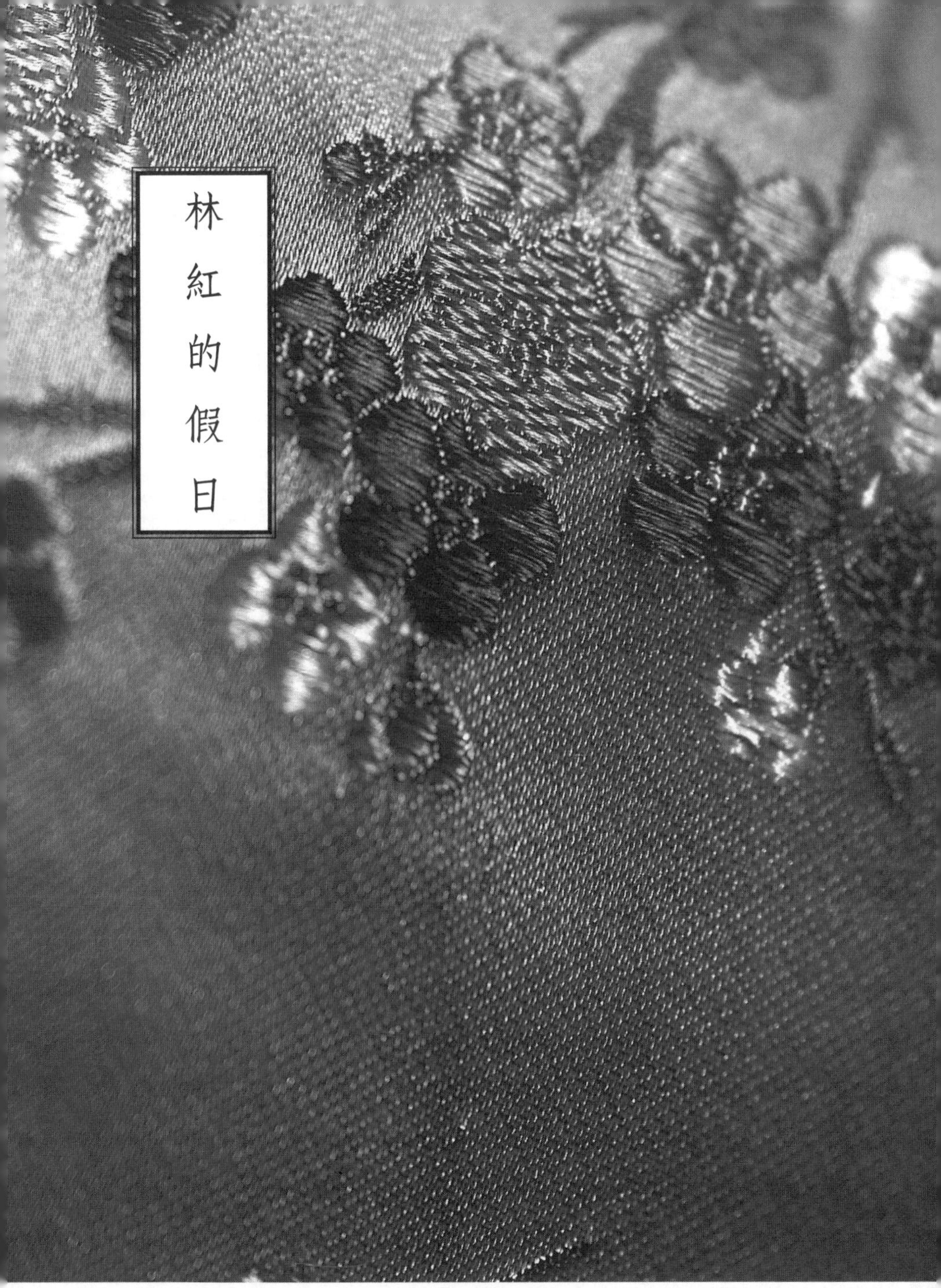

林紅的假日

十分鐘之前飛機和太陽還都在天下，轉眼飛機和太陽就一同落地了。林紅走出機艙的時候側過臉去看了一眼太陽，夕陽又大又紅，依偎在地面，一副姣好而又無力的樣子。機場的跑道兩側長滿了狗尾巴草，毛茸茸的，大片大片浸淫在夕陽的彤光之中，像一種沒有物質的燃燒，寂靜安寧，卻又如火如荼。林紅看到了太陽的苦痛種種。這種過於絢爛的掙扎給人以傾盡全力的印象，隱藏了不甘或別的致命感受。

林紅聞到了大海的氣味。機場遠離大海，然而大海的氣味在海邊的城市裡無所不在。海的氣味聞上去又清醒又混沌，有極好的背景感與空闊感。林紅深吸了兩口，她的身體一下就進入假期了。林紅的這次遠行差不多是隱密的，她選擇了這個北方的沿海城市。林紅喜歡這個城市，綠色山坡上的絳紅色建築至今保留了相當濃郁的殖民地氣息。殖民地氣息有益於人們忘卻故土，至少在心理上產生身處異地的恍惚印象。

處理完青果的事林紅便感到自己的身體有些不對勁了。青果是文藝部的記者，一個又漂亮又能幹的丫頭，林紅對她的印象一直都是不錯的。公安人員深夜一點鐘掃黃，居然把她和那個香港「著名歌星」掃出來。香港「著名歌星」下午才到南京，從認識到上床你說能有幾個小時？青果不聲不響就是把這麼大的動靜全做掉了。到香港「著名歌星」的客房裡掃黃本來只是一個誤會，閉上一隻眼完全可以混過去的，可是香港「著名歌星」的脾氣就是太大，他用糟糕的國語反覆高喊：「基不基道我系誰？」公安人員下不了臺，只好「不基道」，便「帶回去看看」。這一來青果的事便捅開來了。

林紅是總編，又是女人，出了這樣的事只好親自把青果叫過來。青果的生活不夠嚴謹，林紅聽說過一些的。林紅就弄不懂，怎麼男人到了她的面前不是聰明過度就是五迷三道的，是得好好問問，好好叫過來談上一次。當然，這樣的事總是好做不好說，青果不開口，林紅也不會太過分，虛應幾句，教育幾句也就過去了。青果進門的時候披著長頭髮，一副美好如常的樣子，一點都看不出深夜一點鐘的巨大打擊，一點都看不出羞愧、悔恨方面的積極心情，林紅只看了一眼臉便沉下去了，掛上了臉色。她這種樣子不給點顏色是不行的。青果的手上捏了枝鵝黃色圓珠筆，筆尾咬在嘴裡，說：「林總你找我？」她的口氣也太朝氣蓬勃了。林紅端詳了半天，確認了青果的樣子不像裝出來的。林紅便不開口，用右手示意她坐。青果坐下來。林紅注意到青果「坐」得實在是漂亮，雙腿併在一處，下蹲的時候腰和屁股那一把有非常微妙的韻律，眞是美不勝收。這個小女人就是能把最日常的動態弄出無限風情來。這是練不出來的，只能與生俱來。林紅看著她，保持了一以貫之的嚴厲做派，這是整個報社都明了的林總風格，不苟言笑，不怒而威。林總的行腔、走姿、手勢、髮型、衣著乃至眼神，一直都是嚴謹的、邏輯的、政策的、紀律的，同時也是幾年如一日的。所以林總有魄力。林總從頭到腳、一言一行都印證了這句話：簡潔就是力量。

還是青果先開口了。青果說：「林總有事情吧？」林紅說：「是你有事情。」青果又咬圓珠筆，把眼珠子插到樓板上去，側著頭反問說：「是我和那個香港人睡覺的事吧？」林紅便語塞，料不到青果把「睡覺」說得這樣鎭定，說得這樣一絲不掛。林紅不喜歡青果用這種新聞語體說「睡覺」的事，臉色越發沉重了，便走到門口，給青果倒了一杯水，順手把門關嚴。青果接過杯子，莞爾笑過了，抿了一小口，傾著上身把杯子放到桌面上去，還原的時候順勢把胸前的一縷頭髮甩到後肩。這個動作做得比「坐」來得更見風情。這個小女人從哪兒弄來的這麼一身女兒態？林紅看在眼裡，臉上卻靜如止水，坐進椅子過後林紅說：「你也不小了，怎麼還這麼容易上男人的當？」青果抿了嘴笑，用鵝黃色的圓珠筆不住地捋頭髮，臉上是追憶往事的樣子。青果說：「是我提出來和他的，怎麼是上當？這種事誰會上誰的當？」林紅聽到這話胸口無緣無故地一陣亂跳，林紅的兒子都上小學了，居然在總編室裡聽一個未婚女孩給她講「這種事」。林紅的方寸無緣無故就是一陣亂，方寸一亂嘴裡竟跟著亂了，隨口說：「你爲什麼要和他做這種事？」這話一出口林紅就後悔了，看見青果衝著她無聲地微笑，還無聲無息地搖頭。青果搖過頭，挑著眉梢說：「林總你到底想讓我說什麼？」這話不上路數了，簡直是挑釁了。林紅站起身，面色微紅。今天眞是見鬼了，今天怎麼也不該找這個丫頭來談這種事情的。林紅大聲說：「我什麼也不想聽，我不想聽這些烏七八糟的事！」青果側著腦袋點了兩下，接下來眨了一回眼睛，眨得很慢，一慢就有了更複雜的意味。林紅說：「這件事我是非常重視的。」青果說：「林總你也是，我睡都睡了，你怎麼還這麼掛在心上。」口氣裡全是四兩撥千斤。林紅急於完成話題，總結說：「你還年輕，應當把主要精力花在學習上、工作上，而不應當像現在這樣。」青果接過話說：「放在床上，對不對？」林紅被這句話嗆住了，半天沒有開口。青果抱著兩隻胳膊，突然把話鋒岔開了，笑著說：「林總你其實很漂亮，也很年輕。」青果把這話撂給林紅，林紅一點也弄不清這句話是奉承還是挖苦。林紅脫口說：「還可以和男人廝混，是不是？」林紅一定是心情太壞了，這話由一個總編說出來怎麼說也太輕薄了。林紅意識到不妥，立即語重心長起來，說：「你還小，你那樣生活累不累？」這一回輪到青果不開口了，青果把林總從頭到腳打量過一遍，慢聲細氣地說：「林總，你這樣活著累不累？」這是什麼話！你聽聽這是什麼話？林紅在這張桌邊和上千人次談過話了，從來沒有遇上這樣被動的對話局面，都是別人成了「工作」，讓她來「做」，絕對不會讓別人去「做」她的「工作」的。林紅居然不知道說什麼好了，不是引而不發，是眞的說不出什麼了。林紅就差說「你給我出去了」。幸好那部橘紅色的電話響了。林紅立即拿起耳機，聽了一回，捂了話筒轉聲對青果說：「你先回去。」林紅在拿起耳機之後緩過了神來，嚴肅地說：「希望你再想想。」這件事到此爲止。林紅這輩子都不想和個小女人說這件事了。林紅對著耳機說：「哎喂——」

林紅感覺到累。整個組版會林紅都有些恍惚。用青果常用的話說，怎麼好好的就「沒勁」了。這種累很眞實，成了肌體的某種組織。其實林紅一直都是這樣的，只是被日復一日的事務遮掩住罷了。那些事務沒有一件不是「重要的」，「意義重大的」，上級指示，下級匯報，人事調配，內部改革，君子陳言，小人告狀，食堂管理，設備更新，紙張漲價，人民來信，還有老幹部去世，女記者生產，工會拔河比賽，年終雙向選擇，老高要調房，小吳要職稱，劉東想入黨，陳峰謀發展，都是大事，她都得過問，「重視」。一大筐子的事情每天等著去「領導」與「被領導」。樣樣事情都「重要」，「意義重大」，更要緊的是，她必須讓她的上級與下級與她一樣，以一種「重要」和「意義重大」的心態去參與這些工作。完成這些工作。這樣一來她的上級與下級又成了工作，她得去做。反覆與耐心地做這個工作「做」通了，「做」好了，那個工作才能做實，做穩。所以林紅不能累，只有「打起精神」走華山這條道。小丫頭說得不錯，「你這樣活著累不累？」小丫頭明白，其實誰都明白，只有林紅她自己瞞著自己，滿面春風，沿著電梯上躥下跳，隨著車輪東奔西跑。林紅像一場夢，在夢中行走，然而每一步都是身不由己的。不是她指揮著夢，而是被夢牽著走。剩下來的，那才是林紅她自己，僅僅是一個睡著的自己。這麼一想林紅就越發累了，對自己，對組版會上的每一張臉都產生了敵意。

然而林紅不能不這樣。她不這樣就不能在自己的夢裡行走，而成爲別人夢中的一隻牧羊狗。再虛妄的夢也是自己的好。

如果年輕十歲，二十歲，你是做林紅還是做青果？林紅這麼問自己。林紅在組版會上走神了。她的表情是嚴峻的，像頭版的頭條。林紅看到了黑體的橫排標題：做別人還是做自己？

林紅不知道。

林紅把手伸進了口袋。她摸到了一塊硬幣。

而組版會正在討論頭條。社會新聞部堅持只有上狀元街派出所的那篇報導。社會新聞部說，濟南有交警，上海有徐虎，我們不能落後。我們要有自己的英雄與英雄群體，狀元街派出所應當宣傳。經濟部說，經濟報導歷來是我們報紙的特色，重中之重，7208廠有那麼多下崗工人，經過內部挖潛，有「相當」一部分女工又回崗了，這樣的報導對穩定與發展都是有導向意義的。

林紅對自己說，國徽是自己，字是青果。林紅在口袋裡晃了晃，摸出來，是自己。林紅說，三盤兩勝。又晃，還是自己。這是命。然而林紅不甘，決定五盤三勝。就賭這一回。

夜班部的坐在林紅的對面，笑著說：「我們不要爭了，拋硬幣。」

衆人一起笑。林紅抬起頭，看了看左右，左右沒人，不會有人看到她的動靜。林紅放下硬幣，雙臂擱到橢圓形桌面，板起了面孔。林紅說：「這樣嚴肅的事，怎麼能當兒戲？」組版會靜下來了。人們把身體靠向了椅背。夜班部的臉上有些掛不住，說：「總得解決吧。」

林紅意識到剛才的語氣重了，說：「人人說你是小諸葛，這麼小的事情就把你難住了。郭部長常說，黨報黨報，物質文明精神文明都重要。明天一篇，後天一篇嘛。」

大夥又笑，「小諸葛」當然也笑。經濟部的掏出紅塔山，撒了一圈，笑著說：「兩個文明重要，我們自己也重要。抽一根。」

林紅把手撤回去，摸出硬幣。是字。

林紅回到辦公室，在青果坐過的椅子上坐下去了。累。眼眶裡頭也乾，像欠了幾天的覺似的。她把自己的總編辦公室打量了一遍，目光卻在洗手架邊上的那塊香皀上停住了。辦公室裡的一切都是公物，包括她自己，而那塊香皀卻是她掏錢買的。香港演員楊采妮女士曾爲它做過廣告，楊采妮的聲音沙啞中帶了一股嬌媚，她都那個歲數了還能那麼嗲，也看不出什麼不妥當。「女人就該對自己好一點，不是嗎？」

林紅弄不懂自己怎麼就買了這麼一塊香皀了。女人就該對自己好一點，不是嗎？

這麼一追憶林紅就更累了，甚至都有點難受了。林紅渴望一塊香皀，它不是用於清潔，不是用於洗心革面。林紅渴望一種滋潤，一種成堆的泡沫。它們蓬勃、輕柔卻又紛繁地裹滿整個裸身，不顧及他人，不顧及審視，是自己與自己的一場遊戲，一次過家家。它們的氣泡因爲陽光的直射而剔透，而五彩紛呈。林紅可以張開雙臂，擁住自己，所有滑膩的感受全是自己，別無他物。林紅就是想對自己好一回，就是的。

林紅無處下手。所有的累與難受全在這兒。

司機從內線打來電話。林紅拿過內線話機，說：「你先回去。」天天是司機接，司機送，走到哪裡身邊都少不了這麼一個不相干的人。中國人當了屁大的官就開始搶車，實在是一件可憐的事。最終搶來的不是車。而是司機。司機們一個個耳聰目明，專門替別人偵破你的生活。總有一天司機會成爲前輪，而你只能是後輪，除了出一場車禍，否則後輪就會不停地跟著前輪飛跑。

這麼多年來林紅第一回用自己的雙腳往回走。林紅繞到街心廣場，正是華燈初上。這是城市的經典時刻。城市總是在這個時刻展示出它的迷人側影。路燈們靜然不動，而車燈則悄然流淌。人群像魚，在燈光裡明滅，在斑斕裡或隱或現。林紅走在人群裡，居然產生了「進城了」這個古怪念頭。林紅在街上居然記不起這些年自己生活在什麼地方了。生活在這裡，這句話被生活弄成了這個意義：生活在別處。我們到底生活在哪裡，已經成了一個問題。

走在林紅前面的是一個漂亮姑娘。她的裙子與其說裹住了身體，不好說展現了身體、豐富了身體。一本書上說，愛看女人的不是男人，恰恰是女人自己。林紅想起了這句話。女人看女人比男人看女人往往存有更爲幽邈的心理縱深，更加難以言說。漂亮的姑娘們長得都像青果，都會坐，會走，靜有靜姿，動有動態。林紅記起了自己的「姑娘」時代，她的「姑娘」時代永遠留在鄉村了，那時候林紅是知青裡頭著名的美人呢。林紅用對付植物的辦法處置了自己的天生麗質，讓它悄然自生，而後悄然自滅。對付植物不這樣又能怎樣呢？林紅望著滿街的漂亮女孩們，眼神和步履都帶上了緬懷、無奈和酸楚的複雜成分。林紅對「姑娘」時代的追憶是以自慰開始的，卻無可挽回地以悵然結束了。林紅的日子是一張又一張日報，可以公開發行的。沒有隱密，沒有私生活。林紅用內心的一聲長嘆打發了自己。華燈初上，美麗得像林紅胸中的一塊心病。

林紅一直是一個好姑娘。好小學生，好中學生，好知青，好大學生，好記者，好妻子，好總編。人人都這樣說。「好」是什麼？林紅感覺到「好」只是回過頭去的恍若夢寐，或者是掉過頭來的空洞如風。一句話，是人的植物部分。林紅握住了那只硬幣。如果再年輕十歲，二十歲，林紅會不會選擇放肆，然後再浪子回頭？再「好」？天上地下地放任一回，實在是有些迷人的。這樣一想林紅就覺得自己白活了。「白活了」這個印象太讓人難過。林紅的眼淚沁出來，淚水一下子就使大街繽紛了，變得通體透明。林紅就想找個地方放肆一回，就想做一天「壞」女人，要死要活地放肆那麼一回。

林紅取出硬幣。是字。

接車的是張國勁。作爲兄弟報社之間的交流記者，張國勁在春節過後就飛到海濱來了。張國勁在前天接到南京的電話，大哥大裡頭居然是林總。林總說，她要到這邊住「一些」日子。張國勁對著大哥大的底部大聲說，你林總有什麼話，儘管說，沒有我辦不了的事。林總說，還是我「親自過來」妥當些，聽上去事態重大。林總再三關照，不要驚動兄弟報社的領導，你替我安排一下，就行了。張國勁提著嗓門對南京說，林總你放心。

林紅在出口剛一露面張國勁就迎上去了。張國勁很恭敬地叫一聲「林總」，伸過手去搶林紅的行李。張國勁開來了一輛嶄新鋥亮的小車，車體上全是馬路兩側的廣告倒影。張國勁替林總打開汽車的後排門，林紅卻繞到汽車的對面去，自己打開前門鑽進來了。張國勁注意到林總的心情不錯，一點都不像在南京那樣生硬威嚴。張國勁高出林紅一個頭，可是多少有些怕她，她的心情好了張國勁的心情也就跟著水漲船高。張國勁上車後習慣性地戴上墨鏡，拍拍車喇叭，很開心地說：「韓國貨，還在走合期呢。」林紅摁下車門的玻璃，右避的肘部支到車體的外面去，左手指指空調鍵，說：「兜兜風。」張國勁關掉空調，悄悄把車子的速度踩上去了，透過墨鏡看到林總的頭髮是披著的，藍花花地正在腦後顛跳紛飛。張國勁想起來了，難怪林總看上去有些異樣，是她把頭髮解放出來了。林總的頭髮一直都是盤在頸子的正上方的，從來沒有這樣放任過。林總的心情眞的不錯。張國勁說：「林總，晚上到哪家嘗海鮮？」林紅正瞇著眼睛望著車外，沒有回頭，說：「你忙你的，把我安頓下來就可以了。」

窗戶正對著大海。一打開窗子海風就在窗簾上撩動了。窗簾上印滿了熱帶雨林的植物葉片，又茂密又舒張，在海風的捲送下有一種致命的苦痛。林紅沖完澡，換上雅黛娜內衣。這件內衣是林紅在出門之前選購的，廣告詞做得好，像一句陌生的耳語。廣告詞用黑顏色寫在毛玻璃上，被背面的目光燈照得又醒目又迷濛：「Adela藏不住媚力的自由奔放雅黛娜」。林紅沖過澡之後身上只穿了這句廣告詞，來回走了幾圈，有些怪怪的。海風吹在她的身上，有點像撫弄，林紅都數得出風的五隻指頭了，胸口裡頭一下子湧上了許多溫柔，一點來頭都沒有，就是往上湧。林紅走到鏡子面前坐下來，點上菸。林紅抽菸從來都是隱密的，只有丈夫和兒子才能看得到。林紅的菸不上癮，只是某種心情，或者說，依靠香菸輔助自己體驗某種臨在心情。林紅隔著菸仔細詳盡地打量過自己，撳掉菸，決定動手。決定把自己拾掇一遍，決定把自己往風姿綽約那邊靠近一些。林紅在家的日子裡偶爾也化化妝的，手藝並不生，丈夫見了也總是說好。可是林紅就是跨不出門。林紅在出門之前總是誠惶誠恐地洗掉，再三再四地問丈夫：「還看得出來嗎？」林紅在悵然若失之餘總是忘不了補充一句：「還是本色莊重的好。」

林紅的這次化妝稱得上「惡狠狠」的，夾雜了自我修復、自我撫慰、自我報復乃至自我傷殘的諸多念頭。林紅把自己弄得豔俗，好像不這樣就不足以說明任何問題。香水和口紅都過分了，近乎浪蕩。林紅帶了一股險惡的愉悅審視自己，好像鏡子的深處才是自己，而自己只是青果。這個古怪的念頭很頑固地占據了林紅，林紅用了相當漫長的內心獨白才解開了這個纏人的結扣。林紅取出短褲和背心，那樣的顏色和款式林紅在南京從來都不敢上身的，屬於被批判的範疇。可是林紅現在就是想朝著自己想批判的那個方向上活。林紅套上它們，在鏡子裡轉動腰枝，左盼右顧了一回，是那個意思了。林紅關上門，出去。賓館的過道很長，那種透視效果容易使人義無反顧。林紅踩在煙灰色地毯上，步履輕盈得像風在枝頭。在陌生的地方一個人瞎逛，自由自在，無法無天，把手包甩在肩後，用食指勾住，另一隻手握住冷狗，丟掉總編，做兩天快活女人再說。再見了林總，林紅我來也。

但一下樓林紅就在大廳裡和張國勁遇上了。林紅的雙腳分立在兩個梯子上，好心情像腳下的樓梯，一層一層落到了地上，說沮喪就沮喪了。張國勁的食指上正轉著汽車的鑰匙扣，看見一個俏麗的女人正往樓下走，長得有點像林總，張國勁認出來了，真的就是林總。林紅和張國勁都愣了一秒鐘，很客氣地走近了，心裡頭都堵著一大堆事，想解釋，卻不知道怎麼說。林紅說：「請我吃海鮮，怎麼也不穿得漂亮些？」張國勁重新打量過林紅，有些尷尬地賠上笑，說：「林總要是有事，就改日吧？」林紅故作不解地說：「我有什麼事？還沒有吃你呢，海龜的頭就縮進去了？」林紅對自己的這句話極不滿意，「海龜的頭就縮進去了」，怎麼聽怎麼彆扭，眞是慌不擇言了，竟說出這種粗俗的話來。

張國勁認準了林總是和某一個男人廊橋遺夢來了。愈想愈像，也就愈想愈不對勁。汽車拐彎的時候好幾次都差點剮到自行車了。張國勁想側過頭看看林總的臉色，又不太敢，只好拿出磁帶插到錄音機裡去。一個女孩在唱，死去活來的，被愛情鬧得上氣不接下氣。最後一句便格外傷心了，「別讓我一個人在晚風裡等候」。張國勁這麼一聽眞的覺得有人在晚風裡等候了，完全是自己才把事情弄到了這個地步，便對自己說，我他媽這是做了什麼事？

菜很豐盛，連皮帶殼紅紅綠綠的鋪了一桌子。林紅和張國勁都很努力，臉上都帶了笑。張國勁端著很大的啤酒杯，說：「這兒的啤酒好，我敬林總一杯。」林紅笑笑說：「又不是在報社，就叫名字吧。」林紅的話一脫口又覺得有些不妥當，這樣說就好像有什麼把柄抓在他手裡了。人一尷尬了說出的話都不能細想，一想就吃蒼蠅。

這麼說著話張國勁的大哥大竟響了。張國勁三言兩語把電話打發了，林紅伸手把大哥要過去，卻不會用。張國勁替她把電話撥通了，是林紅的家。張國勁覺得林總這樣做有些故意。林紅側著腦袋，向那邊關照說，把505神功袋戴上。張國勁聽出來了，那頭是她的丈夫。林紅又關照說，在空調房間裡少抽些菸。隨後林紅的嗓子變掉了，是在和兒子說話。林紅聽了一句，就說：「媽媽給你買。」林紅又聽了一句，又說：「媽媽給你買。」林紅就這麼把這句話重複了四五遍。林紅合上大哥大的時候張國勁覺得林總她賢妻良母的樣子做得有些過了，她都忘了自己這一身的打扮了。

張國勁只想著早點結束這頓飯，但是又不好太早了。太早收場就好像他什麼都明白似的。撐到九點，張國勁說：「林總，你今天累了，送你回去早些休息吧。」林紅知道他的意思，然而回去得太早她反而說不清了。林紅說：「難得像這樣喝酒，我還沒喝夠呢。」林紅又要了兩瓶啤酒，桌子上全是空瓶，稍稍一晃動桌面上的瓶口就有晃動，像嘔乾淨的醉漢。張國勁知道自己把林總的事攪了，猜得出林總正傷心。張國勁只想把自己灌醉，撂倒在馬路上什麼事就都拉倒了。但是林紅把酒的速度控制得很慢，開始詢問兄弟報社的一些情況了，諸如三項制度改革，諸如頭版的經濟報導與二版社會新聞的調配，諸如日報與晚報的關係。張國勁一一回答。借助於酒的力量張國勁在某些地方還作了發揮。話題到了報社事務方面林紅又是總編了，而張國勁又回到交流記者了。張國勁不停地說，林紅則不住地點頭。她的點頭是精力集中的，深入問題的，沉著的，充分體現總編的氣度與身分的。他們的對話很快進入了工作交談了。林紅偶爾插一兩句話，談及報社的遠景規劃和近期設想，他們就這樣悄聲說話，夜一點一點深下去，遠處的濤聲陣比一陣清晰起來。林紅聽著濤聲，走神了。她想像起海浪的樣子，它們撲向沙灘，像液化的黃金，在沙灘上毫無保留地鋪展開來，無微不至，竭盡全力，然後又十分無奈地退回去，百般依戀而又難捨難分，彷彿海灘給扒了皮，給人以無盡的痛感。林紅弄不明白怎麼會對海浪產生這種印象的，就好像她又十八歲了，就好像她多情得不行，都溫柔出毛病來了。

然而林紅開始盤算明天了。她是休假來的，沒有任何大驚小怪的內容，她必須用一天的時間做給張國勁看，否則今天晚上的所有努力也就白費了。明天過去，一切就會安好如初的。林紅看過時間，站起來，說：「我們回去吧，反正你明天要陪我游泳呢。」

說起來林紅的游泳還有些來頭。還在托兒所裡林紅就學會游泳了。林紅游泳是科班出身，很正規地學習了蝶、仰、蛙、自，一招一式都看得見人體的對稱關係。林紅一直游到小學三年級，後來一位男同學說，他看見教練員在器材倉庫裡的墊子上游泳了。大夥就笑他，說他吹牛，沒有水再好的教練也游不出來。這位男同學急了，他大聲說，你們去問五年級的劉愛英，她和教練一起游的，劉愛英在下面，游仰泳，教練在上頭，游的是蛙泳。這件事傳得飛快，第二天上午林紅她們做完了體檢，游泳隊就地解散了。這件事使林紅對游泳產生了極其隱晦的認識。不久劉愛英和別的三個女生都轉學了，而教練員居然給槍斃了。林紅的游泳生涯告一段落。

林紅的在插隊的日子裡迎來了第二個游泳季節。這是蘇北的水鄉，每年夏天都要紀念毛澤東主席在武漢江面上的那場壯舉，高音喇叭說，我們要走進大風大浪，所有下水的人都要先飲一杯水，上岸之後，再吃一口魚，毛主席就是這樣的。在這個游泳大軍中林紅一枝獨秀，只有林紅在水中眞正做到了閒庭信步，別的都不行，都令人聯想起某種相應的家畜與家禽，林紅因此當上了村小學裡的代課教師。林紅當上教師之後立即成立了一支游泳隊。林紅這樣做主要是爲了破除學生對鬼的畏懼。在蘇北水鄉，「鬼」歷來是一種水下怪物，通身長滿了手臂，那些手臂又綿軟又修長，像水一樣四處流淌。然而手臂的末端必然是手，這是鄉村想像力的局限，也是鄉村想像力自我恫嚇的關鍵地方。在蘇北的傳說中，「鬼」的軀體一直相當模糊，而手是現實的，就是人手的樣子。那些手在蘇北的河漢裡無所不在，防範的結果是防不勝防。人們說，那些手不知道什麼時候就會從水下抓上來，即使你走在橋上也不能倖免。你像一根針，不是轟隆一聲，而是悄然無息地就從橋上拽進水中了。這個過程只需一個眨眼。鬼魅給人們降臨災難通常就是在眨眼這一個瞬間。村子裡每年都有小孩淹死，也就是讓水鬼拖過去。所以林紅大聲說：「同學們，跟我下水。會游泳了鬼就會怕你們的。」

但是，就是林紅自己把鬼招來了。林紅在輔導她的學生的時候陳月芳從碼頭上走下來了。陳月芳說：「林紅，也教教我吧。」陳月芳是一位揚州知青，有很好的面容和很好的皮膚，是一個典型的揚州美人。陳月芳到了水下一切動作都變得笨拙起來，張大了嘴巴一臉又興奮又恐慌的樣子。林紅把她拖到自己的身邊，利用水的浮力把陳月芳托在自己的手臂上。林紅望著水面上的陳月芳，心裡說，眞正個揚州美人喲。林紅一點都沒有料到這個美人的面容已經走到美的盡頭了，已經滲透了鬼的內容。這個致命的時刻令林紅在未來的日子裡想起來一次就後怕一次。

游完泳林紅和陳月芳一起上岸。陳月芳的白色的確良短袖襯衫和白色短褲都貼在了身上，夾雜了雪白的肉的顏色。林紅這才想起來陳月芳是不該穿這樣的衣物下水的。這時候圍上來好幾個農民，他們的目光一起對準陳月芳。農民的目光是滯鈍的，因而格外執著。陳月芳低下頭，吃驚地發現自己的乳房差不多全裸了，不僅造型，就是色質也是一覽無遺的。陳月芳慌忙用手捂住，好看的雙腮漲得通紅，近乎透明。林紅都看在眼裡。這陣美麗其實是陳月芳的迴光返照。但是陳月芳的臉色即刻更灰掉了，她低下頭，看到短褲也貼在肉上，相應的部位黑了好大的一塊。陳月芳找不出第三隻手來捂自己了。而農民的目光依舊不肯轉移，還是那樣。目光無聲無息。現場也無聲無息。危險都是在無聲無息中悄然滋生的。這樣的無聲無息持續了很久時間。人們默然地散去，林紅默然地回校。直到第二天早上一切都還是靜悄悄的。後來終於有動靜了，一有動靜就驚天動地。有人大聲尖叫，鬼！鬼！鬼在鄉村學校的女廁所裡，懸掛在半空。陳月芳穿上了冬天的棉衣，十分整潔地掛在廁所的懸樑上。她現在不是陳月芳了。她現在什麼也不是了。她的眼睛睜著，但是沒有目光。沒有目光的眼睛是可怕的，美人陳月芳的目光就是讓別的目光無聲無息地殺掉了。這樣一來有目光的眼睛也就格外可怕了。林紅望著陳月芳遺留下來的身體，看到了「目光」峭厲、肅殺的一面，看到了「被看」的凶險一面，看到了「無聲無息」的危險性。林紅通體冰涼，牙根打起了冷戰。林紅的游泳再一次中止了。游泳不僅隱晦，而且可怕。游泳生涯給了林紅這樣一條眞理，人的一生只不過是活給人看。活得成功，完全取決於別人看得順眼。有了這樣的理論基礎，林紅的未來才風靜浪止。

海濱浴場上全是人。花花綠綠密密匝匝。人這東西就這樣，多到一定的程度反而就沒有人了，在這兒放肆反而比獨處更爲隱蔽。林紅走在人縫裡，如入無人之境。人怕人，這句話推到極致也有這樣的意思，人拿人不當人。林紅穿了泳衣行在人群之中，感覺好極了。光腳踩在沙灘就像在飛。這麼多年來林紅第一次穿上了泳衣，內心充滿了暴露之後的溫存刺激。要不是張國勁喊她「林總」，林紅眞的都不知道自己是誰了。把自己弄丟了是一件極幸福的事，女人一旦把自己弄丟了，就會有少女的感覺，滿世界要風就有風，要雨就有雨。所以林紅再一次關照張國勁：「叫名字，這是在哪兒？」張國勁租了兩只救生圈，左右的肩上各套了一只，十分慌亂地跟在林紅身後。稍不留神林紅就消失在人群裡了，人夾在人縫裡就這樣，近在咫尺有時候也會無影無蹤。

下水之後他們躺在救生圈上，屁股埋在圈子的中央。這樣一來林紅和張國勁就不能算是游泳了。他們用了很長的時間從淺水的人群裡游出去，一直漂到防鯊網的附近。現在，林紅自由了。天藍藍，水也藍藍，眼裡的世界有了一種單調之美、純粹之美和孤寂之美。林紅閉上眼睛，身體在波動。林紅一閉上眼對身體的這種規律性波動反而格外敏感了。林紅滾到水中去，扶著救生圈，想和張國勁說些什麼。可是不說也很好，於是就不說。天的顏色和海的顏色都適合於休閒，林紅躺在水面上，看水下的四肢，有些變形。林紅發現人體到了海裡多多少少都有點類似於藻類，一舉一動都有了舒張的動態，有了惹是生非東撩西撥的嬌媚腰肢，甚至於，有了一點性感。人類生命的確是從大海中誕生的，人在陸地上分成張三李四王五，一到了海裡就變了，回到了生命的起源，有了抽象感，有了還原感。人一抽象了精神就會隨之闊大，就會像藍天那樣晴朗起來，純明起來，滋潤熨帖起來，有了無窮無盡和無休無止的延伸欲望。林紅追憶起自己在辦公室裡的樣子，衣冠楚楚，終日不苟言笑，真是虧了林紅了。林紅就應該走上「T」形展示臺的，邁著時裝步一件又一件地換著婚紗；林紅就應該被鎂光燈包圍的，身上的料子隨身體的曲線而忽閃忽閃；林紅就應該有好幾個情人的，肆無忌憚，最後卻總是被衆星捧月。林紅就這麼天馬行空。這麼想想不也很好嗎？這麼對自己悄悄地放肆一回不也很好嗎？林紅閉了眼睛，在藍天碧水之間一臉的含英咀華。這樣想想眞的很放肆。

張國勁一個人仰了好半天，卻有些犯菸癮了。張國勁吸下一口氣，潛到水下去，憋幾下或許就會好的。張國勁在水下靜開眼睛，深水區的海底顏色有一種特別異樣的變幻。四周空無一物，只有顏色與浮力。再深處可能有一些海藻，墨黑墨黑的波動，有些陰森。張國勁浮上來，對林紅說：「下面很漂亮。」林紅的心情不錯，吸下一口氣倒著身子就扎下去了。她的水性好，心裡有底。林紅扎下去好幾米才睜開了眼睛，身體是倒著的，一下子就看到海的底部了。那些墨黑墨黑的波動像數不盡的手，隨時都有可能向林紅抓過來。林紅在這個瞬間裡頭突然就記起陳月芳了，止都沒能止得住。林紅立即轉過身來往上游，浮力的速度都來不及了。林紅在上浮的過程覺得自己就像懸掛著的陳月芳，這一想越發慌了，水下到處響起了她的心跳聲。林紅想喊，卻嗆了一口水。林紅的那一口氣快到極限的時候才浮出了水面。她張大了嘴巴想換氣，剛好趕上一個浪，又嗆了一口。林紅的臉部因高度缺氧變得煞白，林紅恐懼已極，她用近乎瘋狂的動作撲向了張國勁，一把就抓住了，不放手，隨即摟住了他的脖子。兩條腿往上收，箍住張國勁的腰部，像海藻，像海蛇，愈纏愈緊了。張國勁幸虧扶在救生圈上，要不然眞的會一起沉下去的。張國勁以爲林紅遇上鯊魚了，心裡一陣緊。但林紅在一陣劇烈的掙扎後即刻就靜止了，又不像，於是冷靜下來。一靜下來手腳又沒地方放了。林紅一陣乾嘔，隨後便哭了，卻沒有聲音。張國勁的身體感覺到林紅腹部的猛烈收縮和她胸部的狂跳，猜想她在水下受了驚嚇。張國勁挪出一隻胳膊，摟住林紅的腰，說：「沒事了，好了，沒事了。」這麼一說林紅卻哭出聲音來了。但是林紅只哭了一個開頭，卻止住了，好像想起了什麼，手腳一起從張國勁的身上脫離開來，說：「你放開。」張國勁只好放開。這場慌亂的舉動就這麼沒頭沒腦地開始，又沒頭沒腦地終止了。林紅一個人游到自己的救生圈旁，扒在上頭哭得更傷心了。這兩天的委屈和尷尬一起襲上了心頭。張國勁游過來，扒在林紅的對面，小聲說：「到底怎麼了？」林紅的左手捂在了臉上，只有嘴巴留在外頭。林紅說：「不要管我。我不用你管。」

下水的這場意外事故給了林紅以極大的打擊。回到房間的好幾個小時內林紅都沒有能夠從慌亂之中整理出來。但是，她一遍又一遍追憶的卻不是陳月芳，而是張國勁，是自己摟緊張國勁的樣子，箍住張國勁的樣子。張國勁的身體貯滿了浮力，沿著林紅的想像力向上漂浮，就像在海水裡展示出來的那樣，一遍又一遍地向上漂浮。林紅生了自己很大的氣。林紅清楚地看見自己的某種欲望正在抬頭，那種欲望像一棵樹，它在長，岔開了數不盡的枝枝杈杈。林紅無法料定哪一個枝頭或葉片才是這棵樹的盡頭。林紅爲此而神傷。但林紅又是愉快的，內心的歡愉眞的像一瓶啤酒，被啓封了，無緣無故地、自發地或者說不可遏止地噴出了白色泡沫。這些泡沫本來就隱匿在啤酒的內部，在壓力之下它們安之若素，呈現出極度虛假和極度自慰的眞實。然而，林紅聽到了啓封的聲音。許多乳白色的顆粒正在向上升騰，它們爭先恐後。林紅注意到身體內部的化學反應，有些陌生。在某一個瞬間林紅以爲自己就是青果了，林紅特地在鏡子裡把自己打量了一回，終於否定了這個荒謬念頭。林紅猜想這樣的化學反應或許就是「女人」的自我感受。林紅想起來了，自己天生其實就是一個女人，只是被自己弄忘了。林紅的生活是容易使她忘卻人的性徵的。誰是我們的男人，誰是我們的女人，這個問題是生存的基本問題。可是林紅的生活沒有男人和女人，只有人。性徵早就被上司、部下、同事和職工這樣的職業稱謂閹割了。林紅記憶起來了，丈夫應當算是男人的，然而也不明晰。即使在做愛的短暫時光裡也沒有十分銳利的認識。這位稅務所長的做愛總是有計劃的，按步驟的，是工作的一個部分。丈夫怕林紅。這個世襲的官員之後同樣有很好的名聲，就一個字：穩。他什麼都不會，就會「穩」。整個大院都知道，他和金屬保險櫃一樣穩重可靠。在和林紅做愛的時候他也是穩重的，一舉一動都有政策性，不搞冒進，不搞人來瘋，不搞玩的就是心跳，從頭到尾都照既定方針辦。

林紅沖了一個熱水澡。沖澡的時候肩部和背部的皮膚疼得厲害。林紅側過身，扭動頸部看自己的後肩，密密麻麻排了數不盡的小水泡，像剛出爐的烤麵點，分外痒人。林紅只看了一眼就出了一身的雞皮疙瘩，而皮膚表層也就格外灼痛了。林紅知道是在海水裡頭曬傷了，把水調得涼些，給自己打香皂。林紅在給自己打香皂的時候又走神了，香皂在身上滾動，對林紅「好」了一遍又一遍，渾身上下弄得全是泡沫。借助於肥皂的滑膩，林紅的手指慢慢變得活躍起來，在肌膚上面毫無目的地游動。林紅後來醒了，醒來的時候雙眼是迷濛的，雙唇也張開了，兩隻手有些驚恐地放在了兩乳之間。林紅停下動作，可是身體有些不依，對十隻指頭說，給我，我要。兩隻奶頭也硬硬地挺了出來，被胸脯弄得有了起伏。林紅慌亂地擰大了水龍頭，細碎的水柱十分有力，均勻而有效地散射在她的身上。林紅草草沖完自己，點上了香菸。香菸會安慰人，也會體恤人，林紅在這根香菸的勸導之下馬上平靜了。林紅對自己說，不可以這樣的。林紅對自己說完了這句話卻聞到了身上過濃的香皂氣味。林紅說，你不可以這樣的。

林紅取出了那件無袖的紫色眞絲旗袍。這是林紅最爲喜愛的一件夏令裝。因爲喜愛，林紅在南京一次都沒敢穿過。林紅喜愛購衣。她的收入不低，又沒有什麼去處，工資收入的相當一部分就用於購買這些無用服裝了。林紅一眼就看中的服裝十有八九是不敢上身的，但是林紅時常會把它買下來。作爲對自己的一種安慰，林紅往往會重新挑選另一種適合自己的大路貨。就像林紅在丈夫面前所說的那樣：「衣服本來就是穿給別人看的。只有最終適合於別人，才是眞正適合於自己的。」林紅在這次假日裡一定要把那些「不合適」的衣服統統上一回身，好好在大街上走一遭，讓那些衣服揚一回眉，吐一回氣。

林紅和張國勁約好了，晚飯吃自助餐。這樣顯得寬鬆一些，休閒一些。張國勁在定好的時間內來接林紅。與昨天晚上一樣，今天的林紅讓張國勁又陌生了一回。女人一旦從職業裡頭分離開來，還原成女人，你就無法肯定她到底是誰。無袖紫色旗袍使林紅的兩條胳膊越發醒目了，十分修長、十分姣好地垂掛在肩部的兩側。這樣醒目的胳膊使張國勁一下子就想起了海裡的事。張國勁有些不自在，不知道喊「林總」還是「林紅」，只道了一聲「你好」。林紅沒有任何表情，遠不如昨天晚上神采飛揚，跟上來也說了一句你好。道過好兩人竟生分了，有些不自在像戰爭國之間的外交使節，一切禮貌彷彿都成了潛在的敵意。這從一開始就決定了這頓晚餐不會有什麼好結果。

晚餐只吃了一半，事態就變得糟糕起來了。自助餐大廳裝潢得很富麗，光彩照人，甚至可以稱得上流光溢彩。不過林紅的胃口並不好，只拿了幾片水果在那裡磨牙。張國勁一直想說些什麼，想了想，又想不出，也就罷了。林紅吃完了水果便把兩隻胳膊支到桌面上，十隻指頭叉到一處，靜悄悄地走神。張國勁後來說：「去拿點草莓吧。」林紅一直沒有注意到草莓，有了一些興致。草莓的顏色很誘人，林紅端著盤子，臉上浮上了些許笑容。林紅把盤子伸到前面對張國勁說：「多來點。」張國勁差不多給林紅裝了半盤子。林紅有些不好意思，抿了嘴不停地向四處打量。張國勁回過頭，剛好看到了林紅的窘相。這種表情與「林總」的表情如隔天壤，有特別的動人處。張國勁輕聲喊了一聲「林紅」。張國勁自己也沒有弄明白幹麼要喊這一聲「林紅」的，眞是他媽的情不自禁了。林紅側過臉，望著別處，「嗯」了一聲，卻是等張國勁說話的樣子。林紅的耳朵就在張國勁的嘴邊，張國勁望著林紅的精緻耳廓，實在也沒有什麼話好說。張國勁把嘴巴就過去，小聲說：「你眞的很漂亮。」張國勁的腦子裡並沒有這句話，可是脫口就這麼說了，說出口便有些惶恐。林紅怔在原處，聽得明明白白。這麼多年，還沒有一個男人敢這麼說過她。心口裡頭「咕咚」就是一下，手裡頭竟滑了。盤子脫手了，跌在大理石地面上。十分災難地「咣」一聲，碎得一地，草莓鮮紅紅地四處竄動。張國勁蹲下去，毫無意義地撿一些碎片林紅站著沒動，臉上的顏色早就走樣了，兩條胳膊發出醒目的白光。許多人正看著這邊。張國勁慌忙說：「你先坐，我重給你裝。」林紅一個人便往門口去，她的走路模樣表明了她糟糕透頂的複雜心情。張國勁捏著兩塊瓷片，心裡頭罵自己，你他媽的也太輕薄了。張國勁扔下瓷片，無力地招呼小姐，說：「買單。」

張國勁一個人往報社步行。進了宿舍張國勁就躺下了。這兩天什麼都沒做，可是累透了。張國勁開始後悔。後悔今晚的話，後悔今晚的自助餐。後悔到最後就後悔到根子上來了，根本就不該到這邊來。待在南京不就什麼事都沒有了？這就叫早知今日，何必當初。當初不來哪裡會有這樣的屁事。

到兄弟報社做交流記者不外乎兩層意思：一，做聯絡。兩家報社相互串串門，這也是常有的事，你來秋遊，我去避暑，這樣的走動不僅有益於身心健康，對自家帳目的廉政建設也大有好處，在「兄弟」處放個人，事情就容易多了。第二層則是最要緊的，是組織建設的一個環節。整天都待在一起，要有人事上的變動就有些不妥當，用一些記者的話說，叫做「憑什麼他能上，我就不能」。出去一趟回來之後就順暢多了，都「出去鍛鍊過了」，這就不一樣了。鍛鍊過了，回來總會有所「考慮」的。張國勁能「被交流」多少有些意外。他的嘴不好，喜歡說一些說起來痛快，說完了又後悔的俏皮話，一句話，「不穩」。張國勁能「被交流」完全適應了漁翁得利這一條至理名言。由於「交流」關係重大，所以暗地裡爭得也就厲害。能爭的都是能人，定奪就難了。難了就不能硬來，否則就傷了同志。但是兩面都傷了又等於沒傷著，所以漁翁不得利也不行。張國勁得到這個消息時正在打八十分，一種由兩副撲克組成的紙牌遊戲。

以副代正的部主任把他叫到自己的辦公室去了，很嚴肅地遞給他一枝三個五香菸，給他點上，說：「報社又要派人出去交流了，我推薦了你，總編批下來了。」張國勁一連輸了三把，紙牌還合在掌心裡頭，他把牌捻開來，十分性急地說：「你看看，我的將牌裡有姊妹對，副牌裡還有三個A。」以副代正的部主任依舊十分嚴肅地說：「你先去。」張國勁叼著三個五香菸回到了牌桌上，突然想起來了，主任可是從來不給人遞香菸的，更不用說給人點火了。這麼一想張國勁突然就覺得事情眞的有些嚴肅了，眞的要「被交流」了，憑空有了時來運轉的感覺。下班的時候事情傳開來了，不少人十分熱情地和他打招呼。後來碰上了人事處的處長。處長和張國勁一同刹下自行車，用單腳支住車身，卻又沒說什麼。處長伸出手拍下張國勁的肩部，點著頭笑了笑，又拍了一回，爾後在拐角處分手了。這個無聲的時刻使張國勁的浮想都聯翩了。張國勁在車上想起了權力。張國勁以爲自己一直很超然的，不惦記這些俗事，然而張國勁終於知道還是自己錯了，權力很迷人，哪怕只是權力的影子。以前只是沒有嘗過它的好滋味罷了。權力對男人來說就像健美運動員身上的腱子肉，可以脫光了之後左右玩味的，可以產生強壯、有力的感覺的。張國勁笑笑，對自己說：「他媽的，這算什麼事。」

張國勁在這頭的工作不錯，沒有家累，幹起活來有點不要命，第一個月就弄了五個頭版頭條，有兩條還被多家報紙轉載了。轉載完了張國勁又到企業裡頭替報社拉了幾筆廣告。報社的上下都說得出張國勁的好。這邊的同行者說：「你瞧人家。」「人家」就是張國勁。一個人被人家說「人家」，總是一件很開心的事。張國勁是外來的和尙，不用怕出頭，所以該出的風頭也就出了，愈出也就愈覺得風頭正健了，理所當然是這麼回事了。張國勁拿著大哥大對老婆感慨起來，說：「把中國人全變成客人，事情就好辦了。眞是外來的和尙好念經。」大哥大是向報社借的。報社的汽車他也是能借出來開兩天的。張國勁都想把自己調到這邊來了，然後再「交流」到南京去。那該多好。生活在別處才是生活的正解。

然而寂寞。單身男人怕寂寞。已婚的單身男人怕得又更厲害。張國勁好幾次想放鬆一下，又不太敢。在這邊無論如何是不能弄出什麼好歹來，否則以副代正的部主任給自己點火的感覺就再也不會有了，否則人事處長拍自己的肩膀時產生的那種感覺也就不會再有了。寂寞了就打電話，張國勁有事沒事都往家裡打電話給老婆、說南京那邊又來人了，是幾個快退下去的總編和老「老記」，不好安排。說有人喜歡「白酒啤酒騰細浪，生猛海鮮走泥丸」，可有人偏不，就喜歡「更喜小姐白如雪，三陪過後盡開顏」。不好安排。老婆就在南京笑。老婆在南京一笑張國勁的身體內部就起海浪，一浪一浪地往上湧，又一浪一浪地往下退。老婆說：「怕是你自己不好安排自己吧？」張國勁便十分難受地說了幾句近乎浪蕩的話，老婆被他說得也傷心，半天不語。張國勁只能「喂」一聲，南京說：「別說了，我都潮了。」南京後來就抽泣，說：「實在不行你就去，只要別染上病，我不會怪你的。」張國勁聽懂了老婆的話，「就去」後頭還有一個字，被她省去了。有時候省去的部分會沿著你的想像力奔走，從而變得格外驚心動魂，眞是於無聲處聽驚雷。張國勁厲聲說：「你瞎說了什麼？」爲了使聲音的嚴厲效果逼眞、動人，張國勁眞的把臉拉下來了。後來老婆便說：「我愛你。」張國勁也說：「我也愛你。」這麼愛情過了，便放下電話，一宿無話。

晚餐幾乎沒吃，張國勁餓得厲害，卻又不想再吃什麼了。張國勁一個人躺在床上，心中的滋味彆扭而又愁傷。有一種沒有緣由的焦慮。張國勁把手機拿在手上，漫不經心地玩。摁一下就響一下，跳出紅字。電話後來竟通了，響起了傳呼音。張國勁剛想把電話關上，手機裡卻有人說話了，「喂」了一聲，是個女人。又「喂」一聲，居然是張國勁的老婆。他一不留神居然把無聊和焦慮都玩到自己的家裡去了。張國勁想不應，情急中又覺得不妥，慌忙說：「哎喂，我，是我。」那邊說：「是你嗎？」張國勁說：「是我。」那邊靜了一刻兒，聲音平白無故地警覺起來，說：「你和誰在一起？」張國勁愣了一會兒，明白那邊的意思，說：「沒有哇，我一個人。」那邊不說話了，好半天不說話，突然說：「不對吧。」張國勁想了想，說：「在和一個小兄弟下圍棋呢，他在長考。家裡都好吧。」那邊說：「家裡好。——你近來又熬夜了吧？你把電話給下棋的小兄弟，我讓他不要太晚了。」張國勁傻了幾秒鐘，說：「別瞎來。」那邊說：「我不會瞎來，你讓他接電話。」張國勁笑笑說：「我這兒沒人。除了我，就是電話裡頭的你。」那頭說：「不對吧。」張國勁說：「眞的沒人，別瞎鬧了。」那邊又沒聲音了。張國勁到了這個時候才發現事態的嚴重程度了。事情之所以嚴重就因爲沒有事。事情再大都有邊，而沒有的事情大如天。那邊突然就哭了。聽得出傷心。張國勁「喂」了一聲，那邊居然是兒子了。兒子說：「媽媽都生病了，還送我上學。」兒子的聲音像背功課。張國勁聽到遠處有人說：「發燒三十九度七。」兒子就在電話裡頭背誦：「發燒三十九度七；是媽媽。」遠處又說：「還給奶奶送雞蛋了。」兒子又背：「還給奶奶送雞蛋了，是媽媽。五斤。送了兩次。」張國勁擰起眉頭，他差不多都看見老婆這刻兒的庸俗嘴臉了，用食指指自己，兒子就說「是媽媽」，張開巴掌，兒子就說「五斤」，再伸出兩隻指頭又是「兩次」。張國勁突然上來了一陣壞脾氣，厲聲說：「把電話給媽媽。」張國勁大聲說：「你搞什麼搞？」但是張國勁的嚴厲立即遭到了回擊：「你搞什麼搞？」張國勁說：「攪什麼？眞他媽噁心。」那邊不哭了，摔下了電話。張國勁聽到了摔電話之前的最後一句話：「我找你們老總去！」張國勁聽了幾秒鐘的電話忙音，把手機關了。關上手機之後那些紅色數碼全熄掉了，像死了一樣。張國勁把手機扔到床上，說了兩個字：「媽的。」想了想，又加了一個字：「他媽的。」

張國勁沒睡好，夜裡做了好多古怪的夢，醒來之後一個也沒能想得起來。但是有一個夢一直留在他身體的內部，相當重要，不想起總是牽牽掛掛，難以釋懷。張國勁最終也沒能想得起來，還沒有下床就已經滿腹悵然了。

張國勁編了一個上午的稿子，中午吃完盒飯就躺在沙發上午休了。同事們看他心事沉重，也不便和他多說什麼。張國勁的臉色是桿秤，一看就知道心事的斤兩。洗完臉過後張國勁坐在沙發上剃鬚，電動剃鬚刀就那麼在下巴上爬來爬去。已經很乾淨了，還在那兒爬。這麼一剃張國勁的腮部和下巴就了鐵青色，臉色越發不好惹了。

手機突然響了。張國勁有些慌張地拉開了手機蓋，林紅開始和他說話了。到了這個時候張國勁才想起來，自己一直都在等林紅的電話的。張國勁抬頭看一眼牆上的鐘，都下午三點了。林紅的口氣一點都聽不出昨天的尷尬，就像這個世上從來就沒有昨天。林紅說她逛了一天的街了，兩點鐘才回來，睡了一個小時才歇過來。林紅說：「有空就過來坐坐，反正也累了。」張國勁忙說：「我就來。」掐掉電話張國勁並沒有即刻動身，對自己說：「這個女人要不是我的總編有多好。」這麼一想人又懶下去了，把剛才的這句話反過來想了一遍：「我是她的總編就更好了。」想到這一層張國勁愈加感覺到權力的可貴與可愛了。張國勁自己冷笑了一回，罵自己說：「你原來就是這麼一個破玩意，欲望和權力一夾擊，男人的醜陋就全出來了。」張國勁從抽屜裡取出一件鮮紅色的意大利T恤，還是上一次參加新聞發布會主辦單位送的，一直沒穿。張國勁走進衛生間把T恤換上，下了樓出門。太陽正豔。張國勁從落地玻璃門裡看見了自己，紅紅的一大塊，三點多鐘的太陽剛好體現出人體的明暗關係，肯定了他的英武與帥氣，他的心情一下子輕鬆了，臉上頓時就沒了斤兩。

張國勁敲門的時候內心充滿了相見時難的感覺。林紅打開門，笑容可掬。但張國勁一下子便愣住了。林紅不見了。眼前居然是「林總」。林總站在面前，衣著是剛下飛機的樣子，頭髮也重新盤上去了，一句話，林紅洗盡鉛華又回到林總那邊去了。張國勁鬼使神差地喊了一聲「林總」。聲音也不對。張國勁甚至都聽出奴性來了。林紅說：「請進。」張國勁走向沙發的時候就想摑自己一個大耳刮子。林紅說：「這兩天把你拖累了吧？」張國勁笑笑，說：「出來鍛鍊，就該跟在領導後頭吃苦嘛。」張國勁的本意是想說句笑話緩衝一下的，幽默一下的，可是這句屁話還幽他媽的什麼默！張國勁噓了一下，噓下去一把蒼蠅。林紅卻大笑了，說：「委屈了是不是？」林紅擺了擺手，說：「從現在起，我陪你。用你的話說，叫做跟在群眾後頭吃點苦，你想到哪裡去？我陪你。」張國勁眨巴了幾下眼睛，一時沒有明白過來。然而本能告訴他「林總」還是喜歡和他在一起待著，可是做得就是沒有一點痕跡。這麼一想張國勁記起了刁德一參謀長誇阿慶嫂時說過的話：「這個女人，不尋（哪）常。」這個女人不是善良到家就是狡詐到家。張國勁現在已經不知道這個女人到底是誰了。她不停地換衣服，不停地轉換角色。她的本質面目就那麼在服裝裡頭狡兔三窟，讓你永遠也逮不著。張國勁想了想，說：「我們去游泳。」

四點鐘過後海邊浴場再也不像蟻穴那樣擁擠了。在色彩斑斕的泳衣之間，有了大片的空闊沙灘。這樣的時刻海灘留下來的大半是情侶或露水夫妻。他們像某種禽類，成雙成對地自成一塊天地，互不打量，互不干涉，他們靜靜地私語，做一些碎動作，偶爾有一兩聲過分的呻吟，一定是有人的動靜做大了，但隨即就歸於平靜，不至放肆到身不由己的那一步。

大海就在林紅和張國勁的面前。海是一片水。海是一片藍顏色。海是那種無限湧動又歸結於寂靜的假想平面。海是平常歲月，是單調的日子。海是想像力的某個縱度。海是彼岸的漫長過程。海是局部的柔情與空廣的悲愴。海是虛妄中的美麗背景，是現實中的極限絕地。海是一種欲望，海還是一種語境。海是寂寞、無聊、飄零的載體，海又是空無的物質形骸。海是地球地貌上面唯一拒絕人類的龐大體系。海不像山，每一塊石頭都可能成爲歷史憑據，海是永恆的歷史零度。沒有上下五千年。沒有唐宋元明清。海只有現在，此在，即時，瞬間。即時的快樂就是海的快樂，即時的憂傷就是海的憂傷。海不承載海以外的意義。海就是海，只是海。海在林紅與張國勁的面前，它與沙灘有節奏地磨擦，發出高潮來臨之前的嬌喘和鼻息。

林紅和張國勁躺在沙灘上，沙灘有很好的坡度，很好的粉塵與顆粒感受。這樣的體貼容易使人傷懷，湧上過多的思維和遐想。他們的腦袋都枕在交叉的掌心裡，對著大海失神，對著身邊的人做無限的緬懷。他們偶爾對視一回，毫無意義地微笑一回，隨後又陷入剛才的情態。大海使他們臨時忘卻了生存背景，過去的心態、習慣，進入了生命本體的歡愉狀態。張國勁坐起來，想起來了，他夜裡做的就是這個夢，他夢見了一個很大的窟窿，他和林紅想一同鑽進去，然而，只能容得下一個。張國勁就不停地用手扒，扒得很累，卻沒有任何結果，令他十分喪氣。張國勁愣了一會兒，開始完成他的夢了，他用巴掌十分用心地掏了一個人體巢穴，指了指，示意林紅躺進去。林紅咬住下唇，好奇而又幸福地挪進去，身體挺得筆直，做屍體狀。張國勁隨後跪在了她的身邊，往林紅的身上扒沙子。沙子覆蓋在林紅的身上，帶了強烈的撫慰性重壓。林紅把雙臂張開來了，任憑張國勁把它們埋進沙裡去。林紅閉上眼，腦子裡一片清晰，卻又像睡著了，而海浪的聲響卻越發顯著了。「嘩」的一聲，鋪開來；再「嘩」的一聲，又鋪開來。海浪的聲音張開了手指，撫摩林紅的夢，撫摩林紅的自由呼吸。林紅睜開眼，看見張國勁就睡在她的身旁，也把自己埋上了，就比自己多裸露一對胳膊。林紅睜開眼來一眼就和張國勁對視上了。這不是林紅與張國勁的對視，而是兩個死去而又復活的人的一次對視。張國勁的目光不肯移開，林紅也不。就像新婚後的第一個早晨。這次對視是一場賭博，和對方賭，和自己賭。兩雙近在咫尺的瞳孔終於拉開了一片大海，一片藍顏色，一片無限寂靜又歸結於湧動的假想平面。林紅的胸脯開始起伏了，林紅想忍住，然而愈忍愈糟糕，愈忍胸脯的起伏居然愈大了。林紅絕望地發現胸脯上的沙子開裂了，細膩而又固執地往兩邊流淌。林紅看見張國勁身上的沙土同樣慢慢地撐開了。沙粒的流淌給了林紅以不可收拾的印象，以無力回天的印象。林紅慌忙閉上眼。林紅在閉眼之前看到了一道壯麗景觀，張國勁身上的沙子飛揚起來，如彩虹一樣騰空，如煙塵一樣彌漫。張國勁撲上來了。林紅被這陣猛烈的飛撲壓疼了，一直疼到欲望的最深處。林紅呻吟一聲，無力地說：「別，現在別。」

他們在攔鯊網的附近停住了。他們一同鑽進了救生圈內，抱住了。林紅的雙腳漂起來，箍在了張國勁的腰部。又「那樣」了。他們的焦慮有了盡頭，終於又「那樣」了。海水在顛簸，他們在海水中上下浮動。林紅身體的浮力全讓海水弄丟了，往下沉。張國勁抱緊她，不讓她滑掉。他們的吻熱烈而又傷心，如同海鰻出水，在陸地上困厄而又鮮活地扭動。他們貼在一處，張國勁挪出一隻手，伸進了林紅的泳衣。林紅的指頭卻猶豫了，如夏天的吊吊蟲那樣弓著背脊吃力地爬動，但它們突然衝出去了，脫兔那樣，帶著一股不許自己再猶豫的盲目性。林紅捂住張國勁結實的臀部，它厚實而又有力。林紅咬住張國勁的胸口，她想把牙齒連同自己一同埋進去。

張國勁開始顫抖。無助，熱烈，而指頭也就越發不安了。林紅握住了他。身體隨海浪一起在他的身上滑動。張國勁感覺到她的滑動與自己的身體出現了某種對應關係。張國勁讓過去。林紅在這個時候仰起了臉來。她的樣子很怪，她在這個綿軟的時刻臉上帶上了一股質疑，或者像審視。它是她在報社處理公務時最常見的表情。張國勁醒來了，她是他的總編呢。張國勁身不由己地說：「林總。」林紅：「叫我名字。」張國勁在喊出「林總」的時候終於發現了自己的猥瑣和卑怯。猥瑣和卑怯時常隱藏在生活的盲點上，它們和故作姿態一同構成了男性世界。張國勁想起了自己的下半身，它們如同水下的現在那樣被這個女人握在手上呢。張國勁再一次讓開身體。林紅的身子僵住了，傷心地說：「是不是我很老，很醜？」張國勁抱緊林紅，說：「不是。我是狗屁，我是狗屎。」

服務生說：「二位喝什麼？」

張國勁說：「一扎啤酒。」

林紅說：「兩扎。」

張國勁說：「算了，換一瓶王朝。」

林紅說：「換白酒。」

服務生說：「到底喝什麼？」

張國勁說：「孔府宴。」

林紅說：「二鍋頭。」

包間裡的這頓二鍋頭喝了近兩個小時了。兩個人不說話，用一種失神的目光望著自己的酒杯，只是喝。有一度林紅的心情喝壞掉了，那些酒全長出了鈎子，把林紅心裡的陳渣全翻出來了，林紅的難受一點一點往上湧，可是林紅實在也沒有什麼傷心的事，想來想去自己的一生都很順，想傾訴都找不出話頭。然而讓林紅堵心的也正是這一點，這就有了酸楚，胸中也就有了翻湧。林紅只有依靠二鍋頭來阻止這種心情。可是愈阻止愈壞。林紅望著酒，酒呈現出與世無爭卻又惹是生非的矛盾格局。林紅就想豁出去，把自己豁出去。但豁出什麼林紅還沒有想好，林紅說：「這酒眞好，愈往後喝愈綿，都不像酒了。」張國勁知道林紅快不對勁了，卻不勸，只是更凶猛地往下灌。林紅的大腦這一刻無比清晰，其實是大醉之前的迴光返照。林紅無緣無故地笑了，張國勁看看她，想不出她笑什麼，也跟著笑。他們握住手，就這麼傻笑了一陣子。林紅說：「你傻笑什麼？」張國勁說：「我沒有，我看你笑了我才笑了。」林紅說：「你瞎說，是你先笑了。」張國勁說：「我沒有。」林紅說：「這個假過得好，痛快。」張國勁說：「我也是，痛快。」林紅取過張國勁的香菸，抽出一根。張國勁擦上打火機，把火送過去。林紅吸了半天，點不著。其實火苗和菸頭還岔了兩吋多高呢。林紅看看菸頭，說：「你醉了，這哪裡是火，你連火都認不出來了。」張國勁把手縮回來，重新點上，把右手的食指伸到火上去了。張國勁說：「這是火。是你醉了，我的手還疼呢。」張國勁就這麼燒指頭，林紅都忘了用嘴吹了，卻用半杯酒澆了上去。火苗轟地就一下，躥得老高。出於本能，張國勁立即用毛巾捂上了。林紅被嚇得不輕。其實張國勁沒有被酒燒著，火只是轟了一下，說過去就過去了。林紅接過他的手，用嘴吹。林紅說：「我們這是怎麼了？我怎麼覺得這兩天我人不人鬼不鬼的。」張國勁說：「我長這麼大了，天天都是人不人鬼不鬼的。」張國勁順手取過卡拉OK的麥克風，說：「我們唱，個歌。」林紅已經醉得厲害了，搶過麥克風，說：「我唱，我還沒唱過呢。」想了半天，卻不知道唱什麼。張國勁瞇著眼說：「腦子裡來什麼，就唱什麼。」林紅起了很高的調門，用「花兒爲什麼這樣紅」的調子唱起了一首歌。「對蝦爲什麼這樣紅，爲什麼這樣紅？哎——紅得好像我的火鍋，它象徵著純潔的荒唐而不是老婆。」張國勁站起身，打了一個趔趄，一開口就是俄羅斯愁傷的調子。「盤子打碎了紅莓到處開，有一個女人她是我心愛，可是我怕她不能表白，一肚子二鍋頭吐又吐不出來。」這麼一唱他們又對著麥克風弓著腰大笑。

這種超越常規的笑聲把服務生都招來了。張國勁給他塞過一張四個頭，讓他走人。林紅突然就把笑收住了，她的目光裡頭有一種凜冽的青光，盯住張國勁。「我知道你怕我。」林紅說，「知道我是誰？我是二鍋頭。」張國勁說：「我呢？」林紅說：「你是狗屎。」

麥克風的聲音一直傳到外大廳。很響，近乎瘋狂了。大廳裡的食客們帶著一臉的酒意，專心諦聽那一對瘋男女的現場直播。

手機的呼叫卻從喇叭裡響起來了，男人大聲說：「我不在。」男人靜了一會兒，說：「我是誰？我是狗屎。」隨後就是關機的聲音。人們聽到女的問：「誰呀，你這麼凶。」男的說：「丈夫母娘家的女兒。」女人說：「我出去，你們慢慢說。」男的說：「出去做什麼？她正要找你呢。昨天就威脅我了，要找你。」女的說：「找我做什麼？」男的說：「我知道找你，做什麼。」

麥克風沒聲了。好半天之後有人站起來了，打碎了兩只酒瓶。是。那個女的。女的大聲說：「我做，什麼了？找我做什麼！」

「我的確不知——道。」男人嘟噥說。

再後來一點聲音也沒有了。晚會到此結束了。

林紅被架進房間的時候已經近乎如泥了。他們是相擁著被出租汽車運送回來的。但是林紅並沒有不省人事。她清楚地記得張國勁的話，張國勁說，（我老婆）要找你呢？林紅想問張國勁，問明白，她到底要做什麼？她聽說了什麼了？然而林紅的舌頭被身體弄丟失了，不知道遺棄在身體的哪個角落。她只好用指頭來表達這個內容，動了好多次，他張國勁就是不理睬。林紅的身體漂浮在體內的酒精上，內心充滿了擔憂與難受，還有彆扭。林紅的淚水從眼角沁出來，全是二鍋頭。林紅忘記了哭泣的方式，是淚水的自然流淌告訴了她，她在哭泣。

林紅十分清楚張國勁正把她往床上放。放得很輕，輕到了令她感動的程度。爾後床頭燈打開來了。燈過於刺眼。林紅皺了皺眉。只皺了兩下電燈便一點一點黯淡下去了。林紅的身子不能動，然而腦子卻清楚。張國勁坐在她的身邊，拿過她的右手，放在掌心裡撫摩。他的指頭全部插進她的指縫了。進去又出來，那樣動人地摩擦。林紅聽到了他的酒嗝。嘴唇感受到他的吻，乳房感受到他的舌尖。他的舌尖又溫和又堅硬。後來他狂野了起來，有了粗重的喘息。林紅渴望他的體重。身體也開了，盼著他進來。被體重覆蓋容易使她產生眞實和穩定的生命感受。然而他的體重一直沒有降臨，這讓她痛心，讓她無枝可依，她傷心地皺起了眉頭，她一皺眉身體上的撫摩就全爬走了，一點都沒有剩下來。林紅對此無限絕望而又無能爲力，只好又皺眉。這一次連燈都關上了。後來海浪湧了上來，把林紅全淹沒了。林紅被一陣失望裹住，睡著了。入睡之前林紅對自己說：「他還是沒醉。」

一早醒來的時候林紅的頭疼得厲害。她支撐起上身，卻發現上衣上的扣子都是解開的。林紅吃了一驚，雙手捂在了胸前。林紅用力回憶，就記得她和張國勁喝酒了，別的再也想不起來了。林紅慌忙掀開身上的毛巾被，緊張而又仔細地檢閱了下身以及床上的相應部位。一切都完好如初。林紅嘆口氣，如釋重負。但是林紅的嘆息裡頭不只有如釋重負，還有悵然若失。林紅把腦袋埋進了膝蓋，無聲地啜泣了。哭完了，林紅便想，夜裡做了很多夢的。她夢見了張國勁的老婆，居然是青果。青果十分傲慢地對林紅說：「到我的辦公室來一趟。」這麼一想林紅就記起來了，昨天晚上張國勁說，他的老婆要找自己的。這句話從任何一種邏輯關係上來看都有點不著邊際，然而有一種潛在的和準確的殺傷力。林紅反反覆覆地追記這句話的前後背景，想不起來。這不是一個好兆頭。無論如何都不是一個好兆頭。

林紅走進衛生間開始沖澡，她聞到了身上的酒氣。酒氣籠罩了林紅，使林紅產生了一種渴望掙脫的欲望。可是又能掙脫什麼呢？身上一絲不掛，一個裸了身子的女人又能掙脫什麼呢？蓮蓬頭的水柱沖在林紅的皮膚上，筆直而又凶猛，卻使林紅產生了紛亂如麻這個糟糕印象。林紅仰起頭，從頭到腳都是疲憊。林紅把頭側過來，想從鏡子裡頭看一看自己，然而鏡面讓水氣蓋住了，林紅只看到一個大概，自己隱隱約約的，沒有一樣具體，充滿了不確定性。林紅跨出水池抹著鏡面一把，自己的面部清晰起來，卻有些錯位，帶上了擦痕。林紅就這麼對著鏡子凝視。她的凝視只看見了自己的失神。

林紅拿起馬桶旁邊的電話，撥過「0」，話機裡響起了長長的脈衝撥號音。林紅要過總臺，無力地說：「給我訂一張南京機票，愈快愈好。」

洗完澡身上便有些癢了。林紅看到滿身的水泡已經下去了，破了，留下了白色的枯頭。林紅在大臂上小心地摳了一下，卻撕下了一塊油皮，有指甲那麼大。粉紅色的新皮裸露出來了，像白癜風，說不出的難看。林紅望著這塊白班，望著手上撕下來的皮，心裡頭冷笑一聲，對自己說：「沒白來，也算是脫胎換骨了。」

門在這個時候響了起來。林紅聽出來了，是張國勁，林紅披了大浴巾打開門，張國勁站在門口，一臉失魂的樣子。下眼瞼青在那兒，呈現出疲態。張國勁一進門就把林紅擁入懷中了，十分孟浪，林紅一點準備都沒有。但是張國勁不吻，也不說。張國勁深深地嘆了一口氣，慢慢地撫摩林紅。張國勁看到林紅的身上開始褪皮了，他用指頭很小心地撕。他的手指在這個美妙的過程中出格地輕柔，撕得很慢，很長。林紅閉上眼，盡量詳細地體驗那種脫胎的即時感，那種無痛的、動人的、感人至深的切膚感受，那種皮膚離開皮膚的陌生印象。她的嘴張開了，身子的深處有了流動的感覺。林紅睜開眼，眼裡頭僅是煙雨。張國勁的指頭就在這個時候粗枝大葉起來的，他猛地抱起林紅，一起臥上了席夢思。他吻住了林紅。林紅準確無誤地接住，然後四張嘴唇便攪在了一處，拚命地吮吸。但林紅伸出手，突然把張國勁的嘴巴反捂住了。張國勁近乎粗暴地讓開她的手，說：「我們從現在開始。」這麼一說林紅竟不動了，淚水往外流。林紅說：「不。」張國勁聽到這話卻把手插到林紅的下腹去了。林紅一手又捂住，傷心地說：「你只是想證明一下自己。我也是。可是我們都沒有什麼需要證明。荒唐夠了。」張國勁扯她的手。但林紅沒有讓步的意思。她閉上眼，一閉眼就是兩顆大淚珠。林紅說：「收收心吧，你老婆來了。現在正在路上。」張國勁不解地說：「你瞎說什麼？」林紅說：「我不瞎說。」張國勁說：「你怎麼知道？」林紅說：「我不知道。我就知道她現在正在火車上。」張國勁聽了這話便愣在了那裡，臉上是追憶的樣子，將信將疑的樣子，身體的硬度也一同退下來了，失去了剛才的衝擊力。張國勁滾到一邊，林紅利用這個機會坐起來整理好自己，說：「我已經訂了明天的機票了。」林紅用那把米黃色的塑料梳子不停地梳頭髮，十分緩慢、十分機械地重複那個動作，都重複了幾十回了。林紅後來停下來，兩隻手一起交叉在腹部，自語說：「我想中午再到郊外的仙霞觀去一趟，幾千里路走過來，想看看。」張國勁坐起來，不住地吮自己的下唇，爾後似聽非聽地點了幾下頭。說：「我送你去。」林紅套上那件長袖的總編服，轉到鏡子面前扣鈕扣去了。張國勁從身後抱住她的腰，低下頭吻住了林紅的頸部。林紅沒有呼應這個舉動，只是拽了拽下襬，小聲說：「衣服弄皺了。」張國勁的雙唇和舌尖正貼在那塊新換的皮膚上，卻不敢動了，小心放開了林紅。

夏天的這場暴雨幾乎沒有過渡，一上來就進入了高潮。沒有走完走合期的韓國小汽車剛開到中途暴雨便從天而降了。幾分鐘之前，天還是碧藍的，晴朗得一望無際。汽車行駛在半山腰，整個晴朗的海面剛好全在林紅的眼底。林紅寧願承受熱浪也要茶色窗玻摁下來。海水乾淨得不可思議，波浪的背脊上是數不盡的太陽光點，那種無邊的浩瀚與無邊的閃爍一點都不體恤林紅的心態，把林紅的鬱悶弄得無邊無際、千閃萬爍，愈加熱烈而又銳利了。林紅望著湛藍的海面好幾次都湧上哭泣的願望。大海再巨大，永遠也掙不脫岸的概念。正如人，再掙扎，你只能是自己。

而烏雲就翻滾了，彷彿是從海底冒出來的，而狂風就飛沙了，大雨就滂沱了。張國勁把汽車依著山坡停下來，關上了車窗的玻璃。大雨淋在駕駛室的玻璃上，騰起了煙，整輛汽車成了一只音響，四處都是雨的腳步聲。車前的雨刮器毫無意義地勞碌，在玻璃上留下片刻的清晰。

林紅傾過上身把雨刮器摁停了，看見張國勁點上了一根菸。林紅也拿了一根，很熟稔地點上。張國勁看了林紅一眼，不語，就那麼靜坐在方向盤的後面，吸菸。那個女歌手又在磁帶裡死去活來了，「別讓我一個人在夜風裡等候」。張國勁吐出一口煙。沒有人。沒有人在夜風裡。沒有人在夜風裡等候。

大雨如注，而車子裡的煙霧在繚繞。車子裡的煙彷彿潮溼的草木給點著了，只見煙靄不見火苗。這不是燃燒，而是燒烤。張國勁和林紅感到了隱藏在深處的猩紅色火燼，感到了疼痛。然而這種疼痛不是讓肆虐的火舌給絞割的那種，一上來就疼到頭、一上來就撕心的那種，而是緩慢的、由表及裡的、愈來愈疼的、即使心還有點不願撒手的那種熏烤。自戕的心情籠罩了他們。

大雨下了二三十分鐘。與說來就來一樣，大雨說走就走。窗外的空氣一下子涼下來了，因沁人心脾而越發感人至深。張國勁發動起汽車，往下踩速度。幾秒鐘的工夫林紅的頭髮全亂掉了。那一頭紛亂的長髮構成了林紅的假日形象。

仙霞觀在一場大雨過後越發顯現出世外的意味了。滋潤使空氣加倍地寧靜。那些古柏沉默了千萬年，一枝一葉都有些飄飄欲仙。四周空無一人，停車的大草坪上只有一輛中型巴士，司機正在坐位上睡覺，一副睡死掉了的樣子。林紅走下汽車，弄不懂這麼幽靜的去處怎麼就沒有人的。

仙霞觀就在山腰的險要處，一道很長的廊橋依山而建，一曲一折地蜿蜒上去。

但是林紅聽到了尖叫聲。在遠處的樹林子裡頭。聲音剛好能夠聽得見。那種尖叫狂放而又誇張，有男有女，一大群，快活得近乎發瘋了。沒有語言，只有聲音。好像在進行一場球賽。林紅聽了一會兒，十分好奇地往後面的樹林裡去。張國勁在後面說：「先到仙霞觀去嘛。」林紅聽不見，只是往後面去。樹林裡頭果然有一塊空草地，十幾個外國佬正擠在一個泥坑裡，搶一只皮球。泥坑裡的水只有半條小腿那麼深，其實那已經不是水了，全是泥漿。這群老外的外衣全扔在一起，他們渾身是泥，看不出人種。他們像一群泥鰍在泥漿裡滑動。他們搶那只球，又執著又賣力，女人的那種尖叫完全是本能的聲響。林紅和張國勁傻站在一邊，看他們打。這時候一個男人爬到岸邊喘氣來了，他看見了林紅。他的臉上只有眼珠與牙齒是乾淨的，其餘的地方全讓泥巴蓋住了，像一個活靈活現的鬼。他對邊打了個快活的手勢，臉上產生了某種表情。林紅用了很大的努力才看清楚了，那一對眼球子正看著自己，那一嘴的白牙正在笑。他在招手。林紅徹底弄明白了，他在向林紅招手。林紅疑疑惑惑地走過去，站在了池邊。男人站起身，對林紅張開了粗壯的泥胳膊。林紅穿得很整齊，腳上還踩了一雙坡跟皮鞋。但林紅在某一個致命的瞬間裡鬼魂附身了。她撲向了泥池，她撲向了那張泥塑一樣的懷抱。張國勁衝上去，可是晚了。幾秒鐘的工夫林紅就面目全非了。林紅參與到爭搶之中了。林紅的身肢在泥池裡頭分外鮮活，分外生猛，淋漓而又狂野。她發出母獸一樣的尖吼聲。她的手指在空中亂抓亂舞，像火苗一樣搖曳，火苗一樣嘩啦作響。她撲得極凶，搶到那只球了。林紅發出了令人生畏的那種叫聲，就好像她搶這只球都搶了一輩子。林紅沒有把玩，把球扔向了空中，隨後，那只被她親手拋棄的東西又成了她的目標了。再後來林紅便消失了，張國勁找不到林紅了。張國勁只是打了一個愣就再也找不到林紅了。她在一群泥人裡頭再也無法分辨了。林紅的身體肯定就在面前，然而，她消失了。十分具象地無影無蹤。張國勁點上一根菸，倚到一棵樹上。樹葉上抖落下來的雨珠打了他一個激靈。張國勁長嘆一口氣，開始想像林紅的長相，居然一下子想不起來了。

林紅是從泥池裡頭爬出來的。她的樣子很怕人，一個會動的塑像，正向張國勁這邊蠕動。她的鞋和衣褲全沒有了，就剩下了內衣。她舉著手，向她的朋友們一一告別。這些朋友眞的是未謀一面。那個男人把林紅的衣服和皮鞋全撈出來，放在了岸邊。林紅躺在草地上，臉上只有一雙眼，臉上只有一口牙，而一頭長髮也結成塊了，比泥塑的頭髮更不像頭髮。她的胸脯起伏得厲害，平息不下來。林紅身子空掉了，腦子也空掉了，一股說不出的難受突然就把她的身軀貯滿了。沉重消失了，一身的「輕」反而讓她一下子無所適從。就像一本書的名字，是一種不能承受之輕。這本書林紅沒讀過，可是見到過，青果曾經夾在腋下的。林紅望著雨後的天，記起青果夾著這本書走路的樣子了。那時候青果正側著頭，長頭髮掛掛的，蓋住了一隻眼睛。林紅看不慣青果的這種憂傷做派，看不慣她身上的這種悲劇效果，就把她叫住了。林紅記得叫住青果之後又無話可說的樣子，只好問她，夾了什麼書。青果不開口，卻把書遞了過來。書的名字有些怪，就是林紅現在的這種感覺。林紅坐起身子，心裡頭說：「輕的感覺你就是不能承受，林紅你眞他媽的是個賤貨。」這麼一想林紅越發傷心了，自己把自己的心堵住了，兩行淚也就沁了出來，往下淌，在眼袋下面衝出了乾淨的痕跡。張國勁看出了林紅的傷心種種，心裡滋味也很壞。張國勁說：「林紅你這是幹什麼？這又何苦？」林紅從地上彈起身子，握著兩只拳頭尖聲叫道：「我就是喜歡這樣，我就是想弄得一身髒！」

睜大眼睛睡覺

1

九年了，南京漂亮了。我進去的時候南京橫著的是水泥，豎著的還是水泥。九年的工夫南京就變漂亮了。灰溜溜的南京成了彩色的南京，慢吞吞的南京成了迅速的南京。我站在新街口，心情棒極了。那時候新街口只有金陵飯店，它一柱擎天，而現在，金陵飯店凹陷在一大堆建築物中間。樓高了，人就變矮了，但我們的目光學會了仰望與遠眺。夕陽很好，它在漢中路的最西頭。夕陽是多麼的大，多麼的扁，多麼的豔。九年了，夕陽被粉刷一新。

現在是黃昏，我又回到了南京。我要說，漢中路最西頭的不是落日，而是初升的太陽。我的一天業已從黃昏開始，我的日出正在黃昏款款而上，你瞧瞧西邊的日出是多麼的美。她是妹妹。

我決定去找我的堂哥，家我是不想回了。九年裡頭我的父母沒有到採石場看過我一次，謝天謝地，我再也不用聞他們身上的鹹魚味了。我扔掉菸頭，深深咳了一口痰，吐完了我就去找我的堂哥。一個佩紅袖箍的老頭走到我的身邊，指著地面扯下一張小紙片，說：「兩塊。」我含著痰，很迷人地對他微笑。我感謝他，南京不是菸缸和痰盂。我把痰嚥下去，躬下腰撿起地下的菸屁股，丟在他的鐵簸箕裡頭。我的心情好極了。我都覺得自己像個十二歲的少女了。我摸了摸老頭的腮，還有脖子，很迷人地對他微笑。他的身上一點鹹魚的氣味都沒有。

堂哥不在家。只有一個陌生的女人和孩子。我的堂嫂我認識，這個女人我倒是沒有見過。小孩很機警地盯著我，而女人則開始詢問我的名字。我眨了幾下眼睛，很不好意思。我一下子想不起我的名字。我笑笑，說：「我找姜二。」小孩抱著女人的大腿，十分機靈地從女人的檔部伸出腦袋，大聲說：「我爸爸打麻將去了。」這孩子不錯，將來是個幹警察的料。我從小孩的臉上看到堂哥與女人的混雜神情。堂哥換老婆了。生活眞是好，連堂哥這樣的鳥男人也換老婆了。那會兒只有藝術家們才可以以舊換新的。堂哥在打麻將，這很好。打麻將的人一下場子肯定回家。我可以等他。我有時間。在我看來一個小時與兩個小時完全等同一個跳蚤與兩個跳蚤。時間算什麼？人家法官在法庭上一把就給了我九年。有時間這東西陪我，我就不白活。剛到採石場的時候時間還給過我一次尊嚴，有一個下關來的傢伙居然在我的上風放屁，把氣味都弄到我這邊來了。我警告他，我九年，你兩年，下次放屁的時候看看風向。弄得這小子就跟女大學生似的，——時間這東西大部分情況下對我還是不錯的。

我站在路燈底下，與我的身影共度良宵。我的影子一會兒短，一會兒長。這種變化關係很像青春期的某種生理動態。它讓人愉快，卻又無從著落。大學一年級的那個春天我老是被這種感覺牽著走。在我無從著落的時候，我意外地發現每一個姑娘都那麼嬌好迷人。這怎麼可能？可她們就是毫無根據地瞎漂亮。爲此我專門請教了我的堂哥，這傢伙一反常態，順口就蹦出了兩句文雅的話，第一句是「太陽每天都是新的」，第二句則是「生命之樹常青」。這兩句話被堂哥弄得跟生理衛生術語似的，直接涉及到我身體內部的某種隱密。我變得焦慮而又熱烈。在我兀自充血、伸長的時候，太陽是新的，而生命之樹是綠的。

可我身邊的女孩子們愈來愈傲慢了。她們仗著胸前的一對乳房完全蔑視了我的焦慮。我不能怪她們。要怪只能怪我的父親。這個賣鹹魚的小販子居然把他的買賣做到我的學校來了。他動不動就以「家長」的身分竄到我們學校的膳管科，讓我們的食堂「只進」他的貨。這個榆木腦袋的男人居然賄賂起我們的科長來了。我們的科長是什麼人？人家是預備黨員，當天下午我們的科長就把一千塊錢連同鹹魚氣味一起送到校長室去了。什麼樣的黨員你不能賄賂？你偏偏要賄賂預備黨員？臭鹹魚的氣味彌漫了我的校園。我的臉面被那個榆木腦袋的男人丟盡了。父親把一身的鹹魚氣味留給了我，這讓我抬不起頭來。你說女孩子們在我的面前如何能不傲慢？你說女孩子們的乳房如何能低下它們的頭？我的太陽變成了一輪鹹太陽。

我開始逃課。大街上的女孩子又多又好。我在自行車上跟蹤自行車上的女孩。她們的頭髮，她們的腳脖子，她們踩動自行車時臀部的線條所呈現出來的替換關係，她們的氣味，這一切都讓我痴迷。有時候，一個出色的女孩子能決定一條大街的狀況，在她經過的時候，街心的空氣會無比精妙地顫動起來，而她一拐彎，大街就重新回歸到先前的樣子，破舊、混亂、骯髒不堪。我跟在她們的身後，她們渾然不覺。這是多麼令人沉醉，多麼令人心碎！

我終於發現了她。在鼓樓廣場至科技賓館的那條路上，我發現了她。我要做的第一件事就是歸納出她經過這段路口的時間規律。但是不行。她像狐狸一樣蹤跡不定；偶爾，她還像蛇那樣回回頭。她的眼睛有些瞇，眼角有些吊。在我跟蹤過的女孩當中，她是最閃爍的一隻狐狸，她是最柔媚的一條蛇。當她出現的時候，我悄悄跟上去，與她並肩而行。我們一起順著斜坡向下滑行，我感覺得到空氣的精妙顫動。我用餘光瞄著她，風從迎面撲過來，她的眼睛有些瞇，眼角有些吊，齊耳短髮被風托起，露出她明淨的額與半透明的耳廓。我決定行動。我一次又一次地準備行動，但一次又一次地放棄了行動。羞於啓齒使我的勇氣最終成了嘲弄自己的笑柄。爲此我精疲力竭。我最終選擇了一種最優雅、最得體的方式，我到新華書店抄了一首詩與一段樂譜，把它們組合在一起。我發明了一首最動聽的歌。我要把這首歌獻給我的狐狸，我的蛇。

激動人心的時刻終於來到了。她又一次出現在鼓樓廣場。我跟上去，行至科技賓館的時候我突然加速，然後，在她的身後握緊了剎車。十字路口的紅燈亮了，她顯然注意到我了，有些吃驚。我立即從懷裡取出那首歌，丟在她的車簍裡頭。她撿起來，側著腦袋，鼻尖亮晶晶的。只看了幾秒鐘她就微笑了：「給我的？」我像藝術家那樣點了點頭。「詩是好詩，」她說，「音樂也是好音樂。」她把歌譜放回到我的車簍裡，一邊蹬車一邊回過頭對我說：「不過勃拉姆斯從來沒有給徐志摩譜過曲。」

我傻坐在坐墊上，羞愧難當。我不知道我爲什麼會做這種愚蠢透頂的事，只有一種解釋，一個人在單相思的時候腦子裡面全是屎。紅燈第二次閃亮了，我回過神來，勇猛地衝了上去。整條路下響起了汽車的剎車聲。滿世界都在剎車。這個世界完全沒有必要這樣車輪滾滾。都他媽給我停下來。都他媽給我退回去。

深夜三時，我的堂哥出現了。在無人的街心堂哥的身影有點類似於覓食的夜行動物。我走到堂哥的面前，他抬起頭，愣了一下，後退了一小步。堂哥盯著我，很緩慢地笑了。堂哥把我重新打量了一遍，雙手在我的肩膀上很重地拍了兩下。我突然有點想哭，但立即就忍住了。堂哥掏出香菸，我們在深夜三時的路邊點菸，大口大口地吸。我們的耳邊是疾速而駛的小汽車，

「呼」地一下，「呼」地又一下。

堂哥從上衣的內側掏出一把現金，隨手招了一輛出租車，對我說：「走，陪你花點錢去。」

小姐為我們端來了菸和酒。菸，還有酒。它們既是一種享受，也還是一種自由。我們一枝一枝地吸，一口一口地喝。它們給了我為所欲為的好感受。在採石場，我們時常一枝菸或一口酒而鬥智鬥勇，我們為它出拳，我們為它流血。而現在，菸在巴結我，酒在巴結我。它們讓我的身體一點一點地活躍起來了。菸和酒是我們的滋補，男人離不開它們。我一手夾菸，一手執瓶，就著菸喝酒，就著酒吸菸。活著好，自由更好。菸和酒很快就讓我的感受力回到各自的器官上去了。我以為它們死了，它們沒有。它們在我的體內，年輕、活躍，還是那麼貪。為香菸乾杯，為酒精乾杯。我的身邊沒有警察，沒有眼睛，明天上午沒有起床號逼我起床。幸福的血液在往我的頭上衝，我感到一陣酥麻。眞他媽想哭。神仙也不過這樣。

兩個漂亮的小姐坐到我們的身邊來了。一位坐在了堂哥的腿上，一個摟住了我的脖子。我不明白她們為什麼要對我們這樣。我不希望在這種時候有人來打攪我們的好時光。我打了一個酒嗝，順手就把她推開了。這個毛丫頭也太經不起推了，一屁股居然坐在了地上。她尖叫了一聲，隨後就圍上來三四個人。堂哥連忙站起身，張開雙臂把來人擋在了一旁。他在和他們耳語。圍上來的人看了我幾眼，點了點頭，散到一邊去了。堂哥重新坐到我的對面，笑了笑，說：

「現在是一九九九年了。」

我說：「我知道，現在是一九九九年。」

堂哥瞄了我一眼，只是笑，兀自搖了幾下頭。

「你知道個屁。現在是一九九九年了。」

堂哥眞是傻。他以爲我在採石場就什麼也不知道了。採石場是什麼地方？這個世界上的事，什麼都要在採石場結束，然後，再從採石場開始。我只是不喜歡讓人敗了我的興致。我得靜靜地抽飽了，靜靜地喝飽了。菸酒是男人的鋪墊、基礎，誰也別想打我的岔。我自由了，誰也別想打攪我。

凌晨六點，一定是凌晨六點，我突然醒來了。在採石場待過的人身體就是時鐘，北京時間最終都成爲我們身體內部的生理感應。勞改是什麼？勞改是一項借助於時間來懲治人類的科學活動，被勞改過的人全都會成爲時間，時間的機件。六點整，我一骨碌就起床了，我用熟練、迅速而又專業的動作穿好衣褲，整理好床單、棉被，隨後端坐床沿，雙手平放在膝蓋上。我用最短暫的時間做好這一切，卻在腳邊意外地發現了一只臉盆。它濁氣逼人，洋溢著嘔吐物的腐爛氣味。這股氣味提醒了我，我喝酒了。是的，我喝酒了。這個發現嚇了我一大跳，——我怎麼會喝酒的？我自由了？直到這個時候我才發現我的腦袋疼得厲害，它空得像一只酒瓶。我小心地打開檯燈，開燈的時候我恐怖極了。九年當中許許多多的夢都是這樣的，開關「啪」地一下，燈亮了，而我的夢也就醒了，耳邊隨後就響起了起床的號聲。但是這一次沒有。燈亮之後四周依然靜悄悄的，可我仍舊不能肯定這不是夢。我把手伸進臉盆，用手指摳出一塊嘔吐物，塞進了嘴裡。我一陣乾嘔。這陣乾嘔證實了我的處境。這不是夢。夢不可能比現實更噁心。

乾嘔完了，我茫然四顧。床單被理得很平整，被子的四只角也方方正正的。我走上去，一把扯亂了棉被。我扒光自己，鑽進被窩，我得美美地睡上一個回頭覺。掖好被窩，我仔細詳盡地體驗著這份安心的幸福與踏實的無聊。在採石場的時候，回頭覺是我的最大奢望，那個年近七十的老賊是這麼說的：「二房妻，回頭覺。」他用這兩句話概括了男人的美好人生。那時候我一次又一次地想，什麼時候才能睡上一個回頭覺啊。它就在眼前。

睡吧，睡吧。

我把被子蒙在臉上，卻睡不進去。我在努力，就是睡不進去。我盡力了。有福不會享可是沒有辦法的事。人這東西賤。人不能有願望。所有的願望都是空的，不是願望懸置，就是你懸置，就像你跳起來摘樹上的果子，要麼兩手空空，要麼兩腳空空。我睡不進去，只好第二次起床，耐著性子把床上的一切重新整理乾淨，我望著我的床，長嘆了一口氣，莫名其妙地一陣後怕。自由讓我手足無措。有一個剎那我突然產生了回到採石場去的念頭，自由的日子一起向我襲來，它們像水，像海，洶湧在我的四周。我感受到一種前所未有的驚恐，一種心安理得之後的焦灼，一種大功告成之後的無所適從。我把疊好的被子連同床單、褥子、枕頭一起提起來，在空中掄了兩圈，最後扔在了床上。床上一片混亂。我就弄不懂自由為什麼會呈現出如此醜陋與零落的局面。我在屋子裡快速地游蕩，最終推開了窗戶，我就想對著黎明大叫一聲：「給我來枝菸吧，給我來杯酒吧！」

2

堂哥借了我五百塊錢，五張百元現鈔。他向我保證，只要我悠著點，花完這筆錢之前他一定幫我找到一份差事。找差事是一個很體面的說法，說到底就是找個地方混點錢，混口飯。我得先有個能吃上飯的地方。我把堂哥借給我的五百塊錢握在手上，像捻撲克牌一樣捻成扇形，久久地凝視它們。我的心情不是被這筆錢弄好了，恰恰相反，我的心情在往下走。百元現鈔的正面是一組人物頭像，毛澤東、周恩來、劉少奇、朱德。他們緊鎖眉頭，緊閉雙目。他們面色嚴峻，憂心忡忡。畫面上的四位巨人只有毛澤東的一隻耳朵，其餘的都在透視的盲點上。你不要問那些看不見的耳朵在傾聽什麼，那不關你們的事。你應該關注四位巨人的眼睛。一般說來，第一代職業革命家的目光隱含了貨幣的功能或命運。我望著錢，突然意識到自己並沒有自由。自由的只是我的軀殼，別的全被錢捏在掌心裡。我的心情開始暗淡，我的心情像百元現鈔上四位領袖的表情一樣，沉重起來了，憂慮起來了。第一代職業革命家的表情當然就是貨幣的表情。

一上街我的心情就變樣了。大街讓人愉快。事實上，街不是由人流與車流構成的，構成大街最本質的元素應當是商品。大街只不過是商品的倉庫，一種陳列的、袒露的、誘人的商品庫。通過貨幣交換，使商品直接變成我們的生理感受。就說菸和酒吧，在付錢之後，菸就成了過癮，而酒則成了醉。我把錢捂在口袋裡，時刻準備著把它們兌換成我的酩酊，我的醉，我的過把癮。我走一段，在下等酒館裡坐一段，然後再走一段，再在下等酒館裡坐一段。我的手上整天夾著地產的劣質香菸，它陪伴著我，直至我的舌尖完全麻木。我用兩三天的時間把南京走了一大半，看看商品，看看櫥窗，看看紅綠燈。就這麼看看，這樣的日子不也挺好嘛。

我沒有料到會碰上馬杆。在珠江路，這條著名的電子街，我已經是第二次步行穿越了。這條東西向的大街上充滿了電腦、軟件、光盤。它們和我沒有關係。它們屬於高智商，高科技。吸引我的是那些電影光碟的包裝紙。在一些隱蔽的地方，我總能看到一些三級片，包裝紙上那些肥碩的乳房與滾圓的臀部讓我心花怒放。最讓人心潮澎湃的要數女人們的表情，她們的眼睛像嘴巴一樣閉著，而嘴巴卻像眼睛那樣瞪著老大。這種反常的閉合關係展現了一種絕對的狂放與旁若無人的肆無忌憚。我知道，那種瞬時的高級感受叫高潮，是菸和酒所無法擬就的勝境。我沒有勇氣長久地凝視女人，當然，我更沒有機會看到女人們如此快活。在珠江路的電子商店就不一樣了。我不是看女人，更不是窺陰，而是買東西。幹任何事情都這樣，只要有一個合理的藉口，你不僅心想事成，而且心平氣和。

除了看光盤，我當然也會到賣電腦的地方看。電腦是神奇的。那些組裝電腦的小伙子們裝完了電腦就開始輸入程序。他們的十根指頭像鳥類的翅膀一樣對著鍵盤撲拉拉地飛動。隨著指頭的急速紛飛，屏幕上的彩色圖案和英文字母們魚貫而出，同時又稍縱即逝。此情此景簡直深不可測。它激起了我的無限崇敬。

我的肩膀被人很重地拍了一下。我吃驚地回過頭，一個男人正對著我微笑。這傢伙又高大又健壯，西服筆挺，皮鞋鋥亮，業已發福的身體顯得器宇軒昂，從頭到腳一副款爺的樣子。我從來沒有過這樣有派頭的朋友。他一定是認錯人了。他卻一口報出了我的名字。接下來就熱情得要命。他把我往後拉，一直拽到他的大班桌前，幾乎是把我摁在他的大班椅上的。他掏出高級香菸，又是點火又是泡茶。我一邊機警地和他周旋，一邊用力回憶。想不起來。他不像在採石場待過的樣子，皮膚不像。但是他熱情，這就讓我愈來愈不踏實了。採石場的經驗告訴我，沒有來路的熱情比沒有來路的仇恨往往還要麻煩。好幾次我都想問了，卻又問不出口。我只好堆著笑，放慢了動作抽菸，喝茶，等待某一個機會。寒暄完了，他就站起身來，拉著我去了酒吧。

下午的酒吧和小姐們的表情一樣冷漠。小姐們很慵懶地走到我們的面前，問了這男人一兩句，又很慵懶地走了。他把玩著他的打火機，突然就不說話了。他的熱情與興奮一眨眼的工夫就從臉上消失了，換成一臉追憶的模樣。他在追憶的時候臉上掛了誠懇的表情，也許還有些痛苦。後來他十分突兀地伸出了他的手。摁在了我的左手背上。我一陣緊張。悄悄將右手在褲兜裡握成了拳頭。他在我的左手背上拍了幾下，一個人兀自點頭。這時候小姐送上來兩扎啤酒，他端起大酒杯，往我的杯子上碰了一下，仰起脖子就是大一口。「要不是你當初把我從水裡撈上來，我哪裡有今天？」他仰起脖子又是一大口，說，「我早就成爲了紫霞湖的鬼了。」

我想不起來。我能肯定的只有一點，這傢伙是我的初中同學，那一陣子我們經常到東郊去游泳。我們之所以選擇那兒，是因爲那兒常死人。紫霞湖的深水下面有一種神祕的顏色與詭異的力量，那眞是一個誘人的好地方。

「我是馬杆哪！」他終於按捺不住了，這樣大聲叫道。我想我的臉上一定太麻木了，弄得酒吧裡的小姐一起對著我們這邊側目而視。

這小子是馬杆。我記起來了。他原來的長相我可是一點也記不清了，可是眉眼那一把的的確確是那個意思。我笑起來，端起了酒杯，罵了他一句。這小子現在眞是出息了。我又罵了一句，我只會用罵聲來表達我對一個成功者的羨慕。

「你是我的救命恩人。」

我端起酒杯，喝去了一大半杯。我再也沒有想到我還做過這樣了不起的事。眞是不說不知道，一說嚇一跳。我覺得我有點像VCD光盤上的包裝女郎，因爲穿了一雙襪子就不算全裸了。我突然害羞起來，竟有些手足無措了。幸虧我處驚不亂，我伸出杯子碰了碰馬杆的酒杯，說，「多少年了，我都忘了。眞的忘了。——不提這事了。」

「你是我的救——」

「不提這事。」

我們靜靜地坐著，靜靜地喝。馬杆這小子眞是趕上了，口袋裡有了錢，一舉一動就有些呼風喚雨的樣子。他愈是拿我當人，他就愈是有個人樣。遠處的牆面上有一面鏡子，照著馬杆筆挺的背影與我的正面。鏡子眞是個壞東西，它能將當事人一股腦兒送到當事人的視覺空間去。我在鏡子裡的模樣實在是太糟糕了。

「你現在在哪兒混？」

「我？」我拿起馬杆的高級香菸，開始點菸。「——怎麼說呢，」我說，「先從學校出來，後來去了南方，錢是掙了幾個，可又全賠了。」我在鏡子裡面遠遠地看了自己一眼，長長地嘆了一口氣，說：「——嗨。」

我不想在這個問題上糾纏下去，只好先開口，把這個問題岔開去。開口之後我卻發現自己實在無話可說。我的舌頭現在笨得厲害，每一顆牙齒好像全變成了鎖。我只好抽菸，喝酒，笑。我突然想起來了，馬杆這小子只和我們同過一年學，初升二的那一年說不見就不見了。我說：「你後來生病了吧，怎麼就沒有了？」馬杆沒有接我的話茬，抽了一口菸，喝了一口酒，笑了笑。我在等他的回話。這時候他的手機卻響了。馬杆把他的手機拿出來，放在耳邊靜靜地聽，剛聽了幾下馬杆的臉上就恍然大悟了，好像記起了什麼要緊的事，馬杆把手機伸到我的面前，對我說：「不好意思了。你瞧瞧。」馬杆一臉的苦笑，說，「你瞧瞧，——明天，明天我正式請你。明天你無論如何得給我這個面子。」

馬杆在「嘉年華」訂了包間。就我們兩個，馬杆還是爲我訂了一套包間。我知道馬杆的意思，也就不攔他了。馬杆叫了許多菜，七葷八素攤了一桌子。馬杆這小子仗義，剛倒下第一杯酒他就站起來了，叫了我一聲「哥」。馬杆說：「哥，兄弟我敬你這一杯。」馬杆這樣讓我很不自在，我不習慣他這樣。但馬杆的這聲「哥」讓我感動，我渾身都起了雞皮疙瘩。這麼些年了，從來沒人拿我當七斤八兩，從來沒人把我往心裡去過。這份感動眞讓我猝不及防，我的眼淚都汪出來了。馬杆這小子仗義。我眞想找把刀來放點血給我的兄弟看看。但小姐這時候進來了，爲我們換菸缸，我抹了一把臉，說：「我們兄弟在這兒喝，你就別礙眼了。」小姐出去之後我用瓷碗換掉了酒杯，說：「兄弟。」我現在的舌頭實在是笨得厲害。我眞他媽想哭。我們仰起脖子就把碗裡的酒灌到肚子裡去了。

馬杆不能喝。我愈是勸他少喝他愈是不肯。這頓酒我們喝得痛快極了。我們在一起回憶兒時的歡樂時光。我們把能回憶起來的同學全回憶起來了，我們還回憶起許多老師，他們的口頭禪，他們的習慣動作，他們心中最偏愛的女同學。馬杆的記憶眞是好得驚人，當初讀書的時候他就是我們中的狀元，大考小考永遠是第一。他不是在回憶，而是把我帶到了兒時，他把我們同學時代的美好時代全拉回來了，一杯又一杯，一杯又一杯。馬杆後來是喝多了，上第二瓶酒的時候馬杆的舌頭已經不利索了。但是我的兄弟馬杆仗義，他堅持要把第二瓶酒打開來。我捂住他的手，他又把我的手掰開了。他的指頭上有了酒的力氣。馬杆說：「你不知道，兄弟我有話要對你說。」馬杆的舌頭不利索了，但是，不利索的舌頭說出來的才是心裡話。馬杆的眼睛已經直了，他望著我。他的的雙眼布滿了汁液，全是酒。很傷心的光芒在他的眼眶裡四處閃爍。這樣的目光讓我害怕，我不知道這頓酒勾起了馬杆怎樣的傷心往事。我知道他喝多了。但馬杆痛心的樣子令我心碎。我說：「馬杆。」馬杆拉緊我的手，淚水終於溢出眼眶了。馬杆失聲說：「兄弟我對不起你。」我的酒也已經上來了。我不能明白馬杆在我的面前做錯過了什麼。馬杆盯著他面對的酒杯，有一搭沒一搭地自言自語。馬杆說，我一直恨你。馬杆說，自從你救了我的命，這個世上我最怕見到的人就是你。馬杆說，我總覺得在你面前抬不起頭來。馬杆說，你救了我之後，我最怕的就是考試，每一張試卷的最後一道考題我都不敢做，生怕考到你的前面去。馬杆把腦袋伸到我的筷子這邊，輕聲說，——你說我原來的成績是多好，我如何能甘心？馬杆端起自己的酒杯猛地敲在桌面上，酒蹦出來，濺了一桌子。馬杆大聲喊道，可你從來不領我的情！馬杆說，初一的兩個學期剛滿我去求我的媽媽，我再也不能待在那個學校了，我再也不想看見你了。馬杆一把抓住我的手，大聲說：「你說我那時候怎麼那麼不懂事，你說我還是人嗎？」

我不知道我該說什麼。我只能一杯又一杯地往下灌。馬杆這時候扶著桌子站了起來，轉過身去拿起了他的小皮包。他從小皮包裡取出兩沓人民幣，新嶄嶄的兩萬。他把兩沓現金放在桌面上，推到我的面前，說：「你收下。」我說：「馬杆。」馬杆的眼睛已經紅了，說：「你收下。」我說：「馬杆！」馬杆說：「求求你，你收下。」我們就這麼對視，後來馬杆就走到我的身邊來了，說：「你讓我心裡頭好受一點，求求你，你收下，你還要我做什麼？我求你了。」我急忙伸出手，拿起來了。我知道馬杆要幹什麼，我要再不拿起來我就沒臉見我仗義兄弟了。馬杆笑起來，他笑得又傻又醜又仗義。馬杆說：「我看得出，你現在需要。」

馬杆這小子仗義。今生今世交上馬杆這樣的朋友是我的福分。我喝多了，但我不糊塗。能交上馬杆這樣仗義的朋友是我的福分。深夜十點半鐘，我揣著馬杆給我的兩萬塊錢回家。出租車在堂哥家旁邊的路燈底下停下來，我下了車，四五個男人正圍在路燈下面下象棋。我走上去，一人發了一枝香菸，執紅棋的男人抬起頭，我把菸遞到他的面前，說：「抽。」他不解地看了我一眼，說不抽。我說：「抽！」他又瞄了我一眼，站起身接菸。我大聲地對他說：「交這樣的朋友值不值？」他沒有回答我的問題，卻拿眼睛去看別人。我看了看四周，告訴他們每一位，「値啊，」我說，「値！」

3

我們並沒有所謂的過去。所謂過去，其實就是我們怎麼說。生活這東西在骨子裡頭有點像小學生所做的塡空題，以「今天」作爲臨界，不停地用自己的昨天塡補自己的明天，明天有多少，相應地來說，昨天也就有多少。塡對了你就得分，塡錯了你就失分。所以，當「銀色年代」夜總會的老闆問我「過去幹過什麼」時，我用標準的立正姿勢回答了他的提問：

「勞改犯。」

「幾年？」

「九年。」

「爲錢還是爲女人？」

「我動手了。」

「爲什麼動手了？」

「年輕。腦子慢，拳頭快。」

這位謝了頂的老闆留下了我。他十分滿意地掏出了他的香菸，遞給堂哥一根，自己又點了一根。堂哥有些不放心，說話時的口氣就有了試探的性質，堂哥說：「就這麼定了？」謝了頂的老闆歪在了大班椅上，說：「我三弟讀完博士用了十年，他九年，差不多是一個博士了。知識我尊重不起，但人才不能放過。」老闆走上來，撮起指尖拽了拽我的短頭髮，關照說：「別留長，回頭給你添一套制服，臉上綳著點，就是那個意思了。——頭髮再長你也長不過人家藝術家。」

回去的路上我請堂哥涮了一頓四川火鍋。而我現在的心情就是一盆火鍋，七葷八素在我的心情裡頭直轉悠。對堂哥我算是五體投地了。我在老闆面前所說的話沒有一句是我自己的，堂哥說瓢，我就畫葫蘆。堂哥不僅爲我找到了一個拿人換錢的地方，更重要的是，堂哥幫我把脖梗子豎直了。堂哥說得對，待了九年，「不算鍍金，也算是鍍了一層鐵了」，人家老闆是怎麼說的？「差不多是一個博士」呢。蝦有蝦路，魚有魚路，母雞不撒尿，各有各的道。等穿上制服，我得先把「那個意思」找回來。「那個意思」，我懂。

老闆所說的制服看上去更像一套警服，事實上，也許就是一套警服。我的身高一米七八，在採石場扛過九年石頭，這套警服穿在我身上效果是不言而喻的。我完全有理由把自己看成一個警察。堂哥說得對，是福不用躲，是禍躲不脫。福來了你只要站在那兒，它會撅起四隻蹄子拼了老命向你狂奔。這才幾天？我已經由一個囚犯成爲夜總會的看門人了，而看上去更像一個共和國衛士。我在鏡子裡頭凝視著自己，鏡子裡的警察正不怒而威地監視著這個世界。我居然會有這一天。我的天。

但有一點我欺騙了我的老闆，我被警察抓到局子裡頭並不是因爲我腦子慢、拳頭快，是因爲女人。

我並沒有放棄我的狐狸，我的蛇。跟蹤在繼續。惱羞成怒永遠不能成爲放棄的理由，相反，惱羞成怒激勵了我，我爲此而激情四溢。我比過去的任何時候都更加想念我的狐狸，我的蛇。她在我的幻想裡步行，騎自行車，偶爾還回回頭。她籠罩了我。我爲她而焦慮，她讓我魂不守舍。唯一不同的是，我非常害怕被她認出來，幸虧天冷了，我用風衣上的連衣帽裹住了我的腦袋，戴上墨鏡，這種高度藝術化的方法成功地掩蓋了「詞曲作者」的本來面目。我站在鼓樓廣場，仔細地看，耐心地等。

她又一次出現了。她的身影又一次回敎了我的耐心與渴望。這個世界因爲墨鏡而變得古怪，一切都藍悠悠的，而我的狐狸也藍悠悠的，她出現了，我的狐狸像夜行的精靈，在半個月亮的照耀之下款款獨行。事實上，現在是午後，秋日的陽光黃金一般燦爛。既然墨鏡使太陽帶上了月亮的痕跡，我的跟蹤也就越發不可遏止。我喜歡這樣，日常生活因爲一副墨鏡而不再日常，它像神話一樣夢幻，像夢幻一樣迷人。這樣的感受令我眩暈，它是多麼地激動人心！

她沒有向東。她的車輪順著鼓樓廣場的大斜坡向南滑行。我追蹤了很久她都沒有停下來的意思。但是，臨近大華電影院的時候她放慢了車速，緩緩越過了馬路。她存好自行車，一個人走到大華電影院裡去了。這樣也好。這也許正是我所希望的，她看電影，而我可以在某一個角落裡靜靜地看她。每個人都有自己想看的電影，每個人都可以倚仗黑暗而夢想成眞。

我走進電影院的時候電影已經開始了。銀幕上演職人員的名單正在向上滾動。我摘下墨鏡，靜下心來慢慢地找她。我沒有成功。不過這沒有關係。我知道她在我的身邊，這比起站在鼓樓廣場上大海撈針不知要踏實多少倍。我貼著牆，走到第一排去，一排一排地向後找。我總能找到她的。在我走到最後一排的時候，驚心動魄的事情終於發生了。驚心動魄的事情就發生在我的眼前。我看見她了。她斜躺在一個戴眼鏡的男人的懷裡，胸前的衣襟全敞開來了，男人的手插在裡頭，她的上衣十分無恥地呈現出男人手指的蠕動狀況。而她居然閉著眼睛，無比醜陋地用張大的嘴巴呼吸。她怎麼能這樣，她怎麼可以這樣？她可以在大街上讓我無地自容，但是，她不可以對那個男人這樣！只要她不屬於任何一個男人，一切我都可以忍受，可她爲什麼要這樣！我的血一下子就熱了。我傻站在那兒，又急又恨。我明白了什麼叫妒火中燒，這不是比喻，是確確實實的一團火，它們在我的胸中熊熊燃燒。紙包不住火，紙同樣包不住我。我被點燃了。紙成了火。只要我還沒有成爲灰燼，爲了她，我只能燃燒到底。我脫下皮鞋，躡手躡腳地貓到他們身後去，一把勾住了男人的下巴，閉上眼我就用鞋跟給了他一下，又一下。出乎意料的是，我聽到了玻璃的破碎聲。就在我奪路而逃的時候，我聽到了男人的失聲叫喊：「我眼睛看不見啦，我的眼睛看不見啦！」

我是被人從女廁所裡揪出來的。我的右手上還握著皮鞋，鞋跟上黏著血和玻璃屑。電影已經終止了，電影院裡燈火通明。我被人反扭著，拽進了電影院。一個陌生的女人衝到我的面前，用她的女式皮鞋對準我的腦門就是兩下，隨後她就暈倒在地了。我知道我出血了，但是不疼。我感覺不到疼。混亂之中我的鎮定簡直讓我自己都難以置信。我在四處張望。然而血在流，血模糊了我的雙眼。血色的人群正在分流。在血色的人群中我終於發現了我的狐狸，她夾在人縫裡，從容地向安全門走去，一邊走一邊捋耳邊的頭髮。又冷漠，又傲慢。我知道我弄錯人了。我衝著她大叫了一聲。她似乎沒有聽見，她一點都不知道圍繞著她都發生了多麼大的事。她一無所知的樣子讓我心碎，讓我欲哭無淚。我又大叫了一聲，她已經捋著頭髮走出邊門了。血愈流愈多，愈流愈濃，我聽見那個男人還在喊：「我看不見啦！」這個可憐的男人實在是冤，今天碰上我也算他撞上鬼了。我不知道我都做了些什麼，我不知道今天下午都發生了什麼。我也看不見了，除了一股一股的殷紅，我的的確確什麼也看不見了。

我找到飯碗了。我要把我的好消息告訴馬杆。他是我的兄弟，我要讓他爲我高興。應當說我的運氣不錯，老闆在飲料房的內側給我擱了一張床，我告訴老闆，下半夜的保安也歸我了。我替老闆省了一份工錢，他爲我解決了住處，可以說兩全其美。更關鍵的是，我喜歡我的工作，夜總會的每一個夜晚都是這樣瘋狂，音樂在不要命地響，而客人們在不要命地跳，他們的那種樣子總是使我想起剛從牢裡放出來的那一天，就好像明天這個世界就沒有了，就好像再不狂歡這個世界就到了盡頭了，撈到一點是一點，抓住一把是一把。沒有明天。他們就是懂得的人，男男女女全繚繞在一起，男人的襠部痛苦得要命，一挺一挺的，而女人們的臀部則快活得不知所以，跟著男人的節奏一撅一撅的。他們是出了水的黃鱔與泥鰍，用致命的扭動打發最後的日子。他們感染著我。這是末日。末日的慶典必須是身體的狂喜與痛楚。沒有明天。

但我並不著急。我知道，末日其實是有明天的。今天是末日，明天也是，而後天還是。著什麼急呢？我穿著警服，兩隻手背在身後，分腿而立。在夜總會，我是「今天」最體面的旁觀者。我用制服維護著「今天」。

我幹得不錯。當天晚上我就證明給我的老闆看了，他給我的這份工錢是值得的。大約在十二點過後，五號檯與十三號檯終於爭執起來。四男四女對四男五女。我不明白他們爲什麼要這樣，夜總會差不多是天堂了，我不明白爲什麼到了天堂人們還要打架。那麼多的男人到這裡來把一個又一個漂亮的女孩子們帶出去了，他們那樣多好，我看在眼裡都浮想聯翩。午夜時分男人的力氣應該使在女人的身上，絕對不應該是男人的身上瞎折騰。但是他們不。他們擼起了袖子。我走上去，插在他們的中間，摁住了五號檯上的男人，我甚至還堆上了笑，說：「兄弟，我剛從山上下來，捧一碗飯不容易，你高抬貴手放我一馬。」我回過頭來再握住十三號男人的手腕，請求他不要逼我，我可不想再到山上去了。我反覆強調「山上」，這是我得以成功的基本舉措。某些時候，你羞於啓齒的東西往往正是你的價値之所在，威儀之所在，凌厲之所在，力量之所在，一句話，成功之所在。處理完畢，我就回到吧檯那邊去了。挺了挺胸，乾咳了兩聲，把雙手背在身後，分腿而立。我領會到了老闆所說的「那個意思」了。「那個意思」運行在我的周身，氣息通暢，酣暢淋漓。尊嚴是我頭上的短髮，堅硬、有力、筆直。我眞想衝到衛生間去偷著大笑。但我沒有。我綳住了。我多麼希望馬杆就在身邊，此時此地，他望著我，他心目中的「恩人」是多麼偉岸，多麼威嚴，站得像標槍一樣直。

馬杆正在接電話。在我向他走近的時候他甚至不經意地瞄了我一眼。他顯然沒有認出我來，接著談他的生意去了。但馬杆突然側過了腦袋，手持話筒直愣愣地盯著我。他放下電話，站起身，嘴巴保持著最後一個字的口型。我說：「忙呢？」馬杆沒有說話，挪出大班椅來示意我坐。馬杆很客氣，但不如前兩次熱情。我說：「馬杆，我們喝點去。」馬杆後來笑了，說：「你在幹警察？」我沒有回答，把他拉到上一次來過的酒吧。我們還坐在上一次坐過的位子，但是掉了個個。我想讓馬杆在鏡子裡看看我的背影。馬杆是這個世上最拿我當人的人。兄弟拿我當人，我就不能讓他失望。為了馬杆，我也得有一個最體面的樣子。我們靜坐了一會兒，馬杆沒有前兩次熱情。這讓我有點兒說不上來。我給馬杆倒上酒，說：「馬杆，兄弟我騙了你。」我低下腦袋，不想看馬杆的眼睛。我說：「馬杆，兄弟我不是警察，我是夜總會看門的。」我說，「我坐了九年牢，前些日子剛剛放出來。」我說，「兄弟我騙了你。」

我抬起頭，我的兄弟馬杆正用一種很怪異的目光看著我。我一抬頭他那種目光就沒有了，換成了客氣的微笑。老實說，我怕他看不起我。馬杆是這個世上最拿我當人的人，我怕他看不起我。馬杆是有臉面的人，對我這樣好，我眞的不想對他說這些，但馬杆上次對我掏了心窩子，我不對他掏心窩子就不是東西。馬杆拿起酒杯，往我的酒杯上碰了那麼一下，這一碰我心裡的石頭就落了地了。馬杆很豪爽地說：「——嗨，喝。」接下來馬杆就開始談他的生意。我聽不懂他的生意，但我和馬杆除了談生意就只剩下兒時的那些事了。那個話題我這一輩子再也不想說了。我們談了很久，可說話總不如前幾次痛快。分手的時候我有些難過，說不上來。

4

我把兩只封好的信封丟給了堂哥，讓他轉交給我的父母。這兩萬塊錢放在我的身上已經有些日子了。我打算存銀行的。可是銀行門口的那個保安瞄了我好幾眼，弄得我很不踏實。我不明白他為什麼要那樣看我。我在大廳裡閒逛了幾步，到底還是出來了。我猶豫了好幾天，最後還是下了鐵心，我救了馬杆一條命，馬杆肯給我兩萬，我父母給了我一條命，給他們兩萬似乎也是應該的。這樣我至少也就心安理得了。這筆錢抱在手上，總是心裡的一件事。我現在好歹也有個吃飯的地方了，日子還長，掙錢的日子就更長了。堂哥收下了我的信封，把它們丟在了電視機上。他不會問，我也不會說。就算他有天大的膽子他也想不到是兩萬塊錢的。可我弄不懂堂哥為什麼逼著我去看我的父母。這樣的談話讓人不愉快。我想說，賣鹹魚的沒有什麼好貨，即使他們是我的父母。賣鹹魚的人都是有一種十分歹毒的耐心，你可以和天下所有的人作對，但不要得罪賣鹹魚的。他可以把一輩子耗在你的身上。在他們看來，你們都是賣鮮魚的。「我賣鹹魚，你賣鮮魚，看看誰熬得過誰！」我的父母動不動就這樣說，他用這種方式威脅所有的人。在鹹魚面前，職業即性格，職業即命運。他們就是鹹魚，即使死得比冰塊還要硬，他們也會張大他們的嘴巴，瞪圓他們的眼睛，對著每一個路人虎視眈眈。對他們，唯一能做的事情就是離鹹魚的氣味遠一點。想吃鹹魚，你可以在買鮮魚的時候順帶一把鹽。

但是堂哥堅持。他把我帶給堂嫂與姪子的禮物如數碼在我的面前，對我說：「你不想要老子，堂哥你還要不要？」我把禮物往外推了一把，十分含糊地說：「知道了。」

夜總會的生意要到九點半鐘之後才能好起來。閒著無聊，我就幫著收收門票。那些做生意的小姐們是不用買票的，她們是夜總會的財神奶奶。我們對她們以禮相待。不過今天我沒有站到門口去，我的心情相當不好。我的腦子裡洋溢著揮之不去的鹹魚氣味，它讓我沮喪。我一個人站在羅馬柱的旁邊，格外留意起小三子來了。

我承認我特別在意小三子。我們並沒有說過話。我在採石場發過誓，不允許自己再在女孩子的面前犯賤。不過誓言總是可疑的，我們發誓是因爲我們做不到。誓言歷來就是違背自身意願的可恥衝動。我不想和小三子黏糊並不是因爲誓言，而是我自慚形穢。我擔心在小三子的面前丟人現眼。小三子的個頭很矮，但是模樣好。最關鍵的是，我覺得她的名字好。這個名字與她的模樣高度吻合，叫在嘴裡像家裡的妹妹。

平安無事的時候我喜歡一個人待在某個暗處，這樣，我就可以靜悄悄地打量小三子了。她時常是第一批被男人帶走的小姐，有時候就不回來了，而更多的時候她會在十一點過後默默無聲地返回這兒，直到第二撥男人再把她叫出去。小三子這樣地努力工作讓我有點難受，那些男人絕大部分實在是太醜了，他們就是運來一火車的現金也不配和小三子上床的。小三子是很美的姑娘，即使矮了點，她還是出類拔萃。我每天站在那裡收門票，其實只是一個藉口。我總想看看她。我喜歡看她邁著懶散的步伐走過我的身邊，她的目光是那樣的冷漠，只有見到陌生姐妹的時候她才會懶懶地一笑。她笑得眞是短暫，剛笑了二分之一，就沒了，但笑起來的時候下唇的兩側會窩出兩個對稱的小酒窩，你弄不懂她的小酒窩裡到底甜蜜還是傷懷。她的甜蜜你無法分享，而你又不能排遣她的憂傷。一切都那麼惘然。

小三子來過了，小三子又走了。今天晚上我特別想找個人說說話，最好是小三子。但是小三子她走了。我站在羅馬柱的旁邊，悵然若失。

命運注定了今夜不得安寧。我站在羅馬柱旁邊的旁邊，無精打采，也許還有些心懷鬼胎。而大龍頭已經坐在我們夜總會了。只不過他沒有注意我，我也沒有注意他。夜總會本來就是一個誰也不會注意誰的地方。後來大龍頭站起身來了，帶著一個小姐，正準備離開。在他路過羅馬柱的時候，我們目光不期而然地撞上了。我認爲這一定是某種神祕力量的暗示與安排，所謂離地三尺有神靈。一束紅光正照在他的後背，他的肩部被照得方方正正的，像扛著兩道肩章的將軍。我們的目光剛一碰上我們就彼此認出對方來了，大龍頭站在對面，歪著嘴，笑得又壞又帥。這傢伙過去這樣，動不動就把又壞又帥的笑容歪在嘴邊。看到大龍頭我實在是高興，我都忘了我穿著制服了，開心得兩隻手直搓。在大龍頭的面前我是不能擺譜的。

大龍頭沒有立即和我寒暄，他先把身邊的小姐打發走了。他又開他的大手，在小姐的屁股上拍了兩下，拍最後一把的時候他的粗大中指嵌在小姐的屁股溝裡，順著臀部的動人弧線從下往上摳。隨後往外送了送下巴，小姐就很知趣地走開了。

「什麼時候出來的？」大龍頭過臉來問。

「剛剛。」

大龍頭的臉上馬馬虎虎的，說：「這是哪兒對哪兒。」

我回過頭去看了一眼吧檯，說：「我請你喝點什麼。」大龍頭把雙手插進褲兜，說：「不在這兒喝。」大龍頭說完這句話便用下巴示意門外，對我說，「我們車裡說說話。」我說：「我值班呢。」大龍頭扛著肩膀笑了笑。「這是哪兒對哪兒。」大龍頭說完這句話徑自往門外走。我回頭看了一眼，卻看見剛才的小姐正冷冰冰地倚在吧檯邊，一個男人走到她的身邊，對她耳語了一些什麼，小姐在轉燈底下瞥了一眼大龍頭的背影，紫紅色的嘴唇動了幾下，那個男人就很失望地走開了。這個短暫的過程在夜總會的煙霧之中尤其顯得山高水深。我跟出去，大龍頭已經在黑色奔馳車裡點香菸了，他點菸的時候下巴翹在那兒，被駕駛室裡的燈光照亮了。偉人的臉上全有一個偉大的下巴。

我鑽進汽車，在大龍頭的身邊坐下來。大龍頭關照我把汽車的大門重關一遍。我做完了，大龍頭就示意我自己拿菸，他的玉溪牌香菸口味純正，而他的防風打火機吐著噴氣式火苗，像騰空而去的運載火箭。只要和大龍頭待在一起，你的內心就會湧起很高級的感受。

但是我覺得我們不是在奔馳牌汽車裡面。汽車把我們和這個世界隔開來了，有一剎那我都產生了錯覺，我們又回到採石場去了。我們在月光下面，蹲在宿舍的角落偷著吸菸。大龍頭長我十多歲，但大龍頭特別看得起我，他經常在夜深人靜的時候遞給我一枝高級香菸。當然，只要他需要，我的兩只拳頭有時候也歸他用。

採石場有採石場的規矩，一般來說，我們之間是等級森嚴的。年限長的地位高一些，年限短的就差。當官的，撈錢的，他們是貴族，他們到了哪裡都是貴族。而拳頭上生風的則是警察。最受氣的要數小偷小摸的鼠輩，那些游手好閒、好吃懶做的無賴，那些硬把自己的雞巴與舌頭往女人身上亂塞的傢伙，那些討女學生便宜的人民教師，那些賭棍。——這些人最多。多數人所構成的群體只能叫大衆，他們必須受到控制，否則要他們做什麼？否則要貴族與警察做什麼？但是，這只是一般的情況。事實上，有些人天生就下領袖，哪怕是做了叫花子，也得弄幾個乞丐在手裡使喚，他們走到哪裡都要帶著他們至高無上的下巴，比方說大龍頭。馬杆是個騙子，這樣的人做我們的領袖我們從心眼裡表示愛戴。

我喜歡和騙子打交道。對騙子我歷來就崇拜有加。他們的身上籠罩著一種神祕的、智慧的光芒，至少說，我用想像替他們罩上了一種神祕的、智慧的光芒。還有一點也是至關重要的，在騙子面前，我不擔心失去什麼。除了白天的太陽與夜晚的月亮，我一無所有。我不擔心有誰把我的太陽騙到他們家冰箱裡去。

大龍頭沒讓我下車，他直接把汽車開到桑拿房去了。他堅持要讓我「快活快活」。離開夜總會的時候我感覺到大龍頭的汽車不是一輛車，而是一條船，要想離開你只有往水裡跳。我說：「還是讓我回去吧，我端上一只飯碗不容易。」大龍頭把臉上的微笑歪到我這邊，自語說：「這是哪兒對哪兒。」

大龍頭眞是個騙子。進了桑拿房我才明白過來，他是個了不起的騙子。他是偉人。他毫不費勁就把這個世界全騙了。

大龍頭赤裸著身子躺在長木凳子上，蒸汽籠罩著我們。燈泡的橘黃色光芒照耀著本色木板，而蒸汽也變成橘黃色的了。大龍頭的嘴裡不停地發出一些聲音，那些聲音特別地滿足，特別地心安理得。大約十來分鐘的樣子，大龍頭轉過了身子，趴在那兒，含含糊糊地說，他的後背有些癢，讓我替他抓抓。他說話的時候下巴擱在木板上，腦袋一抬一抬的，像無緣無故的勃起。我走到他的面前，還沒伸出手我就明白他讓我「抓抓」的意思了。我看到了他後背上的長疤，在右肩的肩胛骨旁邊，凹進去一塊，差不多能放進去一根指頭。那個凹進去的長疤放出光滑卻又刺眼的橘色光芒。一看到這個長疤我心口就咯噔了一下，慌忙說：「這可是你自己讓我幹的，是你逼著我幹的！」大龍頭撐了兩隻胳膊，坐起來，慢聲慢氣地說：「你以爲我怪你了？」大龍頭歪著嘴巴笑了笑，斜仰著頭看了看我，「我沒有怪你。」大龍頭說完這句話就開始用目光從上到下打量我，他的目光最後停留在我的襠部，凝視著我。他的目光讓我體會到襠部的脆弱。他看著我的東西，我看著他的禿頂。他要敢對我的東西下毒手，我就砸爛他的天靈蓋。但大龍頭站起來了，拍著我的肩膀說：「你幫著我少坐了六年牢。」大龍頭重新看著我的眼睛，「我怎麼會怪你。」

大龍頭說完這句話之後又一次躺下去了。我也躺下來，但我不敢像大龍頭那樣，我是側躺著的。萬一有什麼風吹草動，我可以立即站起來。可我的注意力無法集中，我的注意力像桑拿房裡的蒸汽，散開了，游動了。我想起了一九九五年的那個冬夜。那是一個雪夜。那個雪夜的白光現在正閃耀在我的面前。

大約是深夜兩點，大龍頭突然把我推醒了。我正在做夢，和一個不認識的女孩子在電影院裡溫存。我老是做這樣的夢，這樣的夢總以內褲裡的一場糊塗收場，像上帝潑過來的一盆冷水，無一例外。我驚醒了，但我的下身還沒有醒，它在奔騰。一股暖流極有節奏地傳遞了我的下身。大龍頭對著我的腦袋耳語了一句什麼，我沒有聽明白。大龍頭卻把一樣東西遞到了我手上。很硬，很暖和。他一定把這個東西握在手裡握了半夜了。我拿到眼皮底下，是一把雪亮的小鋼刀。我驚了一下，抬起頭，木門的縫隙裡一片白亮。我知道下雪了，而鐵窗上的鐵欄杆也格外地醒目，它們橫平豎直，堅硬而又冰冷地分割了夜空裡的寒光。大龍頭面色嚴峻地看著我，隨後開始脫衣服。脫光了之後他就把後背對準了我。我不知道要幹什麼，愣在那兒。大龍頭猛地回過身來，把手伸到我的襯衣裡頭，在我的背脊上比劃了一個部位，壓低了聲音厲聲說：「割一刀，割深一點！」我幾乎濛了，手持鋼刀不知所措。大龍頭一把從我的手上奪過小刀，把它頂在我的脖子上，咬著牙說：「割，割深一點！」我只能照辦。我把小鋼刀的尖刀刺進大龍頭的肉裡，他的身體一下收緊了，我知道，他的嘴巴一定張開了，張到了極限。我看見一口又一口的熱氣從他的嘴裡哈了出來。但是，有息無聲。大龍頭輕聲說：「往下拉，用勁，拉一寸長。」我只好發力。我不知道拉了有多長，由於發力過猛，那個口子比他要求的可能要長得多。血出來了。我看見大龍頭的血液黑糊糊地往下衝。大龍頭背著手，把一個指甲大小的紙球塞到了我的手上，說：「塞進去。塞到傷口裡去。」我就塞進去。塞完了，大龍頭又一次把手遞了過來。是一只小瓶子。他命令我：「倒上去。」我倒出了一瓶子粉末。一股極濃的藥味彌漫在大雪之夜。

「有數。」大龍頭最後關照我說。

「有數。」我說。我當然有數，我絕對不會給他說出去的。

大龍頭挪到他的床邊，躺下來，他的嘴巴像火車那樣呼出一口長長的白氣。我鑽進被窩。鑽進被窩之後我產生了大夢初醒的感覺。我把手伸到襠裡。那裡冰涼。我的手上黏黏的。那是大龍頭的血，我的精液。

大龍頭在第二天照樣和我們一起出工了。臉上一直在微笑。他的微笑越發山高水深了。我不停地偷看他。他的臉上看不出任何痕跡。甚至沒有痛。但是大龍頭不住地咳嗽。好幾次他都把腰弓下去了。我覺得他應當忍住，他的後背經不起那樣咳嗽的。當天晚上大龍頭終於不行了。他開始發燒。他的前額燙得像我們的龜頭。天一亮大龍頭就被抬走了，再也沒有回來。

「你怎麼就沒有了？我還以爲你死了。」我擦了擦臉上的汗說。

「我怎麼能死？」大龍頭腹部的肥肉一同笑起來。他的雞巴軟塌塌的，一副垂頭喪氣的模樣，像一節空心的腸子。大龍頭閉著眼說：「我保外就醫去了。」

「你得了什麼病？」

「我得了什麼病？」大龍頭懶懶地睜開眼睛，再把眼珠懶懶地移向我，歪嘴巴又笑了，說，「這要看你想得什麼病。」大龍頭慢騰騰地說，「我的肺裡有結核，再不走要傳染你們的。你想想，X光把我肺部上的香菸錫箔合照出來了，那是多大的一塊陰影。這是科學。」大龍頭站起身，開始往外走。大龍頭自言自語都嘟噥說：「不相信醫生可是不行的，不相信科學那怎麼可以？」大龍頭說，「醫學儀器可不是我大龍頭，人家是不騙人的。——你看見儀器坐牢沒有？沒有。科學我們還是應該相信的。」

這傢伙把我也騙了，這傢伙把這個世界全騙了。他是偉人。不服不行。「你瞧瞧，我現在全有了，——採石場有什麼待頭？」大龍頭光著身子向我豎起了一根指頭，說：「今天是個好日子，千年的光陰不能等。」這是一句歌詞，我在夜總會裡聽一個丫頭唱過，下一句我記不起來了，但大龍頭記得。大龍頭幾乎是唱著說下面那一句的，「明天又是好日子，逢上了盛世咱享太平。」

回到包間之後大龍頭點上一根菸。大龍頭的目光經過桑拿變得迷濛起來了，像酒後。他用迷濛的眼光望著我，突然欠起身子拍了拍我的膝蓋。大龍頭大聲說：「你幫過，我得謝你。」

「謝什麼。」我很客氣地說。

「今晚我請你嫖。」

大龍頭說完這句話就打起了響指。兩下。而兩個姑娘就走進來了。我慌忙用浴巾蓋住下身，脫口說：「幹什麼？你們幹什麼？」大龍頭的那一聲大笑就在這個時候發出來了。兩個姑娘也笑，其中一個說：「捂在那兒做什麼？那裡又不是銀行。」這話一出口大龍頭又笑，軟塌塌的雞巴都被他笑得縮回去了。我說：「這不行，我不習慣這樣。」

「都這樣，」大龍頭笑停當了，說，「開始都這樣。」

大龍頭讓兩個姑娘先「歇會兒」，他把手放在我的肩上，開始了他的語重心長。他批評我「九年的大學算是白上了」，後來就反問我，「你還有什麼好顧忌的？」「你還能失去什麼？」最後大龍頭在我的身上拍了兩下，說，「不能虧自己，千萬不能虧自己。」

我說：「我沒虧我自己。」

大龍頭指了指我的身體，嚴肅地說：「我是說你不要虧了這一百六十斤。」我坐在那兒，不動。我突然想起一個人。我想起了小三子。我有些蠢蠢欲動。沒有什麼比蠢蠢欲動更讓人躍躍欲試了。我笑笑，說：「我不喜歡這兩個姑娘。」

大龍頭有些恍然大悟的樣子，說：「早說嘛，你挑。隨便挑。」

5

小三子不在。今天晚上她沒有回來。沒有人知道小三子現在在哪兒。大龍頭給了我很大的面子，他在我們的夜總會坐到了深夜兩點。我注意到他臉上的古怪表情，他似乎一直在微笑。他是偉人，是偉人就必須用一種親切的方式面對這個世界。但他的表情讓我難受。難受在哪兒，我說不清楚。只不過難受是具體的，它像某種器官一樣長在我的身上，一會兒氣鼓鼓的，一會兒軟塌塌的。後來大龍頭終於走了，他在臨走之前給我留了一句話，他說他明天來。我知道這句話的意思，我聽了眞想哭。我爲大龍頭感動，我當然也爲小三子傷心。當然，小三子並沒有做錯什麼，她只是做她的本職工作去了，這就更讓我傷心了。我又一次體會到九年前的那種感覺了，那時候我用皮鞋砸了別人的腦門。我現在唯一想砸的只是自己。直至今夜我才算明白，我是多麼渴望著和小三子上床。我想扒光她，摟著她，進入她，讓她的身體成爲我的狂歡隧道。

凌晨四點，夜總會徹底安靜了。只剩下我一個。絢爛還給了漆黑，擁擠還給了空蕩，而喧鬧也還給了萬籟俱寂。我在喝。我甚至都看不見我的酒瓶，我的手。漆黑與空蕩的闃寂把我放大了，此時此刻，我和漆黑一樣空蕩，我和空蕩一樣闃寂，我和闃寂一樣伸手不見五指。我又回到了監獄，它不是九年的有期徒刑，它遙遙無期，萬劫不復。

酒在安慰我。酒在說服我。我不知道我喝了多少。我一邊喝，一邊尿，我把瓶子裡的啤酒灌進了肚子，又把肚子裡的尿裝進了酒瓶。我記得我流了一回眼淚，我不知道我爲什麼傷悲。後來我摸到小三子常站的地方去了，我企圖嗅到她的氣味。然而我沒有成功。我只知道我手上的酒瓶倒了，啤酒在往外沖，那種有節奏的外洩像我的夢，像我夢中不可遏止的律動，那種身不由己的噴湧，——那種落不到實處的噴湧，那種絕望的噴湧。

是堂哥的電話把我叫醒的，醒來的時候已經是第二天下午的一點四十分了。堂哥沒有繞彎子，一上來就問我「去了沒有」。我不知道什麼「去了沒有」，堂哥在電話裡就不說話了，我從電話裡頭看到了他的嚴峻面孔。我想起來了，他一定是在催我去看我的父母。我的頭疼得厲害，我說：「明天吧。」堂哥說：「你有多少個明天？」我不知道我有多少個明天，只有坐牢才用倒計時的。

天開始熱了。開始變熱的午後我有些心煩意亂。在這樣的時候我特別想念我的兄弟馬杆。我決定去找馬杆。我就想在我的兄弟面前好好坐一坐，抽幾根菸，說說話。但是馬杆今天不在，店裡的人告訴我，「總經理」到上海辦事去了。我沒有料到會撲空。回到大街之後我不知道自己該往哪裡去，該做些什麼。我站在梧桐樹的下面，太陽把梧桐樹的巨大陰影平鋪在路面上，它們以一種不期而然的怪狀點染了路面，彷彿路面上爬滿了結核菌。道路四通八達，汽車來來往往，而汽車的喇叭就更像城市的咳嗽了。我傻站在路邊，不知道想往哪裡去。南京這麼大，其實並沒有我的去處，我被自由監禁在路上。沒有去處的自由更像一座監獄，遙遙無期。我多麼羨慕大街上那些匆匆忙忙的人們，我就想弄明白他們在忙些什麼，他們在穿越馬路的時候每個人的身後都拽了一個黑黑的身影，還是很了不起的。我崇拜他們。——我就想知道生活到底在哪裡，南京又到底在哪裡。

我只好坐下來，向一個賣冰棍的老太太要了一根冰棍，慢慢地啃，慢慢地吮。我一連吃了幾十根。我並不渴，我只是渴望冰的感覺。不是我在咬冰，是冰在咬我。我的胃差不多全被冰棍塞滿了，我能感受得到腹部冰冷冷的一大塊，那是胃的形狀，那是夏季裡的冬天。我一直吃到吃不下爲止，也就是說，我一直吃到冰塊把我的體溫咬乾淨爲止。後來我扶著老太太的冰櫃站起來了，付了帳，這時候我實際上已經是一根冰棍了。我腆著肚子往前走，涼颼颼地漫步在大街上。我知道，此時此刻，我是一個行屍，以走肉這種無與倫比的方式款款而行。我甚至微笑起來了。我的身上冒著熱氣，我是多麼希望那種涼颼颼的感覺能永久地保持下去。但是沒有。半個小時之後我重新開始出汗了。愈出愈湧，大汗淋漓，大汗如注。我知道我融化。融化帶來了這樣一個惡果：我不是沒有了，我又成了我。

小三子晚上又沒有來。關於小三子，我的想像力已經生了病。只要小三子沒有在夜總會出現，我的想像力就開始發瘋。我會一遍又一遍地想像小三子工作時的模樣。但我沒有和女人上過床，我只做過這樣的夢，在夢中，我一碰著女人事情其實就已經結束了。我的想像力因爲無法深入而變得格外瘋狂，像關在籠子裡的猴。

小三子沒來上班，大龍頭卻來了。他來了我非常高興。但大龍頭直接走到我的面前，看上去是想拖我出去。我只好攔在前面。我說：「今晚我可不能跟你出去了，今晚絕對不能夠。」大龍頭在我的屁股上拍了一下，又一下。看來他是鐵了心了。我站在那兒，不動。大龍頭說：「到我的車上坐一會兒嘛。」他的話說得很平和，讓你不好拒絕。我只好跟著他上車。車燈沒有開，裡面黑咕隆咚的。我卻聞到了一股很濃的脂粉味，也許還有香水。我回過頭，後座上坐著兩個女人。我看不清她們的面目，因爲後窗正對著馬路對面的霓虹燈。她們的面龐被絢爛的色彩弄成了剪影。可我一眼就認出了小三子。我認得她的髮型，她的獨一無二的面部輪廓。我的胸口突然開始狂跳，撲通撲通的，都快把汽車弄成音箱了。幸虧大龍頭把汽車發動起來了。大龍頭十分沉穩地扳著方向盤，汽車拐了個彎，一直向東去。先是新街口，後是逸仙橋，爾後就是中山門。汽車駛過中山門之後我就像在做夢了。東郊安靜極了，公路兩側的梧桐樹把道路弄成了隧道，我的夢在黑暗之中向地球最隱密的地方飛馳而去。那裡有大龍頭的別墅，有我們的狂歡之夜。

大龍頭把我們帶進了他的別墅。大龍頭十分緩慢地開燈，倒酒，往音響裡頭放碟片。大龍頭在任何時候都能弄出一副一家之長的派頭來。大龍頭讓小三子到我的身邊，隨後拍了拍自己的大腿，那個小姐就很知趣地坐到他的大腿上去了。我們喝了一些酒，大龍頭似乎想起了什麼，對腿上的小姐說：「唱首歌，你來唱。」大龍頭在碟片架上揀了一會兒，放出來的卻是「小芳」。音樂響起來的時候大龍頭的臉上就開始浮上很詭異的微笑了，這位插過隊的老知青從電視機上取下一張名片，反過來遞到小姐的手上，關照說：「你按這個唱。」大龍頭安頓好了，剛回到沙發，小姐的歌聲也就響起來了：

村裡有個小伙叫小剛，
長得瀟灑又強壯，
一對威武的大睾丸，
雞巴粗又長。
謝謝你給我的愛，
今生今世我不忘懷，
謝謝你給我的溫柔，
你是我的好枕頭。

我忍不住，仰起頭傻笑，小三子卻沒有動靜，一副耳熟能詳的樣子。大龍頭把兩隻胳膊伸得很長，在離身子很遠的地方極文雅地鼓掌。大龍頭斜望著屏幕，下巴卻掉了過來，對我說：「我寫的。——別以爲我光會騙人，我還是個詩人。」

大龍頭又說笑了一回。笑完了，大龍頭在小三子的耳邊耳語了一些什麼，隨後讓兩個小姐上樓。大龍頭目送著她們，挪到我的身邊來，嘆了一口氣說：「兩個多漂亮的身體。」大龍頭說完這句話就開始沉默了，大龍頭摟住我的肩膀，突然反問我：「你說說，我們插隊那會兒這樣漂亮的身體屬於誰？」我不知道，不知道就閉嘴。還是大龍頭自己拖聲拖氣地回答了：「屬於書記他外甥。屬於局長他兒子。——現在呢？」大龍頭說，「歸我們了。這就是市場經濟的好。只要付了錢，就歸我們。她們不再是書記局長的下屬或家屬，她們也能爲我們叉開大腿。市場經濟是什麼？就是大腿一叉開來就能上市。只要你有錢。」大龍頭像政治教員那樣豎起了一根指頭，盯住我，一字一頓地說：「在金錢面前，每個人的高潮是平等的。」大龍頭用他的手指揮了揮我的前胸，歪著嘴笑了，「小子，你這麼年輕就趕上了。」大龍頭嘆了一口氣，強調說，「眞正好時候。全讓你小子趕上了。」

落地玻璃上點上了幾滴雨點，外面下雨了。大龍頭說：「好雨知時節，春夜乃發生，隨錢潛入夜，潤物還呻吟。」大龍頭說得不錯，他眞是個詩人。大龍頭重重地拍了兩聲巴掌，一個小姐就從樓梯上慢慢下來了。也就是說，樓上只留了小三子。大龍頭對我說：「還愣在這兒幹什麼？」大龍頭的下巴指向了樓梯，「這會兒我可不要你陪我。」

我上了樓，推開門，小三子已經端坐在床的正中央了。她裹了一條羊毛毯，下巴以下都裹得嚴嚴實實的。兩隻鞋放在床邊，緊挨在一起，對得整整齊齊。衣服也疊好了，擺在床頭櫃上。上衣上面是裙子，裙子上面是短褲，短褲上面是胸罩，胸罩上面是襪子。她的眼睛在眨巴，楚楚動人。但我看得出。小三子似乎有些怕我，她的眼裡有一樣東西亮晶晶地閃了一下。意外的情況就是在這時候出現的，我突然顫抖起來了。我不知道爲什麼，我的雙手顫抖得厲害，我想忍住，但是忍不住。我實在弄不懂我爲什麼會這樣。老實說，起初我並沒有把這種顫抖看得多嚴重。但我錯了。我的顫抖很快在我的身上傳播開來，先是上半身，後來是雙腿。我的抖動幅度如此之大，把我的骨骼架構與牙齒的對稱關係都暴露出來了。我的模樣一定嚇壞小三子了，因爲我自己把自己都已經嚇壞了。小三子打量著我，側著腦袋仔仔細細打量著我，眼裡忽閃忽閃的東西突然沒有了。她一定知道我是個新手了。小三子眞是一個好姑娘，她走下來，摟住了我的腰。她把臉龐貼在我的胸脯上，用她的舌尖輕聲說：「帶著我一起抖，好不好？」

這丫頭是一隻青蛙，舌尖一點就把我捲進去了，這丫頭還是電，她讓我騰雲駕霧。我擁住了我的小三子，她在我懷裡赤條條地直篩糠。我不能肯定到底是她在抖還是我在抖。我用足了力氣都沒能讓她停止下來。我們就那樣抱著，直到我一點力氣都沒有爲止。大約過了十分鐘，小三子抬起臉來了，她的眼睛含煙帶雨起來，交替著打量我的雙眼。她對著我的耳朵小聲說：「怎麼不抖了？我們再抖一會兒吧，我已經好長時間不這樣了。」我知道小三子不是在挖苦我。可我還是很慚愧，可以說羞愧難當。我對這個晚上非常地失望，小三子一定把我看穿了，我沒有見過世面，我是一個裝腔作勢的傢伙，我還是一個色厲內荏的傢伙。一句話，在女人面前，我是個空心蘿蔔。舌頭會說謊，但捉對廝打的牙齒不會。對這個晚上我失望透了。

不過小三子眞的很好，她免去了我許多尷尬，她是一個給顧客以滿足感與自信心的女人。她在這個晚上做起了我的老師。可我急，我就想盡快完成想像中的一擊，立地成仙，一步到位。小三子不讓。可我弄不懂小三子爲什麼不讓我吻她的唇，我圍著她的下巴轉了大半個圈，她讓了大半個圈，後來我躁起來了，握著她的兩隻手腕把她摁在了牆上。小三子側過臉，冷冷地說：「不要碰那兒。別的隨你。」我不知道小三子爲什麼特別在乎那兒，好在她的身上還有別的，我向「別的」發起了攻擊，大碗酒，大塊肉。小三子熱烈地響應我，我關上燈，小三子卻打開了。我再一次關上，小三子再一次打開。我拚命地忍住自己，和小三子爭奪著牆上的開關。在我忍無可忍的節骨眼上小三子卻把自己敞開了，她無比精妙地引導著我，手把手，肺貼肺。她是大師。我的攻擊由上而下，而外而內，由表象而本質，由呻吟而呼喊，由生而死，由死而生。我們在重複，一次又一次，一遍又一遍。這是我們的快樂大聯歡，狂歡總動員。我的身體像一枝管狀的焰火，絢爛的顏色有節奏地衝向夜空，炸開來，繽紛奪目，那些細碎的色彩在燃燒，拖著小尾巴，曇花一現，稍縱即逝。它們是衝出身體的精子，自由的精子，縱情狂歡的精子，它們的生命等同於狂歡的時間。我知道小三子屬於天下所有的男人，可此時此刻，她終於屬於我了。私有制好哇，私有制好。我們沒有明天，沒有以後，只有這一次與下一次。我們大口大口地換氣，挖空了對方，直至我們的身體像一攤麵。

東郊眞是安靜，這樣的安靜直往人心裡去。小三子臥在我的胸前，很無聊地用食指在我胸脯上畫著什麼。小三子說：「第一次吧？」我眨了幾下眼睛，說：「第一次。」小三子問完這句話之後就再也不開口了。我們靜靜地對視了好大一會兒，我俯下身去又想吻她的唇。小三子用一根指頭止住了，把下巴側到了一邊。小三子突然說：「你不該做這種事的。」我說：「我爲什麼不該？」小三子又靜了好半天，望著我說：「你沒這個命。」小三子毫無內容地笑起來，說：「人和人不一樣。你不是那個命。」我說：「爲什麼？」小三子再也不說話了，她在臨睡之前自言自語地說：「你還是不該做這種事的。」

小三子在後半夜睡著了。我們面對面。我沒有思量小三子對我說過話，只是安靜地凝視著我的小三子。小三子均勻的鼻息吹拂著我的面龐。小三子氣息如蘭。我撫摩著她的背，這是一種享受的疲憊，這還是一種疲憊的享受。大龍頭說得不錯，這樣美好的身體過去只屬於書記的外甥或局長的兒子，而現在，她畢竟歸我了。大龍頭爲我付了帳，連我這樣的人都可以和小三子上床了。我感謝生活。堂哥說得對，現在是一九九九年了，直到現在我才體會到了這句話的眞實意義。生活的全部意義全在時間的段落裡面。

夜裡的一場雨眞大，我沒有聽見。我把所有的注意力全放到小三子的身上去了，我一點都沒有聽見。我走上陽臺，把懶腰一直伸到極限。雨後的世界眞美，大雨使地面潮溼，使石頭爽潔，使空氣甘冽，使天空澄明，使樹葉青翠，使我的身體復歸於寧靜。我站在陽臺上，拚命地吸雨後的空氣。雨後的空氣滋陰補陽。生活好。活著好。潮溼好。身體好。女人好。爽潔好。和女人性交好。高潮好。澄明好。健康好。青翠好。自由好。寧靜好。南京好。生活好。有錢就更好。

6

小三子的話眞像是一句咒語，我的確是不該做那種事的。當天晚上夜總會的老闆就把我叫過去了，正式通知我走人。我不能怪老闆什麼。才這麼幾天，我已經曠了兩個工了。我不能怪老闆什麼。我只能說，生活是個恆數，不會多你的，也不會少你的。今天多出來了，明天就會討回去。我要是老闆我也會這樣。可我畢竟和小三子睡了，這是我的一樁心願。得到一個，失去一個，一比一。不能說誰虧了誰。

我沒有從老闆的辦公室裡直接走人，我拐進了酒吧。我想坐下來好好看一看我的小三子。作爲一個剛剛經歷過初次的男人，我明白了一個最基本的常識，性是一個很古怪的東西，它是特例。它一旦成爲心願，你就永遠失去了「了卻」的機會。「了卻」不是終結，恰恰是萬物長征走完的第一步，掉過頭去它就成了「還要」。就像高處的水，只要有一點缺口，你就捂不住了。你不能怪水沒骨頭，是水它就得往低處流。你和誰睡過了你的心裡就會放著誰，惦記著誰，牽掛著誰，至少我是這樣，我挑了一張空桌子，坐下來，要了一扎冰啤。今晚夜總會的生意不太好，小姐們貼牆而立，她們的目光是那樣的空洞，懶洋洋的，手裡握著BP機，一副既期盼又拒絕的樣子。小三子站在她們的中間，與我對視了好幾次，每一次都是我把目光讓開了。這樣的對視讓我傷慟。我沒有勇氣走上去。我不知道她肯不肯，我不知道她會給我開什麼樣的價，我不知道我能不能出得起，我不知道該把她帶到哪裡去，——這種事反正是不能在大街上的。這些問題擺在我的面前，像小三子的目光一樣讓我無力。我束手無策。無法兌現的衝動像海裡的浪，企圖爬上海岸，卻又弓著身子自己退回來了。這是怎樣地不甘？怎樣地力不從心？我只能化力量爲悲痛，望著她，用凝視這種最無奈的方式緬懷她。近在咫尺的緬懷讓我焦慮不已。我多想成爲她掌心裡的BP機，在她潮溼的掌心裡顫動，一陣一陣的。我渴望她潮溼的手掌，潮溼的乳房，還有潮溼的氣味。小三子的BP機一定顫動過好幾回了，她不停地低下頭來，看呼機上的顯示屏。大約在十點鐘，一個高個子的男人終於走到小三子的面前去了，小三子似乎和他說了一些什麼，後來就傷心地微笑了，依在他的胸前跟他走了出去。這一切都在我的眼前，我無能爲力。但是小三子的腳步一定扯到了我胸口的某一個痛處，她往外走一步我的胸口就拽一次。小三子走到門口的時候停下了腳步。回過了頭來。我看不見她的眼睛，我不知道她的眼睛究竟在張望什麼。後來小三子的身影徹底沒有了。她怎麼能這樣？你說說她怎麼能這樣？我快瘋了，仰起脖子就把一扎冰啤全灌下了肚子。

我也該走了。這裡不屬於我了。沒想到會有人把電話打到夜總會來找我。這是一部老式電話機，我拿起話筒的時候感覺有些怪，就好像我還是夜總會的人似的。我把耳機貼在右耳，沒好氣地說：「誰呀？」耳機裡突然就是一陣怒吼：「——哪裡來的？」我聽出來了，是堂哥。他的電話總是一驚一乍的。我不知道什麼事情讓他如此盛怒。我把話筒拉開一些，儘管如此，耳機裡的聲音還是噴了我一臉的唾沫星。「我下午到你家去了，兩萬塊錢是哪裡來的？」幸虧堂哥的嗓門這麼大，否則，夜總會的音響跟打雷似的，我還眞的聽不見。我握著話筒，明白電話裡的意思了。我的胸口湧上來一陣極難受的滋味，我扯起喉嚨，高聲喊道：「我坐過九年牢，可錢沒坐過！——他們不要就還給我！」堂哥的聲音又大了一倍，堂哥在電話裡命令我：「你等著我，你當著你堂哥的面給我說清楚！」堂哥掛上了電話。我的兩隻耳朵充滿了音箱裡的低音鼓槌聲。我擱下老式話筒，話筒像男人趴著的身體，而支架則成了一個狂放的女人，一側是張開的雙臂，一側是叉開的雙腿。

我該走了。這裡不屬於我了。

我唯一可去的地方只有馬杆那兒。我怕見馬杆。眼下這種樣子我非常怕見馬杆。但是我想見他，他是我唯一的去處。我有太多的話想對馬杆說了。這些話堵在我的心窩子裡頭，我就想找一個貼心貼肺的兄弟說說。我最終還是硬著頭皮到馬杆那裡去了。馬杆的樣子讓我吃驚，幾天不見，馬杆瘦了很多，臉上布臉了疲倦。我不知道他遇上了什麼纏人的事。他的臉上是一副心事沉重的樣子。看來他也是流年不順。我走到他的面前，沒想到我又灰頭土臉地站在我的兄弟馬杆的對面了。我的制服已經交給夜總會了，我現在穿的是我在採石場穿過的化纖襯衫。這件襯衫原來是白色的，現在我已經說不出它的顏色了。它早就被洗漬了。好在在馬杆的面前我也沒有必要隱瞞什麼。我現在的心情就像我身上的襯衫，失去了光亮與應有的整潔，灰溜溜的，布滿了褶皺，發出燠糟氣。馬杆一定從我的衣著上面看出了某種變化，他沒有帶我去喝，而是把我帶進了後間的小倉庫。我們依偎在硬紙箱上，低了頭抽菸，把菸灰胡亂地彈在地上。

我說：「去上海了？」

「是啊，」馬杆說，「去上海了。」

「近來還好吧？」

「怎麼說呢，」馬杆說，「還行。」

我一直盤算著怎麼向馬杆開口。我非常想在馬杆的身邊做個下手，混口飯。只要馬杆肯收下我，就是當牛做馬我都願意。反正是自家兄弟，我只要有一碗飯就足夠了。我有力氣，爲兄弟幹活我絕對是不會偷懶的。我們沉默了好大一會兒，後來馬杆好像突然想起什麼了，匆匆忙忙地說：「還沒給你倒水呢。」我一把拽住他，說：「客氣什麼。」馬杆還是出去了，好半天之後才端過來一只紙杯，裡面是開水。

我猶豫了半天，低聲說：「兄弟我不爭氣，又出了點事。」

馬杆好像是預料到的，低了頭不語。他點點頭，不停地往地上彈菸灰。

「好端端的，」我說。說這話的時候我居然苦笑了一下，我不知道我爲什麼要笑。我想我的笑容一定難看極了，愚蠢極了。我把剩下的話又嚥進了肚子。

馬杆還是不語。但是，儘管他什麼也沒說，我覺得在他面前站站也是好的。即使他幫不了我，至少我能在兄弟的面前說說話。出來這麼久了，我最渴望的就是有個人能靜下心來聽我說說話。可我又說不出什麼。就這麼站站也挺好。

我不知道我們站了多久，馬杆店裡的一個手下就是在這個時候撞進來的。小伙子愣頭愣腦的，好像在找什麼東西。馬杆拉下臉來，厲聲說：「怎麼不敲門？」小伙子賠上笑，弓了腰就往後退。馬杆說，「你給我站住！」我猜得出馬杆在爲我難過，他的心情走了樣，難免會對自己的手下粗聲惡氣。我說：「算了，馬杆，算了吧，也沒什麼事。」馬杆把半截香菸丟在地上，踩上去，歪著臉問道：「昨天的事你辦好了沒有？」小伙子臉上的笑容比我還要難看，還要愚蠢。他囁嚅著嘴唇，說：「沒，還沒呢。」我注意到馬杆的眼神已經完全變了樣了，透出一股凌厲的寒氣，「你拿我當社會主義是不是？——公司的情況你知不知道？」馬杆向門外伸出一根指頭，「你到會計那兒把工資領了。現在就走。馬上走。」

馬杆的話是石頭，每一句都砸在我的心窩子上。馬杆他不容易。這年頭誰都不容易。幸虧我沒有開口，馬杆的話我可是全聽到了，到了這個份上我再開口就太不識事理了。馬杆顯然是餘怒未消，他的手在抖。他再一次點菸的時候打火機的火苗腰桿子都挺不直了。我陪馬杆抽了幾根菸，煙成了他眼裡的愁雲，飄在他的額前，卻罩在我的心上。馬杆嘆了一口氣，說：「生意不是人做的。」我不知道該說什麼好，我不想看到我的兄弟馬杆這樣。我說：「你把攤子弄小一點吧，會好的。」馬杆苦笑笑，說：「生活做來做去還不是做個面子。弄小了，被人笑話。」馬杆說完這話好像想起了什麼事，他擰著眉頭，嘴裡「嗞」了一下，說：「你剛才說什麼，你怎麼了？」我「嗨」了聲，說：「沒什麼大不了的，擺平了。」爲了讓馬杆相信，我故意把自己弄得殺氣騰騰的，就好像我是南京這塊碼頭上的龍頭老大。我攤開胳膊，粗聲粗氣地說，「誰會惹我？擺平了。」我拍了拍馬杆的肩膀，強調說：「擺平了。」馬杆看了我一眼，目光裡浮出了一絲憂慮，似乎在替我擔心。我怕我演得太過，又在馬杆的肩膀上重重地拍了一巴掌，準備走了。我走到商店的門口，馬杆卻把我叫住了。他重新回到商店，出來的時候手上拿了一只信封，馬杆把信封塞到我胸前的口袋裡去，我預感到了什麼，說：「你做什麼？」馬杆說：「大街上，不要打，難看。」馬杆說完這句話就回到店裡去了。我走出去幾十米，悄悄拉開了信封的口子，又是一扎現金。我的心口一熱，眼淚一下子就湧出來了。我眞他媽的狗屁都不如，我老是在兄弟的身上東啃一口西啃一口，我他媽是人嗎？我是畜生。我是耳屎。我是鼻涕。我是糞渣。我他媽的還想嫖，你那根雞巴配不配？你撒尿都不配撒到牆洞裡！我把手伸進褲兜，拍了拍襠部，對它說：「你忍忍吧，你省省吧。」

我不許自己再想小三子。我不許自己再想那種事。在小麵館裡吃完三鮮麵之後我就在大街上遊蕩了。明天一定要去看我的父母了，要想在堂哥那兒住下來，就必須去看望賣鹹魚的老頭和老太。這是不可更改的。華燈初上。南京眞的漂亮了。但南京再漂亮也是小三子的臉龐，她歸她，我歸我。兩不擦的事。不過南京終究不是小三子，我到底可以在南京的大馬路上走走。櫥窗和廣告牌眞是迷人，那種光，那種亮，那種鮮豔的顏色，它們怎麼就和我沒有一點關係的呢？好幾次我就產生了砸爛它們的願望，砸爛它們，我至少可以回到採石場去，一天好歹有三頓現成的飯。我就是一條狗你也必須養！我在路燈底下漫無邊際地走，路與路之間沒有牆，路與路之間沒有幹部放哨站崗。我從珠江路竄到湖南路，從湖南路拐到山西路，從山西路踏上雲南路，從雲南路再折到上海路。路是沒有盡頭的，路的盡頭還是路。路是路的延展，路是路的輻射，路是路的因果，路還是路的意義。我在長征。兄弟不怕遠征難，走完今天有明天。我不知道走了有多遠，讓我大吃一驚的是，我怎麼又走到「銀色年代」夜總會的門前來了？我停在夜總會的門口，望著牆裙上的霓虹燈，燈管一組一組的，一閃一閃的，一跳一跳的，它們揮拳弄棒，盛氣凌人，舉止囂張，我決定進去。我一屁股坐到吧檯旁，用下巴命令女招待：

「拿酒。」

大龍頭在夜總會出乎我的意料。看樣子他待在這兒已經有一會兒了。他遠遠地看了我一眼，歪著嘴笑。他對我的處境似乎了然於心。我不喜歡他這種了然於心的樣子。一看到大龍頭我的氣焰立即就下去了。我不自覺地看了自己一眼，我的樣子太難看了，其實跟光了屁股差不多。

大龍頭歪在椅子上，用指頭把我勾了過去。他點上一根菸，叼在嘴角。大龍頭眞的什麼都知道了，開口就說：「兄弟我不會不管你。」大龍頭伸出他的左手，揸開五根指頭，在我的面前擺了兩下，含含糊糊地說：「我有這個數，我不會不管你。」我不知道五根指頭意味著什麼，但是，他的五根指頭上有三個戒指，每一根都那麼財大氣粗。大龍頭：「開心一點好不好，別弄得跟什麼似的。」我抹了一把臉，不停地眨巴眼睛。「你呢，可以替我要要帳，還可以給我接接電話，」大龍頭慢條斯理地說，「如果想玩玩，還可以給我開開車。餓不著人。都什麼時候了，餓不著人。」

「你爲什麼對我這麼好？」

大龍頭取下香菸，掉過頭去對著一個不確切的地方笑，一邊笑一邊往外吐煙，「這是哪兒對哪兒？」大龍頭說，「你說說，你和我是哪兒對哪兒。」

我只能說我命好。採石場裡的那個老賊對我說過，我會有貴人相助。大龍頭就是我的貴人。人得有朋友，不管是在哪兒結交的朋友。人都得有朋友。大龍頭用下巴指了指旁邊服務生，對我說：「告訴他你想喝什麼，別弄得像什麼似的。」

我們大概喝到十二點，大龍頭想回去了。我不想現在就走，我乘大龍頭不注意的時候偷偷看一眼吧檯，小三子不在。小三子的空缺使我的心裡頭空了一大塊，這叫我不甘。我就想看一看小三子，然而她不在。這會兒小三子一定墊在某個男人的身子底下，替那個該死的男人喘氣。我惦記著她。她讓我難以釋懷。

7

大龍頭的房地產公司實在是氣派，窗戶正好與金陵飯店的璇宮相平視。會客廳裡擺滿了建築物的模型，那些建築已經或即將成爲南京的一部分了，它們裝點了現代都市的現代性。我站在建築模型的面前，覺得自己是巨人。我俯視著南京，只要我一伸手，那些建築就會拔地而起。這樣的感覺眞是妙不可言。跟在大龍頭的後面你所能做的事情好像就剩下呼風喚雨了。

我沒有料到大龍頭在下班之後再一次請我去嫖。他站在我的面前，雙手插在褲兜裡頭，一個人搖著腦袋微笑。「沒辦法，好這個。」大龍頭帶著自嘲的神情對我說。「又好酒，又好菸，還好屁眼對著天。」大龍頭說，「沒辦法，好這個。」他這樣的盛情款待我有受之有愧。我甚至有些不踏實了。我實在配不上別人三番兩次地用女人來招待我。我又不做官，又不可能在生意上照顧老闆什麼。我只能謝絕。哪能總是讓老闆請客。大龍頭看出了我的心思，歪在他的大班椅子上，說：「讓人陪慣了，一個人幹什麼事都沒勁，就算陪陪我吧。」老闆說完這句話便往外掏號碼簿，說：「紫唇俱樂部來了幾個學生妞，咱們呼兩個來。」大龍頭抬起頭，很詭異地笑笑，「眞的不錯。」大龍頭說。我不是不想女人，老實說，我嘴上不想，但身子想。問題是我不踏實，這畢竟不同於陪老闆吃飯。人情深似海，我背不起這個債。大龍頭一定看出了我的心事，發話說：「你就當陪我吃頓飯好了。」

恭敬就得從命。但我還是說：「我不喜歡學生妞。」大龍頭聽了我的話就笑，這傢伙一笑就說明他什麼都明白。我就弄不懂他爲什麼什麼都能夠了然於心。這是我崇敬他的地方，也是我害怕他的地方。他那張臉是如來佛的巴掌，他一顰一笑都說明我逃不出他的掌心。「你呀，」大龍頭說，「一根筋。」

小三子看上去有點累，一副提不起精神的樣子。我和她對視了幾秒鐘，就把她摟在懷裡了。這次擁抱我已經等了很久了，我深深地嘆了一口氣，我感覺到小三子在我的懷裡同樣深深地嘆了一口氣，她吸得很猛，乳房全壓扁了，攤在我的胸前。但小三子的那口氣呼得卻極慢，她的腹部說明了這個問題。我說：「我想你。」小三子沒有接我的話，後來她的身子抖動一下，似乎在冷笑。還是小三子先把胳膊鬆下來了，一鬆下來她就開始解胸前的鈕扣。她解鈕扣的時候兩片嘴唇張開了，下唇咧在一邊，不停地用舌尖舔她的上唇。我摁下腦袋，十分孟浪地就想把嘴唇貼上去，小三子讓得很快，隨後轉過眼來斜視著我，拿眼睛責怪我不懂事。我只好貼著她的腮。小三子沒有動，拍了拍我的屁股，說：「來吧，你睡吧，睡完了你就好了。」

我們便睡了，一連好幾次。但每睡一次我就感到我空了一次。我說的不是身體，而是身體以外的某個地方。具體是哪兒，我又說不上來。我想和小三子好好說說話，可我不知道說什麼。就好像我小時候抱著大西瓜，轉來轉去總也找不到一個下嘴的地方。我只能再睡，用這種徒勞的方式排空我自己。

「你叫什麼？」我突然問。

「小三子。」小三子面無表情地回答說。

「你怎麼可能只叫小三子。」

「你管她叫什麼。叫什麼都一樣。只要是小三子就行了。」

「你就不肯和我說點別的？」

小三子的嘴角笑了笑，把自己打量了一遍，說：「所有的東西都在這兒，我沒有別的。」

我把嘴閉上了。點了一根菸。小三子從我的手上把剛剛點好的香菸接過去，猛吸了一大口，隔了好半天才從鼻孔裡頭對稱地噴出來。噴得我一臉。我沒有再點，我們抽著同一根香菸，把吸進去的煙霧吹到對方的臉上去。抽完這根香菸之後我們已經變得很開心了，我說：「你做了多久了？」小三子說：「一年十一個月帶九天。」「你原來做什麼？」小三子說：「就做這個。」「爲什麼？」小三子笑笑，探出身子提過了她的皮包，抽出一張自己的名片，翻過來，遞到了我的手上。上面有四句順口的話：

天在天上
地在地上
天要下雨
水流海洋

我正正反反看了兩三遍，弄不懂。

我笑起來，說：「什麼意思？」小三子接過去，也看了幾眼，說：「是一個有文化的人送我的，他錢不夠，就給了我十六個字。印在後頭，文化文化。」小三子把自己的名片窩在手心，後來就開始向我發問了。她問一句我能說上十幾句。我發現我的舌頭並不笨，這叫我開心。我光著身子，說的也全是光了身子的話。我把我的一切全兜給小三子了。在我說話的時候小三子把下巴擱在了膝蓋上，靜靜地聽，睜大了眼睛看。小三子傾聽放大了我的說話能力與欲望，我不停地說，就好像過了今晚這個世界就再也沒有耳朵了。我的舌頭像夜間蝙蝠的翅膀，動個不息。我不知道我說了多長時間，隔了好久我才發現，小三子其實並沒有聽，她早就走神了，一雙眼睛望著一個並不存在的地方，似乎在追憶什麼，而雙眼皮也就更雙了。我說：「嗐！」她「啊」了一聲，彷彿是如夢初醒。小三子不好意思地笑了。我第一次看見她這樣笑，是那種忘記了掩飾與職業的笑，傻極了。小三子的傻樣是多麼的美。

我最終選擇了爲大龍頭開車。我喜歡和大龍頭待在一塊兒。更關鍵的是，我渴望開汽車。開汽車畢竟不同於做保安，它好歹是一門手藝，即使將來碰上什麼意外，我還可以找一輛出租車，給人家跑跑夜班，做做二駕。有沒有手藝混起來是不大一樣的。大龍頭對我的選擇深感滿意，他拍著我的肩膀說：「方向盤還是要讓自己人來扳。」

夏季即將來臨的時候我住到楊梅塘的駕駛學校去了。楊梅塘遠離市區，我彷彿又一次回到了監獄。老實說，我喜歡這種感覺，畢竟只有個把月，領上駕照之後我就能掙上一份很體面的錢了。這是我釋放回來之後心情最爲舒暢的日子，稱得上平靜似水。我在白天扳扳方向盤，晚上則躺在床上，和人說說話。我學得不錯。倒不是因爲我比別人強，而是別人眞的把這兒當成了監獄，可對我來說，這裡絕對是天堂。一個人在天堂肯定比地獄幹得出色。我甚至希望能在楊梅塘住得長一些，我坐過九年牢，個把月算什麼？更何況我還能學到一門手藝。我把汽車弄得跟玩具似的，汽車後面的黑煙就像黑駿馬的尾巴。好日子就快開始了，我知道，我已經聞到好日子的氣味了。這裡眞正用得上堂哥所說的那兩句話，「太陽每天都是新的」，「生命之樹常青」。

我一直把自己關在駕校，我得靜下心來把這段平靜如水的日子過仔細了。這些日子裡頭我只出了一趟門，給我的兄弟馬杆去了一次電話。我用飽滿和振奮的聲音告訴馬杆：「兄弟我學開車了。用不了多久我就能開著奔馳牌汽車去看望兄弟了。」馬杆在電話裡頭替我高興，他爲我鬆了一口氣。馬杆說：「好，等你出來，你安頓下來我就全放心了。」

大概在第二十四天，也可能在第二十五天，大龍頭開著他的奔馳來到楊梅塘了。大龍頭給了我很大的面子，他親自開著他的奔馳車接我「回南京」逛逛。他把汽車的鑰匙扣套在指頭上，示意我去接。鑰匙在盛夏的太陽底下閃閃發光，鋥亮的光芒預示了我的美好未來。我沒有去接鑰匙，我說：「我還沒拿到駕照呢。」我信心十足地對我的老闆說，「再過幾天，過幾天我就拿到照了，我肯定給老闆做一個好司機。」大龍頭在陽光下面瞇著眼，說：「別那麼當眞，太當眞活得就沒勁了。」我不好讓老闆的手臂懸在那兒，只好接過來。我爲老闆拉開車門，請他上車。後來我鑽進駕駛室，強勁冷氣使我打了一個幸福無比的激靈。我順勢摁下了一串車喇叭，我回過頭說：「老闆，開車了。」我的老闆用他的下巴批准了我的請求。

到底是奔馳車，不同凡響。對一個開慣了教練車的司機來說，跨上奔馳就等於進入了天堂。我駕駛的好像不是一輛車，而是一陣風。好汽車就這樣，不是你在開它，而是它在開你。不過上路不久我卻有些緊張了，這麼好的車，我怕碰傷了它的皮。有時候車子太好了反而會成爲你的負擔。我開始踩剎，不停地踩。老闆在我的身後發話了，老闆說：「再好的汽車都是女人，你想快活，就別往心裡去。」老闆是詩人，一句話就能道破天機。老闆的話使我放鬆了許多，我把汽車的速度踩上去，車輪在融化的柏油路面上潤滑起來，不像滾動，而像流淌。融化了的柏油路把盛夏的陽光反射回來，我面前的道路變得平坦而又開闊，我的心情也隨之開闊，反射出強勁有力的光。我的生活就要和這輛漂亮的奔馳車緊密相連了，成爲風的一個部分。我的心情棒極了，帶上了速度感，也許還帶上了流動感，我以前所未有的輕鬆與熱切向南京奔馳而去。

今天是個好日子，這一點千眞萬確。今天的確是個好日子。汽車的四只輪子足以說明這個問題。

大龍頭沒有家，不是離婚了，而是從來就沒有過家，這一點出乎我的意料。大龍頭沒有往深處說。我當然就不好多問了。大龍頭說，除了工作，他把所有的業餘時間都用在了兩樣東西上，第一，女人，第二，麻將。聽得出，大龍頭是一個高度自私的人，同時又是一個十分懼怕寂寞的人，所以大龍頭只熱衷於女人與麻將，這兩樣都是絕對自我的集體活動。它們是利己的，同時也是不甘寂寞的。

從當晚事態的發展來看，我知道大龍頭接我回來的目的了。是讓我陪他，陪他吃吃飯，再像「陪他吃吃飯」那樣陪他幹點別的。大龍頭喝了一點酒，喝完酒之後的大龍頭顯示了他脆弱的一面，眼神裡頭居然有些頹唐了。他拍著我的手背，對我說：「陪陪我。」在這個剎那大龍頭顯露了他的眞實年紀，大龍頭已經老了。和待在採石場那會兒比起來，大龍頭的骨子裡頭已經不那麼風光了。好在大龍頭有錢。他現在的魅力有一半是靠錢支撐起來了。一個人不管多威風，多有錢，其實都有空虛的時候，都有可憐的時候，都有不堪一擊的時候，都有需要別人的時候。我望著大龍頭，突然有點心酸，卻又禁不住有些得意。很顯然，大龍頭沒拿我當外人。他不相信所有的人，但是相信我。我有些受寵若驚。同時也踏實多了。從根本上來說，不是他在請我，而是他需要我。我花他的錢也就理所應當。

大龍頭問我，今天晚上想睡一個什麼樣的，我沒有忸怩，直接告訴他「小三子」。說這話的時候我已經自信多了。我是一個駕駛奔馳小汽車的司機，我覺得我配得上人家小三子。這一回我眞的就要有一份體面而又穩定的工作了。我馬上就要有錢了。

大龍頭又換了一個小妞。和上幾次一樣，我們去了東郊。大龍頭在樓下，我們在樓上。但是大龍頭在這個晚上做了一件讓我極不開心的事，他在小三子上樓的時候伸出手去摸了摸小三子的屁股。大龍頭並沒有掩飾，全被我清清楚楚地看在眼裡。我沒有開口，不過說實話，我很生氣。小三子是我的女人，大龍頭他不該做這種事的。

關上門之後我終於沒有忍住，我站在門後，說：「大龍頭有沒有睡過你？」

小三子似乎沒有聽懂我的話，但是她聽見了。我肯定她聽見了。她看著我，把腦袋都歪到一邊去了，她就那麼歪著腦袋仔細地研究著我的怒容。

「你說什麼？」

「我在問你。」

「你在說什麼？」

「我不許別人碰你！」

小三子的臉上浮上了極怪異的神情，她似笑非笑地搖了幾下頭，後來臉上的笑意就沒有了。她十分定神地凝視著我，搖了幾下頭，又搖了幾下頭，一邊搖頭一邊說：「你在說什麼？」

我的妒火燃燒起來了，我知道，我的妒火發出了紫紅色的火苗。我走到小三子的面前，一把就把她摁在了床上，我粗暴地用雙手挾住了她的頭，俯下腦袋十分準確地吻住了她的雙唇。小三子的掙扎就是在這個時候開始的，她拚命地扭動，撲打著她的雙腿。小三子一定想揪我的短髮，但是沒有揪住。她開始擰我的耳朵，她長長的指甲摳進了我的肉，她用她的長指甲凶猛無比地抓我的臉龐，我沒有鬆手，拚命地吻她，吮吸她。小三子的喉嚨裡頭發出了母貓一樣的呼嚕聲。小三子抗爭了好半天，居然慢慢地平息了，放棄了掙扎。後來小三子閉上了眼睛，她緊閉的嘴唇十分小心地張開來了，試探了一下，隨後就狂放地張大了，我們的吻便合縫合榫了。我們的舌尖極迅速地碰下了，我們像通了電，我們身不由己地顫抖了一下。小三子抬起了下巴，開始承接我，呼應我，她熱呼呼的鼻息噴在了我的臉上。我放棄了她，用雙手支撐住自己，我怕壓疼了她。我怕她疼。但小三子的雙手繞在了我的脖子上，她柔軟的胳膊是如此地有力，宛如兩條最柔韌的繩子把我們拴在了一處。我們貼在一起，像夜的顏色與夜的顏色。我們溶解在一塊兒了。

我們吻了很久，差不多有夜的顏色那樣長。後來我們鬆開了，我們跪在床上，拉著手緊盯著對方。小三子低下頭去，她的兩只肩膀慢慢地聳了上來。小三子突然掙開我，搶起她的手臂給了我一個大嘴巴。我猝不及防，響亮的耳光像雪亮的閃電一樣照亮了東郊。小三子大口大口地喘氣，大聲說：「你爲什麼要這樣？」小三子說完這句話就下了床去，拎起她的皮包就要往門口去。我撲到她的身後，一把抱緊了她的腹部。我們又顫抖起來了，我不知道是誰在抖，但我的聲音說明了一切問題，我用顫抖的聲音不停地說：「小三子，小三子。」

小三子在我的懷裡轉過了身子，她仰起頭，看到了我臉上的道道血痕。她伸出手，撫摩著它們。她的眼裡全是淚，但是沒有掉下來。「你爲什麼要這樣？」小三子歪著腦袋問，「你爲什麼要這樣，啊？」小三子埋下她的腦袋，再一次聳起了她的肩膀。她的腹部收縮了一下，隨後又收縮了一下。她的腹部在我的懷裡不停地收縮。我把她抱到床上。我們的腦袋這一次沒有對著牆，而是對著門。我解開了她的衣服，慢慢進入了她。

小三子的雙手一刻也沒有離開我的臉龐。我在努力。我堅持著自己，強忍著自己，盡我的可能延長這一次。我想讓我的小三子體驗我，享受我，我想盡我的所能給我的小三子帶來最大的快樂與滿足。在我即將臨近高潮的時候我仰起了頭來，我的目光落在了木門上方的玻璃窗戶上。我突然發現玻璃的背面有些異樣，我定了定神，玻璃的背後居然是兩隻人的眼睛。它們凝視著我，正與我對視。它們全神貫注，發出貪婪而又銳利的光。這雙眼令我魂飛魄散，在我確認的瞬間我懂得了什麼叫五雷轟頂。我尖吼一聲，把身體下面的小三子都嚇了一大跳。

我衝出去，拉開門，大龍頭站在我的面前。他已經從椅子上下來了。我赤身裸體地站在門框的中央，渾身是汗。我就想衝上去把他的兩隻眼睛全摳下來。但我的身體全軟了。大龍頭平靜說：「你忙。」大龍頭自言自語地說：「你忙你的。」大龍頭說這話的時候兩隻手已經插進褲兜裡去了，他的手在褲兜裡亂動，使紡織物呈現出慌亂與無助的局面。他的手最終在褲兜裡頭握成了拳頭，對稱地凸在兩側，而褲襠中央卻令人懊喪地凹在那兒。大龍頭很慢地轉過身去，往樓下走。我對著他的背影突然大聲說：「大龍頭，你不仗義！」大龍頭慢慢地回過頭，用那種傷感的語調對我說：「知足吧。你知足吧。」

樓下的大廳水晶吊燈正發射出輝煌的光芒，一個小姐坐在沙發上，左手執菸，右手托腮，連頭都沒有抬。她專心致志地看著一部頂級片。

我回過頭來，小三子十分傷心地坐在床上，她抱著自己的膝蓋，下巴擱在膝蓋上。小三子對著地板目不轉睛，滿眼都是淚光。後來小三子開始捋頭髮，捋完了頭髮她就開始穿衣服了。她在這個緩慢的過程當中一直不肯和我對視。等她穿好衣服她的表情已回到以前去了。我想我明白了，我什麼都明白了。小三子拿起她的皮包，似乎想了一些什麼，她從錢包裡抽出兩張百元現鈔，丟在了床上，後來又抽了兩張。小三子說：「今天該付帳的應該是我。」小三子說，「我們清了，你以後不要再來找我。」小三子在出門之前對我說，「你沒那個命，你不該做這種事。」

8

結束了。一切都結束了。我並沒有歇斯底里，相反，我平靜如水。當我從大龍頭的別墅裡走出來的時候，我的心中沒有傷慟，沒有焦慮，沒有掙扎。我驚奇於我的平靜。我甚至對大龍頭沒有半點怨恨，我再也不用仰視我心中的偉大領袖了。我活得比他還好，至少，我可以有身體地活在這個世界上。這才是問題的關鍵與根本。離開了別墅裡的水晶吊燈，我的眼前一抹黑，整個東郊一抹黑。我以爲是錯覺。但出了大院我就發現了，不是。東郊眞是很黑，夜裡下起了大霧。東郊已經被大霧覆蓋了。深夜的大霧是一種潮溼的黑顏色，它裹住了一切，遮蔽了一切，打溼了一切。好大的霧呵，什麼都看不見了，我伸出手去，我甚至都不知道自己的手指在哪兒了。我抓了一把，一把就把我的五根手指全逮住了。霧眞是一個有趣的東西，一無所有，絕對虛妄，可它就是成功地塞滿了這個世界，隔離了這個世界。我嘗試著瞪大了眼睛，還是什麼都看不見，我想我的目光一定也是霧狀的了。但我並沒有停止我的步伐，此時此時，我騰雲駕霧。我必須走回去，我的身上沒有一分錢，我甚至連到哪裡去都沒有想清楚，但我必須走回去，回到南京。只要我的雙腳不離開路面，我就一定能回到南京。東郊是一個巨大的墓地，一個著名的墓地，許多偉大的屍體就埋葬在這兒。我把自己想像成一具屍體，平靜如水地邁開雙腿。我在同一條盤山公路上盤旋了一圈又一圈，我一點都不知道自己早就迷路了，實際上我從上路的那一刻就已經迷路了，我走了差不多一夜，天快亮的時候我想我的靈魂都快出竅了，我不僅忘記了回到南京這個念頭，我甚至把我自己都忘了。我只知道自己是一具屍體，像一團漆黑的磷火，在霧中漫步。我的雙腳成了我的夢，我已經成爲霧的一部分了，我是被淋溼的魂，我是帶有腳步聲的魂。我不知道這一夜是誰在替我行步。但是我渴，這個感覺像霧裡的燈，白花花的。天亮之後我看到了路邊的一條河。我撲過去，埋下頭去喝了一個飽。喝完了，我沒有能夠站起來，我站不起來了。我突然發現水裡有一個人，有一張臉，臉上布滿了手指的抓痕。正虎視眈眈地盯著我，我唬了一跳。定了定神，我開心地笑了，他媽的，那不是我又是誰？這個發現讓我開心，這絕對是我生命史上最偉大的發現。

夢終於醒了。直到這個時候我才相信，我的靈魂終於附體了。

我並不想打攪馬杆，可這會兒馬杆是我的單行線，除了馬杆，我別無出路。不過我並不糊塗，我現在的樣子實在是太落魄了：渾身潮溼，滿臉傷痕。這種模樣走到馬杆的店裡絕對是不合適的。我不能讓馬杆在伙計們的面前丟了他的臉面。我站在路邊，來回猶豫，而對面就是馬杆的電腦商店，我都能看到馬杆了。我決定還是用電話把馬杆喊出來。馬杆拿起耳機，「喂」了一聲，我慌忙說：「馬杆，是我。」馬杆聽出了我聲音裡的異樣，我看見馬杆把他另一隻手插進了頭髮，一副極爲頭疼的樣子。馬杆說：「你回來了？」我無言以對。我說：「馬杆，我想見你。」我迫不及待地說，「我就在馬路的對面。」

馬杆轉過了頭來。我的目光隔了一條馬路對視上了。我看不清馬杆的表情，但馬杆臉上的震驚是顯而易見的。這不能怪他，我能夠想像我現在的模樣。馬杆在電話裡說：「發生什麼事了？」我對著話筒說：「你出來一下好嗎？」我立即又補充了三個字，「帶點錢。」這話一出口我就有些後悔了，可這話我除了能對馬杆說，這個世界再也找不到第二個人了。

馬杆隔著大街望著我，他放下了電話，一個人對著我自己的腳尖望了好半天，隨後叫過身邊的一個伙計，對他交代了一些什麼，我聽不見。但我看到馬杆的臉上已經愁雲密布了。馬杆這人就這樣，一看到我難受他的心裡就好不了。

放下電話之後店裡的小伙子一直看著我，看樣子是想跟我討電話費。我沒有錢，只好也看著他。看了一會兒小伙子就把目光讓到一邊去了。我和馬杆從馬路的兩側同時走出了商店的大門，我對他擺擺手，示意他別過來。我們沿著馬路的兩側一起向前，大約走了兩三百米，我穿越了馬路，站在了馬杆的面前。一站到馬杆的面前我的傷心就全湧上來了，有點想哭。我用了很大的力氣才忍住了。為了忍住我的淚水，我想我臉上的表情肯定全走了樣了。我的模樣也許嚇了馬杆一跳，馬杆怔在那裡，用一種警惕而又防範的眼神盯著我。我看了一眼路邊的小麵館，說：「馬杆，你請我吃頓麵條好不好？」馬杆沒有來得及說話，我已經走進小麵館要了兩碗三鮮麵了。我已經餓瘋了，渴瘋了，捧著滾燙的湯湯水水發出了不知羞恥的呼嚕聲。由於太燙，我又是哈氣又是吸氣，像一隻受了傷的公獸。我伸長了脖子胡亂地咀嚼並瘋狂地吞嚥。吞嚥一次我的眼睛還要閉上一次。我吃得太囂張了，居然忘記馬杆正坐在我的對面了，我吃得又凶又惡，又毒又貪，不一會兒我就滿頭大汗熱氣騰騰了。最多五分鐘，我的面前就只剩下兩只空碗與兩根筷子。吃完了，我空嚥了兩口，梗著脖子打了一個飽嗝。就在打嗝的時候我突然想起來了，馬杆還坐在我的對面呢。馬杆正失神地盯著我，失神的眼裡有一種讓我害怕的東西。馬杆一定是被我嚇壞了，他被嚇壞了的樣子反過來又嚇著我了。馬杆迅速地挪開目光，但他的目光還是給我留下了銳利與嚴酷的印象。我想我剛才的吃相肯定是把馬杆嚇壞了。「飽了？」馬杆笑著說。「飽了。」我十分羞愧地點了點頭。

馬杆一直在吸菸，幾乎一刻不停。吃完麵條之後我想把我的情況告訴馬杆的，話到了嘴邊我又嚥了下去。這個話題太不體面了，我不能讓馬杆毀掉他心中的那個我。就在我打定主意準備說一些什麼的時候，馬杆腰裡的手機卻又響了。馬杆聽了一句，臉上是那種極度無奈的樣子。馬杆關掉手機，瞅準了機會從他的口袋裡掏出了一只信封。我接過來，塞進了口袋。馬杆說：「那我就先過去了。」我嘴上答應了，可我實在不希望馬杆這個時候離開。他的離開讓我難受。我眞想對馬杆說，我現在太需要你了。但我說不出。我為自己不能把自己的心裡話說出口而懊惱，呆在那兒，臉上流露出一副凶相，一副惡相。馬杆不停地瞥我。馬杆一點都不知道他對我來說是多麼地重要，他現在是我手裡的最後一根救命稻草。我承認我變得婆婆媽媽的了。我跟出去，對著馬杆的背影喊了一句，我說：「晚上我呼你。」馬杆愣了一下，馬杆的背影在我的面對愣了一下，好像腳下給什麼東西絆了一下似的。馬杆笑著說：「好，晚上呼我。」

馬杆一走我就跨上了公車汽車。口袋裡一有錢我就踏實下來了。我買了四張票，走到汽車的最後排，脫下鞋，枕在了腦後。我得睡上一覺。無論如何我得睡上一覺。我的夢裝上了四只輪子，在南京城的馬路上鬼魂一樣游蕩。

打死我我也想不到要提防馬杆。馬杆下手得眞是太快了，太狠了。事先一丁點跡象都沒有。我想問他，我太想問明白了，可一切都已經來不及了。我們在著名的卡薩布蘭卡喝了一個晚上的啤酒，馬杆在這個晚上情緒一直不錯，他還請一位小姐陪他跳了一會兒迪斯科。馬杆跳得一身的汗。馬杆不時地對我招招手，示意我下池。我不想跳，我在等馬杆。等他玩夠了，喝夠了，跳夠了，我會讓他把我帶到一個僻靜的地方，好好說上一夜的話。我不喜歡迪廳，不喜歡夜總會，馬杆不知道，迪廳其實是我的傷心之地。我的第一個噩夢就是從歌舞廳開始的，我不想讓我的第二條道路再從歌舞廳開始起步。好幾次我都想和馬杆說說話了，但是馬杆的玩興未盡，他拍了拍我的手背，我只好就作罷了。大約在深夜兩點，馬杆的頭上冒著熱氣，他把他的指頭插進了他的頭髮，捋了幾下，對我說：「怎麼樣，換個地方吧？」我什麼都沒說，拿起桌上的香菸就站起了身子。馬杆在這個時候似乎突然想起了什麼，面有難色地對我說：「我們到鎭江去怎麼樣？」我沒有開口。馬杆說：「鎭江的一個老闆還差我三萬多塊錢呢，要了好幾次都沒能要回來，我們連夜去，天亮的時候把他堵在床上。」我同意。隨便到哪裡，只要馬杆他用得上我，就是三萬塊錢是那個傢伙的牙齒，我也能替馬杆拔下來。我怪罪馬杆說：「你怎麼不早說？」

我不知道我們是幾點鐘到達鎭江的，馬杆一上出租車就睡著了，呼吸均勻而又平穩。我白天裡已經在汽車上睡了一整天了，這會兒精神正旺，瞪著一雙賊眼看滬寧高速公路的夜景。這條公路實在是漂亮，有幾次我都產生了幻覺，就好像我在電影上，就好像我在國外。我的心情變得愉快起來，我一定得幫著馬杆把三萬塊錢要回來，弄不好馬杆眞的要做我的老闆的。到了鎭江之後馬杆剛好就醒了，我們在火車站轉悠了十來分鐘，馬杆改變主意了，馬杆說：「那傢伙有個小老婆在常州，我們先到常州，一定能堵住他。」重新叫過出租車之後，我們又上了車，幾十分鐘過後我們就來到了常州的郊外。我們在公路的旁邊停了車。馬杆說，他的腿麻了，下來走走，再說也快到了。我們步行了一段，後來我們就來到一塊工地了，這也是城鄉結合部常有的。馬杆說他想小個便，便鑽進了黑咕隆咚的工地裡去了。這傢伙眞是體面慣了，就連深夜裡小便也要躲躲藏藏的。但是意外的事情就是在這個時候發生了，他居然在黑咕隆咚的毛坯房裡倒下了，結結實實地一下，嚇了我一跳。我立即跟上去，衝進了黑糊糊的毛坯房，想把他扶起來。剛一進去我的腹部就讓什麼東西給撞上了。我還在地上找馬杆。我一點都沒有意識到一把刀子已經捅進我的腮幫子裡去了。這一刀捅得太快了，我甚至沒有感覺到疼。我的腹部似乎又被人拉了一把。這時候我感覺到有一樣東西在我的腹部流淌開來了，熱燙燙的。我還聞到了一股瘋狂的鹹魚味。我想不出來到底是哪兒出了問題。直到刀子戳進脖子我才突然明白過來。我沒有叫。我就知道我的鮮血在往外衝，黑糊糊的，迅猛，有力，灼人，我聽得見磚頭吸血時發出來的滋滋聲。人眞是太假了，鮮血只衝了一會兒我的雙腿就軟下去了。我趴在牆角，疼痛就是在這個剎那湧上來的。它們洶湧澎湃，長滿了牙。我張大了嘴巴，咬住了一塊磚頭。我知道這肯定是馬杆幹的，不可能是別人。我不明白爲什麼。劇痛之中我最想弄明白的就是爲什麼。我想問問他。我開始大口喘氣了，我甚至還用雙手捂了一下傷口，但我太徒勞了，沒有一雙手指捂得住噴湧的鮮血，血把我的雙手弄得很黏，我的十根指頭全成了泥鰍。我聽到了脖子的中間氣泡的破裂聲。我拚命想呼吸，但所有的空氣都從氣泡裡漏走了。呼吸的力不從心眞讓人絕望。傷口在嘆息。傷口四周的皮肉在顫動。我用盡了力氣轉過了身來，我想看看馬杆。我什麼都沒有看見。黑夜不是一段時間，它首先是無能爲力的視覺效果。馬杆開始用他的刀子割我的雙手了，我不知道馬杆割下它們做什麼。後來那把刀子又開始卸我的腦袋。謝天謝地，我可是一點都不疼了。我的腦袋被馬杆提在手上。我睜大了眼睛，我看見我的鹹太陽升起來了，它的光芒全是鹹魚的氣味。我的兩隻耳朵還聽得見，我聽見馬杆把我的雙手和腦袋裝進了口袋。是一只塑料口袋。被裝進塑料口袋，是這個世界爲我做出的最後總結。

青衣

1

喬炳璋參加這次宴會完全是一筆糊塗帳。宴會都進行到一半了，他才知道對面坐著的是菸廠的老闆。喬炳璋是一個傲慢的人，而菸廠的老闆更傲慢，所以他們的眼睛幾乎沒有好好對視過。後來有人問「喬團長」，這些年還上不上臺了？炳璋搖了搖頭，大夥兒才知道「喬團長」原來就是劇團裡著名的老生喬炳璋，八十年代初期紅過好一陣子的，半導體裡頭一天到晚都是他的唱腔。大夥兒就向他敬酒，開玩笑說，現在的演員臉蛋比名字出名，名字比嗓子出名，喬團長沒趕上。喬團長很好聽地笑了笑。這時候對面的胖大個子衝著喬炳璋說話了，說：「你們劇團有個叫筱燕秋的吧？」又高又胖的菸廠老闆擔心喬炳璋不知道筱燕秋，補充說：「一九七九年在《奔月》中演過嫦娥的。」喬炳璋放下酒杯，閉上眼睛，緩慢地抬起眼皮，說：「有的。」老闆不傲慢了，他把喬炳璋身邊的客人哄到自己的坐位上去，坐到喬炳璋的身邊，右手搭到喬炳璋的肩膀上，說：「都快二十年了，怎麼沒她的動靜？」喬炳璋一臉的矜持，解釋說：「這些年戲劇不景氣，筱燕秋女士主要從事教學工作。」菸廠老闆一聽這話直著腰桿子反問說：「什麼景氣？你說說什麼景氣？關鍵是錢。」老闆向喬炳璋送出他的大下巴，莫名其妙地頒布了他的命令，說：「讓她唱。」喬炳璋的臉上帶上了狐疑的顏色，試探性地說：「聽老闆的意思，老闆想爲我們搭臺？」老闆的臉上重又傲慢了，他一傲慢臉上就掛上了偉人的神情。老闆說：「讓她唱。」喬炳璋對小姐招招手，讓她給自己換上白酒。炳璋捏著酒杯站起身，說：「老闆可是開玩笑？」老闆不僅傲慢，還嚴肅，一嚴肅就像作報告。老闆說：「我們廠沒別的，錢還有幾個。——你可不要以爲我們光會賺錢，光會危害人民的身體健康，我們也要建設精神文明。乾了。」老闆沒有起立，喬炳璋卻弓著腰站起來了。他用酒杯的沿口往老闆酒杯的腰部撞了一下，仰起了脖子。酒到杯乾。喬炳璋激動了。人一激動就顧不上自己的低三下四。喬炳璋連聲說：「今天撞上菩薩了，撞上菩薩了。」

《奔月》是劇團身上的一塊疤。其實《奔月》的劇本早在一九五八年就寫成了，是上級領導作爲一項政治任務交待給劇團的。他們打算在一年之後把《奔月》送到北京，獻給共和國十週歲的生日。可是，公演之前一位將軍看了內部演出，顯得很不高興。他說：「江山如此多嬌，我們的女青年爲什麼要往月球上跑？」這句話把劇團領導的眼睛都說綠了，渾身豎起了雞皮疙瘩。《奔月》當即下馬。

嚴格地說，後來的《奔月》是被筱燕秋唱紅的，當然，《奔月》反過來又照亮了筱燕秋。戲運帶動人運，人運帶動戲運，戲臺本來就是這麼回事。不過這已經是一九七九年的事了。一九七九年的筱燕秋年方十九，正是劇團上下一致看好的新秀。十九歲的燕秋天生就是一個古典的怨婦，她的運眼、行腔、吐字、歸音和甩動的水袖彌漫著一股先天的悲劇性，對著上下五千年怨天尤人，除了青山隱隱，就是此恨悠悠。說起來十五歲那年筱燕秋還在《紅燈記》中客串過一次李鐵梅的，她高舉著紅燈站立在李奶奶的身邊，沒有一點錚錚鐵骨，沒有一點「打不盡豺狼決不下戰場」的霹靂殺氣，反倒秋風秋雨愁煞人了。氣得團長衝著導演大罵，誰把這個狐狸精弄來了?!

但到了一九七九年，《奔月》第二次上馬了。試妝的時候筱燕秋的第一聲導板就贏來了全場肅靜。重新回到劇團的老團長遠遠地打量著筱燕秋，嘟噥說：「這孩子，黃連投進了苦膽，命中就有兩根青衣的水袖。」

老團長是坐過科班的舊藝人，他的話一言九鼎。十九歲的筱燕秋立馬變成了A檔嫦娥。B檔不是別人，正是當紅青衣李雪芬。李雪芬在幾年前的《杜鵑山》中成功地扮演過女英雄柯湘，稱得上紅極一時。但是，在A檔和B檔這個問題上，李雪芬表現出了一位成功演員的得體與大度。李雪芬在大會上說：「爲了劇團的明天，我願意做好傳幫帶，我願意把我的舞臺經驗無私地傳授給筱燕秋同志，做一個合格的接力棒。」筱燕秋眼淚汪汪地和同志們一起鼓了掌。《奔月》被筱燕秋唱紅了。劇組在各地巡迴演出，《奔月》成了全省戲劇舞臺上最轟動的話題。所到之處，老戲迷撫今追昔，青年人則大談古代的服裝。全省的文藝舞臺「和其他各條戰線一樣」，迎來了他們的「第二個春天」。《奔月》唱紅了，和《奔月》一樣躥紅的當然是當代嫦娥筱燕秋。軍區著名的將軍書法家一看完《奔月》就豪情迸發，他用蒼松翠柏般的遒勁魏體改換了葉劍英元帥的偉大詩篇：「攻城不怕堅，攻戲莫畏難，梨園有險阻，苦戰能過關。」下面是一行行書落款：「與燕秋小同志共勉」。將軍書法家把筱燕秋叫到了家中，他在撫今追昔之後親自將一條橫幅送到了筱燕秋的手上。

誰能料得到「燕秋小同志」會自毀前程呢。事後有老藝人說，《奔月》這齣戲其實不該上。一個人有一個人的命，一齣戲有一齣戲的命。《奔月》陰氣過重，即使上，也得配一個銅錘花臉壓一壓，這樣才守得住。后羿怎麼說也應當是花臉戲，鬚生怎麼行？就是到兄弟劇團去借也得借一個。否則劇組怎麼會出那麼大的亂子，否則筱燕秋怎麼會做那樣的事？

《奔月》劇組到坦克師慰問演出是一個冰天雪地的日子。這一天李雪芬要求登臺。事實上，李雪芬的要求不過分。她畢竟是嫦娥的B檔。相反，過分的倒是筱燕秋。《奔月》公演以來，筱燕秋就一直霸著氍毹，一場都沒有讓過。嫦娥的唱腔那麼多，戲那麼重，筱燕秋總是說自己「年輕」，「沒問題」，「青衣又不是刀馬旦」，「吃得消的」。其實大夥兒早就看出來了，悶不吭聲的筱燕秋心氣實在是旺了，有吃獨食的意思。這孩子的名利心開始膨脹了，想著法子橫在李雪芬的面前。可是誰也沒法說，領導一找她，她漂亮的小臉就成了豬肝。筱燕秋沒心沒肺，就有豬肝，她是做得出來的。領導們只能反過來給李雪芬做工作，讓她「多指導指點年輕人」，「多扶持扶持年輕人」。可是李雪芬這一次的理由很充分，李雪芬說，她演《杜鵑山》的時候就經常下部隊，今天下午還有很多戰士衝著她喊「柯湘」呢，她在部隊有觀眾基礎，她不上臺，「戰士們不答應」。

李雪芬在這個晚上征服了坦克師的所有官兵，他們從嫦娥的身上看到了當年柯湘的影子，當年的柯湘頭戴八角帽，一雙草鞋，一把手槍，威風凜凜的。而今夜的柯湘卻穿起了古裝。李雪芬嗓音高亢，音質脆亮，激情奔放，這種高亢與奔放經過十多年的鞏固與發展，業已構成了李雪芬獨特的表演風格，即李派唱腔。基於此，李雪芬在舞臺上曾經成功地塑造過一連串的巾幗豪傑，透過李雪芬的一招一式，觀眾們可以看到女戰士慷慨赴死，女民兵英姿颯爽，女知青豪情衝天，女支書鬚眉不讓。李雪芬在這個晚上重點展示了她的高亢嗓言，戰士們有組織地給她鼓掌，掌聲整齊而又有力，使人想起接受檢閱的正步方陣。沒有人注意到筱燕秋。其實戲演到一半，筱燕秋已經披著軍大衣來到舞臺了，一個人站立在大幕的內側，冷冷地注視著舞臺上的李雪芬。誰都沒有注意到筱燕秋，誰都沒有發現筱燕秋的臉色有多難看。厄運在這個時候其實已經降臨了，它籠罩著筱燕秋，同時也籠罩著李雪芬。《奔月》演完了。五次謝幕之後，李雪芬來到了後臺，臉上洋溢著一股難以掩抑的飛揚神采。李雪芬就是在這個時候和筱燕秋在後臺相遇了，面對面，一個熱氣騰騰，一個寒風颼颼。李雪芬一看見筱燕秋的臉色便主動迎了上去，左手拉著筱燕秋的右手，右手拉著筱燕秋的左手，說：「燕秋，都看了？」筱燕秋說：「看了。」李雪芬說：「還行吧？」筱燕秋卻不開口。說話的工夫許多人已經走上來了，圍在了她們的四周。李雪芬掀掉肩膀上的軍大衣，說：「燕秋，我正想和你商量呢，你看看這樣，這樣，這句唱腔我們這樣處理是不是更深刻一些，哎，這樣。」李雪芬這麼說著，手指已經翹成了蘭花狀，一挑眉毛，兀自唱了起來。藝人們都是知道的，同行是冤家，即使是師傅傳藝，「寧教一聲腔，不教一個字，寧教一個字，不教一口氣」。可是李雪芬不。她把李派唱腔的一字一氣毫無保留地演示給了筱燕秋。筱燕秋不聲不響，只是望著李雪芬。人們站立在李雪芬和筱燕秋的四周，默默地看著劇團裡的兩代青衣，一個德藝雙馨，一個謙虛好學，許多人都看到了這個令人感慨的一幕，這個令人心寬的一幕。但是筱燕秋的眼神很快就出了問題了，是那種極爲不屑的樣子。所有的人都看得出，燕秋這孩子的心氣實在是太旺了，心裡頭不謙虛就算了，連目光都不會謙虛了。李雪芬卻渾然不覺，演示完了，李雪芬對著筱燕秋探討性地說：「你看，這樣，這才是舊社會的勞動婦女。我們這樣處理，是不是好多了？」筱燕秋一直瞅著李雪芬，臉上的表情有些說不上來路。「挺好，」筱燕秋打斷了李雪芬，笑著說，「只不過你今天忘了兩樣行頭。」李雪芬一聽這話就把雙手捂在了身上，又捂到頭上去，慌忙說：「我忘了什麼了？」筱燕秋停了好大一會兒，說：「一雙草鞋。一把手槍。」大夥兒愣了一下，但隨即就和李雪芬一起明白過來了。燕秋這孩子眞是過分了，眼裡不謙虛就不謙虛吧，怎麼說嘴上也不該不謙虛的！筱燕秋微笑著望著李雪芬，看著熱氣騰騰的李雪芬一點一點地涼下去。李雪芬突然大聲說：「你呢？你演的嫦娥算什麼？喪門星，狐狸精，整個一花痴！關在月亮裡頭賣不出去的貨！」李雪芬的腳尖一踮一踮的，再一次熱氣騰騰了。這一回一點一點涼下去的卻是筱燕秋。筱燕秋似乎被什麼東西擊中了，鼻孔裡吹的是北風，眼睛裡飄的卻是雪花。這時候一位劇務端過來一杯開水，打算給李雪芬焐焐手。筱燕秋順手接過劇務手上的搪瓷杯，「呼」地一下澆在了李雪芬的臉上。

後臺立即變成了捅開的馬蜂窩。筱燕秋愣在原處，看著無序的身影在自己的面前急速穿梭，耳朵裡充斥著慌亂的腳步聲。腳步聲轟隆轟隆的，從後臺移向了過道，從過道移向了遠處，最後變成了遠處汽車的馬達聲。眨眼的工夫後臺就空蕩蕩的了，而過道更空蕩，像通往月亮的路。筱燕秋站立在原處，愣了好大一會兒，沿著寂靜的過道拐進了化妝間。筱燕秋站在鏡子面前，吃驚地盯著鏡子裡的自己。直到這個時候筱燕秋才弄明白自己到底幹了什麼。她失神地望著自己的雙手，一屁股坐在了化妝間的凳子上。

保溫杯裡的水到底有多燙，這個問題已經沒有任何意義了。事情的「性質」永遠決定著事態的嚴峻程度。一心扶持筱燕秋的老團長氣得晃動了腦袋，他把中指與食指並在一處，對著筱燕秋的鼻尖晃了十來下。老團長說：「你，你，你，你你你你你呀——啊！」老團長急得都不會說話了，就會背戲文，「喪盡天良本不該，名利熏心你毀就毀在妒良才！」

「不是這樣的。」筱燕秋說。

「又是哪樣？」

「不是這樣的。」筱燕秋淚汪汪地說。

老團長一拍桌子，說：「又是哪樣？」

筱燕秋說：「眞的不是這樣的。」

筱燕秋離開了舞臺。嫦娥的A角調到戲校任教去了，而B角則躺在醫院不出來。《奔月》第二次熄火。「初放蕊即遭霜雪摧，二度梅卻被冰雹擂。」《奔月》沒那個命。

2

誰能想到《奔月》會遇上菩薩呢。

啓動資金終於到帳了。這些日子炳璋一直心事重重。他在等。沒有菸廠的啓動資金，《奔月》只能是水中月。其實炳璋只等了十一天，可是炳璋就好像熬過了一個漫長的歲月。等錢的日子裡炳璋發現，錢不只是數量，還是時光的長度。這年頭錢這東西愈來愈古怪了。

但是，炳璋沒有料到反對筱燕秋重新登臺的力量如此巨大，預備會在筱燕秋能不能登臺這個問題上僵持住了。炳璋把玩著手上的圓珠筆，一直在聽。後來他把手上的圓珠筆丟到會議桌的桌面上，上身靠在了椅背。炳璋笑了笑，說：「你們還是讓步吧，人家可是點了筱燕秋的名的。這年頭給錢讓步，不丟臉。」會議室裡一片沉默。人們不說話。不說話雖說還是反對，但通融的餘地肯定就大了。幸虧李雪芬離開劇團開飯店去了，要不然，李派唱腔的高亢嗓音炳璋現在可是招架不住的。大夥兒繼續沉默，不說是，也不說否。但無聲有時就是默許。炳璋因勢利導，很含糊地說：「我看就這樣了吧。」

然而，誰擔綱B檔，問題又來了。對一個演員來說，給當紅演員做B檔，本來就是一個寒磣人的角色，更何況又是筱燕秋的B檔呢。還是老高出了一個好主意，B檔讓筱燕秋自己在學生裡挑。筱燕秋嫉妒心再重，再名欲熏心、利欲熏心，總不能和自己的弟子爭風。大家都說好。可是老高接下來的一句話讓炳璋心裡不踏實了。老高說：「我看你們都白說，二十年過去了，筱燕秋也四十歲的人了，她的嗓子還能不能扛得住？我看玄。」這句話讓炳璋覺得自己眞的疏忽了，這麼就沒有想到這個？畢竟是二十年呢。二十年，什麼樣的好鋼不給你鏽成渣？炳璋偷偷地嘆了一口氣。會議開來開去，在筱燕秋一個人的身上就糾纏了將近兩個小時。這哪裡是籌備？簡直是回顧歷史。沒錢的時候想錢，錢來了卻不知道怎麼花。錢這東西不只是時光的長度，還有歷史的臉色。錢這東西現在實在是太古怪了。

炳璋想聽筱燕秋溜溜嗓子，這是必須的。要不然，菸廠的錢再多，還不如拿來捲鞭炮去放響呢。筱燕秋依照約定的時間來到會議室，剛一落座，炳璋發現自己又冒失了。很空的會議室裡頭只有他們兩個，炳璋坐在這頭，筱燕秋坐在那頭，中間隔了一張長長的橢圓桌，有些公事公辦的意味。筱燕秋胖了，人卻冷得很，像一臺空調，涼颼颼地只會放冷氣。炳璋打算先和筱燕秋談一談《奔月》的，可《奔月》是筱燕秋永遠的痛，炳璋越發不知道從哪兒開口了。

炳璋有幾分懼怕筱燕秋。要是細說起來，炳璋比筱燕秋還長出一個輩分，不過筱燕秋的脾氣戲校裡頭可是有名的。這個女人平時軟綿綿的，一舉一動都有些逆來順受的意思，有點像水，但是，你要是一不小心冒犯了她，眨眼的工夫她就有可能結成了冰，寒光閃閃的，用一種愚蠢而又突發性的行爲衝著你玉碎。所以戲校食堂裡的師傅們都說：「吃油要吃色拉油，說話別找筱燕秋。」炳璋不知道怎麼和筱燕秋挑開話題，就開始和筱燕秋繞。一會兒聊她的生活，一會兒聊她的教學、學生，還扯到了天氣，有些前言不搭後語。東扯西拽了幾分鐘，筱燕秋悶頭悶腦地說：「你到底想和我說什麼？」炳璋被堵住了，心裡頭一急，脫口說：「你亮個相吧。」筱燕秋望著炳璋，把兩隻胳膊放到桌面上來，抱成了一個半圓，卻又看不出任何風吹草動。筱燕秋毫無表情地望著炳璋，突然說：「想聽什麼？是西皮《飛天》還是二黃《廣寒宮》？」《飛天》和《廣寒宮》是《奔月》裡著名的唱腔選段，筱燕秋因爲《奔月》倒了二十年的霉，這刻兒主動把話題扯到《奔月》上去，無疑就有了一種挑釁的意思，有了一種子彈上膛的意思。炳璋本能地直了直上身，等著筱燕秋的唇槍舌劍。不過炳璋手裡有牌，倒也沒有過分擔心。炳璋說：「那就來一段二黃。」筱燕秋站起身，離開坐椅，拽了拽上衣的前下襬，又拽了拽上衣的後下襬，把目光放到窗戶的外面去，凝神片刻，開始運手，運眼，咿咿呀呀地居然進了戲。她的嗓音還是那樣地根深葉茂。炳璋還沒有來得及詫異，一陣驚喜已經襲上了心頭，一個貪婪而又充滿悔恨的嫦娥已經站立在他的面前了。炳璋閉上眼睛，把右手插進褲子的口袋，蹺起了四隻手指頭，慢慢地敲了起來，一個板，三個眼，再一個板，再三個眼。

筱燕秋一口氣唱了十五分鐘，炳璋睜開眼，瞇起來，仔細詳盡地打量起前面的這個女人。這段二黃慢板轉原板轉流水轉高腔有極爲複雜的表現難度，音域又那麼寬，一個離開戲臺二十年的演員能把它一口氣完成下來，答案只有一個，她一直沒有丟。炳璋歪在椅子裡頭，沒有動。但是，他在暗中唏噓感嘆了一回。二十年，二十年哪。炳璋有些百感交集，對筱燕秋說：

「你怎麼一直堅持下來了？」

「堅持什麼？」筱燕秋說，「我還能堅持什麼？」

炳璋說：「二十年，不容易。」

「我沒有堅持。」筱燕秋聽懂炳璋的話了，仰起臉說，「我就是嫦娥。」

筱燕秋從炳璋的辦公室裡出來，人卻恍惚了。這是十月裡的一個日子，一個有風有陽光的日子。像春天。風和陽光都有些明媚，都有些蕩漾，但是恍惚，像夢寐，縈繞在筱燕秋的周遭。筱燕秋踩著自己的身影，就這麼在馬路上遊走。後來筱燕秋停下了腳步，迷迷糊糊朝四下打量。筱燕秋低下頭，失神地看著自己的身影。現在正是午後，筱燕秋的影子很短，胖胖的，像一個侏儒。筱燕秋注視著自己的身影，誇張變形的身影臃腫得不成樣子，彷彿潑在地上的一攤水。筱燕秋往前走了幾大步，地上的身影像一個巨大的蝦蟆那樣也往前爬了幾大步。筱燕秋突然凝神了，確信了這樣一個事實：地上的身影才是自己，而自己的身體只是影子的附帶物。人就是這樣，都是在某一個孤獨的剎那突然發現並認清了自己的。筱燕秋的眼神再一次茫然了，傷心與絕望成了十月的風，從一個不確切的地方吹來，又飄到一個不確切的地方去了。

筱燕秋突然決定減肥，立即就減。

在命運出現轉機的時候，女人們習慣於以減肥開啓她們的嶄新人生。筱燕秋叫了一輛紅夏利，直奔人民醫院而去。人民醫院是筱燕秋的傷心之地。這麼多年了，即使在腎臟鬧得最厲害的日子，筱燕秋也沒有到這家醫院就診過一次。她的命運其實就是在人民醫院徹底改變的，或者說，她的內心就是在人民醫院徹底被擊垮的。李雪芬住院的第二天，筱燕秋就被老團長逼到人民醫院來了。李雪芬躺在醫院裡發過話了，只有筱燕秋自我批評的「態度」讓她滿意，她才可以考慮「是不是放她一馬」。老團長一心想保筱燕秋，這一點全團的上下都是知道的。老團長親手給筱燕秋寫了一份檢查，讓她到醫院裡念。事態是明擺著的，筱燕秋必須在李雪芬的面前走好這個場，剩下來的話才能往下說。筱燕秋看完檢查書，合起來，急了。她一急就更加愚蠢。筱燕秋拚命地辯解說：「我沒有嫉妒她，我不是故意想毀了她。」老團長盯著筱燕秋，到了這樣的光景這孩子的心氣還這麼旺，老團長的眼睛都氣紅了，就想抽她一耳光，怔了好半天又下不了手。老團長甩開了胳膊，大聲說：「大牢我待過七年，我可不想到那地方去看你！」筱燕秋望著老團長的背影，她從老團長的背影裡頭看清了自己潛在的厄運。

筱燕秋還是到人民醫院去了。李雪芬躺在床上，臉上蒙著一塊很長的白紗布。團裡的領導都在，《奔月》的主創也在，高高矮矮站了一屋子。筱燕秋把兩手叉在小肚子面前，走到李雪芬的床前，耷拉著兩只眼皮。她看著自己的腳步，開始罵。她把自己的祖宗八代裡裡外外都罵了一遍，罵成了一攤屎。罵完了，病房裡靜悄悄的，沒有一個人說話，只有李雪芬在紗布的後面乾咳了一聲。氣氛頓時壓抑了。沒有人好說什麼。李雪芬到現在都沒有把筱燕秋告到公安局去，已經算對得起她了。筱燕秋承受不了這樣的壓抑，淚汪汪地四處找人。老團長站在門框的旁邊，對她瞪起了眼睛。筱燕秋沒有退路了，她慢騰騰地從口袋裡掏出檢查書，一層一層地打開來，開始念。筱燕秋像油印打字機那樣，一個字一個字地往外蹦。念完了，所有的人都鬆了一口氣。檢查書的內容最終肯定了檢查者的「態度」。李雪芬把臉上的紗布掀開來，她的臉上紫紅了一大塊，塗著一層油亮亮的膏。李雪芬接過檢查書，拉起筱燕秋的手，笑著說：「燕秋，你還年輕，心胸要寬，可不能再這樣了。」筱燕秋看到了李雪芬的笑。還沒看清，李雪芬卻又把臉蓋上了。筱燕秋感到李雪芬的笑容才是一杯水，並不燙，澆在了筱燕秋的心坎上。「吱」地一下，筱燕秋如焰的心氣就徹底熄滅了。

筱燕秋走出病房的時候滿天都是大太陽。她走到樓梯口，站在扶手的旁邊停下了腳步，轉過頭來。她看到了老團長如釋重負的嘆息。老團長對她點了點頭。筱燕秋就那麼望著老團長，突然也笑了一下，可是沒能收住。她笑出了聲來，一陣一陣的，兩個肩頭一聳一聳的，像戲臺上鬚生或者花臉才有的狂笑。許多人都聽到了筱燕秋出格的動靜，她們從病房裡探出腦袋，一起望著筱燕秋。筱燕秋就知道傻笑，膝蓋一軟，順著樓梯的沿口一頭栽了下去，從四樓一直滾到了三樓半。大夥兒跟下來，筱燕秋趴在水磨石地板上，聽見老團長不停地對眾人說：「態度還是好的，態度還是深刻的。」

都二十年了。筱燕秋掛的是內分泌科，開過藥，筱燕秋特地繞到了後院。二十年了，筱燕秋遠遠地看見了那座病房樓。一些人在那裡進進出出。樓已經不是老樣子了，牆面上貼上了馬賽克，但是屋頂、窗戶和過廊一如過去，這一來又似乎還是老樣子。筱燕秋立在那裡，發現生活並不像常人所說的那樣，在伸向未來，而是直指過去。至少，在框架架構上是這樣的。

筱燕秋比平時到家晚了近一個小時，女兒已經趴在餐桌上做作業了。筱燕秋打開門，丈夫正歪在沙發裡頭看電視，電視只有畫面，沒有聲音。筱燕秋提著人民醫院的藥袋，懶懶地倚在了門框上，疲憊地看著自己的丈夫。丈夫從筱燕秋的神情裡頭感到了某些異樣，連忙走上來。筱燕秋把藥袋遞到丈夫的手上，一徑往臥室去，進了臥室就把臥室的門反關上了。丈夫把目光從筱燕秋的身上移到藥袋裡面，疑疑惑惑地掏出藥盒子，反過來覆過去地看。藥盒子上全是外文，一副看不到底又望不到邊的樣子，這一來事態就進一步嚴峻了。丈夫從藥盒子上預感到了大難，匆忙跟進臥室。剛一進門筱燕秋便撲在了他的身上，胳膊箍住他的脖子，用力往裡收。她的腹部貼在他的腹部，一吸一吸的。他感到了她的努力。她用力忍著，一種強烈而又迅猛的傷慟。丈夫手裡的藥袋掉在了地上，大禍眞的臨頭了。丈夫的身體向後退了一步，「咚」地一聲，臥室的門重又關死了。丈夫就那麼擁著自己的妻子，毀滅性的念頭在腦袋裡竄來竄去。筱燕秋終於開口了，她哭著說：「面瓜，我又上臺了。」面瓜似乎沒聽清，撥過筱燕秋的腦袋，用那種僥倖的和將信將疑的目光再一次打量妻子。筱燕秋說：「我又能上臺了。」面瓜一把把筱燕秋推開了，驚魂未定，脫口說：「至於嘛，你！弄成這樣！」筱燕秋有些不好意思，瞥了一眼面瓜，笑了笑，卻不停地掉淚，自語說：「我就是難過。」面瓜拉開門，準備給妻子熱晚飯，女兒卻怯生生地堵在房門口。面瓜逃出了假想中的劫難，骨頭都輕了，故意拉下臉來，粗聲惡氣地說：「做作業去！」

筱燕秋把面瓜拉住了，對女兒招了招手，示意女兒過來。她讓女兒坐到自己的身邊，端詳起自己的女兒。女兒一點都不像自己，骨骼大得要命，方方正正的，全像她老子。但是筱燕秋今天晚上覺得自己的女兒特別地耐看，細細地推敲起來還是像自己，只是放大了一號。面瓜又要上廚房，筱燕秋說：「你不要做，我要減肥。」面瓜站在臥室的門口，不解地說：「肥什麼？我什麼時候說你肥了。」筱燕秋把巴掌放到女兒的頭頂上去，說：「你不嫌我肥，觀眾可不承認嫦娥是個胖婆娘。」

幸運的夫妻最急著要做的事情就是命令孩子上床。等孩子入睡了，他們好回到自己的床上，開始他們的慶典。幸福的夜晚都是寧靜似水的，但又是轟轟烈烈的。這個夜晚實在讓面瓜喜出望外，他上上下下地忙，裡裡外外地忙，進進出出地忙，都不知道怎麼好了。

面瓜是一個交通警察，從部隊上下來的，五大三粗，就是不活絡。說起婚姻，面瓜最大的願望也就是娶上一位國營企業的正式女工。面瓜做夢也沒有想到著名的美人嫦娥會成爲自己的老婆。眞的像一個夢。

面瓜的婚姻算得上一樁老式婚姻，沒有一絲一毫的新鮮花樣。先是由介紹人在公園的一棵柳樹下面介紹他們認識了。接下來便是「談」。「談」了一些日子，匆匆便步入了洞房。

那時的筱燕秋絕對是一個冰美人。她在公園鵝卵石的路面上不像一個行人，而更像一個夢遊者，一個失魂的走屍。不過女人的落魄不僅沒有妨礙女人的美麗，反而讓她們炫目起來了。對於年輕而又漂亮的女人來說，落魄會賦予她們額外的魅力，在體貌的姣好之外，附帶上一種氣息的美——那種讓人怦然心動的、招人憐愛的異質。面瓜一見到筱燕秋兩隻手就涼了，心口也涼了。筱燕秋一身寒氣，凜凜的，像一塊冰，要不像一塊玻璃。面瓜頓時就自慚形穢了。面瓜甚至在暗中抱怨起介紹人來了，再怎麼說他面瓜也配不上這樣亮晶晶的美人的。面瓜小心翼翼地陪著筱燕秋沿著鵝卵石的路面往前走，筱燕秋不說話，面瓜就更不敢說了。最初的那些日子面瓜不是「談」戀愛，簡直是受罪。然而，這份罪受起來又有一份說不出來頭的甜蜜。筱燕秋還是那麼凜凜的，魂不守舍的，瞳孔裡虛散著目光的。面瓜起初以爲筱燕秋看不上他，可是又不像。只要面瓜約她，筱燕秋總是會病歪歪地準時到達的。面瓜一點都不知道筱燕秋現在的心思，筱燕秋中了邪了，她鐵定了心思一心要把自己嫁出去，愈快愈好。但是筱燕秋卻又不好好「談」。她不說話，就知道和面瓜一起走。面瓜在筱燕秋的面前自卑得要了命，一點想像力都沒有了。他反反覆覆地把筱燕秋約到公園的那條鵝卵石路上去，——既然他們是在那兒認識的，他們的「戀愛」就只能和必須在那兒「談」了。筱燕秋從來不問心思以外的事，她只是面瓜的影子。面瓜怎麼走她怎麼走，面瓜往哪兒去她往哪兒去。其實面瓜也不知道往哪兒走，但是第一次既然那麼走了，第二次當然也那樣走。依此類推。他們每一次都走相同的路，以同樣的方向向同樣的地方走去，在同一個地方拐彎，在同一個地方休息，走完了，在同一個地方分手。然後，面瓜說同樣的話，約好下一次見面的時間。局面的改變起源於一次意外。那一天筱燕秋的鞋後跟意外地在鵝卵石的路面上崴了一下，呼嚕一下倒在了地上。在此以前筱燕秋一直斜著頭，看著天上的月亮。她的鞋跟一定踩到了鵝卵石路上的罅隙，腳踝迅速地朝外一撇，說倒就倒下去了。面瓜的臉色嚇得比月光還要白。面瓜天生的慢性子，是那種火上了頭頂也能夠不緊不慢地邁動四方步的男人。面瓜亂了。面瓜在手忙腳亂的時候越發不知所措。他慌慌張張地把筱燕秋送進醫院，慌慌張張地把筱燕秋送到了家中。筱燕秋的腳踝腫起來了，青紫了一大塊，肘部也蹭掉了一塊皮。

筱燕秋對自己的受傷一點都沒有在意。受傷的似乎是別人，她只不過是一個旁觀者，偶然看見的罷了。她那種事不關己的樣子使你相信，即使有人把她的腦袋砍下來，放在了桌面上，她也能鎮定自若地，不慌不忙地眨巴她的眼睛。

疼的是面瓜。面瓜在疼。面瓜望著筱燕秋的腳脖子，不敢看筱燕秋的眼睛。後來他到底偷看了一眼筱燕秋，目光立即又避開了。面瓜說：「還疼嗎？」面瓜的聲音很小，但是筱燕秋聽見了。筱燕秋不是一塊玻璃，而是一塊冰。只是一塊冰。此時此刻，她可以在冰天雪地之中紋絲不動，然而，最承受不得的恰恰是溫暖。即使是巴掌裡的那麼一丁點餘溫也足以使她全線崩潰、徹底消融。面瓜木頭木腦的，痛心地說：「我們還是別談了吧，我把你摔成這種樣子。」筱燕秋冷冷地望著面瓜，面瓜木頭木腦的，扯不上邊地胡亂自責。可胡亂的自責不是憐香惜玉又是什麼？筱燕秋的心潮突然就是一陣起伏，洶湧起來了，所有的傷心一起汪了開來。堅硬的冰塊一點一點地、卻又是迅猛無比地崩潰了、融化了。收都來不及收，不能自已，不可挽回。她一把拉住面瓜的手，她想叫面瓜的名字，但是沒有能夠，筱燕秋已經失聲痛哭了。她拚了命地哭，聲音那麼大，那麼響，全然罔顧了臉面。面瓜嚇得想逃，沒能逃掉。筱燕秋死死地拽住了面瓜，面瓜沒有能夠逃掉。

筱燕秋和面瓜都沒有意識到這一次大哭對他們來說意味著什麼。在某種時候，女人爲誰而哭，她就爲誰而生。

戲校的筱燕秋老師匆匆忙忙把自己嫁了出去。筱燕秋置身於大海，面瓜是她唯一的獨木舟。在筱燕秋看來，這樁婚姻過了此村就再無此店了。面瓜是令人滿意的，是那種典型的過日子的男人，顧家、安穩、體貼、耐苦，還有那麼一點自私。筱燕秋還圖什麼？不就是一個過日子的男人嗎？面瓜唯一的缺點就是床上貪了些，有點像貪食的孩子，不吃到彎不下腰是不肯離開餐桌的。不過這又算什麼缺點呢？筱燕秋只是有點弄不明白，床上就那麼一點事，每次也就是那麼幾個動作，又有什麼意思？面瓜哪裡來的那麼大興致，每一次都像吃苦，把自己累成那樣。但是面瓜是疼老婆的，他在一次房事過後這樣肉麻地對老婆說：「只要沒有女兒，你就是我的女兒。」面瓜的這句呆話讓筱燕秋足足想了一個多星期。床上的事筱燕秋不太喜歡做，想起來有時候反而倒是蠻好的。

這個晚上是筱燕秋命令女兒上床的。面瓜從妻子垂掛著的睫毛上猜到了這個晚上精采的壓軸戲。結婚這麼多年了，每一次做愛都是面瓜巴結著筱燕秋，都是面瓜死皮賴臉的，今天的光景還是頭一次。筱燕秋在女兒的床邊輕聲喊了一聲女兒，女兒那邊沒有了動靜。面瓜站在客廳裡頭就高興，又是轉圈，又是搓手。後來筱燕秋回到了自己的臥室，默默地脫光了，鑽進了被窩，再後來筱燕秋從被窩裡伸出了一隻胳膊，五根手指掛在那兒。筱燕秋對面瓜說：「面瓜，來。」

這個晚上的筱燕秋近乎浪蕩。她積極而又努力，甚至還有點奉承。她像盛夏狂風中的芭蕉，舒張開來了，鋪展開來了，恣意地翻捲、顫簸。筱燕秋不停地說話，好些話說得都過分了，又不敢大聲，一字一句都通了電。她急促地換氣，緊貼著面瓜的耳邊，痛苦地請求：「要喊，面瓜。我想喊，面瓜。」筱燕秋像換了一個人，陌生了。這是好日子真正開始的徵候。面瓜心花怒放，心旌搖蕩，忘乎所以。面瓜瘋了，而筱燕秋更瘋。

3

炳璋算過一筆帳，決定從啓動資金裡拿出一部分來請菸廠老闆一次客。要想把這頓飯吃得像個樣，費用雖說不會低，這筆費用也許還能從菸廠那邊補回來的。現在，關鍵中的關鍵是必須讓老闆開心。他開心了，劇團才能開心。過去的工作重點是把領導哄高興了，如今呢，光有這一條就不夠了。作爲一個劇團的當家人，一手撓領導的癢，一手撓老闆的癢，這才稱得上兩手都要抓，把老闆請來，再把頭頭腦腦的請來，順便叫幾個記者，事情就有個開頭的樣子了。人多了也好，熱鬧。只要有一盆好底料，七葷八素全可以往火鍋裡倒。革命不是請客吃飯，對的。炳璋不想革命，就想辦事。辦事還眞的是請客吃飯。

菸廠的老闆成了這次宴請的中心。這樣的人天生就是中心。炳璋整個晚上都陪著笑，有幾次實在是笑累了，炳璋特意到衛生間裡頭歇了一會兒。他用巴掌把自己的顴骨那麼揉了又揉，免得太僵硬，弄得跟假笑似的。賣東西要打假，笑容和表情同樣要打假。這可不是鬧著玩的。

炳璋原以爲啓動資金到帳之後他能夠輕鬆一點的，相反，炳璋更緊張、更焦慮了。這麼多年了，劇團沒法上戲，一直乾耗著，說過來居然也過來了。劇團不是美術家協會，不是作家協會，那些協會裡的人老了，一個人待在家裡，寫幾塊招牌，畫幾根臘梅、幾串葡萄，再不就到晚報上罵罵人，伸胳膊抬腿都有銀子跟著來。一句話，那些人都是愈來愈値錢的。劇團不一樣，再好的演員一個人待在家裡也唱不來一臺戲。當然了，爲住房和職稱找領導除外，在住房和職稱面前，出色的演員一個人就能將生旦淨末丑全部反串一遍。演戲這個行當說到底又與別的不同，不論是說唱念打還是吹拉彈奏，扛的是「藝術家」這塊招牌，做的終究是體力活，吃的還是身體這碗飯，一到歲數身子骨就破了。他們的破身子骨全是沙漠，一盆水澆下去，不要說看不見水漂，就連「滋」的一聲都沒有。他們掙不來一分錢，耗起銀子來卻是老將出馬，一個頂倆。炳璋就愁錢。炳璋感到自己不只是一個劇團的團長，都快成商人了，就等著資本全部到位。炳璋想起了當年在學習班上聽來的一句話，是一位領袖的著名格言：資本來到世上，從頭到腳都滴著血和骯髒的東西。這話對。資本就是流淌的血，骯髒不骯髒事後再說。劇團等著這滴血，靠著這滴血，生產、生產、再生產、擴大再生產。急命呢。炳璋就等著《奔月》上馬，愈快愈好。夜長了難免夢多。錢哪，錢哪。

宴會在老闆和筱燕秋認識的那一刻達到高潮，這就是說，晚宴從頭到尾都是高潮。宴會尚未開始，炳璋便把筱燕秋十分隆重地領了出來，十分隆重地叫到了老闆的面前。這次見面對老闆來說只是一次交際，也可以說，是一次娛樂活動，然而，它是筱燕秋一生中的一件大事。筱燕秋的後半生如何，完全取決於這次見面。筱燕秋得到宴會通知的時候不僅沒有開心，相反，她的心中湧上了無邊的惶恐，立即想起了前輩青衣、李雪芬的老師柳若冰。柳若冰是五十年代戲劇舞臺上最著名的美人，文革開始之後第一個倒霉的名角。她去世之前的一段往事曾經在劇團裡頭廣爲流傳，那是一九七一年的事了，一位已經做到副軍長的戲迷終於打聽到當年偶像的下落了，副軍長的警衛戰士鑽到了戲臺的木地板下面，拖出了柳若冰。柳若冰醜得像一個妖怪，褲管上黏滿了乾結的大便和月經的紫斑。副軍長遠遠地看看柳若冰，只看了一眼，副軍長就爬上他的軍用吉普車了。副軍長上車之前留下了一句千古名言：「不能爲了睡名氣而弄髒了自己。」筱燕秋捏著炳璋的請柬，毫無道理地想起了柳若冰。她坐在美容院的大鏡子面前，用她半個月的工資精心地裝潢她自己。美容師的手指非常柔和，但她感到了疼。筱燕秋覺得自己不是在美容，而是在對著自己用刑。男人喜歡和男人鬥，女人呢，一生要做的事情就是和自己做鬥爭。

老闆在筱燕秋的面前沒有傲慢，相反，還有些謙恭。他喊筱燕秋「老師」，用巴掌再三再四地請筱燕秋老師坐上座。老闆並不把文化局的頭頭們放在眼裡，但是，他尊重藝術，尊重藝術家。筱燕秋幾乎是被劫持到上座上來的。她的左首是局長，右首是老闆，對面又坐著自己的團長，都是決定自己命運的大人物，不可避免地有點局促。筱燕秋正減著肥，吃得少，看上去就有點像怯場了，一點都沒有二十年前頭牌青衣的舉止與做派。好在老闆並沒有要她說什麼。老闆一個人說。他打著手勢，沉著而又熱烈地回顧過去。他說自己一直是筱燕秋老師的崇拜者，二十年前就是筱燕秋老師的追星族了。筱燕秋很禮貌地微笑著，不停地用小拇指捋耳後的頭髮，以示謙虛和不敢當。但是老闆回憶起《奔月》巡迴演出的許多場次來了。老闆說，那時候他還在鄉下，年輕，無聊，沒事幹，一天到晚跟在《奔月》的劇組後面，在全省各地四處轉悠。他還回憶起了一則花絮，筱燕秋那一回感冒了，演到第三場的時候居然在舞臺上連著咳嗽了兩聲，——臺下沒有喝倒彩，而是響起了雷鳴般的掌聲。老闆說到這兒的時候酒席上安靜了。老闆側過頭，看著筱燕秋，總結：「那裡頭就有我的掌聲。」酒席上笑了，同時響起了掌聲。老闆拍了幾下巴掌。這掌聲是愉快的，鼓舞人心的，還是繼往開來的、相見恨晚和同喜同樂的。大夥兒一起乾了杯。

老闆還在聊。語氣是推心置腹的，談家常的。他聊起了國際態勢，WTO，科索沃，車臣，香港，澳門，改革與開放，前途還有坎坷；聊起了戲曲的市場化與產業化；聊起了戲曲與老百姓的喜聞樂見。他聊得很好。在座的人都在嚴肅地咀嚼，點頭。就好像這些問題一直纏繞在他們的心坎上，是他們的衣食住行，油鹽醬醋；就好像他們爲這些問題曾經傷神再三，就是百思不得其解。現在好了，水落石出、大路通天了。答案終於有了，豁然開朗了，找到出路了。大夥兒又乾了杯，爲人類、國家以及戲劇的未來一起鬆了一口氣。

炳璋一直望著老闆。自從認識老闆以來，他對老闆一直都心存感激，但在骨子裡頭，炳璋瞧不起這個人。現在不同。炳璋對老闆刮目相看了。老闆不僅僅是一個成功的企業家，他還是一個成熟的思想家兼政治家。如果爆發戰爭，他也許就是一個出色的戰略家和軍事指揮家。一句話，他是偉人。炳璋有些激動，沒頭沒腦地說：「下次人代會改選市長，我投廠長一票！」老闆沒有接他的話茬，點菸，做了一個意義不明的手勢，把話題重新轉移到筱燕秋的身上來了。

話題到了筱燕秋的身上老闆更機敏了，更睿智也更有趣了。老闆的年紀其實和筱燕秋差不多，然而，他更像一個長者。他的關心、崇敬、親切都充滿了長者的意味，然而又是充滿活力的、男人式的、世俗化的、把自己放在民間與平民立場上的，因而也就更親切、更平等了。這種平等使筱燕秋如沐春風，人也自信、舒展了。筱燕秋對自己開始有了幾分把握，開始和老闆說一些閒話。幾句話下來老闆的額頭都亮了，眼睛也有了光芒。他看著筱燕秋，說話的語速明顯有些快，一邊說話一邊接受別人的敬酒。從酒席開始到現在，他一杯又一杯，來者不拒，酒到杯乾，差不多已經是一斤五糧液下了肚子。老闆現在只和筱燕秋一個人說，旁若無人。酒到了這個份上炳璋不可能沒有一點擔憂，許多成功的宴席就是壞在最後的兩三杯上，就是壞在漂亮女人的一兩句話上。炳璋開始擔心，害怕老闆過了量。成功體面的男人在女演員的面前被酒弄得不可收拾，這樣的場面炳璋見得實在是太多了。炳璋就害怕老闆冒出了什麼唐突的話來，更害怕老闆做出什麼唐突的舉動。他非常擔心，許多偉人都是在事態的後期犯了錯誤，而這樣的錯誤損害的恰恰正是偉人自己。炳璋害怕老闆不能善終，開始看錶。老闆視而不見，卻掏出香菸，遞到了筱燕秋的面前。這個舉動輕薄了。炳璋看在眼裡，嚥了一口，知道老闆喝多了，有些把持不住。炳璋看著面前的酒杯，緊張地思忖著如何收好今晚這個場，如何讓老闆盡興而歸，同時又能讓筱燕秋脫開這個身。許多人都看出了炳璋的心思，連筱燕秋都看出來了。筱燕秋對老闆笑笑，說：「我不能吸菸的。」老闆點點頭，自己燃上了，說：「可惜了。你不肯給我到月亮上做廣告。」大夥兒愣了一下，接下來就是一陣哄笑。這話其實並不好笑，但是，偉人的廢話有時候就等於幽默。

哄笑之中老闆卻起身了，說：「今天我很高興。」這句話是帶有總結性的。老闆朝遠處招招手，叫過司機，說：「不早了，你送筱燕秋老師回家。」炳璋吃驚地看了一眼老闆，炳璋擔心他會在筱燕秋面前糾纏的，但是沒有。老闆舉止恰當，言談自如，一副與酒無關的樣子，就好像一斤五糧液不是被他喝到肚子裡去了，而是放在褲子的口袋裡面。老闆實在是酒席上的大師，酒量過人，見好就收。整個晚宴鳳頭、豬肚、豹尾，稱得上一臺好戲。倒是筱燕秋有些始料不及，沒想到這麼快就結束了。筱燕秋一時不知道說什麼，慌忙說：「我有自行車。」老闆說：「哪有大藝術家騎自行車的。」老闆一邊堅持著「請」的手勢，一邊關照司機回頭來接他。筱燕秋瞥了老闆一眼，只好跟著司機往門去。她在走向門口的時候知道許多眼睛都在看她，便把所有的注意力全部集中到走路的姿勢上，感覺有些彆扭，甚至都不會走路了。好在沒有人看出這一點。人們望著筱燕秋的背影，她的背影給人以身價百倍的印象。這個女人的人氣說旺就旺了。

老闆轉過身來，和局長閒聊，請局長得空的時候到他們廠去轉轉。炳璋插進來，搶過話茬，說：「老闆好酒量，好酒量！」他一口氣把這句話重複了四五遍。炳璋自己也弄不懂爲什麼逮著老闆的酒量不要命地死奉承，聽上去好像心裡有什麼疙瘩，受了什麼驚嚇似的。老闆莞然一笑，笑而不答，掐菸的工夫又一次把話題岔開了。

4

老話是對的，好運氣想找你，就算你關上大門它也會側著身子從門縫裡鑽進來。這年頭好運氣並不玄乎，說白了，就是錢。只有錢才能夠側著身子從門縫裡鑽來鑽去的。菸廠的老闆算什麼？這年頭大街上的老闆比春天的燕子多，比秋天的螞蚱多，比夏天的蚊子多，比冬天的雪花多。然而，菸廠的老闆有錢，又不是他自己的，這就齊了。可是，劇團和戲校裡的人們眞正羨慕的倒不是筱燕秋，而是春來。春來這個小丫頭這一回眞的是撞上大運了。

春來十一歲走進戲校，從二年級到七年級一直跟在筱燕秋的身後，知道筱燕秋的人都知道，春來不僅僅只是筱燕秋的學生，簡直就是筱燕秋的寶貝女兒。春來最初學的並不是青衣，而是花旦，是筱燕秋厚著臉皮硬把她拽到自己的身邊的。青衣與花旦其實是兩個完全不同的行當，只不過現在喜歡看戲的人少了，許多人都習慣於把戲臺上的年輕女性統統稱之爲「花旦」。這種混淆局面的形成固然是後來的戲迷們功夫不到，但是，要是眞的細究起來，這筆帳還要記到著名大師梅蘭芳的頭上。梅老闆博大精深，他在長期的舞臺實踐中把青衣與花旦的唱腔與作秀程式雜糅在了一起，創建了一種有別於青衣同時又有別於花旦的新行當，也就是「花衫」。「花衫」行當的出現體現了梅老闆的求新與創造的精神，也給後來的人們帶來了不必要的的麻煩，人們對青衣與花旦的區分也就再也不那麼頂眞，不那麼嚴格了。比如說，當初所謂的「四大名旦」。這個統稱其實就十分馬虎，貼切的說法應當是「兩大名旦，兩大青衣」。好在所有的劇種都一起沒落了，分不清青衣花旦也不算什麼大事。可是，話還得反過來說，對於學戲和演戲的人來說，這可是一點含混不得的，青衣就是青衣，花旦就是花旦。它們的唱腔、道白、行頭、台步、表演程式隔著九九豔陽天，眞的是花開兩朵，各表一枝的，永遠弄不到一起去。

春來想學花旦有她的理由。就說道白，花旦的道白用的是脆亮的京腔，而青衣的韻白則拖聲拖氣的，在沒有翻譯、不打字幕的情況下，比看盜版碟片還要吃力，一句話，青衣的韻腔道白說的整個就不是人話。唱腔就更不一樣了，花旦唱起來利索、爽朗，接近於捏著嗓子的流行歌曲，還歪著腦袋一蹦三跳，又活潑，又可愛，像一隻嘰嘰喳喳的小麻雀。青衣則不同，就那麼一個字，她也要咿咿呀呀的，一步三晃的，一手捂著小肚子，一手比劃著，在那兒晃悠著，蹺著個小指頭，慢慢地哼，等你上完了廁所，把該尿的尿了，該拉的拉了，前前後後擦完了，一回頭，那個字還沒唱完呢。戲劇如此不景氣，喜歡青衣的也就剩下那麼幾個離休老幹部了。許多當紅青衣都走下舞臺了，不是穿上漆黑的皮夾克站在麥克風前面亂了頭髮獅吼，就是到電視連續劇裡頭演一回二奶，演一回小蜜。好歹也能到晚報的文化版上「文化」那麼一下子。青衣說到底不能和花旦比，現在的晚會那麼多，笑星歌星們再鬧騰，民族文化總是要弘揚的，國粹總是要保留的，「愛江山更愛美人」之後，最次也得來個「打不盡豺狼決不下戰場」。花旦的出路比青衣多少要好一些，要不然，人們也不會把劇團戲稱為「蛋窩」的。

春來是在三年級的下學期改學的青衣。春來這孩子說話的嗓言和筱燕秋並不像。可是，一開腔，春來的唱腔簡直就是另一個筱燕秋。戲校的老師們開玩笑說，春來的嗓子天生就是和筱燕秋唱對臺戲的料。筱燕秋和春來商量，讓她放棄花旦，改學青衣。春來不肯。商量來商量去，春來就是不肯。筱燕秋急了，筱燕秋的那句名言至今還是戲校裡的一個笑話，一個笑柄。筱燕秋一急，拉下了臉來，對春來說：「你要是不肯拜我為師，我就拜你，我拜你做我的學生，你答應不答應？」做老師的把話說到了這個份上，春來還敢說什麼？

戲校的人們還記得春來剛到戲校時的模樣，一口濃重的鄉下口音，衣袖和褲腿都短得要命，襪子的上方還留了一截小腿肚。那時的春來一到冬天兩只腮幫總是皴著的，裂了好幾道紅顏色的口子。沒有人會相信春來能出落成今天的這副模樣，什麼叫女大十八變？春來就是一個最生動的例子，一個最具感召力的例子。誰能想到筱燕秋能有今天？誰能想到春來能趕上這趟車？

筱燕秋在戲校待了二十年了，教了那麼多學生，細細排下來，卻沒有一個能唱出來的。大紅大紫就不說了，顯一下山露一下水的都沒有過。這樣的局面給筱燕秋帶來了十分強烈的失敗感。筱燕秋對自己是徹底死了心了，然而，畢竟又沒有死透。一個人可以有多種痛，最大的痛叫做不甘。筱燕秋不甘。三十歲生日那一天筱燕秋就知道自己死了，十年裡頭筱燕秋每天都站在鏡子面前，親眼目睹著自己一天一天老下去，親眼目睹著著名的「嫦娥」一天一天地死去。她無能爲力。焦慮的過程加速了這種死亡。用手拽都拽不住，用指甲摳都摳不住。說到底時光對女人太殘酷，對女人心太硬，手太狠。三十歲，我的親爹，我的親娘。三十歲生日那一天筱燕秋頭一回喝了酒，不到二兩。筱燕秋醉得不成樣子。酒後的筱燕秋握著剪刀把廚房裡的圍裙剪成了兩塊。她把兩塊白布捏在手上，權當了水袖。筱燕秋揮舞著油跡斑斑的圍裙，跌跌撞撞，油鹽醬醋的罐子倒了一廚房，咣丁咣當的，碎了一廚房。她的手不知道被什麼碎片剮破了，鮮紅的血液流淌在水袖上，紅白相間的圍裙在半空中拋上去，又落下來，再拋上去，再落下來。面瓜衝進了廚房，抱住了筱燕秋，筱燕秋愣愣地盯著面瓜，喊面瓜「親娘」。筱燕秋用純正的韻腔對著面瓜念起了道白：「親——娘——啊——啊！」面瓜知道筱燕秋醉了。面瓜擔心妻子的叫喊傳播出去，他把帶血的圍裙堵在了筱燕秋的嘴邊。筱燕秋的嘴巴給堵緊了，腹部卻激蕩了起來，一挺一挺的，嗓子裡發出母獸的呼嚕聲。面瓜心疼萬分，不住地喊燕秋的名字。筱燕秋側過頭，回望著面瓜，叫不出聲。然而，她的腹部還在叫，面瓜看得見。她用她的腹部一遍又一遍地呼喊：「親、娘、啊、啊、啊、啊！」

「千生萬旦，難求一淨」。這是舊時的藝人留下來的古話了。其實這話不對。筱燕秋從一開始就不能同意這句話。生、旦、淨、末、丑，唱花臉的固然難求一個，然而，沒有一個行當的演員可以成千上萬地一把抓。自古到今，唱青衣的成百上千，眞正把青衣唱出意思來的，眞正領悟了青衣的意蘊的，也就那麼幾個。唱青衣固然要有上好的嗓音，上好的身段，——可是好嗓音算得了什麼？好身段又算得了什麼？出色的青衣最大的本錢是你是一個什麼樣的女人。哪怕你是一個七尺鬚眉，只要你投了青衣的胎，你的骨頭就再也不能是泥捏的，只能是水做的，飄到任何一個碼頭你都是一朵雨做的雲。戲臺上的青衣不是一個又一個女性角色，甚至不是性別，而是一種抽象的意味，一種有意味的形式，一種立意，一種方法，一種生命裡的上上根器。女人說到底不是長成的，不是歲月的結果，不是婚姻、生育、哺乳的生理階段。女人就是女人。她學不來也趕不走。青衣是接近於虛無的女人。或者說，青衣是女人中的女人，是女人的極致境界。青衣還是女人的試金石，是女人，即使你站在戲臺上，在唱，在運眼，在運手，所謂的「表演」、「做戲」也不過是日常生活裡的基本動態，讓你覺得生活就是如此這般的——話就是那樣說的，路就是那樣走的；不是女人，哪怕你坐在自家的沙發上，床頭上，你都是一個拙巴的戲子，你都在「演」，演也演不像，愈演愈不像人。與此相應的是，花臉則是一個絕對的男人，或者說，是絕對男人的絕對側面。男人就應當是簡單的，所有的身心只是一張臉譜，簡單到誇張的程度，簡單到恆久與一成不變的程度。所以，戲的衰退首先是男人與女人的攜手衰退。是種性的一天不如一天。

老天爺創造出一個花臉不容易，老天爺創造出一個青衣同樣不容易。筱燕秋是其中的一個，其中的另一個則是春來。

春來的出現讓筱燕秋看到了希望。春來是「嫦娥」能夠活在這個世上最充分的理由。筱燕秋宛如一個絕望的寡婦，拉扯著唯一的孩子。只要有春來，筱燕秋的香火終究可以續上了，這是老天爺對筱燕秋的最後一點補貼，最後一點安慰。春來剛過了十七歲，嚴格地說，還是一個女孩子。但是春來從來就不是女孩子，她天生就是一個女人，一個風姿綽約的女人，一個風情萬種的女人，一個風月無邊的女人，一個她看你一眼就讓你百結愁腸的女人。這不是早熟，只能說，它與生俱來。春來在十七歲的這個夏天就此步入了青衣的黃金年段，身段該有的都有，該沒的都沒。腰肢裡頭流蕩著一股天成的婀娜態，風流態。春來的一雙眼睛裡頭有一種獨特而美妙的神采，她看所有的東西都不是看，而是盼顧，左盼盼，右顧顧，有股美目盼兮的意思，有股依依不捨的意思，還有股此怨不知所從何來的意思。春來運動的眼珠就像戲臺上的運眼，她有一種將最戲劇化的程式還原到生活中來的稟賦，她同時還有一種將最日常化的動態提升到戲臺上的異質。而春來的變聲期也是格外地順利，居然沒這麼在意說過去就過去了，許多演員過不了變聲期這麼一個鬼門關，昨晚上洗澡的時候還好好的，一覺睡來，好嗓子已經被鬼偷走了。

春來這孩子命好。所有的一切好像都是給預備好了的。雖說只是嫦娥的B檔，但是誰也不能否認，二郎神的靈光已經照亮春來了。

5

一部戲總是從唱腔戲開始。說唱腔俗稱說戲，你先得把預設中一部戲打爛了，變成無數的局部、細節，把一部戲中戲劇人物的一恨、一怒、一喜、一悲、一傷、一哀、一枯、一榮，變成一字、一音、一腔、一調、一顰、一笑、一個回眸、一個亮相、一個水袖，一句話，變成一個又一個說、唱、念、打，然後，再把它組裝起來，磨合起來，還原成一段念白，一段唱腔。說戲過後，排練階段才算眞正開始。首先是連排。一個人成不了一臺戲，「戲」首先是人與人的關係。那麼多的演員擠在一個戲臺上，演員與演員之間就必須溝通、配合、交流、照應，這樣的完善過程也就是連排。連排完了還不行。演員的唱腔、型式還得與樂隊、鑼鼓傢伙形成默契，沒有吹、拉、彈、奏、打，那還叫什麼戲？把吹、拉、彈、奏、打一同糅合進去，這就是所謂的響排了。響排過了還得排，也就是彩排。彩排接近於實彈演習，是面對著虛擬中的觀衆進行的一次公演，該包頭的得包頭，該勾臉的得勾臉，一切都得按實在演出的模樣細細地走場。彩排過去了，一齣大戲的大幕才能拉得開。

幾乎所有的人都注意到了，從說了唱腔的第一天開始，筱燕秋就流露出了過於刻苦、過於賣命的跡象。筱燕秋的戲雖說沒有丟，但畢竟是四十歲的人了，畢竟是二十年不登臺了，她的那種賣命就和年輕人的莽撞有所不同，彷彿東流的一江春水，在入海口的前沿拚命地迂迴、盤旋，巨大的旋渦顯示出無力回天的笨拙、凝重。那是一種吃力的掙扎、虛假的反溯，說到底那只是一種身不由己的下滑、流淌。時光的流逝眞的像水往低處流，無論你怎樣努力，它都會把覆水難收的殘敗局面呈現給你，讓你竭盡全力地拽住牛的尾巴，再緩緩地被牛拖下水去。

截止到說戲階段，筱燕秋已經從自己的身上成功地減去了四點五公斤的體重。筱燕秋不是在「減」肥，說得準確一些，是摳。筱燕秋熱切而又痛楚地用自己的指甲一點一點地把體重往外摳，往外挖。這是一場戰爭，一場掩蔽的、沒有硝煙的、只有殺傷的戰爭。筱燕秋的身體現在就是筱燕秋的敵人，她以一種復仇的瘋狂針對著自己的身體進行地毯式轟炸，一邊轟炸一邊監控，減肥的日子裡頭筱燕秋不僅僅是一架轟炸機，還是一個出色的狙擊手。筱燕秋端著她的狙擊步槍，全神貫注，密切注視著自己的身體。身體現在成了她的終極標靶，一有風吹草動筱燕秋就會毫不猶豫地扣動她的扳機。筱燕秋每天晚上都要站到磅秤上去，她對每一天的要求都是具體而又嚴格的：好好減肥，天天向下。筱燕秋一定要從自己的身上摳去十公斤——那是她二十年前的體重。筱燕秋堅信，只要減去十公斤，生活就會回到二十年前，她就會站在二十年前，二十年前的曙光一定會把她的身影重新投射在大地上，頎長、婀娜、娉婷世無雙。

這是一場殘酷的持久戰。湯、糖、躺、燙是體重的四大忌，也就是說，吃和睡是減肥的兩大法門。筱燕秋首先控制的就是自己的睡。她把自己的睡眠時間固定在五個小時，五個小時之外，她不僅不允許自己躺，甚至不允許自己坐。接下來控制的就是自己的嘴了。筱燕秋不允許自己吃飯，不允許自己喝水，更不用說熱水了。她每天只進一些瓜果、蔬菜。在瓜果與蔬菜之外，筱燕秋像貪婪的嫦娥那樣，就知道大口大口地吞藥。

減肥的前期是立竿見影的，她的體重如同股票遭遇熊市一樣，一路狂跌。身上的肉少了，然而，皮膚卻意外地多了出來。多餘的皮膚掛在筱燕秋的身上，宛如撿來的錢包，渾身上下找不到一個存放的地方。多出來的皮膚使筱燕秋對自己產生了這樣一種錯覺：整個人都是形式大於內容的。這是一個古怪的印象，一個惡劣的印象，這還是一個滑稽的和歹毒的印象。最要命的還在臉上，多出來的皮膚使筱燕秋的臉龐活脫脫地變成了一張寡婦臉。筱燕秋望著鏡子裡的自己，寡婦一樣沮喪，寡婦一樣絕望。

眞正的絕望還在後頭。減肥見了成效之後筱燕秋整日便有些恍惚，這是營養不良的具體回應。精力愈來愈不濟了。頭暈、乏力、心慌、噁心，總是犯睏，貪睡，而說話的氣息也愈來愈細。說戲階段過去了，《奔月》就此進入了艱苦的排練階段，體力消耗逐漸加大，筱燕秋的聲音就不那麼有根，不那麼穩，有點飄。氣息跟不上，筱燕秋只好在嗓子裡頭發力，聲帶收緊了，唱腔就愈來愈不像筱燕秋的了。

筱燕秋再也沒有料到自己會出那麼大的醜，當著那麼多人的面。她在給春來示範一段唱腔的時候居然「刺花兒」了，「刺花兒」俗稱「唱破」了，是任何一個靠嗓子吃飯的人最丟臉的事。那聲音不像是人的嗓子發出來的，像玻璃刮在了玻璃上，像發情期的公豬趴在了母豬的背脊上。其實「刺花兒」也不是什麼大不了的事，每一個演員都會碰上的，然而，筱燕秋到底又不是別人，她不能忍受一起集中過來的目光。那些目光不是刀子，而是毒藥，它不需要你流一滴血，不讓你有半點疼痛，活生生地就要了你的命。筱燕秋決定挽回她的體面。她必須在衆人的面前撈回這個臉面。筱燕秋強作鎮定，示意再來。連續兩次，嗓子就是不肯給筱燕秋下這個臺。筱燕秋的嗓子癢得要了命，宛如爬上了一萬隻小蟲子，想咳。筱燕秋用力忍住，咬著牙，把滿嘴的咳嗽堵在嗓眼裡頭。坐在一邊的炳璋端來了一杯水，遞到筱燕秋的面前，故意輕鬆地對大夥兒說：「歇會兒，歇會兒了，哈。」筱燕秋沒有接炳璋的杯子，接杯子這個動作筱燕秋無論如何是不肯做的。筱燕秋看著演后羿的男演員，說：「我們再來一遍。」筱燕秋這一回沒有「刺花兒」，她的高音部只爬到了一半，筱燕秋自己就停下來了。筱燕秋重重地吁出一口氣，僵在那兒。沒有一個人敢上來和筱燕秋搭腔，沒有一個人敢看筱燕秋。筱燕秋強忍著，愈忍愈難忍。人在丟臉的時候不能急著挽回，有時候，你想挽回多少，反過來會再丟出去多少。她開始用目光去掃別人，他們像是約好了的，都是一副過路人的樣子，似乎什麼都沒發生過。眾人的心照不宣有時候更像一次密謀，其殘忍的程度不亞於千夫所指。筱燕秋想再來一遍，到底沒有勇氣了。炳璋端著茶杯，大聲對眾人宣布：「筱燕秋老師感冒了，就到這兒，今天就到這兒了，哈。」筱燕秋淚汪汪地盯著炳璋，知道他的好意。可是筱燕秋就想撲上去，揪著炳璋的領口給他兩個耳光。

排練廳立即走空了，只留下了筱燕秋與春來。春來同樣不敢看她的老師，弓著腰，假裝收拾東西。筱燕秋長久地望著春來，她年輕的側影是多麼的美，顴骨和下巴那兒發出瓷器才有的光。筱燕秋失神了，反反覆覆在心裡問：自己怎麼就沒她那個命？春來直起身來，發現老師的目光一直罩在自己的身上，唬了一大跳。筱燕秋突然說：「春來，你過來。」春來停住了，愣在那兒沒有動。筱燕秋說：「春來，你把剛才我唱的那一段重來一遍。」春來瞧了一口，她在這樣的時候怎麼敢做那樣的事。春來說：「老師。」筱燕秋沒開口，卻挪了一張椅子，坐了下來。春來的心裡頭慌亂了一回，不過看老師的架勢，躲是躲不過去了，反倒鎭定下來了，站好了，進了戲。筱燕秋坐在椅子上，用心地看著春來，聽著春來，幾分鐘過後筱燕秋卻走神了。她瞥了一眼牆上的大鏡子，大鏡子像戲臺，十分殘酷地把春來和自己一同端出來了。筱燕秋有意無意地拿自己和春來做起了比較。鏡子裡的筱燕秋在春來的映照之下顯得那樣地老，幾乎有些醜了。當初的自己就是春來現在的這副樣子，她現在到哪兒去了呢？人不能比人，這話眞是殘忍。人不能比別人，人同樣不能和自己的過去攀比。什麼叫青山遮不住，畢竟東流去？鏡子會慢慢地告訴你。筱燕秋的自信心在往下滑，像水往低處流，擋都擋不住。她想起了當初復出時的那種喜悅，那樣的喜悅說到底也不過是過眼的煙雲，刹那之間就蕩然無存了。筱燕秋動搖了，甚至產生了打退堂鼓的意思，卻又捨棄不下。雖說春來的表演還有許多地方需要打磨，然而，從整體上說，這孩子超過自己也就是眼前的事了。春來如此年輕，未來的歲月實在是不可限量。筱燕秋突然就是一陣難受，內中一陣一陣地酸，一陣一陣地疼。筱燕秋知道自己嫉妒了。細細說起來，筱燕秋就因爲嫉妒吃了二十年的苦頭，可是，她實在沒有嫉妒過李雪芬。從來沒有，一天都沒有。但是，面對自己的學生，筱燕秋遏制不住。筱燕秋知道自己在嫉妒，她第一次嘗到了嫉妒的厲害。她看到了血在流。筱燕秋痛恨自己，她不能允許自己嫉妒。她決定懲罰。她用指甲拚命地掐自己的大腿。愈用力愈忍，愈忍愈用力。大腿上尖銳的疼痛讓筱燕秋產生了一種古怪的輕鬆感。她站起身來，決定利用這個空隙幫春來排練，不允許自己有半點保留。筱燕秋站到春來的面前，面對面，手把手，從腰身到眼神，一點一點地解釋，一點一點地糾正，她一定要把春來鍛造成自己的二十年前。太陽落下去了，梧桐樹的巨大陰影落在窗戶的玻璃上，撫摩著玻璃，絮絮叨叨的，苦口婆心的。排練大廳裡的光線愈來愈暗，愈來愈安靜了。她們忘記了開燈，師徒兩個在昏暗的光線下面反反覆覆地比劃，一遍又一遍，每一個動作都細微到手指的最後一個關節。筱燕秋的臉離春來只有幾吋那麼遠，春來的眼睛忽閃忽閃的，在昏暗的排練大廳裡反而顯得異樣地亮，那樣地迷人，那樣地美。筱燕秋突然覺得對面站著的就是二十年前的自己，二十年前的筱燕秋就在自己的面前，亭亭玉立。筱燕秋迷惑了，像做夢，像水中觀月。眼前的一切都像夢幻那樣飄忽起來了，充滿了不確定性。筱燕秋停下來，側著看，用那種不聚集的、近乎煙霧的目光籠罩了春來。春來不知道自己的老師怎麼了，也側過了腦袋，端詳著自己的老師。筱燕秋繞到了春來的身後，一手托住春來的肘部，另一隻手捏住了春來翹著的小拇指的指尖。筱燕秋望著春來的左耳，下巴幾乎貼住春來的腮幫。春來感到了老師的溫溼的鼻息。筱燕秋鬆開手，十分突兀地把春來攬進了懷抱。她的胳膊是神經質的，摟得那樣地緊，乳房頂著春來的後背，臉貼在了春來的後頸上。春來猛一驚，卻不敢動，僵在了那裡，連呼吸都止住了。但只是一會兒，春來的呼吸便澎湃了，大口大口地換氣，她喘息一次兩隻乳房就要在筱燕秋的胳膊裡軟綿綿地撞擊一回。筱燕秋的手指在春來的身上緩緩地撫摩，像一杯水潑在了玻璃臺板上，開了岔，困厄地流淌。她的手指流淌到春來腰部的時候春來終於醒悟過來了，春來沒敢叫喊，春來小聲央求說：「老師，別這樣。」

筱燕秋突然醒來了。那真是一種大夢初醒的感覺。夢醒之後的筱燕秋無限地羞愧與淒惶，她弄不清自己剛才到底做了些什麼。春來撿起包，衝出了排練大廳。筱燕秋被丟在排練大廳的正中央，耳朵裡頭充滿了春來下樓的腳步聲，急促得要命。筱燕秋想叫住春來，可她實在不知道還能對春來說什麼。筱燕秋就覺得羞愧難當。天已經黑了，卻又沒有黑透，是夢的顏色。筱燕秋垂著手，呆呆地站住，不知身在何處。

下班的路上筱燕秋就覺得這一天太古怪了，大街是古怪的，路燈的顏色是古怪的，行人走路的樣子也是古怪的。筱燕秋一直想哭，但是，實在又不知道要哭什麼。不知道要哭什麼就不那麼容易哭得出來。這一來筱燕秋的胸口反而堵住了。胸口堵住了，肚子卻出奇地餓，這陣餓是喪心病狂的，彷彿肚子裡長了十五隻手，七上八下地拽。筱燕秋走到路邊的一家小飯店，決定停下腳步。她懷著一股難言的仇恨走進了小飯店，要過菜單，專門挑大油大膩的點。一上來筱燕秋就惡狠狠地吞下了三只大肉丸。筱燕秋又是嚼，又是嚥，一直吃到喘息都困難的程度。

6

春來並沒有在筱燕秋的面前流露什麼，戲還是和過去一樣地排。只是春來再也不肯看筱燕秋的眼睛了。筱燕秋說什麼，她聽什麼，筱燕秋叫她怎麼做，她就怎麼做，就是不肯再看筱燕秋的眼睛。一次都不肯。筱燕秋與春來都是心照不宣的，不過，這不是母親與女兒之間才有的心照不宣，是女人與女人之間的那種，致命的那種，難以啓齒的那種。

筱燕秋再也沒有料到會和春來這樣彆扭，一個大疙瘩就這樣橫在了她們的面前。這個疙瘩看不見，也就越發無從下手了。筱燕秋恢復了飲食，可還是累。筱燕秋說不出這種累掩藏在身體的哪個部位，它具有發散性，在身體的內部四處延展，都無所不在了。好幾次她都想從劇組退出，就是下不了那個死決心。這樣的心態二十年以前曾經有過一次的，她想到過死，後來竟一次又一次猶豫了。筱燕秋責怪自己當初的軟弱。二十年前她說什麼也應當死去的。一個人的黃金歲月被掐斷了，其實比殺死了更讓你寒心。力不從心地活著，處處欲罷不能，處處又無能爲力，眞的是欲哭無淚。

春來那裡一點動靜都沒有。她永遠都是那樣氣閒神定的，沒有一點風吹，沒有一點草動，遠遠地，和筱燕秋隔著一兩丈的距離。筱燕秋現在怕這孩子，只是說不出。如果春來就這麼和自己不冷不熱地下去，筱燕秋的這輩子就算徹底了結了，一點討價還價的餘地都沒有了。「嫦娥」要是不能在春來的身上復生，筱燕秋站二十年的講臺究竟是爲了什麼？

筱燕秋終於和老闆睡過了。這一步跨出去了，筱燕秋的心思好歹也算了了。這是遲早的事，早一天晚一天罷了。筱燕秋並沒有什麼特別的感覺，這件事說不上好，也說不上不好，從古到今反正都是這樣的。老闆是誰？人家可是先有了權後有了錢的人，就算老闆是一個令人噁心的男人，就算老闆強迫了她，筱燕秋也不會怪老闆什麼的。更何況還不是。筱燕秋在這個問題上沒有半點羞答答的，半推半就還不如一上來就爽快。戲要不就別演，演都演了，就應該讓看戲的覺得值。

可是筱燕秋難受。這種難受筱燕秋實在是銘心刻骨。從吃晚飯的那一刻起，到筱燕秋重新穿上衣服，老闆從頭到尾都扮演著一個偉人，一個救世主。筱燕秋一脫衣服就感覺出來了，老闆對她的身體沒有一點興趣。老闆是什麼？這年頭漂亮新鮮的小姑娘就是貨架上的日用百貨，只要老闆喜歡，下巴一指，售貨員就會把什麼樣的現貨拿到他們的面前。筱燕秋是自己脫光衣服的，剛一扒光，老闆的眼神就不對勁了，它讓筱燕秋明白了減肥後的身體是多麼地不堪入目。老闆一點都沒有掩飾。在那個刹那裡頭筱燕秋反而希望老闆是一個貪婪的淫棍，一個好色的惡魔，她就是賣給老闆一回她也賣了，然而，老闆不那樣。老闆上了床就更是一個偉人了。他十分從容地躺在了席夢思上，用下巴示意筱燕秋騎上去。老闆平躺在席夢思上，一動不動，筱燕秋騎上去之後就只剩下筱燕秋一個人忙活了。有一個階段老闆對筱燕秋的工作似乎比較滿意，嘴裡哼嘰了幾聲，說，「哦，葉兒。哦，葉兒。」筱燕秋不知道老闆到底在哼嘰什麼。幾天之後，筱燕秋伺候老闆之前老闆先讓她看了幾部外國毛片，看完了毛片筱燕秋才算明白過來，大老闆在學洋人叫床呢。老闆在床上可是衝出了亞洲走向了世界，一下子就與世界接軌了。這固然不是做愛，可是，這甚至不是性交，筱燕秋只是莫名其妙地巴結著一個男人，伺候著一個男人。筱燕秋就覺得自己賤。她好幾次都想停止下來了，然而，性是一個歹毒的東西，不是你想停就停得下來的。這樣的感覺筱燕秋在和面瓜做愛的時候反而沒有過。筱燕秋一邊動作一邊罵著自己，她這個女人實在是下賤得到了家了。

筱燕秋從老闆那兒回來的時候外面下了一點小雨，馬路上水亮水亮的，滿眼都是汽車尾燈的倒影與反光，猩紅猩紅，熱烈得有些過分，有些無中生有，因而也就平添了許多頹傷的意思。筱燕秋望著路面上的斑駁反光，認定了自己今晚是被人嫖了。被嫖的卻又不是身體。到底是什麼被嫖了，筱燕秋實在又說不上來。她弓在巷子的拐角處，想嘔吐出一些什麼，終於又沒有能夠如願，只是嘔出了一些聲音。那些聲音既難聽，又難聞。

女兒已經睡了。面瓜正看著電視，陷在沙發裡頭等著筱燕秋。筱燕秋進了門就沒有看面瓜。她不肯和面瓜打照面，低著頭徑直往衛生間去。筱燕秋打算先洗個澡的，又有些過於多疑，擔心這樣匆忙地洗澡面瓜會懷疑什麼，只好坐到便池上去了。坐了一會兒，沒有拉出什麼，也沒有尿出什麼。只是拽著內衣，正過來看了看，反過來又看了看。筱燕秋把自己的上上下下全都檢查了一遍，沒有發現任何點點斑斑，放下心來走出了衛生間。筱燕秋困乏得厲害，爲了不讓面瓜看出來，便故意弄出一副精神飽滿的樣子。面瓜還坐在那兒，弄不懂筱燕秋爲什麼這樣開心，傻笑起來，說：「喝酒啦？臉紅紅的。」筱燕秋的心口咯噔了一下，輕描淡寫地說：「哪裡紅。」面瓜認真起來，說：「是紅了。」筱燕秋不敢糾纏，立即把話岔開了，說：「孩子呢？」面瓜說：「早就睡了。」筱燕秋不情願面瓜老是站在自己的面前，她實在不能承受面瓜的目光。筱燕秋說：「你先上床去吧，我沖個澡。」她迴避了「睡覺」這兩個字，但「上床」的意思其實還是一樣的。筱燕秋說這句話的時候迅速地瞥了一眼面瓜，面瓜卻開心起來了，不住地搓手。筱燕秋的胸口平白無故地便是一陣痛。

筱燕秋把洗澡水的溫度調得很燙，幾乎達到了疼痛的程度。筱燕秋就希望自己疼。疼的感覺具體而又實在，甚至還有一點快慰，有一種自虐和自戕的味道。筱燕秋把自己沖了又沖，搓了又搓。她用指頭摳向身體的深處，企圖摳出一點什麼，拽出一點什麼。洗完了，筱燕秋坐在了客廳裡的沙發上，皮膚上泛起了一層紅，有些火燒火燎的。大約在深夜十一點，面瓜裹著毛巾被出來了。面瓜顯然沒睡，掛著一臉巴結的笑，面瓜說：「魂不守舍的，撿到錢包了吧？」

筱燕秋沒有搭腔。面瓜文不對題地「嗨」了一聲，說：「今天是週末了。」筱燕秋凜了一下，緊張起來了，不動。面瓜挨著筱燕秋坐下來，嘴唇正對著筱燕秋的右耳垂。面瓜張開嘴巴，順勢把筱燕秋的耳垂銜在了嘴裡，手卻向常去的地方去了。筱燕秋的回應是她自己都始料不及的，她一把就把面瓜推開了，她的力氣用得那樣猛，居然把面瓜從沙發上推下去了。筱燕秋尖聲叫道：「別碰我！」這一聲尖叫劃破了寧靜的夜，突兀而又歇斯底裡。面瓜怔在地上，起先只是尷尬，後來竟有些惱羞成怒了，夜深人靜的，又不敢發作。筱燕秋的胸脯一鼓一鼓的，像脹滿了風的帆。筱燕秋抬起頭來，眼眶裡突然沁出了兩汪淚，她望著自己的丈夫，說：「面瓜。」

今夜不能入眠。筱燕秋在漆黑的夜裡瞪大了眼睛，黑夜裡的眼睛最能看清的就是自己的今生今世。筱燕秋的一隻眼睛看著自己的過去，一隻眼睛看著自己的未來。可筱燕秋的兩眼都一樣的黑。筱燕秋好幾次想伸出手去撫摸面瓜的後背，終於忍住了。她在等天亮。天亮了，昨天就過去了。

除了學戲，春來總是悶不吭聲，靜得像一杯水。空閒的時刻春來習慣於一個人坐在一邊，又長又彎的眉毛挑在那兒，大而亮的眼睛這兒睃睃，那兒瞅瞅，一副嫵媚而又自得的模樣。春來的身上有一種寂靜的美，恬然的美，一舉一動都透出弱柳扶風的意味。但是，這樣的女孩子說來動靜就來了動靜。春來無風就是三尺浪。她帶來了消息，一個讓筱燕秋五雷轟頂的消息。

臨近響排的那一天炳璋突然把筱燕秋叫住了。炳璋的臉上很不好看，他悶著頭，不聲不響地只是把筱燕秋往自己的辦公室裡帶。春來坐在炳璋的辦公室裡，安安靜靜地翻著當天的晚報。筱燕秋一看見春來就預感到有什麼事發生了。

「她要走。」炳璋一進辦公室就這樣沒頭沒腦地說。

「誰要走？」筱燕秋蒙在那兒。她看了一眼春來，不解地問：「要到哪裡去？」

春來站起身來，依舊不肯看自己的老師。她站在筱燕秋的面前，一言不發，只是望著自己的腳尖。春來的模樣再一次使筱燕秋想起了自己的當初，她當初站在李雪芬的病床前面就是這副樣子的。但是，自己的心氣和春來的現在顯然是不可同日而語的。春來磨蹭了半天，開口說話了。春來說：「我想走。」春來說：「我要到電視臺去。」

筱燕秋聽清楚了，就是不明白。春來的那兩句話前言不搭後語的，筱燕秋弄不清裡面的山高水深。筱燕秋說：「你要到哪裡去？」

春來直接把底牌亮出來了。春來說：「我不想演戲了。」

筱燕秋聽明白了，每一個字都聽清楚了。筱燕秋靜靜地打量著她的學生，慢慢歪過了腦袋。筱燕秋輕聲說：「你不想做什麼？」

春來又沉默了，接下來的話是炳璋幫她說的。炳璋說：「電視臺要一個主持人，她報名去了，一個月之前她就報名去了。都已經面試過了，人家要她。」筱燕秋想起來了，說戲的那些日子裡頭電視臺的確是在晚報上面做過廣告的，那有一個月了，這孩子不聲不響居然把什麼都準備好了。筱燕秋傻在了沙發旁邊，身體晃了一下，就好像被誰拽了一把。筱燕秋頓時就亂了方寸。她伸出雙手，打算搭到春來的肩膀上去的，剛一伸手，又收回了原處。筱燕秋喘息了，突然喊道：「你知道你在說什麼？」

春來看了看窗外，不說話。

「你休想！」筱燕秋大聲說。

「我知道你在我的身上花費了心血，可我走到今天也不容易。你不要攔我。」

「你休想！」

「那我退學。」

筱燕秋抬起了雙手，就是不知道要抓什麼。她看了看炳璋，又看了看春來。雙手抖動起來。她一把拽住了春來的衣襟，心碎了。筱燕秋低聲說：「你不能，你知道你是誰？」

春來耷拉著眼皮，說：「知道。」

「你不知道！」筱燕秋心痛萬分地說，「你不知道你是多好的青衣——你知道你是誰？」

春來歪了歪嘴角，好像是笑，但沒出聲。春來說：「嫦娥的B檔演員。」

筱燕秋脫口說：「我去和他們商量，你演A檔，我演B檔，你留下來，好不好？」

春來掉過頭去，說：「我不搶老師的戲。」

春來還是那樣生硬，然而，口氣上畢竟有所鬆動了。筱燕秋抓住了春來的手，慌忙說：「沒的，你沒有搶我的戲！你不知道你多出色，可我知道。出一個青衣多不容易，老天爺要報應的——你演A檔，你答應我！」她把春來的手捂在自己的掌心裡，急切地說，「你答應我。」

春來抬起了頭來，望著她的老師。這麼些日子來春來還是第一次這樣正眼看她的老師。筱燕秋仔細地研究著春來的目光，這是一種疑慮的目光，一種打算改弦更張的目光。筱燕秋全神貫注地看著春來，就好像春來的目光一移開立即就會飛走了似的。炳璋一直注視著春來，他從春來細微的變化當中看到了玄機。那絕對是七不離八的。炳璋有底了，知道和春來的談話從哪兒入手了。炳璋對筱燕秋擺了擺手，示意她先出去。筱燕秋不動，都有些神經質了，直到炳璋把手搭在了她的肩上她才還過了神來。筱燕秋一步一回頭。炳璋悄聲說：「先回去，你先回去。」

筱燕秋回到了排練大廳，遠遠地打量著炳璋的那扇窗。那扇窗現在是她的命。排練結束了，人去樓空，空蕩蕩的排練大廳孤零零地吊著筱燕秋的身影。筱燕秋在焦急地等。夕陽殘照，大廳裡的粉塵懸浮在半空，橙黃橙黃的，彌漫著一股毫無由頭的溫馨，植物的葉片被殘陽放大了，已經看不出植物葉片的輪廓。筱燕秋抱著胳膊，在大廳裡來來回回。炳璋的窗戶突然打開來了，探出了炳璋的腦袋和一條手臂。筱燕秋看不見炳璋的表情，然而，她看到了炳璋揮舞胳膊。炳璋揮得很有力，最後還把指頭握成了拳頭。筱燕秋明白了。她扶著牆邊的練功架，淚水湧了上來。她的身體沿著牆面慢慢滑落了下去。在她坐在地板上的時候，筱燕秋終於哭出了聲來。她的一切差一點就付諸東流了，這眞的是一場劫後餘生。這是多麼幸福的淚水？多麼令人欣慰的淚水？筱燕秋扶著一把椅子，扶著椅子的靠背坐了上去。她在椅子上慢慢地哭，慢慢地體會這份幸福和欣慰。筱燕秋在抹眼淚的時候認認眞眞地責備了自己一回，劇組一成立她其實就應該和春來說明白的，春來要是有戲演，她斷不至於去找別的出路的。自己都這個年紀了，一個青衣到了這個歲數，還爭什麼戲？還演什麼A檔。這樣多好！反正春來都已經頂上來了，再這麼說，春來終究是另一個自己，是自己的另一種模式。只要春來唱紅了，自己的命脈一樣可以在春來的身上流傳下來的。這麼一想筱燕秋突然輕鬆了，心中的壓力與陰影蕩然無存。放棄，徹底放棄。筱燕秋深深地出了一口氣，心情爲之一振。

減肥眞的像一場病。病去如抽絲，病來如山倒。開禁沒幾天，磅秤的紅色指針呼啦一下就把筱燕秋的體重反彈上去了，還撈回了零點五公斤，都有點像有獎銷售了。筱燕秋的心情爽朗了一些日子，但是，等體重眞的回復到過去，筱燕秋便又後悔了。剛剛到手的機會說失去就這麼失去了，這樣的傷心實在是毀滅性的。筱燕秋望著磅秤上的紅色指針，指針上去一點筱燕秋的心就沉下去一點。但是筱燕秋不允許自己傷心，不是不允許自己流露出傷心，而是不允許自己產生一點點難受的念頭，產生多少就掐死多少。做出放棄的承諾之後，筱燕秋原以爲自己從此就能夠心靜如水的。但是沒有。相反，登臺的念頭甚至比以往更強烈了。可是放棄 A檔畢竟是筱燕秋在炳璋的面前親口承諾的，這個承諾是一把劍，筱燕秋親眼看著自己被這把劍劈成兩個，一個站在岸上，另一個則被摁在了水底。當水下的筱燕秋企圖浮出水面的時候，岸上的筱燕秋毫不猶豫地就會用鞋底把她踩向水的深處。岸上的筱燕秋感到了水下的窒息，而水下的筱燕秋則親眼目睹了謀殺的冷酷。岸上和水下的兩個女人一起紅眼了，怒目相向。筱燕秋在水底與岸上兩頭掙扎，疲憊萬分。她選擇了拚命進食，宛如溺水的人拚命喝水。她的體重就此一路飆升。撈回來的體重不僅是對春來的一種交待，同樣也是對自己最有效的阻攔。筱燕秋第一次發現自己這麼能吃，實在是好胃口。

劇組的人們從筱燕秋的身上看出了反常種種。這個沉默的女人在減肥初見成效的時刻說放棄就放棄了。沒有人聽到筱燕秋說起過什麼，然而，人們看著筱燕秋的臉色重新紅潤起來了，而唱腔的氣息也再一次落了地，生了根。有人猜測，那次「刺花兒」對筱燕秋的刺激一定太大了，要不然，像筱燕秋這樣好強的女人不可能說放棄就放棄了。眞正反常的也許還不是筱燕秋放棄了減肥，幾乎所有的人都注意到了，《奔月》剛進入響排，筱燕秋其實已經把自己撤下來了。實地排練的差不多全是春來，筱燕秋只是提著一張椅子，坐在春來的對面，這兒點撥一下，那兒糾正一下。筱燕秋顯出一副愉快萬分的模樣，只是愉快得有些過了頭，就好像太陽都已經放到她們家冰箱裡了。這一來就免不了誇張和表演的意思。筱燕秋把所有的精力全都耗在了春來的身上，看上去再也不像一個演員在排練，更像一個導演，嚴格地說，像春來一個人的導演。人們不知道筱燕秋到底怎麼了，沒有人知道這個女人的腦子裡栽的是什麼果，開的是什麼花。

一到家筱燕秋的疲憊就全上來了。那種疲憊像秋雨之後馬路兩側被點燃的落葉，彌散出的嗆人的濃煙，繚繞著，糾纏著，盤旋在筱燕秋的體內。筱燕秋甚至連眼睛都有些累了，只要一看住什麼東西，一看就是好半天，眼珠子就再也懶得挪動一下了。好幾次筱燕秋都直起了腰，大口大口地做深呼吸，想把虛擬的煙霧從自己的胸口呼出去，可是深呼吸總也是吸不到位，努力了幾次，筱燕秋只好作罷了。

筱燕秋的失神自然沒有逃出面瓜的眼睛，她那種半死不活的模樣不能不引起面瓜的高度關注。她在床上已經連續兩次拒絕面瓜了，一次冷漠，另一次則神經質。她那種模樣就好像面瓜不是想和她做愛，而是提了一把匕首，存心想刺刀見紅。面瓜已經暗示了幾次了，有些話說得都已經相當露骨了，她竟然什麼都沒有聽得進去。這個女人的心一定開岔了，這個女人看來是不爲所動了。

7

炳璋在筱燕秋給春來示範亮相的時候找到了筱燕秋。春來在亮相這個問題上老是處理得不那麼到位。亮相不僅是戲劇心理的一種總結，它還是另一種戲劇心理無言的起始。亮相有它的邏輯性，有它的美。亮相最大的難點就是它的分寸，藝術說到底都是一種恰如其分的分寸。筱燕秋連續示範了好幾遍。筱燕秋強打著精神，把說話的聲音提到了近乎喧譁的程度。她要讓所有的人都看出來，她熱情洋溢，她還心平氣和，她沒有絲毫不甘，沒有絲毫委屈，她的心情就像用熨斗熨過了一樣平整。她不僅是最成功的演員，她還是這個世上最幸福的女人，最甜蜜的妻子。

炳璋這時候過來了。他沒有進門，只在窗戶的外面對著筱燕秋招了招手。炳璋這一次沒有把筱燕秋叫到辦公室裡去，而是喊到了會議室。他們的第一次談話就是在辦公室裡進行的。那一次談得很好，炳璋希望這一次同樣談得很好。炳璋先是詢問了排練的一些具體情況，和顏悅色的，慢條斯理的。炳璋要說的當然不是排練，可他還是習慣於先繞一個圈子。他這個團長不知道爲什麼，就是有點害怕面前的這個女人。

筱燕秋坐在炳璋的對面，專心致志。她那種出格的專心致志帶上了某種神經質的意味，好像等待什麼宣判似的。炳璋瞥了一眼筱燕秋，說話便越發小心翼翼了。

炳璋後來把話題終於扯到春來的身上來了，炳璋倒也是打開窗子說起了亮話。炳璋說，年輕人想走，主要還是擔心上不了戲，看不到前途，其實也不是真的想走。筱燕秋突然堆上笑，十分突兀地大聲說：「我沒有意見，眞的，我絕對沒有意見。」炳璋沒有接筱燕秋的話茬，順著自己的思路往下走。炳璋說：「照理說我早就該找你交流交流的，市裡頭開了兩個會，耽擱了。」炳璋自我解嘲似的笑了笑，說：「你是知道的，沒辦法。」筱燕秋嚥了一口，又搶了，說：「我沒意見。」炳璋小心地看了一眼筱燕秋，說：「我們還是很愼重的，專門開了兩次行政會議，我想再和你商量商量，你看這樣好不好——」筱燕秋突然站起來了，她站得如此之快，把她自己都嚇了一跳。筱燕秋又笑，說：「我沒意見。」炳璋緊張地跟著站起了身，疑疑惑惑地說：「他們已經和你商量了？」筱燕秋茫然地望著炳璋，不知道「他們」和她「商量了」什麼了。炳璋把下嘴唇含在嘴裡，不住地眨眼，有些欲言又止。炳璋最後還是鼓起了勇氣，磕磕絆絆地說：「我們專門開了兩次行政會議，我們想呢，——他們還是覺得我來和你商量妥當一些，能夠從你的戲量裡頭拿出一半，當然了，你不同意也是合情合理的，你演一半，春來演一半，你看看是不是——」

下面的話筱燕秋沒有聽清楚，但是前面的話她可是全聽清楚了。筱燕秋突然醒悟過來了，這些日子她完全是自說自話了，完全是自作主張了！領導還沒有找她談話呢！一齣戲是多大的事？演什麼，誰來演，這麼可能由她說了算呢？最後一定要由組織來拍板的。她筱燕秋實在是拿自己太當人了。一人一半，這才是組織上的決定呢，組織上的決定歷來就是各占百分之五十。筱燕秋喜出望外，喜出了一身冷汗，脫口說：「我沒意見，眞的，我絕對沒有意見。」

筱燕秋的爽快實在出乎炳璋的意料。他小心地研究著筱燕秋，不像是裝出來的。炳璋悄悄地鬆了一口氣。炳璋有些激動，想誇筱燕秋，一時居然沒有找到合適的詞句。炳璋後來自己也奇怪，這麼說出那樣一句話來了，幾十年都沒人說了。炳璋說：「你的覺悟眞是提升了。」筱燕秋在返回排練大廳的路上幾乎喜極而泣，她想起了春來鬧著要走的那個下午，想起了自己爲了挽留春來所說的話。筱燕秋突然停下了腳步，回頭看會議室的大門。筱燕秋當著炳璋的面說過的，春來演A檔，可炳璋並沒有拿她的話當回事。顯然，炳璋一定只當是筱燕秋放了個屁。筱燕秋對自己說，炳璋是對的，她這個女人所做的誓言頂多只是一個屁。不會有人相信她這個女人的，她自己都不相信。

過道裡旋起了一陣冬天的風，冬天的風捲起了一張小紙片。孤寂的小紙片是風的形式，當然也就是風的內容。沒有什麼東西像風這樣形式與內容絕對同一的了。這才是風的風格。冬天的風從筱燕秋的眼角膜上一掃而過，給筱燕秋留下了一陣顫慄。紙片像風中的青衣，飄忽，卻又痴迷，它被風丟在了牆的拐角。又是一陣風飄來了，紙片一顚一顚的，既像躲避，又像渴求。小紙片是風的一聲嘆息。

天氣說冷就冷了，而公演的日子說近也就近了。老闆在這樣的時刻表現了老闆的威力，老闆實在是一個操縱媒體的大師，最初的日子媒體上只是零零星星地做一些報導，隨著公演一天一天地逼近，媒體逐漸升溫了，大大小小的媒體一起喧鬧了起來。熱鬧的輿論營造出這樣一種態勢，就好像一部《奔月》業已構成了公衆的日常生活，成了整個社會傾心關注的焦點。媒體設置了這樣一個怪圈：它告訴所有的人，「所有的人都在翹首以待」。輿論以倒計時這種最爲撩撥人的模式提醒人們，萬事俱備，只欠東風。

嚮排已經接近了尾聲。這個上午筱燕秋已經是第五次上衛生間了，一大早起床的時候筱燕秋就發現身上有些不大對路，噁心得要了命。筱燕秋並沒有太往心裡去。前些日子服用了太多的減肥藥，感受好像也是這樣的。第五次走進衛生間之後，筱燕秋的腦子裡頭一直掛牽著一件事，到底是什麼事，一時又有點想不起來，反正有一件要緊的事情一直沒有做。筱燕秋就覺得自己脹得厲害，不住地要小解。其實也尿不出什麼。利用小解的機會筱燕秋又想了想，還是覺得有一件要緊的事情還沒有做。就是想不起來。

洗手的時候一陣噁心重又犯上來了，順帶著還湧上來一些酸水。筱燕秋嘔了幾口，突然愣住了。她想起來了。筱燕秋終於想起來了。她知道這些日子到底是什麼事還沒做了。她驚出了一身汗，站在水池的面前，一五一十地往前推算。從炳璋第一次找她談話算起，今天正好是第四十二天。四十二天裡頭她一直忙著排戲，居然把女人每個月最要緊的事情弄忘了。其實也不是忘了，破東西它根本就沒有來！筱燕秋想起了四十二天之前她和面瓜的那個瘋狂之夜。那個瘋狂的夜晚她實在是太得意忘形了，居然疏忽了任何措施。她這三畝地怎麼就那麼經不起惹的呢？怎麼隨便插進一點什麼它都能長出果子來的呢？她這樣的女人的確不能太得意，只要一忘乎所以，該來的肯定不來，不該來的則一定會叫你現眼。筱燕秋下意識地捂住了自己的小肚子，先是一陣不好意思，接下來便是不能遏制的惱怒。公演就在眼前，她那天晚上怎麼就不能把自己的大腿根夾緊呢？筱燕秋望著水池上方的小鏡子，盯著鏡子中的自己。她像一個最粗魯的女人用一句最下作的話給自己做了最後總結：「操你媽的，夾不住大腿根的賤貨！」

肚子成了筱燕秋的當務之急。筱燕秋算了一下日子，這一算一口涼氣一直逼到了她的小腿肚子。公演的日子就在眼前，要是在戲臺上犯了噁心，嘔吐起來，救火都來不及的。首選當然是手術。手術乾淨、徹底，一了百了。可手術到底是手術，皮肉之苦還在其次，恢復起來可實在是太慢了。上了臺，你就等著「刺花兒」吧。筱燕秋五年之前坐過一次小月子，刮完了身子骨便軟了，拖拉了二十多天。筱燕秋不能手術，只有吃藥。藥物流產不聲不響的，歇幾天或許就過去了。筱燕秋站在水池的前面，愣在那兒，突然走出了衛生間，直接往大門口的方向去。筱燕秋要搶時間，不是和別人搶，而是和自己搶，搶過來一天就是一天。

筱燕秋的手上捏了六粒白色的小藥片。醫生交待了，早晚各一粒，後天上午兩粒，吃完了再去找他。小藥片的名字起得實在是抒情，「含珠停」。就好像筱燕秋的肚子裡頭這刻兒含著的是一粒鋥亮的珍珠，正在緩緩地生長，筱燕秋要做的事情是把它停下來。難怪現在寫詩的少了，寫戲的少了，他們都忙著給大大小小的藥丸子起名字去了。筱燕秋望著手裡的小藥片，心中湧起了一陣酸楚。女人的一生總是由藥物相陪伴，嫦娥開了這個頭，她筱燕秋也只能步嫦娥的後塵。藥物實在是一個古怪的東西，它們像生活當中特別詭異的陰謀。

筱燕秋的家離醫院有一段路，筱燕秋還是決定步行回去。一路上她生著自己的氣，更多的是生面瓜的氣。到家的時候她已經不是在生面瓜的氣了，而是對面瓜充滿了仇恨。一進家門她就沒有給面瓜好臉。筱燕秋沒有吃，沒有洗，倒下頭便睡。

筱燕秋沒有請假，說到底流產這樣的事情也不是什麼了不得的光榮，沒必要弄得路人皆知。只不過筱燕秋有點扛不住「含珠停」的藥物回應。她噁心得厲害了，身子骨全輕了，像是從月亮上剛飛回來的。筱燕秋用力支撐著，總算把這一天的排練挺過來了。但是，她的仇恨卻與日俱增。筱燕秋這一次總算把面瓜恨到骨子裡頭了。第二天的夜晚是昨天晚上的翻版，氣氛卻比昨天更爲凌厲。筱燕秋走進家門的時候更加嚴峻地陰著一張臉，不吃，不喝，不洗，不說，一聲不響地上床。家裡異樣了。冬天的風一起堵在了面瓜的門口，順著門縫扁扁地劈了進來。面瓜靜靜地聽了一會兒，不知所以，不知所措。

但是筱燕秋並沒有睡。面瓜在夜深人靜的時候聽到了她的沉重嘆息。她把氣吸得那麼深，而呼的時候卻故意收住了，靜悄悄的，好像故意不讓人聽見似的，這又瞞得住誰呢？面瓜也輕輕地嘆了一口氣。生活出了問題了，生活絕對出了問題了。面瓜看到了生活的盡頭。

面瓜開始緬懷起過去。一個人學會了緬懷，必然意味著某一種東西走到了盡頭。面瓜是在筱燕秋最落魄的時候鳩占了雀巢，兩個人原本就不般配的。人家現在又能演戲了，又要做大明星了，做了嫦娥的人除了想往天上飛還往哪兒飛？她遲早總是要飛回到天上去的。這個家離雞飛狗跳的日子絕對不遠了。面瓜記起了筱燕秋這些日子裡的諸種反常，面對著夜的顏色，兀自冷笑了一回。

一大早筱燕秋吃掉最後兩粒藥片，坐在家裡靜靜地等。上午九點，筱燕秋帶上擦換的紙巾往醫院去。醫生沒有做別的，還是命令她吃藥。這一回醫生給她的是三顆六角形的白色片劑，筱燕秋一口吞進了肚子，轉了一會兒，在一邊的椅子上靜靜地坐等。腹部的陣痛在她坐下之後慢慢開始了，一陣緊似一陣。筱燕秋弓在那裡，不聲不響地喘息。後來醫生過來了，厲聲說：

「坐在這兒做什麼？要等四個小時呢。出去跑，跳，坐在這兒做什麼？」筱燕秋來到了樓下，肚子卻疼得咬人了，有些支撐不住，就想找個地方好好躺下來。筱燕秋不敢回到樓上，實在又不願意待在醫院的門口，萬一碰上熟人免不了丟人現眼。筱燕秋實在熬不過去，一賭氣就回到了家中。家中沒有人，整座樓上都沒有人。筱燕秋站在客廳裡頭，突然想起了醫生的話。她決定跳，決定在這個無人的時刻弄出一點動靜來。筱燕秋脫了鞋，光著腳，「呼」地一下一蹦多高。光著的腳後跟落在了樓板上，樓板「咚」地一下，嚇了筱燕秋一跳，聽上去卻鼓舞人心。筱燕秋傾聽了片刻，再跳，樓板「咚」地又一下。樓板的轟隆聲激勵了筱燕秋，筱燕秋愈跳愈疼，愈疼愈跳，顛跳伴隨著疼痛，疼痛伴隨著顛跳。筱燕秋愈跳愈高，愈跳愈來神了。一陣空前的暢快與輕鬆突然間布滿了筱燕秋全身，這眞是一次意外的斬獲，意外的驚喜。筱燕秋扒掉了大衣，在自己的大衣上拚命地跳躍、拚命地扭動。她的頭髮散開來了，像一萬隻手，在半空中亂舞亂抓。筱燕秋就想叫，只想叫。不過不叫也沒有關係，這樣就足夠了。筱燕秋都忘記了爲什麼而跳的了，她現在只是爲跳而跳，爲「咚咚」作響而跳，爲地動山搖而跳。筱燕秋痛快淋漓了，升騰起來了，飛起來了。她竭盡了全力，直至耗盡了最後一絲體力。筱燕秋躺在地板上，眼窩裡沁出了幸福的淚。

樓下小賣部的女人聽到了樓上的反常動靜。她伸出了脖子，自語說：「樓上這是怎麼啦？」她的丈夫正在數錢，沒有抬頭，「嗨」了一聲，說：「裝修呢。」

中午時分那粒「珍珠」從筱燕秋的體內滑落了出來。血在流，疼痛卻終止了。無痛一身輕，從疼痛中解脫出來的時刻多麼令人陶醉！筱燕秋疲憊萬分。她躺在床上，仔細詳盡地體會著這份陶醉、這份輕鬆、這份疲憊。陶醉是一種境界。輕鬆是一種領悟。疲憊是一種美。

筱燕秋睡著了。

筱燕秋不知道這一覺睡了有多久，昏睡之中筱燕秋做了許多細碎的夢，連不成片段，像水面上的月光，波光粼粼的，密密匝匝的，閃閃爍爍的，一個都撿不起來。筱燕秋甚至知道自己在做夢，但是醒不來。

「咣當」一聲，面瓜下班了。今天下午面瓜下班到家之後顯得有點異樣，手上沒有了輕重，似乎什麼都礙他的事。面瓜摔摔打打的，這兒「咚」地一下，那兒「轟」地一下。筱燕秋想支起身子和他說些什麼，但是整個人都綿軟了，只好罷了。筱燕秋翻了個身，接著睡。

筱燕秋看出了事態的嚴重性。事實上，當一個人看出了事態的嚴重性的時候，事態往往已經超出了當事人的認知程度。說起來還是女兒提醒了筱燕秋，那天女兒晚上故意繞到了衛生間裡頭，問筱燕秋說：「爸爸最近怎麼啦？」女兒的臉上是一無所知的樣子，孩子的一無所知往往意味著知根知底。這句話把筱燕秋問醒了，她從女兒的目光當中看到了自己的恍惚，看到了家中潛在的危險性。第二天排練一結束筱燕秋就撐著身子拐到了菜場，買了一隻老母雞，順便還捎了一些洋參片。天這麼冷了，面瓜一天到晚站在風口，該給他補一補了。再說自己也該補一補了。等吃完了這頓飯，筱燕秋一定要和面瓜好好聊一聊的。

面瓜回家的時候臉上紫紫的，全是冬天的風。筱燕秋迎了上去。筱燕秋一點都不知道自己熱情得有多過分，一點都不像居家過日子的模樣。面瓜疑疑惑惑地看了筱燕秋一眼，挪開之後的目光愈加疑雲密布了。女兒遠遠地看了看父母這邊，趴在陽臺上做作業去了。客廳裡頭只有筱燕秋和面瓜兩個。筱燕秋回頭瞄了一下陽臺，舀了一碗雞湯端到了餐桌上。筱燕秋像一個下等酒館的女老闆，熱情地勸了，說：「喝點吧，天冷了，補補，雞湯，還加了洋參片。」

面瓜陷在沙發裡頭，沒動，卻點起了一根香菸，面瓜的胸脯笑了一下，臉上的笑容就不那麼像笑，看上去有些古怪。面瓜把打火機丟在茶幾上，自語說：「補補。雞湯。還加了洋參片。」面瓜抬起頭，說，「補什麼補？這麼冷的天，讓我夜裡到大街上去轉圓圈？」

這話傷人了。這話一退場門面瓜也知道傷人了，聽上去還特別的彆扭，就好像夫妻兩個在一起生活就為了床上那些事似的，這一來又戳到了筱燕秋的痛處。面瓜其實並沒有細想，只是心情不好，脫口就出來了。面瓜想緩和一下，又笑，這一回笑得就更不像笑了，看上去一臉的毒。筱燕秋當頭遭到了一盆涼水，生活中最惡俗、最卑下的一面裸露出來了。筱燕秋重新把臉拉了下來，說：「不喝拉倒。」

說完這話筱燕秋瞄了一眼陽臺，目光正好和女兒撞上了。女兒立即把目光避開了。仰起頭，做出一副認眞思考的樣子。

8

彩排極其成功。春來演了大半場，臨近尾聲的時候筱燕秋演了一小段，算是壓軸。師生同臺，眞的成了一件盛事了。炳璋坐在臺下的第二排，控制著自己，盡量平靜地注視著戲臺上的兩代青衣。炳璋太興奮了，差不多溢於言表了。炳璋蹺著二郎腿，五根手指像五個下了山的猴子，開心得一點板眼都沒有。幾個月之前劇團是一副什麼樣子，現在說上戲就上戲了。炳璋爲劇團高興，爲春來高興，爲筱燕秋高興，然而，他還是爲自己高興。炳璋有理由相信自己成了最大贏家。

筱燕秋沒有看春來的彩排，她一個人坐在化妝間裡休息了。她的感覺實在不怎麼好。後來筱燕秋上臺了，筱燕秋一登臺就演唱了《廣寒宮》，這是嫦娥奔月之後幽閉於廣寒宮中的一段唱腔，即整部《奔月》最大段、最華彩的一段唱，二黃慢板轉原板轉流水轉高腔，歷時十五分鐘之久。嫦娥置身於仙境，長河既落，曉星將沉，嫦娥遙望著人間，寂寞在嫦娥的胸中無聲地翻湧，碧海青天放大了她的寂寞，天恩浩蕩，被放大的寂寞滾動起無從追悔的怨恨。悔恨與寂寞相互廝咬，相互激蕩，像夜的宇宙，星光閃閃的，浩淼無邊的，歲歲年年的。人是自己的敵人，人一心不想做人，人一心就想成仙。人是人的原因，人卻不是人的結果。人啊，人哪，你在哪裡？你在遠方，你在地上，你在低頭沉思之間。人總是吃錯了藥，吃錯了藥的一生經不起回頭一看，低頭一看。吃錯藥是嫦娥的命運，女人的命運，人的命運。人只能如此，命中八尺，你難求一丈。

這段二黃的後面有一段笛子舞，嫦娥手裡拿著從人間帶過去的一把竹笛，衆仙女飄飄然，徐徐而上。嫦娥在衆仙女的環抱之中做無助狀，做苦痛狀，做悔恨狀，做無奈狀，做盼顧狀。嫦娥與衆仙女亮相。整部《奔月》就是在這個亮相之中降下大幕的。

照炳璋原來的意思，彩排的戲量筱燕秋與春來一人一半的。筱燕秋沒有同意。她對自己的身體沒有把握。嫦娥在服藥之後有一段快板唱腔，快板下面又是一段水袖舞，水袖舞張狂至極，幅度相當大。不論是快板還是水袖舞，都是力氣活兒。放在過去筱燕秋自然是沒有問題的，今天卻不行。筱燕秋流產畢竟才第五天。雖說是藥物流產，可到底失了那麼多的血，身子還軟，氣息還虛，筱燕秋擔心自己扛不下來，到底也不是正式演出。筱燕秋的決定的確是明智的，笛子舞過大，大幕剛剛落下，筱燕秋一下子就坍塌在地毯上了，把身邊的「仙女們」嚇了一大跳。好在筱燕秋並不慌張，她坐在氈毯上，笑著說：「絆了一下，沒事的。」筱燕秋沒有謝幕，直接到衛生間去了。她感到了不好，下身熱熱的，熱熱的東西在往下淌。

筱燕秋從衛生間裡出來，一拐彎就被眾人圍住了。炳璋站在最前面，衝著她無聲地微笑，翹著他的大拇指。炳璋在讚美筱燕秋。炳璋的讚美是由衷的，他的眼裡噙著淚水。筱燕秋的嫦娥實在是太出色了。炳璋把左手搭在筱燕秋的肩膀上，說：「你眞的是嫦娥。」

筱燕秋無力地笑著。她突然看見春來了，還有老闆。春來依偎在老闆身邊，仰著臉，滿面春風，一路走一路和老闆說著什麼。老闆步履矯健，神采奕奕，像微服私訪的偉人。老闆親切地微笑著，邊微笑邊點頭。筱燕秋從他們的神態上面敏銳地捕捉到了異樣的徵候，心口「咯噔」了一下。筱燕秋笑了笑，迎了上去。

《奔月》公演的這天下起了大雪，一大早就是雪霽之後晴朗的冬日。晴朗的太陽把城市照得亮亮的，白白的，都有些刺眼了。大雪覆蓋了城市，城市像一塊巨大的蛋糕，鋪滿了厚厚的奶油，又柔和，又溫馨，籠罩著一種特殊的調子，既像童話，又像生日。筱燕秋躺在床上，目光穿過了陽臺，靜靜地看著玻璃外面的巨大蛋糕。筱燕秋沒有起床，她就是弄不明白，下身的血這麼還滴滴答答的，一直都不乾淨。筱燕秋沒有力氣，她在靜養。她要把所有的力氣都省下來，留給戲臺，留給戲臺上的一舉一動，一字一句。

臨近傍晚的時分厚厚的蛋糕已經被蹧蹋得不成樣子了，有一種客人散盡、杯盤野狼藉的意味。雪化了一部分，積餘了一部分，化雪的地方裸露出了大地的烏黑、骯髒、醜陋，甚至猙獰。筱燕秋叫了一輛出租車，早早來到了劇院。化妝師和從業人員早到齊了。今天是一個不一般的日子，是筱燕秋這一生當中最爲重要的日子。一下車筱燕秋就在臺前與臺後都走了一遍，看了一遍，和從業人員招呼了幾回，然後，回到化妝間，查看過道具，靜靜地坐在了化妝檯的前面。

筱燕秋望著鏡子裡的自己，慢慢地調息。她細細地端詳著自己，突然覺得自己今天是一個古典的新娘。她要精心地梳妝，精心地打扮，好把自己閃閃亮亮地嫁出去。她不知道新郎是誰，尚未拉開的紅色大幕是她頭上的紅頭蓋，把她蓋住了。一陣慌張十分突兀地湧向了筱燕秋的心房，筱燕秋慌張得厲害。紅頭蓋是一個雙重的謎，別人既是你的謎，你同樣又構成了別人的謎。你掩藏在紅頭蓋的下面，你與這個世界徹底變成了互猜的關係，由不得你不緊張，不心跳，不神飛意亂。

筱燕秋深吸了一口氣，定下心來。她披上了水衣，扎好，然後，筱燕秋伸出了手去。她取過了底彩。她把肉色的底彩擠在了左手的掌心上，均勻地抹在臉上，脖子上，手背上。抹勻了，筱燕秋開始搽凡士林。化妝師遞上了面紅，筱燕秋用中指一點一點地把自己的眼眶、鼻樑畫紅了，左右研究了一回，滿意了，拍定妝粉。筱燕秋開始上胭脂了。胭脂搽在了面紅抹過的部位，面紅立即出彩了，鮮亮了起來，鏡子裡青衣的模樣頓時就出來了一個大概。現在輪到眼睛了。筱燕秋用指尖頂住了眼角，把眼角吊向太陽穴的斜上方，畫眼，畫眉。畫好了，筱燕秋鬆開手，眼角的皮膚一起鬆垮垮地掉了下來，而眼眶卻畫在了高處，這一來眼角那一把就有些古怪，妖裡妖氣的。

化完妝，筱燕秋便把自己交給了化妝師。化妝師溼好了勒頭帶，開始爲筱燕秋吊眉，化妝師把筱燕秋的眼角重新頂上去，筱燕秋感到有點疼。化妝師用潮溼的勒頭帶把筱燕秋的腦袋裹了一圈又一圈，勒住了眼角的皮，緊繃繃的，吊上去的眼角這一回算是固定住了，筱燕秋的雙眼呈到「八」字狀，看上去有點像傳說中的狐狸，嫵媚起來了，靈動起來了。吊好眉，化妝師爲筱燕秋貼上大片，左腮一個，右腮一個，筱燕秋的臉型一下子變了，居然變成了一只剝了殼的雞蛋。上好齊眉穗，蓋好水紗，戴上頭套，假髮，一個活靈活現的青衣立時就出現在鏡框裡了。筱燕秋盯著自己，看，她漂亮得自己都認不出自己來了。那絕對是另一個世界裡的另一個人。但是，筱燕秋堅信，那個女人才是筱燕秋，才是她自己。筱燕秋挺起了胸，側過頭，意外地發現化妝間裡擠了好些人。他們一起愣在那兒，專心地看著她，用一種疑惑的眼光研究著她。筱燕秋看到了春來，春來就在身邊。春來一直就站在筱燕秋的身邊。春來呆在那兒，她不敢相信面前的女人就是與她朝夕相處的老師筱燕秋。筱燕秋簡直就是變魔術，突然變出一個人來了。筱燕秋睃了春來一眼。她知道這個小女人此時此刻的心情，她看得出，這個小女人妒忌了。筱燕秋沒有開口，她現在誰也不是。她現在只是自己，是另一個世界裡的另一個女人。是嫦娥。

大幕拉開了。紅頭蓋掀起來了。筱燕秋撂開了兩片水袖。新娘把自己嫁出去了。沒有新郎，這個世界就是新郎，所有的人都是新郎。所有的新郎一起盯住了唯一的新娘。筱燕秋站在入口處，鑼鼓響了起來。

筱燕秋沒有料到一齣戲如此之短，筱燕秋只覺得剛開了一個頭，剛剛離開了這個世界，說回來就又回來了。筱燕秋起初還擔心自己的身體吃不消的，剛剛登臺的時候是有那麼一點緊張，很快她就完全放鬆下來了。她開始了抒發，開始了傾訴，她徹底忘記了自己，甚至，徹底忘記了嫦娥，她把滿腔的塊壘抽成了一根綿延的細長的絲，一點一點地吐了出來。纏繞了起來，揮灑了起來。她在世界的面前袒露出了她自己，滿世界都在爲她喝采。她愈來愈投入，愈來愈痴迷，筱燕秋愈陷愈深。這是喜悅的兩個小時，哭泣的兩個小時，五味俱全的兩個小時，繽紛飛揚的兩個小時，酣暢的兩個小時，淒豔的兩個小時，恣意的兩個小時，迷亂的兩個小時，這還是類似於床笫之歡的兩個小時。筱燕秋的身體連同她的心竅，一起全都打開了，舒張了，延展了，潤滑了，柔軟了，自在了，飽滿了，接近於透明，接近於自溢，處在了亢奮的臨界點。筱燕秋就感到自己成了一顆熟透了的葡萄，就差輕輕的、尖銳的一擊，然後，所有黏稠的汁液就會了卻心願般的流淌出來。可是，戲完了，沒戲了，結束了，「那個女人」說走就走了，毫不留情地把筱燕秋留給了筱燕秋。筱燕秋置身於巨大的慣性之中，她停不下來，她的身體不肯停下來。筱燕秋欲罷不能，她還要唱，還要演。筱燕秋不知道自己是這麼謝幕的，可大幕黑了一張臉，拉下了。那感覺就如同高潮臨近的時候男人突然收走了他的器具。筱燕秋傷心欲絕。筱燕秋就想對著臺下喊：「不要走，我求求你們，你們都回來，你們快回來！」

散場了，一切都結束了。筱燕秋不是不累，而是有勁無處使。她在焦慮之中蠢蠢欲動。她在百般失落之中走向了後臺，炳璋站在那兒，似乎在等著她。炳璋張開了雙臂，正在出口那邊高興地迎候著她。筱燕秋走到炳璋的面前，委屈得像個孩子。她撲在了炳璋的懷裡。她把臉埋進炳璋的胸前，失聲痛哭。炳璋拍著她，不停地拍著她。炳璋懂。炳璋一個勁地眨巴他的眼睛。沒有人知道筱燕秋的心思，沒有人知道筱燕秋此時此刻最想做的是什麼。筱燕秋自己也說不上來。嫦娥飛走了，只把筱燕秋一個人留在了這個世界上。筱燕秋就覺得自己想找一個男人，不要命地做一次愛。筱燕秋突然抬起了頭來，臉上的油彩糊成了一片，三分像人，七分像鬼，炳璋嚇了一跳。炳璋再也沒有料到筱燕秋會說出這樣的話來，炳璋聽了筱燕秋的話才知道自己並不懂得這個女人。筱燕秋冷冷地望著炳璋，說：「明天還是我。你答應我。明天我還是要上！」

筱燕秋一口氣演了四場。她不讓。不要說是自己的學生，就是她親娘老子來了她也不會讓。這不是A檔B檔的事。她是嫦娥，她才是嫦娥。筱燕秋完全沒有在意劇團這幾天氣氛的變化，完全沒有在意別人看她的目光，她管不了這些。只要化妝的時間一到，她就平平靜靜地坐在了化妝檯的前面，把自己弄成別人。

天氣晴好了四天，午後的天空又陰沉下來了。昨晚的天氣預報說了，今天午後有大風雪的。下午風倒是起了，雪花卻沒有。午後的筱燕秋又乏了，渾身上下像是被捆住了，兩條腿費勁得要了命。下午剛過了三點，筱燕秋突然發起了高燒，而下身又見紅了，量比以往似乎還多了些，都沒完沒了了。高燒來得快，上得更快。筱燕秋的後背上一陣一陣地發寒，大腿的前側似乎也多出了一根筋，拽在那兒，吊在那兒，無緣無故地扯著疼。筱燕秋到底不踏實了，到醫院掛了婦科門診。筱燕秋計畫好了的，開上藥，吃了，好歹也不會耽擱晚上的演出。可這一回醫生倒是沒有忙著讓她吃藥，而是問了又問，開出一大串的檢查單子，叫她查了又查。醫生一臉的肅穆，既沒有嚇人的話，也沒有寬慰人的話，一副死不了也不這麼好的樣子。醫生最後開口了，醫生說：「這麼拖到現在？內膜都感染成這樣了，你看看血項。」醫生後來說，「手術還是要做。最好呢，住下來。」筱燕秋沒有討價還價，生硬地說：「我不住。」筱燕秋又追了一句，說，「手術能不能等些時候？」醫生的目光從眼鏡框的上方看過來，說：「身體不等人哪。」筱燕秋說：「我不住。」醫生拿起了處方，龍飛鳳舞，說：「先消炎，再忙你也得先消炎。先吊兩瓶水再說。」

利用取藥的工夫筱燕秋拐到大廳，她看了一眼時鐘，時間不算寬裕，畢竟也沒到火燒眉毛的程度。吊到五點鐘，完了吃點東西，五點半趕到劇場，也耽擱不了什麼。這樣也好，一邊輸液，一邊養養神，好歹也是住在醫院裡頭。

筱燕秋完全沒有料到會在輸液室裡頭睡得這樣死，簡直都睡昏了。筱燕秋起初只是閉上眼睛養養神的，空調的溫度打得那麼高，養著養著居然就睡著了。筱燕秋那麼疲憊，發著那麼高的燒，輸液室的窗戶上又掛著窗簾，人在燈光下面哪能知道時光飛得有多快？筱燕秋一覺醒來，身上像鬆了綁，舒服多了。醒來之後筱燕秋問了問時間，問完了眼睛便直了。她拔下針管，包都沒有來得及提，拔完了針管就往門外跑。

天已經黑了。雪花卻紛揚起來。雪花那麼大，那麼密，遠處的霓虹燈在紛飛的雪花中明滅，把雪花都打扮得像無處不入的小婊子了，而大樓卻成了器宇軒昂的嫖客，挺在那兒，在錯覺之中一晃一晃的。筱燕秋拚命地對著出租車招手，出租車有生意，多得做不過來，傲慢得只會響喇叭。筱燕秋急得沒病了，一個勁地對著出租車揮舞胳膊，都精神抖擻了。她一路跑，一路叫，一路揮舞她的胳膊。

筱燕秋衝進化妝間的時候春來已經上好妝了。她們對視了一眼，春來沒有開口。筱燕秋上課的時候關照過她的，化上妝這個世界其實就沒有了，你不再是你，他也不再是他，——你誰都不認識，誰的話你也不要聽。筱燕秋一把抓住了化妝師，她想大聲告訴化妝師，她想告訴每一個人，「我才是嫦娥，只有我才是嫦娥！」但是筱燕秋沒有說。筱燕秋現在只會抖動她的嘴唇，不會說話。此時此刻，筱燕秋就盼望著王母娘娘能從天而降，能給她一粒不死之藥，她只要吞下去，她甚至連化妝都不需要，立即就可以變成嫦娥了。王母娘娘沒有出現，沒有人給筱燕秋不死之藥。筱燕秋回望著春來，上了妝的春來比天仙還要美。她才是嫦娥。這個世上沒有嫦娥，化妝師給誰上妝誰才是嫦娥。

鑼鼓響起來了。筱燕秋目送著春來走向了上場門。大幕拉開了，筱燕秋看見老闆坐在了第三排的正中央。他像偉人一樣親切地微笑，偉人一樣緩慢地鼓掌。筱燕秋望著老闆，反而平靜下來了。筱燕秋知道她的嫦娥這一回眞的死了。嫦娥在筱燕秋四十歲的那個雪夜停止了悔恨。死因不詳，終年四萬八千歲。

筱燕秋回到了化妝間，無聲地坐在化妝檯前。劇場裡響起了喝采聲，化妝間裡就越發寂靜了。她望著自己，目光像秋夜的月光，汪汪地散了一地。筱燕秋一點都不知道她做了些什麼，她像一個走屍，拿起水衣給自己披上了，然後取過肉色底彩，擠在左手的掌心，均勻地、一點一點地往臉上抹，往脖子上抹，往手上抹。化完妝，她請化妝師給她吊眉、包頭、上齊眉穗、戴頭套，最後她拿起了她的笛子。筱燕秋做這一切的時候是鎮定自若的，出奇地安靜。但是，她的安靜讓化妝師不寒而慄，後背上一陣一陣地豎毛孔。化妝師怕極了，驚恐地盯著她。筱燕秋並沒有做什麼，也沒有說什麼，只是拉開了門，往門外走。

筱燕秋穿著一身薄薄的戲裝走進了風雪。她來到劇場的大門口，站在了路燈的下面。筱燕秋看了大雪中的馬路一眼，自己給自己數起了板眼，同時舞動起手中的竹笛。她開始了唱，她唱的依舊是二黃慢板轉原板轉流水轉高腔。雪花在飛舞，劇場的門口突然圍上來許多人，突然堵住了許多車。人愈來愈多，車愈來愈擠，但沒有一點聲音。圍上來的人和車就像是被風吹過來的，就像是雪花那樣無聲地降落下來的。筱燕秋旁若無人。劇場內爆發出又一陣喝采聲。筱燕秋邊舞邊唱，這時候有人發現了一些異樣，他們從筱燕秋的褲管上看到了液滴在往下淌。液滴在燈光下面是黑色的，它們落在了雪地上，變成了一個又一個黑色窟窿。

F1056	九十八年散文選（散文）	張曼娟編	360元
F1057	九十八年小說選（小說）	駱以軍編	320元
F1058	愛如一炬之火（散文）	李惠綿著	260元
F1059	心美，一切皆美（散文） ——心的菩提	林清玄著	250元
F1060	孩子，我想說的是……（散文） ——書煒媽咪寫給寶貝愛的40	林書煒著	300元
F1061	天使的微光（散文） ——一個女醫師的行醫記事	林育靖著	240元
F1062	蘭花辭（散文）	周芬伶著	250元
F1063	花甲男孩（小說）	楊富閔著	250元
F1064	我看日本文化精神（散文） ——有感人生	賴東明著	260元
F1065	虎尾溪的浮光（散文）	古蒙仁著	220元
F1066	北港香爐人人插（小說）	李　昂著	260元
F1067	情深，萬象皆深（散文） ——情的菩提	林清玄著	250元
F1068	大眼蛙的夏天（小說）	徐嘉澤著	240元
F1069	丈量黑夜的方式（散文）	馮　傑著	240元
F1070	風華的印記（散文）	曹又方著	199元
F1071	故事效應：創意與創價（評論）	楊　照著	250元
F1072	研讀張愛玲長短錄（評論）	陳子善著	260元
F1073	城市邊上小生活（散文）	楊　明著	250元

◎定價如有調整，請以各該書新版版權頁定價為準。

◎購書方法：

- 單冊郵購八五折，大量訂購，另有優待辦法。
- 如以信用卡購書，請電（或傳真 02-25789205）索信用卡購書單。
- 網路訂購：九歌文學網：www.chiuko.com.tw
- 郵政劃撥：0112295-1　九歌出版社有限公司
- 電洽客服部：02-25776564 分機 9

F1024	30 年後的世界（散文）	封德屏編	240 元
F1025	在夜雨中素描（新詩）	王　丹著	200 元
F1026	追求成長的十堂課（散文）	朱　炎著	210 元
F1027	小林的桃花源（小說）	康芸薇著	230 元
F1028	公務員快意人生（散文）	王壽來著	230 元
F1029	流動的美感（散文）	黃光男著	260 元
F1030	跣足舞者（新詩） ——綸音	張菱舲著	230 元
F1031	天使補習班（散文）	游乾桂著	250 元
F1032	青春一條街（散文）	周芬伶著	240 元
F1033	九十七年散文選（散文）	周芬伶編	350 元
F1034	九十七年小說選（小說）	季　季編	300 元
F1035	先說愛的人，怎麼可以先放手（散文）	廖輝英著	240 元
F1036	等待（散文）	何寄澎著	250 元
F1037	或許，與愛無關（小說）	袁瓊瓊著	250 元
F1038	邊界（新詩）	陳義芝著	230 元
F1039	收藏的雅趣（散文）	漢寶德著	320 元
F1040	在矽谷喝 Java 咖啡（散文）	陳漢平著	250 元
F1041	弄堂裡的白馬（附朗讀 CD）（小說）	王安憶著	260 元
F1042	我這溫柔的廚娘（散文）	虹　影著	250 元
F1043	推拿（小說）	畢飛宇著	280 元
F1044	一束樂音（新詩） ——語蕊	張菱舲著	280 元
F1045	司馬中原笑談人生（散文）	司馬中原著	240 元
F1047	台灣觀點：書話東西文學地圖（評論）	李奭學著	270 元
F1048	管簫二重奏：禪意畫情（新詩）	管管、蕭蕭著	200 元
F1049	春光關不住（小說）	張瀛太著	210 元
F1050	好兒女花（小說）	虹　影著	350 元
F1051	門內的父親（散文）	徐嘉澤著	230 元
F1052	憶春臺舊友（散文）	彭　歌著	200 元
F1053	親愛練習（小說）	張耀仁著	280 元
F1054	司馬中原鬼靈經（散文）	司馬中原著	250 元
F1055	人間異色之感官胡亂推理事件簿（小說）	成英姝著	280 元

F796	熊兒悄聲對我說（小說）	張瀛太著	220 元
F797	張愛玲的文字世界（散文）	劉紹銘著	230 元
F798	人生的探索與選擇（散文）	孫　震著	260 元
F799	跳舞男女：我的幸福學校（散文）	邱坤良著	320 元
F800	戀戀九號宿舍（散文）	羅文森著	250 元
F1001	師友·文章（散文）	吳魯芹著	250 元
F1002	火鳳燎原的午後（散文）	陳大為著	200 元
F1003	沉靜的老虎（新詩）	虹　影著	200 元
F1004	尋回失落的美感（散文）	韓　秀著	240 元
F1005	幕永不落下（附有聲書）（散文）	李家同著	（平）280 元 （精）350 元
F1006	我這人話多：導演講故事（散文）	王正方著	230 元
F1007	李順大造屋（小說）	高曉聲著	280 元
F1008	除了野薑花，沒人在家（新詩）	李進文著	250 元
F1009	我將如何記憶你（散文）	宇文正著	220 元
F1010	九十六年散文選（散文）	林文義編	380 元
F1011	九十六年小說選（小說）	李　昂編	250 元
F1012	天繭（新詩）	張菱舲著	220 元
F1013	花朵的究竟（散文）	硯　香著	300 元
F1014	書話中國與世界小說（評論）	李奭學著	250 元
F1015	舞女生涯原是夢（小說）	鍾　虹著	260 元
F1016	在歐洲天空下（散文） ——旅歐華文作家文選	丘彥明編	260 元
F1017	西洋文學關鍵閱讀（散文）	謝鵬雄著	250 元
F1018	月光照不回的路（散文）	辛金順著	210 元
F1019	燕尾與馬背的燦爛時光（新詩）	歐陽燕柏著	180 元
F1020	閃亮的生命（散文） ——10 個不向命運屈服的故事	蔡文甫編	230 元
F1021	創造奇蹟的人：閃亮的生命 2（散文）	蔡澤松編	240 元
F1022	九歌繞樑 30 年（社史） ——見證台灣文學 1978～2008	汪淑珍著	200元
F1023	詩歌天保（評論） ——余光中教授八十壽慶專集	蘇其康編	360元

F⑺⑹⑸迷・戀圖書館（散文）	王　岫著	250 元
F766放一座山在心中（散文）	蕭　蕭著	220 元
F767我看美國精神（散文）	孫康宜著	250 元
F768七個漂流的故事（小說）	洪米貞著	250 元
F769文學的複音變奏（評論）	李有成著	240 元
F770站在耶魯講台上（散文）	蘇　煒著	250 元
F771風華 50 年（散文）——半世紀女作家精品	丘秀芷編	320 元
F772喜歡生命——宗教文學獎得獎作品精選（文集）	宗教文學獎編輯委員會總企劃	360 元
F773樂活人生（散文）	賴東明著	250 元
F774那一夜，與文學巨人對話（散文）	張純瑛著	220 元
F775效法蕭伯納幽默（散文）	沈　謙著	260 元
F776大食人間煙火（散文）	廖玉蕙著	240 元
F777移動觀點：藝術・空間・生活（散文）	邱坤良著	300 元
F778上海魔術師（小說）	虹　影著	280 元
F779飄著細雪的下午（文集）	趙民德著	260 元
F780朔　望（新詩）	張菱舲著	230 元
F781九十五年散文選（散文）	蕭　蕭編	350 元
F782九十五年小說選（小說）	郝譽翔編	320 元
F783酒入愁腸總成淚（散文）	朱　炎著	250 元
F784一次搞丟兩個總統（散文）	馮寄台著	260 元
F785風弦（新詩）	張菱舲著	250 元
F786莊子的蝴蝶起飛後——文學再定位（評論）	黃國彬著	220 元
F787男人的風格（小說）	張賢亮著	300 元
F788慢活人生（散文）	白　靈著	200 元
F789平原（小說）	畢飛宇著	320 元
F790自由的翅膀（散文）	龔鵬程著	220 元
F791王丹看美國的人文與自由（散文）	王　丹著	220 元
F792獨釣空濛（新詩）	張　默著	350 元
F793巧婦（小說）	南　郭著	280 元
F794斷掌順娘（小說）	彭小妍著	200 元
F795穿過一樹的夜光（散文）	楊錦郁著	200 元

九歌最新叢書

F734 從兩個蛋開始（小說）	楊爭光著	300 元
F735 與海豚交談的男孩（散文）	呂政達著	200 元
F736 浮生再記（散文）	沈君山著	350 元
F737 不負如來不負卿（散文）	周夢蝶著	240 元
F738 密室逐光（小說）	李偉涵著	280 元
F739 我的藝術家朋友們（散文）	謝里法著	240 元
F740 孤獨的眼睛（散文）	龔鵬程著	250 元
F744 逃逸速度（散文）	黃國彬著	200 元
F746 愛上圖書館（散文）	王　岫著	250 元
F747 靠近　羅摩衍那（新詩）	陳大為著	200 元
F748 一頭栽進哈佛（散文）	張　鳳著	240 元
F749 一首詩的誘惑（詩賞析）	白　靈著	230 元
F750 第二十一頁（散文）	李家同著	220 元
F751 九十四年散文選（散文）	鍾怡雯編	320 元
F752 九十四年小說選（小說）	蔡素芬編	260 元
F753 聲納——台灣現代主義詩學流變（評論）	陳義芝著	260 元
F754 喇叭手（小說）	劉非烈著	230 元
F755 偷窺——東華創作所文集 I（散文）	郭強生編	230 元
F756 風流——東華創作所文集 II（文集）	郭強生編	260 元
F757 談笑文章——夏元瑜幽默精選(三)（散文）	夏元瑜著	220 元
F758 有一道河從中間流過（散文）	陳少聰著	250 元
F759 漢寶德亞洲建築散步（散文）	漢寶德著 黃健敏編	300 元
F760 善男子（新詩）	陳克華著	240 元
F761 就是捨不得（散文）	郭強生著	220 元
F762 為了下一次的重逢（散文）	陳義芝著	250 元
F763 你逐漸向我靠近（散文）	李瑞騰、李時雍著	210 元
F764 紫蓮之歌（散文）	周芬伶著	240 元

畢飛宇作品集 05

青衣

著者	畢飛宇
責任編輯	宋敏菁
發行人	蔡文甫
出版發行	九歌出版社有限公司 臺北市105八德路3段12巷57弄40號 電話/02-25776564・傳真/02-25789205 郵政劃撥/0112295-1
九歌文學網	www.chiuko.com.tw
印刷	晨捷印製股份有限公司
法律顧問	龍躍天律師・蕭雄淋律師・董安丹律師
初版	2010(民國99)年9月10日
初版2印	2015(民國104)年12月
定價	**280元**

書號 0111405

ISBN 978-957-444-718-3

(缺頁、破損或裝訂錯誤,請寄回本公司更換)

《青衣》全球繁體中文版,由安德魯・納伯格國際有限公司授權九歌出版社有限公司獨家發行。

國家圖書館出版品預行編目資料

青衣 / 畢飛宇著. – 初版. -- 臺北市：九歌,
民99.09

面； 公分. -- (畢飛宇作品集 ; 05)

ISBN 978-957-444-718-3(平裝)

857.63

99014575